U0028309

洛陽險局

唐隱
著

第一章　妖禍

盛夏中的庭州，日落得特別晚，戌時已過了很久，火紅的豔陽還高懸在博格多山頂，將遠方的片片山脊和近處的層層屋頂染成一片金黃。剛剛擺脫了從春末到盛夏的樁樁危機和變故，彷彿是為了補償所有的恐懼和傷害，庭州的各族百姓以愈加巨大的激情，投入日常生活的歡愉之中。日日彌久不落的太陽也來助興，更為這場劫後餘生的狂歡推波助瀾。庭州城內外的歡歌笑語、曼舞飲宴，從晨至昏，幾乎通宵達旦。

庭州雖然早有朝廷建制，刺史府衙門代表大周天朝的皇權對此地實施管理，然而畢竟是塞外邊城，總和中原大城鎮的嚴格管制有天壤之別，世代雜居庭州的各族各邦人士更不習慣受太多的拘束，因此漢人在此的統治只以羈縻的方式施行。庭州儘管也有城牆城防，但通常只在特殊情況下才於夜間關閉城門，中原城市的宵禁制度更是無從談起。這些天來，西域戰事已定，疫害又除，官府體諒民眾舒散心情、及時行樂的願望，乾脆日夜城門大敞，任人出入，且由著大家趁這大好的夏季快活個夠。

白天的溫度實在太高，乾燥的熱風時時裹挾著沙陀磧上嗆人的沙塵，孩子們都躲在家裡不肯出門，反倒是吃過晚飯以後，離天黑還有好長的一段時間，才是他們玩耍的最佳時機。此刻，正有幾個胡漢混雜的兒童，在庭州西南的小片荒地上歡叫奔跑。

這片荒地位於庭州城的城牆之外，向南逐漸延伸入高聳雄渾的博格多山脈，周遭十分冷僻，看不到人跡，只有一座破敗佛寺的黃色院牆，在不遠處的樹林背後露出幾許斷壁殘垣。在附近百姓的眼中，這座門上掛著「大運寺」牌匾的佛寺十分神秘，因為白天幾乎看不到有人出入，晚上又常有古怪的誦詠之聲隱約傳來。偶爾有些夜行經過的路人還曾經看到過，佛寺後院直通博格多山的山路上，有鬼火般的燈籠微光閃爍。這一切構成了關於大運寺是座凶寺的可怕傳說。要是在平常，孩子們才沒有膽量來這附近玩，他們的父母也不會允許。但是最近這些日子來，整個庭州都洋溢著天下太平的喜悅，人們不知不覺放鬆了警惕，還憑空多出了些無畏的膽氣，也就是在這樣的氛圍中，危險悄悄迫近了。

這是一群五六個十歲不到的孩子，今晚特別約好來大運寺探險，就是要在其他小伙伴們面前充大膽、逞英雄。他們一路大聲說笑打鬧著往大運寺走來，雖說天色已晚，日頭卻還好好地高掛著，周圍和白天一樣亮堂，實在沒什麼可怕。為了找點兒來過此地的證據，孩子們踏上遍地雜草和沙石夾雜的荒地時，還撿了些奇形怪狀的小石子、幾塊黑黢黢的瓦罐碎片，可惜沒找到什麼特別的。就這樣，他們走走停停，穿過寺院前稀疏的枯樹林，終於來到了大運寺前。

說來也怪，一到大運寺近旁，溫度似乎瞬時降低了不少，炎炎夏日的熱風到這裡驟然轉涼，吹在身上陰森森的，讓人渾身直起雞皮疙瘩。抬頭看看天上，晚霞燦爛，漫天豔紅中，一輪銀白的新月與夕陽輝映，在博格多山的山巔構成一幅既絢麗又詭異的圖景。大運寺的院牆上長滿了雜草，在晚風中瑟瑟搖動，院牆裡面鴉雀無聲，卻又隱隱有些微難以描述的動靜。孩子們停下腳步，其中膽小的已經嚇得變了臉色，舔著嘴唇無論如何不肯再向前了。

可現在離開就意味著前功盡棄，肯定要被小伙伴們嘲笑，領頭的那個男孩膽子更大些，想了想，招呼大家說：「天還亮著呢，咱們就翻進院子裡找兩樣廟裡的東西帶上，只要能證明咱們來過就行！」其他孩子稍作猶豫，還是跟了上來。因院牆太高，難以翻越，他們便繞著院牆轉起來，想找個缺口爬進去。這大運寺煞是古怪，粗粗看來其貌不揚，貼著院牆一走才發現，還真是闊大無比，院牆連綿不斷，一時都走不到盡頭，而且越往後繞越是荒涼，好像直接深入了黑暗的深山之中。天色開始轉成晦暗，孩子們再不敢前行了，絲絲涼意從牆內逼出，一瞬間就讓人從頭寒到腳，最膽大的孩子這時也止不住哆嗦起來。突然，他們不約而同地回過頭去，撒腿就跑。

剛跑到寺院前部的院門前，那扇緊閉的黑漆大門「咣噹」一聲敞開了。孩子們嚇得一愣神，不由自主地停住腳步，傻傻地往那開啟的門裡看去。與此同時，好像有一幅巨大的黑幕猛然被擲上暮色昏沉的天空，瞑暗的天色頃刻變得漆黑，最後一抹晚霞的紅光彷彿天際撕扯出的血痕，只閃了閃，便徹底隱匿在暗夜中。日月星辰，所有的光明一齊消失了。

最初的沉寂過後，淡淡的白霧從大運寺的院門中飄出，在黝深的黑夜中不斷伸展，很快便將門邊呆立著的孩子們圍繞其中，白霧中透出一股令人作嘔的怪味，孩子們卻似渾然無覺，既不吵鬧也不逃跑，一個個呆若木雞，瞪得滾圓的眼睛全無光彩，竟都已魂飛魄散！

「真神降臨，果然有送上門來的犧牲。」門內，響起半男不女的悚人嗓音，伴著幾聲似哭又似笑的怪響，緊接著便是聲聲不絕的呼喚：「來啊，來啊……」就在這毫無起伏、陰森恐怖的誦讀中，孩子們如陷夢境，乖乖地朝門內魚貫而入。

「獻祭的時間快到了，出發吧！」

山路間，一小隊人悄無聲息地逡巡而上，烏雲遮月，山道四周漆黑如墨，他們卻熟門熟路，方向絲毫不亂。很快，這隊人來到一個小小的山坳處，山坳的中間燃著個巨大的火堆，已經有人在那裡添柴攏火。火堆燒得很旺，亮白色的火焰躥得老高，但因為此地陷於崇山峻嶺的包圍之中，從山下根本發現不了。

山下剛上來的隊伍匯集到火堆前，在原先的那些人身後一字排開，齊齊跪倒在地。枯枝乾柴在火堆中燃出劈啪的聲響，眾人匍匐在地，唸唸有詞地誦讀了一番。隊列最前方站起一人，暗黃色的神袍從頭罩到腳。他雙手合十，對著火堆又祈禱了幾句，猛地轉過身面向天空，伸出雙手，高呼著：「神的使者！請你來指引我們崇拜天神吧！」

隨著他的呼喊，所有的人都面向博格多山上的方向睜大眼睛，拚命嚅動著嘴唇，原先壓抑的祈禱聲越來越急促，越來越高亢。就在這一片疾疾如入癲狂的誦詠中，前方山路地獄般的黑沉中，慢慢閃現出一個人影。

這人頭頂上覆著一頂由動物骸骨雕成骷髏的法冠，四周同樣垂落刻滿骷髏的小圓骨串，全身披掛著黃色神袍，所不同的是，神袍上黏滿五彩斑斕的孔雀翎。當這人從漆黑的夜幕中走出，一步三晃到火堆前時，遍體的孔雀翎在火焰的映襯下，放出璀璨奪目的光華，看得人眼花繚亂。

「獻給天神的犧牲在哪裡？」她開口了，卻是個女聲。

領頭那人倒頭便拜：「都準備好了，請使者主持祭祀吧！」

她點了點頭，隱在骷髏骨串後的面龐上，只有一對眼睛放出淒厲的銳光。她的視線緩緩掃過伏倒在腳下的眾人，微微揚了揚手。

有幾個人立即站了起來，每人手中都拖著個大大的黑色布袋，目不斜視地走到火堆前。所有人都屏住呼吸，死盯著他們手上的動作。布袋敞開，露出孩子們呆滯的臉蛋。被塞在布袋裡悶了這麼久，他們的小臉上都掛滿汗珠，可卻沒有絲毫表情。布袋褪到地上，只見這些孩子呈盤膝的坐姿，兩手還交叉在胸前，身上原先的衣服也被換掉，變成了五顏六色的華麗神袍，脖子上繞滿骸骨連成的串珠，頭上戴著鳥羽和禾穗混編的花冠。

女祭司冰冷的目光停駐在孩子們的身上，一聲幾不可聞的悠悠歎息從重重骷髏的掩映之後飄出，更帶著令人毛骨悚然的淒厲。接著，她稍稍抬高聲音：「開始吧。」

「是！」眾人齊聲應和，雙雙眼睛中跳躍著瘋狂的火焰。仍然是那個帶頭的黃袍人，率先來到一個孩子的面前，兩手一提，像拎小雞似的把他提到了火堆近前。那孩子毫無動靜，若不是鼻翼輕輕翕動，真和死了差不多。女祭司在孩子跟前站定，左手按在孩子的頭頂默禱。少頃，她撤回左手，黃袍人心領神會地搶步上前，手中白光一凜，孩子纖細的脖頸間頓現細細的血線，那孩子還是不動不鬧，只在圓睜的呆滯雙目最底處，晶瑩的淚水無聲溢出。

然而脖頸上的血溢得更快，還突突地帶著生命的熱氣，旁邊已有人雙手捧上瓦罐，接住孩子純淨殷紅的鮮血，幼嫩的血氣並不腥臭，竟然有種清新的甜香……罐子漸漸盛滿，孩子的雙眼隨之熄滅了最後一縷華彩，軟軟癱倒在地上。那女祭司又發出一聲輕悠的歎息，抬抬手，幼小的屍體如草葉般輕弱，被抱起來放到一邊。接著，便是第二個、第三個……最殘酷凶惡的殺戮在一片死寂中進行著。終於，一共七個瓦罐整齊排列在女祭司的跟前。

女祭司的手中不知何時多了條柏枝，她依次將柏枝浸入滿盛的鮮血之中，一邊唸著咒語，一邊將血水灑向熊熊燃燒的火堆，她的動作越來越快，咒語越唸越響。身後諸人跟著她的節奏不停地跪拜磕頭。猛然間，那女祭司捧起瓦罐向火堆砸去，一個、兩個……只見血花飛濺、血雨傾盆，隨著一聲淒厲的哀鳴，女祭司五體投地，全身浸泡在遍地的血水之中，仰起臉來，染得一片狼藉的法冠上，紅色的水珠紛紛落下，分不出是淚還是血。女祭司聲嘶力竭地呼喊：「至高無上的天神！我們虔誠地信仰您，求您收下我們的獻祭，賜給我們力量！求您助我們鎮服敵人，我們必將為您獻上他們的血肉！求您讓我們的戰士勇力非凡，雖死亦能復生……最偉大的天神，求您賜福我們！我們願做您最忠實的奴僕，求您用他們的死換我們的生！」

與其說她是在狂烈的祈禱，倒不如說更像是絕望的呼號。一瞬間，天空中黑雲翻滾、悶雷陣陣，伴著一聲閃電劈開霄漢，博格多山上山風呼嘯、草木喧譁，似乎所有的鬼神、山精、惡靈、羅剎、夜叉、魍魎都聽到了她的召喚，蜂擁而至……

旭日東升，鬼魅潛行的夜晚消失無蹤，沉入夢境的最深處。

庭州城內外，仍是一片熙熙攘攘、歡歌笑語的塵世俗景。庭州城的中央大街上，狄景暉頂著烈日闊步如飛，他是到刺史府去接聖旨的。自從離開草原上的營地，狄景暉便搬入乾門邸店，與烏質勒兄妹共同居住。狄仁傑走後，朝廷尚未任命新的庭州刺史，官府只勉強維持日常運作，狄景暉這個身分特殊的流放犯更無人搭理，全然隨他自己行事了。

狄景暉倒不浪費時間，每天忙裡忙外主要有兩件事情。一是狄仁傑離開庭州時，囑咐他要繼續將庭州剩餘的零散瘟疫全部控制住，因此狄景暉這些天在官府的配合下，始終在查找漏網的病例，並對症派藥。有些疫病患者由於救治不及時，引發了別的病症，一時難以痊癒，狄景暉也去向裴素雲請教，還找來庭州城的其他醫師，共同診治。到了這兩天，基本已將疫病的影響完全消除了，這算是公事；與此同時，狄景暉也沒忘記忙自己的私事。借著此次救治瘟疫，他恰好將庭州城大大小小的各族藥商一網打盡，全都認識了個遍。並憑借藥商經驗和宰相公子的背景，很快獲得了這些商販的信任，並借機仔細考察了以庭州為中心的西域藥物販賣的情況，做到了心中有數。對於自己的將來，狄景暉從來沒有停止過籌劃，經歷了這麼多的艱險和曲折，他比過去更加重視根植於內心的願望，因為他現在深知，這樣的願望也屬於他日漸衰老的父親和生死未卜的朋友。

這個願望就是：堅定地活下去，以自己的方式追求一個有價值的人生。最近這些日子，狄景暉發現，過去他不理解的，現在都了然於心；過去他習慣輕視的，現在都學會了珍重。雖然面對人生的種種抉擇，狄景暉知道各自仍會有著天壤之別，但同情之心常在，亦令他會有切膚的痛惜，只因他還有機會重新來過，可是別人呢？

一路上邊走邊想，思慮萬千，狄景暉猛然抬頭時，發現已站在了庭州刺史府高大的府門前。人來人往的通衢大街上，市聲沸騰，熱鬧非凡。狄景暉不覺怔了怔，幾個多月前他與袁從英第一次來到這裡的情景還歷歷在目，物是人非的感觸猛烈衝擊著他的心胸。狄景暉深深吸了口氣，抬腿邁入大門。

失去了刺史的庭州官府群龍無首，臨時主事的只是一名錄事參軍，自謂位低人微，不肯承擔任何責任，以「少做少錯、不做不錯」的態度來對待所有公務。見到狄景暉進來，趕緊點頭哈腰地迎到正堂之外，讓不知就裡的外人看到，恐怕要誤會狄景暉才是上官。狄景暉也不管他，只對著正堂案上高高擺放的聖旨磕頭下跪，雙手舉過頭頂，鄭重接過。

這邊狄景暉還在細細閱讀聖旨，那邊錄事參軍已急不可待地向他恭喜了。狄景暉充耳不聞，雖然多少有些思想準備，聖旨上的內容仍然令他百感交集。真沒想到，這一切來得如此之快，他就這樣結束了流放生涯，也結束了豪邁與悲壯交織、神秘與激情共舞的西域生活，從此命運又要將他引入一個全新的未來，那裡既有看似熟悉的榮耀和富足，卻又包含著陌生的危險和考驗。當然這一次，他還是別無選擇，只有前行。

向錄事參軍道了謝，狄景暉便要告辭。錄事參軍殷勤相送，二人剛走到刺史府門前，「咚、咚、咚」的鳴冤鼓聲震耳欲聾，將二人都嚇了一跳。再聽府門外，哭號叫鬧已經亂作一團。狄景暉正大感詫異，差役狂奔入內，向錄事參軍報告說，刺史府門外有百姓鬧事。那錄事參軍就怕出事，頓時急得變了臉色，再一細問方知，原來是最近城中多戶百姓走失了家中小兒，一連數日遍尋不著，家裡人都著了慌，結伴到刺史府報官來了。

錄事參軍一聽，腦袋大了好幾圈，真真是越怕麻煩越麻煩。抬起頭來，看到狄景暉正盯著自己，錄事參軍咧嘴苦笑：「狄公子，您說說這究竟是怎麼了？咱庭州怎麼就沒個消停？」

狄景暉聳了聳肩，調侃道：「流年不利吧，恐怕錄事大人要去求個神拜個佛。」

見錄事參軍仍在原地百般躊躇，狄景暉拱手道：「錄事大人公務要緊，狄某就不多叨擾了。」

「咳！」錄事參軍連連搖頭，也作揖道：「要是狄大人在就好嘍，小官也不用如此作難。狄公子請便，小官就不送了，不送了。」

狄景暉打個哈哈：「這種案子恐怕還是本地人斷起來更順手，錄事大人不過稍微辛苦些，替百姓找回走失的孩子也是積德的好事情嘛。」

錄事參軍臉色陰沉下來，看看四下無人，方才湊到狄景暉面前道：「狄公子，跟你說句實話，這案子可不簡單，蹊蹺大著呢。」

「哦？有何蹊蹺？」

錄事參軍搖頭道：「不瞞狄公子，差不多十天前就有第一起小兒走失的案子報上來了……」

「十天前？」狄景暉思忖道，「難道我爹走了沒多久就出事了？」

「誰說不是呢！」

狄景暉問：「那案子破了嗎？孩子們找到了嗎？」

錄事參軍又是一通唉聲歎氣：「刺史府派了人出去，城裡城外都找遍了，連個影子都沒找到。最可惱的是，此後又陸續有別的小兒走失案報過來。這十來天算起來，大概有幾十個孩子沒了蹤影！」

「幾十個？」狄景暉也不覺倒吸口涼氣，「難怪百姓到刺史府門口鬧事。錄事大人，這可是樁大案子啊……你打算怎麼辦？」

錄事參軍苦著臉道：「查案本非小官所長，再說庭州刺史缺失，這樣的大案沒有第一長官屬領查察，極難有所突破啊。」

「錄事大人的意思是，不想管？」

錄事參軍沉默了。

狄景暉挑起眉毛道：「狄某對官家的事情一向沒什麼興趣，錄事大人如何處理案子也輪不到狄某說三道四，不過孩子是父母的心頭肉，這麼多孩子丟失，官府卻無所作為，恐怕百姓不會讓錄事大人輕易蒙混過關了。」

狄景暉話音剛落，刺史府門口的喧鬧聲一陣高過一陣，二人一齊朝門口望去，錄事參軍的臉都白了，喃喃道：「不是我想蒙混，實在是心有餘而力不足。小官福薄命淺，管多了只怕招致無妄之災啊。」

狄景暉皺起眉頭：「無妄之災？這又是從何說起？」

錄事參軍湊近狄景暉，轉動著眼珠道：「狄公子不是外人，小官就再多說一句。我派人查訪了這麼些天，雖說沒找到孩子們，卻也查到些蛛絲馬跡，只不過……」他舔了舔嘴唇，臉上突現恐懼之色，「小官目下覺得，這件案子非常人所做，卻與鬼神巫術有關！」

狄景暉不可思議地瞧著錄事參軍：「錄事大人，您沒事吧？」

跨出刺史府正門時，鬧事的百姓們正在差役的推搡驅趕中掙扎呼號。狄景暉冷眼旁觀，只見好幾個婦人已哭得昏厥在地，不用猜就知道是走失了孩子的母親，她們身邊的男人中有胡人也有漢人，俱是面容憔悴，神色既焦慮又憤怒。狄景暉默默從他們身旁走過，回想著方才錄事參軍的一番說辭，心裡很不是滋味。

那錄事參軍說話間閃閃爍爍、語焉不詳地透露給狄景暉，庭州新起的這一系列兒童走失案似乎牽扯著某種隱秘的力量，具體情形他也不清楚，但那些丟失的孩子們必然凶多吉少。因為害怕邪靈的威力，更害怕給自己招致禍患，錄事大人已拿定了主意不去追查。接著，他又神秘兮兮地告訴狄景暉，此次朝廷和赦免狄景暉的聖旨一起下發到庭州的，還有任命新刺史的公文。原涼州刺史，本次在隴右戰事中立下赫赫戰功，並得到狄仁傑大為贊賞的崔興大人，將接任庭州刺史一職，不日就要到任。錄事大人的如意算盤就是拖一天算一天，只要拖到崔大人來庭州赴職，把這一大團亂麻扔過去，他自己也就解脫了。

狄景暉無言以對，既然自己馬上就要離開庭州了，他也不想多管閒事，只是給錄事大人提議說，即使不賣力追查案件，至少也該在全城張貼公告，讓百姓在最近這段時間裡管好自己的孩子，盡量避免類似事件越演越烈，等到時候崔刺史來了，錄事大人也好有個交代。

順著通衢大道走了很遠，刺史府門口的吵鬧聲仍然不斷湧入狄景暉的耳朵。狄景暉停下腳步，仰望晴空，庭州盛夏火辣辣的豔陽仍然那麼灼人。他眯起眼睛，一時間無法說清自己此時此刻的心情，究竟是喜還是憂？真的要回去了嗎？

想到洛陽，狄景暉的眼前又浮現出狄仁傑蒼老的臉龐。狄景暉早已不記得，自己有多久沒有認真端詳過父親了，但就在不久前的重逢中，他才震驚地發現，原以為永遠睿智強大、不可戰勝的父親，竟已衰老到令自己心顫的地步。狄景暉想，讓自己回洛陽，一定是皇帝體察父親的心意所做的決定，說不定父親還為此懇求了皇帝。只可歎，還有一個人，像自己一樣令老父親牽腸掛肚的人，卻是求也求不回去了。

「庭州，庭州。」狄景暉的眼睛濕潤了，「當初是我信誓旦旦要在此地生根，可是今天，從英，倒是你，要永遠留下來了……」

洛陽附近的石淙山山巒秀美，雲蒸霞蔚，綠野森森，鳥語花香。山間遍布清泉小溪，淙淙流淌於嶙峋碎石之上，如琴韻悠揚，日夜不絕，從而得名「石淙」。高宗時期，此山便以其清幽雋雅的環境而深得二聖的喜愛。每當洛陽盛夏時節，高宗武后常常臨幸石淙山，避暑消夏，石淙山遂成洛陽郊外皇室之消暑勝地。

七月初一，武皇在洛陽城頭迎得自隴右大勝還朝的十萬大軍，欣喜之餘大赦天下，並改元「久視」。人逢喜事精神爽，這位年近八旬的老婦彷彿煥發了青春，除了臨朝聽政之外，更是興致百倍地尋歡作樂，精力旺盛得讓正當壯年的朝臣們都感到既歡喜又壓迫。

今天是七月初十，武則天率領她最親近的皇戚和最寵信的朝臣們，到石淙山遊玩。一路之上，女皇的心情出奇的好，隨行諸位自然也忙著湊趣，好像真的放下了所有的紛爭和罅隙，投入風雅清新的山野美景之中，盡享這份難得的輕鬆與和睦。

日上三竿之時，這支儀仗飄揚、富麗雍長的隊伍終於來到了半山的玉泉亭外。此處是石淙山風景最勝之處，往上看，一掛碎玉繽紛的瀑布從山巔墜落，將陽光反射成點點金輝；朝下望，一脈蜿蜒流淌的清泉奏鳴叮咚，在翠竹野花間旖旎穿行；正前方半山坳的峭壁外，滿眼鬱鬱蔥蔥、漫山遍野的綠意，令人望之流連、心曠神怡。

玉泉亭內外早就鋪好鳳尾竹編的涼席，一張張矮几整整齊齊地置於席上。武則天面南背北，笑容滿面地坐於主位上。山間涼風帶來草木沁人的香甜，武則天連吸幾口，只覺得神清氣爽，環視眾人時，她的目光不由得洗脫幾分懷疑和尖銳，多了些許和藹與慈祥。李顯、李旦、太平、武三思，都是她的骨肉至親；張易之、張昌宗，這兩個寶貝，有了他們自己的生活添了多少樂趣；

還有狄仁傑、姚崇、周梁昆、宋乾、張柬之……他們都是自己倚賴的左膀右臂，大周天下不可或缺的棟梁。又一陣清風吹過，樹葉的颯颯與泉水的淙淙應和，彷彿一曲天籟，奏響的是和諧共生、自得天然的仙樂。恍惚間，女皇的神思有些縹緲，幾乎填滿了她整個人生的爭鬥在這一刻顯得是那樣醜惡和疏離，她不由自主地想到，也許她還是可以試一試做一個母親、祖母、姑媽、愛人……而不僅僅是一個女皇。

「陛下，筆墨都準備好了。」武則天抽回思緒，瞇起眼睛看了看身旁垂眸低語的女官，笑了：「婉兒，今天這樣難得的盛會，你得給朕想個新鮮有趣的玩法，光作幾首奉和聖制的詩可不行。」上官婉兒仍然半躬著身子，莞爾道：「陛下真是好興致。奉和詩都已經作了，要不……今天咱們再聯個句吧？」

「好啊，好啊。」武則天開心得竟有些眉飛色舞，「婉兒，還是你來主持，人人都要參加，一個都別饒過了。」

「是。」上官婉兒想了想，又小心翼翼地道：「不過……今天大家都作過詩了，這聯句就算是餘興，還是容易些，用柏梁體吧。」

「好，就聽你的。」

聖諭下達，席間各人無論如何，都要打點起百倍的精神來應付。狄仁傑自早一路登山，到此時已十分疲憊。從隴右道返京之後，他明顯地感到自己身心俱疲，體力一天比一天衰落下去，他深切地預感到，自己恐怕真的要面對人生的終點了。對於死亡，他並不懼怕，生死有命，任何人都無法逃脫，狄仁傑是能夠坦然應對的。讓他百轉心結無法釋懷的，只是遺落在七十載生命長河中的點滴遺憾，並不多，卻樁樁件件椎心刺骨。這些天來，每一個難眠的漫漫長夜裡，他的心都在焦慮和思念中輾轉。有些事，還沒有安排妥當；有些人，還讓他牽掛懷戀——怕只怕，自己真的沒有多少時間了。

「狄、狄國老。」

「哦，周大人？」狄仁傑看了看坐在自己下手桌上的周梁昆，那副衰敗枯槁的面貌，竟比年前鴻臚寺案發時更甚。隴右戰事以來，自己的整個身心都被西北邊陲的動蕩所佔據，倒把這位周大人的案子擱到一邊了。今天還是回到洛陽後，狄仁傑第一次見到周梁昆，乍一眼還真被對方行將就木的鬼樣子嚇了一跳。狄仁傑隱約感到，劉奕飛被殺案背後的隱情比想像的還要凶險。今天這石淙山一遊，周梁昆始終在狄仁傑的左右徘徊，欲言又止。狄仁傑則若即若離，他沒什麼可著急的，就等對方先開口。

周梁昆張了張嘴，眼中突現一抹深重的恐懼，隨即臉色煞白，低頭不語。狄仁傑略感詫異，也不多問，只默默地用餘光掃過周圍，卻看不出什麼特別的異樣。在上官婉兒的主持下，聯句已經熱火朝天地開始了。武則天剛剛吟出起頭的一句「均露播恩天下公」，婉兒便提筆落在紙上。今天隨侍的內給事段滄海公公親自按次序送上御用的琉璃杯，輪到的就要接著往下聯。

接第一聯的自然是太子李顯。李顯舉杯飲了一口，微酡著臉吟道：「膝下歡情亦屬同。」眾人叫好，段公公將琉璃杯送到相王李旦面前。李旦淺笑低吟：「永欣丹扆三正通。」

狄仁傑仔細觀察武則天的神色，卻見她溫和地微笑著，慈愛的目光輪流停駐在兩個兒子身上，狄仁傑不覺如釋重負地長吁口氣。

緊接著，琉璃杯送到了武三思的面前，他輕捋一把鬍鬚，搖頭晃腦地道：「野趣清吹忘登峰。」上官婉兒強忍著笑落筆，已經接到琉璃杯的太平公主微露不屑之色，望一望兩位兄長，面對母親吟道：「此景輒憶曾幼沖。」武則天衝這個最鍾愛的女兒含笑點頭。

「狄大人請。」狄仁傑定睛，原來段滄海已捧著琉璃杯來到自己面前，正笑容可掬地瞧著自己，狄仁傑略一拱手，便飲酒唱和：「餘年方共遊赤松。」放下酒杯，他似乎聽到御座上傳來一聲悠悠的歎息，狄仁傑並沒有抬頭，凝神將驟然翻湧的惆悵默默咽下。

琉璃杯順序又來到了張易之和張昌宗那裡，這兩位一個語帶空靈：「願作崑崙一野翁。」一個媚態十足：「閬苑陪歡謝崆峒。」狄仁傑連瞥都沒有朝他們瞥一眼，他可不願意被憎惡徹底敗壞了遊興。

排在張氏兄弟之後的是兵部尚書姚崇，他的詩句氣宇軒昂：「九垓濁氣一逐空。」在扭捏作態、虛情假意的二張之後，姚崇的詩句彷彿滌清污濁的清風，讓狄仁傑聽了都讚賞地鼓起掌來。隴右大捷令這位新晉的年輕宰相在朝野中聲望日隆，但他並未居功自傲、飄飄欲仙，對狄仁傑所表示出的尊重比此前更甚。狄仁傑能看得出來，姚崇的謙遜和嚴謹絕非偽裝，而是發乎品性的正直。對此，他深感欣慰。姚崇在兵部嘉獎本次隴右功臣和任免事項上，都一一徵詢了狄仁傑的意見，甚至，還小心翼翼地提到了袁從英。狄仁傑對於其他人選和任命均開誠布公、侃侃而談，唯有談到袁從英的時候，他沉默了很久很久，沉默得讓姚崇都有點心驚了。最後，老宰相長歎一聲，喃喃地道：「袁從英，他已經死了。老夫深知，『達士徇名，生榮死哀』都不是他追求的，故而，不提也罷。」於是，姚崇懂得，袁從英是不能提的。

姚崇之後，便輪到了鴻臚寺卿周梁昆。狄仁傑冷眼旁觀，卻見周梁昆接過段公公捧上的琉璃杯時，雙手緊張得不停顫抖，好不容易才啞著嗓子吟出一句：「四宇皆朝大明宮。」

狄仁傑皺起眉頭，果然上官婉兒也擱了筆，似笑非笑地道：「周大人這句欠妥，還請再做斟酌。」再看周梁昆，面如死灰、汗出如漿。

狄仁傑也有些納悶，鴻臚寺案件都過去了那麼久，按理他不該突然恐懼成這個樣子啊，不對，一定還有什麼別的原因。狄仁傑輕咳一聲，故意驚道：「咦，周大人，你是不是身體不適啊？怎麼臉色這樣差？」

段公公還捧著盛琉璃杯的盤子站在周梁昆桌前，此時也附和道：「哎喲，周大人好像是不太好？」

上官婉兒探詢地望了望武則天，武則天陰沉著臉擺了擺手，婉兒會意，便溫言道：「既然周大人偶感不適，那就先繼續吧。」

再後便是宋乾和張柬之等一干朝中重臣，因為這二人均算是狄仁傑的親近門生，狄仁傑仔細聽了聽他們的聯句。宋乾的是「貫索盈虛仰聖聰」，張柬之則是「欣承顧問愧才庸」都是四平八穩的唱和之句，狄仁傑知道他們謹慎，這也是應該的。

聯完了句，酒也喝得差不多了。上官婉兒把今天所作的奉和詩與聯句一併謄寫清楚，交給武皇御覽。午後慵懶的陽光柔柔鋪上樹梢，武則天遊興已盡，終於感覺有些累了。於是大家登輦上馬，悠悠蕩蕩地踏上歸程。

狄仁傑和周梁昆的馬車停在一處，兩人並肩走去，狄仁傑看著周梁昆依舊灰白的面孔，關切詢問：「周大人，感覺可好些了？」

「啊，多謝狄國老關懷，梁昆、梁昆……」周梁昆哆嗦著嘴唇，一句話都說不完整。

狄仁傑淡淡一笑，轉身欲行。周梁昆突然一把揪住他的袍袖，嘶聲道：「狄國老，您、您救救我。」

狄仁傑皺眉：「周大人，你到底是怎麼了？如此鬼祟。」

周梁昆急切地道：「生死簿、生死簿，狄大人可還記得年前的案子？」

「當然記得。」狄仁傑直視著對方的眼睛，不動聲色地道，「關於這件案子，記得本官曾與周大人有過一次推心置腹的談話，莫非今天周大人還有其他想告訴本官的？」

周梁昆兩眼通紅，咽了口唾沫，剛想說話，突然像見了鬼似的傻了。

狄仁傑扭回頭，原來張氏兄弟本已跟隨武則天登上鑾駕，那張易之不知怎麼又轉回來，突然出現在二人跟前，輕飄飄地道：「周大人！聖上讓我來看看，周大人無恙否？」周梁昆不答話，只是圓睜雙目呆站著。張易之也不在意，露出鄙夷的微笑，扭頭就走，好像壓根沒看見一旁的狄仁傑。

狄仁傑只覺怒火上湧，竭力壓了壓，感覺身旁有動靜。那周梁昆竟連招呼也不打，就自顧自走向自己的車駕。狄仁傑靜靜站在原地看著周梁昆的背影，直到他登上馬車前再度回頭，狄仁傑才發現自己所見到的，已是一張死到臨頭的絕望的臉。

「來，來，好兄弟！為兄再敬你一杯！」烏質勒大著舌頭向狄景暉勸酒，黝黑的臉膛已呈赤紅，汗珠順著鼻尖不停地往下淌，他已經喝得半醉了。乾門邸店三樓這間最大的客房裡，今夜燭火輝煌，再加滿桌熱氣騰騰的菜餚和香味撲鼻的美酒，更令這屋裡的氣氛濃烈非常。

桌邊團團圍坐四人，正是烏質勒和繆夫人，還有狄景暉與蒙丹。夏夜悶熱，每人又都喝了不少酒，張張臉上都泛著紅光，額頭汗珠閃閃。臨街的窗戶大敞著，火紅的燭光籠進乳白的月色，霧華悠浮，烘托著朦朧的醉意。烏質勒半撩起衣襟，岔開雙腿坐在最靠近窗戶的位置上，一仰脖子，又倒了一大杯酒下去。狄景暉也舉起酒杯啜了一口，烏質勒乜斜著眼睛便叫：「哎，這樣可不行，不行！你得乾了！」

狄景暉漲紅著臉，連連搖頭：「兄長，不，不，小弟真的過量了！甘拜下風、甘拜下風……」

烏質勒哪肯罷休，還要把滿斟的酒杯往狄景暉鼻子底下送。

蒙丹不樂意了，噘起嘴向繆夫人抱怨：「嫂子，你也不管管哥哥！景暉明天一大早還要上路呢。」

繆夫人微微一笑：「果真是女心外向，這話一點兒都沒說錯。你看看，現在就光知道景暉、景暉……」

「嫂子！」蒙丹的臉更紅了，索性站起身，乾脆俐落地從烏質勒的手中奪下酒杯，「哥，你也少喝點吧！」

烏質勒豎起眉毛：「蒙丹，你胡鬧什麼！」

繆年連忙站到烏質勒的身後，兩手輕輕搭上他的肩頭，柔聲道：「烏質勒，明天一早景暉和蒙丹就要出發，今夜就喝到這裡吧。」

烏質勒臉色轉陰，慢慢放下酒杯，長長地歎息了一聲。剎那間，屋子裡熱鬧歡快的景象為之一變，眾人竭力壓抑的複雜心曲再也無法遮掩，淡淡的離愁顯露端倪。

烏質勒將溫和親切的目光投向蒙丹，一邊上下打量著妹妹，一邊感歎：「蒙丹，我唯一的親妹妹，漠北草原上最明媚的月光！明日一別，你我兄妹可就不知何時再能相見了。」

「哥哥！」蒙丹嚶嚀一聲，投入兄長那威武寬闊的懷抱，拚命眨動雙眼，努力不讓淚流下來。

烏質勒笑著拍了拍她的肩膀，注視著狄景暉，語重心長地道：「景暉，我可是把蒙丹交給你了，你要好好待她。如果讓她受了委屈，我烏質勒絕不會饒你！」

狄景暉亦微笑點頭：「請兄長儘管放心。」

「嗯，對景暉老弟，我烏質勒還是有把握的。」烏質勒緊緊摟住蒙丹，在她烏黑的秀髮間印上重重的一吻，「不過蒙丹從小生長在塞外，去了洛陽那種中原腹地，恐怕一時難以適應。到時候你可要多多體諒她，照顧她，也要教導好她，尤其是在狄大人面前，千萬不可讓她失了分寸。」

狄景暉充滿愛意地看了蒙丹一眼，道：「蒙丹是天底下最聰明、最善良的姑娘，怎麼會失了分寸？兄長你是過慮了。」頓了頓，他又正色道：「我爹也會非常非常喜歡蒙丹的，我一定會讓他喜歡！」

烏質勒和繆夫人深深地交換了下眼神：「好！景暉，果然是坦坦蕩蕩的真君子，你這麼說我再不放心就反而矯情了！能夠和狄大人、和景暉你們一家結下不解之緣，烏質勒兄妹何其幸哉！」

他的話音甫落，繆夫人接口：「烏質勒，我想你應該說的是，突騎施何其幸哉！」

隨著繆年的話，烏質勒臉上再度浮現寓意複雜的淺笑。狄景暉心領神會，立即追問：「烏質勒兄長，你我已是一家人，這次景暉帶著蒙丹回洛陽，兄長有什麼話要帶給我爹，乃至大周朝廷的，還請兄長但講無妨。」

繆夫人在旁亦道：「機會難得啊，烏質勒，你就——」

烏質勒擺了擺手，示意繆年住口，他自己則意味深長地道：「景暉，這些天來我的心緒很不平啊。」

蒙丹從他懷裡站起，坐回狄景暉的身邊，與他一起定定地望著自己的哥哥。

烏質勒慢慢說道：「沙陀磧一役，烏質勒本著對從英、對狄大人，以及對大周朝廷的信賴，可謂是傾其所有，拚上全部的身家性命和功名榮辱，所為的無非是突騎施的前途！如今東突厥大敗於大周，庭州得以保全，烏質勒不敢居功，卻也想憑此千載難逢之良機，統一突騎施，並率合部歸附大周，從此讓突騎施走上繁榮昌盛的正道！可惜，可惜，天不遂人願啊，烏質勒所等到的竟然是連番挫折！」說到這裡，烏質勒不由自主地捏緊了拳頭，跳動的燭火映在他堅硬的下頷上，令他的面容看上去既深沉又冷峻，他繼續道：「首先是從英在伊柏泰生死未卜，然後是我奪取碎葉的計劃受挫……最後，就是昨天，昨天早上我在刺史府接到了大周皇帝下發給我的聖旨！」

「哦？」狄景暉忙問，「聖旨上怎麼說？」

烏質勒冷笑：「大周皇帝對烏質勒在伊柏泰一役中的表現給予了嘉獎，特賞賜烏質勒及所轄突騎施兵馬絹帛百匹，穀種千斛，以示天恩。」

狄景暉皺眉：「就這些？」

「就這些。」

狄景暉重重往桌上擊了一掌，歎道：「謀事在人，成事在天！景暉可以擔保，我爹必已為烏質勒兄長做了最大的努力，但是朝廷中的事情太複雜，君心似海深，兄長恐怕一時難以如願了。」說著，他向烏質勒作勢一揖，「讓兄長受委屈了。」

烏質勒連忙擺手：「景暉千萬不要多心，狄大人的正義公心如皓月凌空，烏質勒景仰之至，怎敢質疑。至於大周朝廷和皇帝嘛，所做的決定當然是出於通盤考慮，烏質勒也沒什麼可委屈的。唯感遺憾的是，這一腔熱血難以報效給大周，這滿腹的抱負也難以為突騎施所施展。看來這次，烏質勒要令狄大人失望了。」

屋子裡陷入靜默，少頃，狄景暉慨然道：「兄長的心意景暉清楚了，此次回京，必會向我爹轉達。另外，我們漢人有云：矢志不移，方能守得雲開霧散。景暉還想勸兄長一句，兄長這麼多年都堅持下來了，不怕再多等這一時！」

「說得好！」烏質勒激動地端起酒杯，「有景暉你這句話，別說再等一時，哪怕是二時、三時，烏質勒也等得起！」

繆夫人也笑道：「就是嘛，我都勸他不要著急。不過我的話不管用，還是得聽你的。」

狄景暉連連搖頭：「王妃這話景暉可不敢當。哦，對了，朝廷新任命的庭州刺史崔興崔大人沒幾天就要來上任了，上回就聽我爹說此人很不錯，待他來後，兄長可以與他多交往，應該對大業有所裨益。」

「好啊。」烏質勒的神情輕鬆了不少，笑道：「要說這庭州刺史還真不是個容易幹的差使，不知這位崔大人是何方神聖，能否壓得住陣腳。」

狄景暉也感歎：「誰說不是呢。」想了想，他突然問：「兄長說庭州刺史不好幹，是有所特指嗎？」

烏質勒一愣，隨口應道：「庭州地處隴右要衝，作為一方官吏當然責任重大。不過……你這一問，我倒想起來昨天早上去刺史府時看到的熱鬧了。」

「什麼熱鬧？」

烏質勒蹙起眉頭：「許多百姓圍在那裡吵鬧，似乎是什麼走失小兒的事情？」

狄景暉喃喃道：「原來還是這事，我倒是在好幾天前就聽說了……咳，庭州可真是不太平啊！」

繆夫人聽到這裡，突然插嘴道：「這事兒我倒也聽說了，好像已經走失了幾十個孩子，已經鬧得人心惶惶了。」

蒙丹驚呼：「幾十個孩子？天，那麼多！」

狄景暉和烏質勒一起點頭：「確有此事。」

繆夫人若有所思地道：「這幾天我在市面上走動時，還聽說了不少關於此事的流言蜚語，似乎都在傳，孩子們是被某種巫術所擄……」

「巫術？」烏質勒陰沉著臉問，「庭州城內各派各教雜陳，我素來有些了解，從未發現過什麼特別詭異的巫道妖術啊？繆年，街面上都怎麼說？」

繆夫人面露疑懼之色，冷然道：「有傳言說，這些丟失的孩子們之所以活不見人死不見屍，是因為被某些妖佞惑去做了犧牲，獻了祭！」

「獻祭？」屋內其餘三人異口同聲地驚呼。

烏質勒緊盯著繆夫人：「如此殘酷的祭祀行為，在中原附近我還從來沒有聽說過。」

繆夫人坦然應對：「烏質勒，在我們吐蕃確有以活人祭祀的風俗，但自松贊干布王時代就已嚴令禁止了。況且，即使有也都是用奴隸或囚犯來做犧牲，從來沒聽說過用孩子來獻祭的。」

蒙丹臉色發白地問：「為什麼要用小孩子做犧牲？他們的目的是什麼呢？」

繆夫人的聲音突然變得尖銳，冰冷的目光輪番掃過三人，一字一頓地道：「我只聽說過，用幼童血肉做犧牲的祭祀，是為了能使死者復生！」

此話一出，其餘三人的面色頓時大變，他們不由自主地相互看看，但又趕緊各自低頭，因為他們都從旁人的目光中看到了類似的懷疑和驚懼。屋裡的氣氛驟然變得沉重。

少頃，烏質勒沉聲道：「如此詭異邪祟之事，自會有大周官府替民做主，我們還是別胡亂猜疑的好。」他看了看面露不屑的繆夫人，又道：「王妃，你也不要濫傳流言，這裡不是碎葉，更不是你的家鄉吐蕃，你我在此地尚需謹言慎行，小心為妙，千萬莫牽扯到是非中去。」

繆夫人鼻子出氣，隨即又微笑道：「這本來就不關我的事，不過是給你提醒一句罷了。」

蒙丹突然驚叫起來：「哥哥，我記得烏克多哈的孩子還在裴素雲那裡呢——」

烏質勒打斷蒙丹：「那小孩生了點小病，伊都干正給他診治呢。你大驚小怪的幹什麼？」蒙丹還想說話，狄景暉在桌下一把攥住蒙丹的手，示意她冷靜。

烏質勒看了看繆年，笑道：「繆年，我昨晚連夜起草了給大周皇帝的奏章，煩你去取來。」

繆年走出了房間，烏質勒輕吁口氣，對蒙丹道：「我的好妹妹，你這回去神都，還要給我當使者呢，這麼沉不住氣可不行。」蒙丹噘了噘嘴，垂下眼瞼。

已經沉默了好一陣子的狄景暉，從身邊拿起個包袱放到桌上，長歎一聲道：「今天早上我去了趟巴扎後的小院，找出從英的幾件舊衣服……他也就這麼點兒東西，現在只好請兄長暫時先保管著。還有我上回替他從大食藥商那裡弄來的藥，還剩下不少，也都收在這包袱裡。假如從英他還、還……或許能用得上。」說到最後幾個字，他的嗓子有些發哽。

烏質勒強抑傷感，抬手重重搭在包袱上，點頭道：「我知道了。哦，景暉，為兄還要拜託你一件私事。」說著，他從懷裡取出一封書信，遞到狄景暉面前，「這裡……有封書信，煩請景暉幫我送給沈槐將軍。」

「沈槐？」狄景暉有些納悶。

烏質勒清清嗓子，神情少有地顯出些微侷促，支吾道：「只是些私事，咳咳……」

狄景暉連看了他好幾眼，便不再追問，只將書信揣入懷中，道：「兄長請放心，小弟一定將書信帶到。另外……」他遲疑再三，還是道：「我們都走了，裴素雲那裡，還請兄長務必多加關照，我想，這也是從英的心願。」

「嗯，烏質勒心裡有數。」

門扇輕響，繆夫人取來了烏質勒的奏章，烏質勒又囑咐了蒙丹一番，讓她代表自己到神都給大周皇帝上奏陳。時光飛逝，告別的叮嚀還來不及說完，望望窗外，暗沉的天邊已是曙光初露，短暫的庭州夏夜到了盡頭。

「伊都干在嗎？」

阿月兒聽到院外的叫門聲，抱著安兒迎出來，只見蘇拓娘子縮手縮腳地站在門外，身後還有一個高大的女人，全身富麗堂皇的衣飾在明麗的日光下晃得人睜不開眼睛。蘇拓娘子訕訕地介紹道：「阿月兒，這位是咱們的王妃，今天特意來看望伊都干的。」

「原來是王妃撥冗光臨舍下，快請進。」說話間，裴素雲一身素衣迎到院門口。

繆夫人與她微笑見禮，細細打量，只覺裴素雲比前幾日在乾門客棧初次見面時更加消瘦，便嘖嘖歎道：「哎喲，才幾天不見，伊都干怎麼越發憔悴了，看著都讓人心疼。」

裴素雲淡淡一笑：「盛夏溽暑，素雲這幾天略有不適而已。」

「哦？」繆夫人一步跨入小院，一邊四下打量著，一邊寒暄，「難怪烏質勒這兩天都在唸叨，說伊都干怎麼突然不去乾門邸店了，他放心不下，今天特意讓我過來看望。」

她在葡萄藤下站住腳步，透過斑駁的日影觀察裴素雲蒼白的面容，關心地詢問：「伊都干可好些了？」

「沒事，已經好多了。」

「那就好。」繆夫人的目光仍然盯牢在裴素雲端秀的臉上，悠悠歎道：「都說伊都干乃是庭州第一的美人兒，果然名不虛傳啊。即使憔悴至此，也還別有一種韻致。」

裴素雲對繆夫人的話置之不理，鎮定地伸手相請：「王妃請屋裡坐。」

繆夫人答應著進到屋內，在桌邊坐下，迅速地掃了掃屋子四周，目光重又盯回裴素雲的臉上，不依不饒地道：「我說呢，能讓烏質勒心心念念記掛著的女人可不多，伊都干這樣的容貌，哪個男人見了會不動心？」

裴素雲端上冰鎮奶茶，淡淡地回答：「王妃此話差矣，想烏質勒王子殿下雄才大略、胸懷天下，怎會牽掛一個尋常女子。王子殿下的心中，必然只有王妃這樣有膽識、有胸襟、有身分的伴侶。」

繆夫人乾笑幾聲，突然回頭對呆立一旁的蘇拓娘子說：「你不是說要來帶孩子回去的嗎？怎麼還不去抱？」

蘇拓娘子忙問：「伊都干，上回抱來的孩子在哪裡？我去瞧瞧。」

裴素雲指了指裡屋：「在裡面睡午覺呢，阿月兒，你帶蘇拓娘子過去看吧。不過……」她看了看繆夫人，正色道：「孩子的病還沒完全好，今天外面特別熱，就不要抱回去了，免得又中了暑。再過兩天，我親自送回乾門邸店好了。」

阿月兒帶著蘇拓娘子進裡屋，一會兒就聽到裡面傳來嬰兒咿咿呀呀的聲音。繆夫人喝了口奶茶，似笑非笑地道：「哎呀，伊都干自己身體不爽，還要替我們照顧嬰兒，實在不好意思。再說，最近庭州城裡出了些可怕的怪事，我們也是怕給伊都干惹麻煩。」

裴素雲眼波閃爍：「可怕的怪事？是什麼？」

「怎麼？伊都干不知道？」

「不知道。」

「真的什麼都沒聽說？」

裴素雲苦笑：「繆夫人，素雲好些天都沒有出門了。再說，如今在這庭州城裡，素雲再無親眷朋友，市井留言傳不到我這小院裡。」

繆夫人又是一陣歎息：「嘖嘖，誰想到呢，庭州第一的伊都干，今日卻淪落到這般可憐的地步。」

裴素雲岔開話題：「繆夫人所說的怪事，究竟是……」

繆夫人答非所問：「伊都干，再過兩天就是七月十五了，這盂蘭盆節伊都干不會錯過吧？」

「盂蘭盆節？」裴素雲蹙起眉頭，有些困惑地反問：「庭州佛教不盛，歷來都沒有過盂蘭盆節的習俗，繆夫人何來此問？」

「哦？」繆夫人的目光自始至終就沒有離開過裴素雲的臉，她一字一句地道：「可是每年七月十五日乃是新喪之鬼離開地宮，返回人間的日子，據說僅此一次機會可以抓住亡魂，只要施以恰當的法術，甚而可令新喪之人起死回生，難道伊都干沒有聽過這種說法？」

裴素雲的臉色愈加蒼白，她也直視著繆夫人，低聲道：「不，素雲信奉的是薩滿神教，對佛學絲毫不了解。」

繆夫人連連搖頭：「可惜，可惜。繆年聽說伊都干剛剛痛失至愛，這盂蘭盆節倒恰好可以寄託哀思，追憶逝者。」

「繆夫人！」裴素雲厲聲喚道，煞白的嘴唇微微顫抖著，「繆夫人，對不起，素雲身體有些不適，如果王妃沒有其他的事情，就、就請回吧。」

繆夫人愣了愣，忙道：「都是繆年不好，觸到伊都干的傷心事了。伊都干莫怪，我也是一片好心啊。」

裴素雲再也忍耐不住，淚水撲簌簌地滾下面頰，抽噎著問：「王妃，是不是烏質勒王子也認定沒有希望了，他、他讓你來對我說……」裴素雲以手握胸，臉上淚水縱橫，她那痛不欲生的樣子讓繆夫人也不禁歎息著垂下眼瞼。

片刻之後，裴素雲好不容易控制住自己，輕聲道：「王子夫婦的好意素雲心領了，從今往後，素雲也不會再去打擾王子殿下。多謝了！」她邊拭淚邊站起身來，對著繆年款款一拜。

繆夫人趕緊起身還禮，這麼一來倒真不好意思再坐，便勸慰道：「還請伊都干不要太傷心了，就算伊都干不信佛教，兩天之後的『鬼節』祭拜下亡靈還是應該的，尚可略微排遣悲情。」

裴素雲只管低頭不語。

繆夫人正有些尷尬，一眼看到蘇拓娘子從裡屋出來，便問：「你怎麼不把那孩子抱來？」

裴素雲忙道：「繆夫人，就讓這孩子多留幾日吧，我照料了他這幾天，還真有些捨不得，況且，我也想有點兒事情做……」

蘇拓娘子瞅著繆夫人，繆夫人想了想，意味深長地笑道：「既然如此，那就讓這孩子再留兩天吧，等『鬼節』過完，便讓蘇拓娘子來接他回去。」

「好。」

裴素雲陪著繆夫人往門外走，經過窗下的神案，繆夫人停下腳步，盯住案上的黃金五星神符看了又看，耀眼的金光從她的雙目中反射出來，似乎比她那滿頭滿身垂掛的金飾還要煥彩輝煌：「請問伊都干，這是什麼？」

裴素雲實在無力應酬，勉強解釋了一句：「這是我們薩滿的神器。」

繆夫人突然扭過頭，厲聲問：「為何用黃金製作？」

裴素雲一怔，反問：「有何不妥嗎？」

繆夫人話裡有話：「繆年在吐蕃也見過薩滿教的神器，都是用黃銅製成，從來沒見過用黃金的，而且還是這樣成色的黃金，簡直稀世罕見。」

裴素雲滿心悲慟，此刻已頭暈目眩支持不住，只好有氣無力地答道：「薩滿在吐蕃是無名小教，製作神器當然用不起昂貴的黃金。庭州薩滿盛行十年，信徒甚廣，平時供奉的財物也多，所以能製作純金的神器。」

繆夫人冷笑：「恐怕沒這麼簡單吧，伊都干語焉不詳，叫人難以盡信。」

「那……還能是什麼？」裴素雲低聲嘟囔著，抬手按上額頭，身子搖搖欲墜，繆夫人忙伸手相攙，扶裴素雲坐到桌邊。她沒有再追問什麼，只安慰了幾句，便帶著蘇拓娘子離開了。

裴素雲呆坐在桌邊，淚水靜靜落在沒有半點血色的臉上，乾了又濕、濕了又乾。阿月兒這些天來已看慣了她這副模樣，不忍心來打攪她，只默默地照顧兩個孩子。白晝雖長終有盡頭，夜漸漸地深了。裴素雲抬起頭，隱隱約約地看見天山峻偉的冰峰，在青白幽淡的月色下，展露出少有的柔和與溫潤之美。她目不轉睛地看著、看著，失去知覺許久的心如刀絞般痛起來，直痛到眼前一片模糊……

猛烈的敲門聲擊碎寂靜，裴素雲驚跳起來，淚眼矇曨地望向門口。隔壁屋裡嬰兒大哭聲響起，裴素雲定了定神，抬高聲音向屋裡說：「阿月兒，你管好孩子們。」

她自己快步走到門口，還未及詢問，就聽到門外一個男人焦急地喚著：「伊都干，伊都干！快開門啊，是我！」

是烏質勒！裴素雲的腦袋「嗡」的一聲，全身的血彷彿都沖到了頭頂，她幾乎是撲到門前，剛將門拉開，那烏質勒已經直衝進來，嘴裡一迭連聲地叫著：「快！快！他還活著，還活著！」裴素雲剎那間頭昏眼花，只隱約看到烏質勒身上似乎揹著個人。烏質勒徑直闖入點著蠟燭的正屋，他一眼看見正對著後窗的閒榻，一個箭步衝到榻邊，方將所揹之人輕輕地放平在榻上。

裴素雲緊跟進屋，剛走到桌邊，兩條腿已哆嗦得再邁不開半步，只好死死撐住桌子站著，眼睛直勾勾地望向榻上。燭光暗影中只有一個人形，隔開幾步都能看見渾身血污狼藉，她愣愣地低頭看看地面，一路滴落的血跡，歪歪扭扭伸到榻邊。

烏質勒埋首榻前，忙著掀開爛布片似的血衣，低聲嘟囔：「真糟糕，伊都干你看，這些傷口根本沒癒合好，一動就全裂了。伊都干！」沒聽到裴素雲的應答，他納悶地回頭張望，這才發現裴素雲臉色煞白地呆立在桌邊。烏質勒心下酸楚，只好低聲又說了一遍：「他還活著……」

裴素雲如夢初醒，慢慢挪到榻前，腿一軟便直接跪了下來。他的臉就在她的眼前，現在她能看得很清楚了，真的是他，雖然披散的頭髮和長得亂七八糟的鬍鬚蓋住了大半張臉，但她還是能一眼認出他來。裴素雲伸出手去，輕輕撥開覆在袁從英額頭上的亂髮，慘白的臉上雙目緊閉，看上去幾乎就是個死人，但當她顫抖的手指撫過他的嘴唇時，一縷游絲般微弱的氣息讓她立刻喜極而泣。裴素雲不顧旁邊的烏質勒，伸出雙臂小心翼翼地摟住袁從英的身體，把臉緊貼在他的胸前，全神貫注地傾聽那艱難而又頑強的律動——是的，他還活著。

烏質勒輕咳一聲，俯首道：「伊都干，從英的傷勢非常之重，我還沒來得及仔細檢查，不過看樣子他只是一息尚存，咱們得趕緊想辦法救治他，否則怕是凶多吉少。」

裴素雲抬起頭來，烏質勒從懷中掏出一個小銀盒子送到她的面前，輕聲道：「就是這藥盒子讓我找到了他……也是裡面的藥讓他支撐到現在。」

烏質勒將發現袁從英的經過對裴素雲匆匆說了一遍。原來，袁從英是在一個半月前，被游牧到沙陀磧裡的小隊牧民偶然發現的。當時他已是傷勢危重、奄奄一息，救下他的吉法母子本來也沒抱多大希望，只是牧民生性淳厚，從來不會見死不救，就把他擔上一匹駱駝，跟著游牧的隊伍一起往前走。吉法母子不懂醫術，看到袁從英渾身是傷，便按著牧民的習俗找了些草藥給他胡亂用上，也不過是盡個人事，估摸著他肯定熬不了多久。可沒想到，袁從英雖然一直未曾清醒，但卻極其頑強地活了下來。看到他在缺醫少藥的情況下，竟然還整整挺了一個多月，吉法母子又是驚詫又是感動，這才下定決心離開草原，帶著袁從英來到庭州城內求醫。他們今天下午到達城裡以後四處尋找郎中，可那些郎中要麼一口咬定袁從英已無藥可救，要麼就漫天開價，吉法母子拿不出錢來，就想變賣袁從英帶著的小銀藥盒子，先換些錢救人要緊。因為烏質勒在庭州城的突厥人中很有些影響，有人建議吉法母子去乾門邸店，把銀藥盒賣給突騎施王子，可以得個好價錢。就這樣，在晚飯時分，小銀藥盒輾轉來到烏質勒的手中，真如一個晴天霹靂在他的頭頂炸響！

裴素雲接過藥盒，仔細察看其中所剩不多的黑白兩種藥丸，微微點頭：「這是底也迦和吉萊阿德，大食國最好的止痛藥和解毒藥。」回過頭去，她輕輕握住袁從英冰冷的手，再度淚如雨下。

烏質勒的眼裡也是光芒閃動：「伊都干，我從吉法母子那裡找到從英，也沒多想就直接送到你這裡來了。我想著，還是由伊都干來照料他最好。也不知道是不是太唐突了？假如伊都干不方便，我——」

「王子殿下，」裴素雲聲音清朗地打斷烏質勒，「謝謝你把他送來。王子殿下的大恩大德，素雲今生今世銘記在心！」

「哎，這是從何談起。」烏質勒連連擺手，「只是從英的情況如此危急，伊都干一個人恐怕忙不過來，是不是需要人幫忙？要錢、要人，還是要藥材，咳，不管什麼，伊都干你說就是了，烏質勒定當竭盡全力！」

「多謝王子殿下費心。」裴素雲淡淡地笑了笑，愛憐的目光一刻都離不開那張已脫了形的臉，「素雲自己來照看他就行了，無需旁人。都過了三更天，王子殿下快請回吧。」

「這……也好。那我就先告辭了。」烏質勒略一猶豫，便起身往屋外走去，想了想又回頭道：「伊都干，我把阿威留在這裡，你可以隨意吩咐他，打個下手跑個腿，他是最機靈可靠的。有任何事情，讓他給我送信就行。我只要有時間，每天都會來探看。」

正午的太陽火辣辣地照在頭頂上，蘇拓娘子懷抱著烏克多哈的孩子，汗流浹背地在庭州城北行人稀落的小道上走著。裴素雲的家和乾門邸店各自位於大巴扎的兩端，直接穿巴扎走是最近的。可現在正是巴扎裡頭最熱鬧的時候，處處擠得水洩不通、氣味嗆人，孩子的病還沒好透，蘇拓娘子決定捨近求遠，繞道城北。這裡林木扶疏、人跡寥落，但空氣清新，氣溫似乎也比城裡要低一些。

本來繆夫人與裴素雲說好，兩天後過完「盂蘭盆節」再把孩子接回去的，可是昨晚風雲突變，烏質勒找到了垂危的袁從英，連夜送到裴素雲的家中。烏質勒走後，裴素雲忙了整晚，才算把袁從英全身上下的創傷收拾清楚。在伊柏泰的決戰中，袁從英身負多處箭傷，後來在大漠中掙扎逃生，估計又爬行了不少距離，身上被沙石劃得四處破損潰爛，總之是慘不忍睹。光為了把那些已經嵌入血肉的碎石沙粒洗掉，裴素雲就花費了九牛二虎之力，阿月兒和阿威給她當助手，三個人一夜無眠折騰到晨光熹微，總算把袁從英身上骯髒血污的破衣爛衫完全褪掉。深重的箭傷都裹上了紗布，至於那些密布全身的擦傷瘀痕，和一些看上去是被沙漠中不知名的毒蟲咬齧的創口，由於天氣炎熱，為了保持清潔，也為了換藥方便，裴素雲都只上了藥卻並不包紮。凌晨時分，清新舒爽的微風自窗外徐徐拂入，裴素雲展開輕薄的棉布，蓋上袁從英不著片縷的身體。朦朧的晨曦中，他毫無血色的面龐顯得既脆弱又平靜，卻令她感受到好多年都沒有過的踏實和安全，儘管還危在旦夕，但只要他在這裡，就足夠了。

鬆了口氣，裴素雲準備打發也忙碌了一夜的阿月兒和阿威去休息，這才想起烏克多哈的嬰兒還在自己家裡。於是她讓阿威去叫蘇拓娘子來家裡抱走孩子。畢竟她現在除了袁從英，再也無心旁顧了。

蘇拓娘子趕來裴素雲家時，已近正午。她和裴素雲打過招呼，就抱著孩子轉上城北僻靜的小道，匆匆忙忙地前往乾門邸店。走著走著，小道邊的樹木越來越蔥蘢，綠蔭掩映之下，日暈黝淡，涼意森森。蘇拓娘子只覺通體熱汗一瞬間就收乾了，她緊了緊懷裡的孩子，不知道為什麼，這突如其來的陰涼讓她很不舒服，心中升起莫名的恐懼，脊背一陣一陣地抽搐。

環顧四周，不見半個人影。陽光從樹葉的縫隙中瀉下，耳邊蟬鳴聲聲，蘇拓娘子稍微定定神，心裡想著光天化日的，自己怎麼突然如此膽小？她加快腳步，繼續悶頭向前，腳尖前頭的小徑上突現暗影，蘇拓娘子一驚，抬起頭來。

看清楚攔在跟前的人，蘇拓娘子長舒口氣，不由抬起左手抹了把滿臉的毛汗，嘴裡唸叨著：「哎喲，嚇了我一大跳，怎麼是您啊？」

「嗯，庭州最近不太平，你抱個孩子獨自趕路，我來瞧瞧。」

蘇拓娘子樂了：「還真是的，我剛才正在發怵呢，您這一來我就不怕了。」

對面的女人露出笑容：「有我在，自然沒什麼可怕的。」她向蘇拓娘子伸出雙手，蘇拓娘子會意，也笑著把懷裡的孩子遞過去。那女人低下頭，嘴唇輕輕觸了觸孩子幼嫩光滑的小臉蛋，再抬起頭時，笑容突然變得怪異：「有了這孩子，便齊全了。」

蘇拓娘子摸不著頭腦：「唔，您說啥？」話音未落，她的後腦遭到重重一擊，鮮血滲出盤整的髮髻，立即將烏髮染紅。蘇拓娘子吭都沒吭一聲，便癱倒在地上。從她的身後閃出一個黃袍的人影，對面的女人冷冷地命令：「再檢查一下，絕不能留活口。」

「是。」黃袍人蹲下身，探了探蘇拓娘子的鼻息，「她死了。」

女人點點頭，又俯首看懷中的孩子，口中喃喃：「多可愛的孩子啊，可惜命不好，還是早入輪迴吧……」頭頂上飄來大片烏雲，金色的日影如殘花凋零，消逝於幽深的樹叢中。倏忽間，濃霧驟起即散，當青天白日重現之時，林中的小徑上只餘下蘇拓娘子一具蜷曲的屍體。

第二章 重生

「斌兒，你說『生死簿』會是什麼呢？」

七月中的洛陽，夜晚已有些涼意。狄府後院狄仁傑的書房，乳黃色的紗燈罩下朦朧的燭光，從半開著的窗扇間靜靜瀉出。狄忠端著茶盤，躡手躡腳地推門進屋，望著相依坐在榻上的一老一小，微笑著搖了搖頭，走過去將窗戶關上。

狄仁傑聽到動靜，端起茶杯來飲了一口，笑道：「我說怎麼覺著有點冷呢，原來是窗戶沒關。」

狄忠道：「老爺，您一想起事來就冷熱不知的，這天漸漸地涼了，小斌兒又不肯說話，萬一凍出病來……」

「你這小廝，我還以為你是關心老爺我，弄了半天還是心疼小斌兒啊。」

狄忠撇一撇嘴不說話。自從將韓斌帶回洛陽之後，狄仁傑每天都要花不少時間親自教習他功課，除去處理公務之外，他幾乎把所有的空餘都給了這個孩子。每個晚上，韓斌都是在狄仁傑的書房中度過的，看書、習字、聽講……雖然韓斌還是不肯開口講話，但狄仁傑的耐心好得驚人，一篇一篇地給他講書，也不管這孩子是不是聽進去了。似乎只有這樣做著，他沉痛的心才能稍微輕鬆一些。

因為韓斌總不說話，每個夜晚這書房裡其實就是狄仁傑在唱獨角戲。講書講厭了，他就對著這沉默的孩子講起別的來，講生活中的種種奇聞，講自己以前斷過的案子，講許許多多的往事……各種各樣的情緒和感觸，就在一個個乍暖還寒的夜裡，從他蒼涼的心中悄悄流淌出來，在那孩子明亮的雙眸中激起細小的浪花。實際上，這正是狄仁傑在過去十年中已經習慣了的生活，只不過那個一言不發專心傾聽的人換了而已。當然，所說的內容也有變化，因為狄仁傑和袁從英從來只談公事，不談其他。

「老爺，『生死簿』不就是閻王派小鬼索命用的名冊嗎？」狄忠進門時撈到一耳朵狄仁傑的問話，便隨口答道。

「嗯，名冊。」狄仁傑檢查著韓斌剛臨摹完的一套字，在上邊畫著紅圈圈，他突然停下筆，若有所思地道：「名冊……難道真的存在這樣一份名冊？」

「啊？老爺，什麼名冊？」

狄仁傑站起身，背著雙手在屋裡踱起步來：「聖曆二年的臘月二十六，一個晚上發生了三起命案，案件的現場都有『生死簿』的痕跡。那段時間，神都也確實盛行閻王按『生死簿』到處索命的流言，不過自那以後不久，這種傳言就銷聲匿跡了。」

「嗯，老爺，差不多吧。」

狄仁傑點點頭，繼續思忖著道：「因為我向來不信鬼神幽冥的說法，所以查案伊始就認定，所謂的『生死簿』是不存在的。果然，後來劉奕飛和傅敏案件的真凶相繼浮出水面，證實了我的判斷，案發現場的『生死簿』痕跡，只是凶手假借這個傳言故布疑陣、混淆視聽而已。」

狄忠很努力地想了想，提醒道：「可是一共三樁案子，還有一件沒破啊，就是那個胖和尚……」

「對！」狄仁傑猛然止住腳步，盯著狄忠道：「圓覺的案子至今未破，他死亡現場的『生死簿』痕跡如何解釋，還是個未解之謎！因此這兩天我一直在想，也許真的有『生死簿』？」

狄忠遲疑著道：「老爺，您是說真有閻王爺的索命冊？」

狄仁傑回到榻邊，見韓斌正在一旁凝神細聽，便慈愛地伸過手去，撫摸著韓斌的小腦袋，道：「閻王是肯定沒有的，『生死簿』即使存在，也一定是人間的產物，而且這份名單必然關係著某些人的生死存亡，是性命攸關的一樣物事，所以才會牽引出那麼多離奇的案件來。」思索片刻，狄仁傑又道：「另外，假如真有這樣一份名單，它的意義也頗耐人尋味。既然名為『生死』，到底是關係名單中人的生死，還是持有這份名單之人的生死呢？」

狄忠晃了晃腦袋：「老爺，您說的話真繞，我聽不懂。」

「啊，哈哈哈哈。」狄仁傑捋著長鬚大笑起來，笑聲落下時他注意地看了看韓斌，親切地問：「怎麼了，斌兒，不開心了嗎？」

韓斌趴在桌上，握著筆將剛剛臨摹好的字紙塗了個一塌糊塗。

狄忠嘟囔：「呦，這孩子怎麼……」

狄仁傑朝他搖頭，走過去坐到韓斌的身邊，輕輕拍著孩子的肩膀，低聲道：「怪我，怪我，不該說什麼生啊死的……」愣了一會兒，狄仁傑忽然抬頭問狄忠，「狄忠啊，明天就是盂蘭盆節了吧？」

「是啊。」

「盂蘭盆節。」狄仁傑的笑容變得苦澀，他慢吞吞地道：「按例，明日宮中要舉行隆重的盂蘭盆會，我必須要入宮。要不，狄忠啊，明天你帶斌兒出去玩玩吧。他來洛陽也好些天了，還從來沒有出去過。」

狄忠遲疑著回道：「老爺，一直都是這孩子自己不肯出門啊，您看？」

狄仁傑長歎一聲，再次摟上韓斌的肩頭，聲音中似有無限的惆悵：「斌兒，盂蘭盆節是祭奠亡人的節日。在七月十五這一天裡，亡故之人會……會回家來看看。所以，活著的人們就要舉辦各種儀式來迎接他們，在寺廟裡有超度亡魂的法會，家家戶戶要準備祭品給無家可歸的孤魂野鬼。晚上，還要在水中放荷花燈，是為了給冤魂指引過奈何橋的路。總之，明天整個洛陽都會非常熱鬧，斌兒，讓狄忠帶你去看看，好嗎？」

韓斌抬起頭來，狄仁傑不得不掉開目光，孩子那晶亮的眼睛又一次讓他的心鈍痛起來，他低聲道：「好吧，大人爺爺就當你答應了。狄忠啊，領他去睡吧，我累了。」

夜更深了，在洛陽城北靠近皇城、達官貴戚聚居的街巷中，一駕黑篷馬車悄聲緩行，停在了一座高大的侯門府邸的後門邊。角門開啟，從裡面迎出的家人掀開車簾，車內之人顫巍巍探身下車，腳步踉蹌虛浮，險些跘倒。緊接著又有兩名家人上前，自車內抬出一個黑布包裹的長卷，迅速地隱入府中。

書房中，周梁昆來回不停地踱著步，臉色發灰，眼底黝黑，那面目猙獰得直如被困絕境的野獸。聽到家人在門外輕喚，他「噌」的一聲便躥到門口，口中叫道：「啊，你總算來了。」門口，何淑貞抖抖索索地站著，似乎還在猶豫，卻被周梁昆毫無身分地一把扯了進去。兩名家人將黑布包裹的東西抬入，放在地下。周梁昆勉強鎮定了下心神，裝模作樣地吩咐：「好了，你們都退下吧。把守好院門，任何人不得入內！」

「是，老爺。」

周梁昆親自關上房門，回過身來，他長舒了口氣，蹲下身將布卷展開，一幅亮彩輝煌的編織地毯在青磚地上鋪開。周梁昆端起燭台，繞著地毯轉了好幾個圈，地毯在燭光映照下放出五色絢爛的光彩，給他灰敗的面孔添補上一抹亮色。周梁昆的嘴裡唸唸有詞：「淑貞，現如今就只能靠你了。」猛地，他抬起頭盯住何淑貞，「這麼說你總算把編織這幅毯子的方法回想起來了？我就知道你一定能幫到我的！」

何淑貞被他悚然的目光嚇得渾身一震，垂首訥訥道：「周、周大人，想……是想起來了，不過，周大人，您能不能告訴老身，您到底要我幫您什麼？」

周梁昆朝她露出個比哭還難看的笑容，搖頭晃腦地道：「呵呵，當初波斯國在太宗朝時進貢的這幅寶毯，放在鴻臚寺那麼多年，要不是三十多年前那次吐火羅的鑑寶專家來朝，品遍皇家所有的藏品只指出這一件寶物，卻又不肯講出其中的奧妙，先皇也不會心血來潮想到要我來破解其中的秘密。哼，想當初我還不過是個小小的四方館主簿，絞盡腦汁也搞不明白這幅地毯到底奇在何處，最後靈光一現，居然想到了去天工繡坊。」

何淑貞木呆呆地接口：「周大人您那時去天工繡坊，指明要找頭名繡娘，結果……就找到了我。」

周梁昆眼神恍惚，彷彿陷入了久遠的回憶：「是啊。其實我那也是病急亂投醫，都沒想到刺繡和編織根本就是兩回事，就抓著你到鴻臚寺，逼著你一定要把這毯子的奧妙研究出來，可哪裡想到……」他注視著何淑貞的臉，已然淚光點點，「淑貞，你竟然真的把這幅毯子編織的秘密破解了！你真是太能幹了！」

聽到周梁昆的誇獎，何淑貞卻並無半點喜色，皺紋密布的老臉更加蒼白，顫聲道：「命啊，這一切都是命啊。若不是為了破解寶毯的秘密，卑微的繡娘何淑貞又怎麼會認識您周梁昆大人！」

周梁昆一愣，隨即用勸慰的語氣道：「哎，淑貞啊，過去是我對不起你，可歎你我如今已是土埋半截的人，所做的一切都是為了各自的兒女。淑貞你儘管放心，只要你再幫我這一回，我保證替你找到兒子，不論他這次考得如何，我都會替他覓個一官半職，你們今後的生活可保無虞啊。」

何淑貞的臉上浮出一抹苦澀的冷笑：「周大人的好心老身感激不盡。只是周大人，您還沒說到底要老身做什麼？」

周梁昆書房的小院外，月洞門前一左一右站定兩名家人，正在百無聊賴地望著天打發時間，突然鼻尖幽香輕攏，周靖媛的倩影亭亭玉立在二人面前。家人趕緊躬身施禮：「小姐。」周靖媛看都沒朝他們看一眼，抬腳就要往月洞門裡邁。

「小姐，老爺吩咐任何人不得入內。」一個家人連忙阻攔。

周靖媛略感意外，圓瞪杏眼道：「什麼意思？任何人，我是任何人嗎？」

「這……」那兩個家人滿臉苦笑，面面相覷，他們對這位小姐的脾氣再清楚不過，打心眼兒裡不敢得罪。

周靖媛朝書房望去，朦朧的燭光照在窗紙上，兩個人影正在搖搖曳曳。她蹙起纖巧的眉尖，問那兩個家人：「老爺在會客嗎？」

「呃……」家人苦著臉更是不知所措。

周靖媛想了想，衝著那兩名家人嫣然一笑：「行了，我知道你們為難，就當壓根沒瞧見我吧。」

「小姐……」

周靖媛拉下臉：「少廢話，老爺那裡有我擔著，你們要是再畏首畏尾的，就早打主意捲鋪蓋走人吧。」

兩個家人一縮脖子，再也不敢吭聲了。

繡花緞鞋輕輕踏在被夜露沾濕的小草上，周靖媛來到父親的書房窗外。窗戶並未關嚴，周靖媛屏住呼吸，從窗縫中望進去，不由大吃一驚：站在父親面前的那個神秘來客，竟然是前些日子被自己請入府中刺繡的老婦人。周靖媛狐疑地轉了轉眼珠，凝神細聽屋內飄出的斷斷續續的談話。

周梁昆猶豫良久，從書案後的多寶櫃上取下一個青瓷花瓶，「嘩啦」一聲砸在磚地上。何淑貞和屋外的周靖媛都給嚇了一跳。再看周梁昆，俯下身子從瓷瓶碎片中撿起一個包裹，顫抖著雙手置於案上，慢慢展開。周靖媛的眼睛越睜越大，她能很清楚地看到，那是塊薄如蟬翼的絲絹，原來疊得很緊，只有幾寸的寬厚，展開來居然覆住了父親那寬大書案的桌面。絲絹呈淡淡的黃色，幾近透明，上面密密麻麻地寫滿了蠅頭小楷。

屋子裡，何淑貞也看呆了。良久，她才想起來問：「周大人，這是什麼？」

周梁昆顧自撫摸著絲絹，面露詭異的笑容，沉聲道：「這是件關乎本朝許多人生死存亡的物件，它叫作『生死簿』。」

屋外，周靖媛聽得心兒狂跳，好不容易才壓下一聲驚呼。

「生死簿？」何淑貞又懼又疑，喃喃重複。

周梁昆終於抬起頭來，一字一頓地道：「是的，生死簿。有人不惜一切代價要得到它，其實得到它的滋味，我最清楚，那才叫作日夜不寧、生不如死！如今我周梁昆的身家性命便繫於它一身，失它，必死；保有它，或許還有一線生機。因此，淑貞，我要把它藏在一個最好的地方，你知道是哪裡吧？」

「我？」何淑貞目瞪口呆。她終於明白了周梁昆要自己做什麼，但是……天哪，何淑貞心中驟然升起的恐懼幾乎令她窒息。她晃了好幾晃，才穩住身形，有氣無力地道：「周大人，做這件事需要一天一夜，難道我就在您的書房裡做嗎？」

周梁昆此刻倒變得胸有成竹：「這我早計劃好了。淑貞，這間書房後面有間暗室，我即刻放你進去做活，把你鎖在裡頭絕對安全。隔段時間我會親自入內查看，並給你送些食水。等你做完，便放你出來。」

何淑貞沉默了，書房裡一片寂靜。周靖媛站在窗外，彷彿都能聽到屋內兩人的心跳聲。許久，老婦人輕捋了下垂落的白髮，淒然一笑，問：「周大人，您……真的這麼信得過淑貞嗎？」

周梁昆怔了怔，走過去將手搭在何淑貞的肩上：「淑貞，你我當然是信得過的。你也儘管放心，生死簿一旦藏好了，今後再見天日的時候，還仍然要仰仗你的。」

周梁昆和何淑貞進了書房後面的暗室。周靖媛悄然離開窗邊，匆匆往院外而去。她的頭腦一片空白，自己也不知怎麼地走回了閨房，這才撲倒在錦被上，任憑淚水肆意地流淌。

七月十五日，盂蘭盆節。

從一早開始，洛陽的大街小巷就已熱鬧非凡。卯時剛過，狄仁傑就入宮參加由皇帝親自主持的盂蘭盆會去了。這個規矩自太宗大曆元年起至今，隨著尚佛風氣在本朝的盛行，可謂年盛一年。每年的盂蘭盆會在宮中都要設立內道場，巨幅的旗幡上書高祖以下的各帝聖位，由百官在梵樂聲中迎拜入內。殿前的盂蘭盆更是鎏金鍍彩，周圍遍置蠟花果樹，氣派非凡。

狄忠牽著韓斌的小手，正沿著洛水往天津橋前走來。韓斌的左手挽著韁繩，小神馬「炎風」溜溜達達也一路隨行。今天過節，洛陽所有的主要街巷都會搭起法師座和施孤台，諸家佛寺前要供奉起盂蘭盆和裝飾繁盛的花樹，並大做法事，官家更是在沿洛水的大街上每隔百步設下香案，由百姓布施新鮮果品和糕點，因此這一天連店鋪都關門歇業，將街道出讓給鬼。出發前，狄忠費了好些唾沫，想讓韓斌明白，今天的大街上人潮湧動、擁擠不堪，根本沒可能騎馬，帶上「炎風」也是累贅，可韓斌現在的脾氣變得十分倔強，壓根不理狄忠那一套。狄忠無奈，也著實心疼這孤苦伶仃的孩子，只好任他牽上「炎風」一起出門，只是不許他騎行。

就這樣，兩人邊行邊看，起初韓斌還悶悶不樂，但到底小孩心性，漸漸地就被眼前紛繁熱鬧的市景吸引住了，雙眼活泛起來，臉上的愁雲淡了不少。狄忠看在眼裡，心中且憐且喜。遊過了幾家大寺院的盂蘭盆會，又給韓斌買好了晚上要放的荷花燈，在人群的簇擁之下，他們不知不覺地來到洛水南岸。天津橋的西側，耳邊響起一陣叮咚的悅耳鈴聲，抬頭望去，前方矗立著一座六層的磚石寶塔。狄忠撓頭道：「這都到天覺寺了，斌兒，那座塔叫天音塔，上頭可是跌死過人的。」

韓斌好奇地眨了眨眼睛，不由分說拖著狄忠便往天覺寺方向去。今日這天覺寺門前的法會更甚於他處，高高搭起的施孤台層層疊疊，足足有好幾丈。施孤台上，全豬、全羊、雞、鴨、鵝及各色糕點瓜果已經擺了個盆滿缽滿，仍有大批百姓排著隊送上布施的食物。身披袈裟的僧侶依次在每件祭品上插上紅、藍、綠三角紙旗，整座施孤台被打扮得五彩繽紛。

二人正看得起勁，耳邊又是一陣敲鑼打鼓，這才發現施孤台對面的空地上，還搭了座臨時的戲台，一齣「目連救母」的雜劇剛剛開演。戲台上，身形矯健的小生「目連」粉墨登場，甫一亮相便博得眾人的齊聲喝采，看客越聚越多，很快就把戲台前擠了個水洩不通。韓斌牽著「炎風」過不去，只好由狄忠扶著，站在「炎風」的身上，抻長脖子遠遠地張望。

戲入高潮，佛祖指點「目連」，從今後要敬設盂蘭盆供，奉養十方眾僧，才能幫助母親洗脫罪孽，脫離苦海，「目連」感激涕零。幾個精采的唱段後，「目連」手指著對面的施孤台，高聲吶喊：「搶孤啦！」

猶如聽到一聲令下，看熱鬧的民眾爭前恐後地向施孤台擁去，若干身強力壯的棒小伙子更是突圍而出，手忙腳亂地往施孤台上爬。韓斌看得有趣，呵呵笑起來，狄忠也很開心，大聲解釋道：「這是要嚇走孤魂野鬼，怕他們在陽間流連，不肯回陰間去呢。誰若是搶到最上面那個紅色的大麵果，便可求得天覺寺的了塵大師給自己亡故的親人做法事，是極大的功德哦！」

正說著，施孤台擁上越來越多的人，整座台子都開始左右搖擺，眼看著就要搖搖欲墜。正對面的戲台上，那個宣布搶孤開始的小生「目連」，一直叉著雙手饒有興致地觀賞遊戲，這時見那最上面的紅麵果被晃得就要落下，他突然從身邊抽出一張硬弓，搭箭便射。箭如流星，帶著哨音飛過眾人的頭頂，牢牢地插在紅色麵果上，小生大喝一聲：「它是我的！」便縱身躍下戲台。

他的身勢有種恢宏瀟脫的氣概，眾人不自覺地聽令讓開。小生幾步就來到施孤台下，恰好施孤台蓄勢傾倒，那個紅色麵果自上墜落，小生穩穩地站著，只待囊中取物。卻萬沒料到半路殺出個程咬金，剛被眾人讓開的小道上飛奔過來一匹火紅色的小馬，小生突覺一片眼花繚亂，定睛再看時，馬上少年已將落下的麵果牢牢抓在手中，打馬朝天津橋南飛奔而去。

「嘿！」那小生氣得直跺腳，大喊道：「我的馬呢？」

「殿下，在這兒！」立即有差人牽過一匹威風凜凜的寶馬良駒，小生翻身上馬，緊跟著前面的小紅馬追下去，倏忽間就跑得不見了蹤影。天覺寺前，亂哄哄的人群中狄忠急得滿頭大汗，拚命喊著：「斌兒，斌兒，快回來啊！」他的叫聲立即就被周圍的喧鬧徹底淹沒了。

同一天在庭州，從早上開始南方的天山山麓就升起濃霧，直到午後仍歷久不散，漸漸在整個庭州的上空罩起一層厚厚的霧靄，周遭變得極其悶熱、濁氣鬱積，五步之外連人影都看不清，如此陰濕詭異的天氣在盛夏的庭州實在是絕無僅有，還真配得上「鬼節」這個日子。

正如裴素雲所說的，庭州地屬西北邊陲，佛教並不興盛，因此沒有過盂蘭盆節的習俗。雖然也有七月十五「鬼節」的說法，但百姓不過是在家中燒些紙錢、給祖宗牌位上點兒供品而已。庭州僅有的幾座佛寺香火稀落，搞不了大規模的盂蘭盆會，也就是寺內做做法事、擺點兒祭品應景。

然而今天，這個盂蘭盆節的下午，在庭州城中最大的薩滿神廟裡，卻意外地聚集了大批的庭州百姓，濃霧透過敞開的鍍金大門湧入神廟，瀰漫在他們的周圍。高高築起的聖壇頂上，那顆碩大的黃金五星神符，在白色的濃霧之後若隱若現。在這些往日裡篤信薩滿神教的百姓眼中，這輝煌燦爛的純金五星，頭一次失卻了那神秘高超的力量，代之以難以言傳的晦暗和壓抑。

這些神色悲憤、面容憔悴的百姓們，有胡有漢，有男有女，此刻都全神貫注地傾聽聖壇前一個黃袍僧人的講話。他們的臉上淚痕未乾，喪兒的創痛正如利刃撕扯著他們的心，但如今他們的全部注意力都被黃袍人吸引住了，他們現在已經顧不上悲痛，因為復仇的渴望燃燒了他們的全部身心，恨哪，從來沒有過的巨大仇恨，需要一個發洩的對象！

他們都是庭州城近些日子來走失小兒的百姓。連續多日的尋找毫無結果，庭州官府又百般推諉，不肯負責，早已令這些百姓心急如焚。再加市井流言紛紛，謠傳孩子們被妖孽惑去做了犧牲，獻了祭，如此恐怖的說法更是令這些百姓惶恐至極，卻又無計可施。就這樣度日如年地熬到今天早上，幾乎又是徹夜難眠的人們剛剛打開自家的房門，就被門口的景象驚呆了！

門口的地上躺著他們丟失多日的孩子，在濃霧的遮掩下一時看不清楚狀況，他們喊叫著撲上去抱起孩子，這才發現孩子的面孔如紙般蒼白，纖細的睫毛垂落，原來鮮豔的小嘴唇緊緊抿著，但已不見一絲血色。大人們的心猛地冰涼，感覺懷裡的小身體出奇地輕，解開包裹著孩子的奇怪服飾，他們終於悲痛欲絕地看到，離家時還活蹦亂跳的孩子已流盡鮮血，成了一具乾屍！

女人們慟哭、悲號直至暈厥。男人們圓睜著血紅的眼睛，咬牙切齒，滿腔的悲憤如沸水翻騰，而當他們發現孩子身下的地面上描畫的五星神符時，更是震驚到了極點！庭州百姓對這薩滿的神聖象徵再熟悉不過，難道這一切恐怖、殘忍、令人髮指的罪行，真的是他們篤信了多年的薩滿神教所為？

很快，有人在這些痛失幼兒的百姓中串聯，說是孩子們被殺的真相，必須去城中最大的薩滿神廟中找尋。已經被悲痛和仇恨沖昏了頭腦的人們二話沒說就集結起來，流著淚捏緊拳頭，紛紛趕往神廟。果然，此地已有人在恭候了。

假如放在平時，稍微有些理智的人都會覺得，整件事情太過蹊蹺。當黃袍人站在聖壇前，信誓旦旦地指控裴素雲，認定她就是這一系列殺童案的元凶時，如果有人站出來，質問黃袍人是如何發現這個秘密的，裴素雲又為何要在抽光孩子的鮮血後，把他們的屍體送回到家門口，甚而畫上個暴露自己身分的神符圖案，黃袍人恐怕很難自圓其說。

但是，儘管整個過程策劃得多有破綻，幕後之人卻牢牢抓住了失子百姓的切膚之痛，此刻的人們哪裡需要什麼嚴密、合理的解釋，他們所要的只是一個說法，一個悲痛的宣洩口，一個復仇的對象！

於是就在這座薩滿神廟中，面對聚集起來的百姓，身披黃色袈裟的僧侶號稱自己乃城南大運寺的住持，在最近的修法和占卜時，發現庭州城被邪祟的勢力控制，有人在行使最惡毒殘忍的巫術，目的是使死去之人復生。他告訴眾人，據他的推算，裴素雲就是這個巫術的主持者，她之所以這樣做，就是為了讓她前一陣子在沙陀磧中失蹤的姘夫起死回生！

「真的是這樣！」人群中有人跳出來附和了。這兩天裴家附近的住戶確實發現，裴家的小婢阿月兒忙忙碌碌，每天都要往屋外的河溝裡傾倒好幾盆血水；一個不知從哪裡冒出來的突厥小伙子，跑進跑出地從市場買回藥材和布匹等等物品；突騎施的烏質勒王子，每天午後都會來裴家小院待上好一陣子，面呈憂慮之色。種種跡象表明，裴家肯定藏有重病之人，多半就是那個裴素雲透過巫術救活的姘夫！

黃袍人見眾人越來越激憤，乾癟的臉上皺紋更深更密，一雙陰鷙的小眼放出凶惡的光芒，他抬高聲音道：「各位，裴素雲為了讓她自己的姘夫死而復生，竟令你們的孩子活生生被放血而死，其手段何其毒辣，簡直是滅絕人倫！各位，你們說要不要向她討還公道？」

「要！」眾人齊聲高呼，目眥欲裂。

黃袍人又道：「這裴素雲是薩滿女巫，有點法術，咱們要去和她鬥，還得做好充分的準備，不得莽撞！」

「這……」眾人略一遲疑，又有人喊道：「法師，咱們就聽您的號令，您讓我們怎麼辦，我們就怎麼辦！」

黃袍人冷笑著反問：「我來領頭沒問題，只是你們怕不怕？」

眾人悲戚連連：「我們的孩子死得這麼慘，簡直就是剜了我們的心頭肉啊，我們什麼都不怕，只要能報仇，就是與那女巫同歸於盡，我們也認了！」

黃袍人點頭：「據我算來，那女巫的姘夫雖然活過來了，但情況仍很危重，為了讓他徹底好轉，恐怕裴素雲還要施更多的妖法，殺更多的孩子，就算不為了你們自己，為了庭州其他百姓，也絕不能讓她再這樣肆意妄為、殘害無辜了！」

一席話將人們的復仇之火煽動到了頂點。大家再無絲毫猶豫，就要衝出神廟大門。黃袍人忙制止大家，說現在還未到時候，女巫是有法術的，擒殺她必須在黑夜之中，以烈火焚燒才能扼其命脈，令她完全喪失法力，乖乖伏誅！

覆蓋庭州城的濃霧隨著夜色降臨，愈加厚重濃鬱。整個城郭都被深重的黑霾壓得窒息，剛過戌時，外面已是伸手不見五指。阿月兒憂心忡忡地打開院門，伸手去接阿威手中提的大陶罐，阿威朝她笑著搖了搖頭，輕輕鬆鬆地將陶罐提進屋裡，擱在桌上。阿月兒的臉微微有些泛紅，自從阿威來了之後，他就攬下了每天傍晚去取冰鎮酸奶的活，倒弄得阿月兒有些不好意思。

阿威走到榻前看了看，低聲道：「伊都干，我過來之前，王妃關照我今天晚飯後回乾門邸店一次，並且今天王子沒時間過來，我要去通報下這裡的狀況，他惦記著呢。」

裴素雲朝他微笑點頭：「嗯，你去吧。天氣不好，多加小心。」

屋裡只點了一支蠟燭，顯得十分昏暗。雖然如此，裴素雲仍側著身子坐在榻邊，小心地將燭光擋在自己的身後。

「阿母，外面好黑啊，有點兒嚇人呢。」阿月兒從陶罐裡頭舀出一碗冰鎮的酸奶，走到一邊餵給正悶聲不響和哈比比玩耍的安兒。看著安兒津津有味地吃著，阿月兒小聲嘟囔：「安兒這兩天真奇了，一點兒都不鬧，好像突然懂事了。」

聽到這話，裴素雲回頭微笑：「是啊，我一直都說安兒心裡面比誰都明白的，他最知道誰對他好，也懂得應該對誰好。」昏黃的燭光在她疲倦的臉上跳躍，稍微紊亂的髮絲貼在臉畔，但神色中卻煥發著一種從未有過的嫵媚和恬然。阿月兒看得愣了愣，從陶罐裡又盛了一小碗冰鎮酸奶，端到榻邊小聲說：「阿母，給……呃，他吃一些吧？」她直到現在都不知道該如何稱呼袁從英，只好叫「他」。

裴素雲接過酸奶，又悠悠歎了口氣，將手中一直在搖的檀香木團扇遞給阿月兒：「別直接對著他，搧得輕一點。今天太悶熱，我給他擦汗都來不及，這倒也罷了，就怕他喘不過氣來……」她俯下身將嘴唇貼在袁從英的耳邊，悄聲說了幾句話，便舀了一小勺酸奶，小心地送進他的嘴裡。除了水之外，這種冰凍的食物是袁從英現在唯一能咽下去的。

阿月兒在一旁搖著扇子。袁從英來了這兩天始終昏迷不醒，裴素雲堅持親自伺候他，連碰都不讓旁人碰，雜務又有阿威幫忙，所以阿月兒的活其實並沒有增加太多。此刻她看著女主人眼中閃爍的充沛愛意、溫柔無比的動作，彷彿面對的是一個無價之寶，心中真是既同情酸澀，又隱隱有些羨慕。尤其讓阿月兒納悶的是，袁從英明明毫無知覺，裴素雲卻老在他的耳邊說著什麼，而有時候他好像還能聽見似的……

正在胡思亂想著，門口響起急促的腳步聲，緊接著就聽到阿威略顯慌張的聲音：「伊都干，王子殿下來了。」

阿月兒一抬頭，烏質勒陰沉著臉疾步而入，阿威跟在他身後。烏質勒直接走到榻前，裴素雲朝他微微欠身：「王子殿下。」她也感到了烏質勒的異樣，幾乎本能地將手擱到袁從英的胸口。

烏質勒皺著眉頭看了看：「他還是那樣？」裴素雲沉默著點點頭。烏質勒長歎一聲，直起身來側耳傾聽。

阿月兒覺得奇怪，也跟著豎起耳朵聽了聽。沉悶寂靜的夜色中，遠遠的似乎真有某種動靜，莫名地讓人毛骨悚然、心驚肉跳。阿月兒不安地望向女主人，她的神情倒還鎮定，只是更緊密地靠近那昏迷的人，好像是要保護他似的。

烏質勒的臉上露出異常森嚴的表情：「伊都干，你必須立即離開此地。哦，當然還有從英、安兒、阿月兒，你們都要走……這裡有危險！」

「危險？」裴素雲驚問，「什麼危險？為什麼要立即離開？」

烏質勒的下顎繃得更緊，在昏暗的燭光下看去簡直有些面目猙獰，他又聽了聽，暗夜中悚人的響動似乎又迫近了些，他生硬地說：「伊都干，沒時間多解釋了，只是烏質勒在庭州官府中的耳目向我密報，有心懷叵測之人散布謠言說伊都干施展妖術，殘害了許多庭州的兒童，現在那些孩子們的父母集結起來，要來向伊都干尋仇，很快就要到這裡了！」

裴素雲驚得瞪大了眼睛，一時說不出話來。烏質勒不再理會她，轉頭吩咐阿威：「門外停著兩輛馬車，你趕一輛，哈斯勒爾趕另一輛。阿月兒，你抱上安兒，跟阿威走！」

「王子殿下！」裴素雲叫了一聲，「我不明白，這到底是怎麼回事？我什麼都沒有做，為什麼會有人這樣陷害我？另外，即使有人被騙找上門來，我也可以解釋清楚……」

「伊都干！」烏質勒真急了，瞪著她厲聲喝道：「那些人聽信謠言，對你恨之入骨，他們根本就不會給你機會解釋，來了就要燒死你！燒死這裡所有的人！」

看到裴素雲還在猶豫，烏質勒一指窗外：「你聽！你仔細聽聽！聲音越來越近了！是濃霧遮住了火把的光亮，當然了，也讓他們一路行來的速度減慢，因此你還有機會離開。不要再猶豫了，伊都干，難道……難道你打算讓從英和安兒也一起遭殃嗎？」

裴素雲激靈靈打了個冷顫，慢慢從榻邊站起來。烏質勒俯身將袁從英揹到背上，一邊催促道：「伊都干，只揀最要緊的東西帶上，來不及了！」裴素雲茫然地環顧四周，將榻上枕邊那個小銀藥盒抓在手中，便跟著烏質勒走出去。

烏質勒小心地將袁從英在一輛馬車中安頓好，裴素雲站在車外，輕聲發問：「王子殿下，我們……去哪裡？」

「這……」烏質勒遲疑著道，「庭州城是絕對不能待了，你們先向西北方向去，避開來人，或者讓哈斯勒爾去找片綠洲——」

裴素雲打斷他的話：「那些人會不會跟著找過去？況且，從英他、他現在必須要安靜地休養，絕不能再四處顛沛，否則……」

烏質勒怔了怔，隨即跺腳：「管不了那麼多，先躲一時算一時吧！或者……」他突然看了眼裴素雲，「伊都干有什麼地方可以躲藏的嗎？」

裴素雲剛要開口說話，濃霧盡頭一抹紅光隱現崢嶸，伴隨著更加清晰的雜亂人聲傳來，烏質勒神色一凜：「伊都干，上車吧！我到前面去擋一擋，你們快走，別再耽擱了！」話音未落，他已打開院門，闊步衝向巷口。

阿威跨在馬車軸上，伸手便拉裴素雲：「伊都干，快上來啊！」

裴素雲掙脫他的手：「等等，我還要取樣東西。」

「啊？」阿威急得臉都變色了，卻見裴素雲直往後院而去，阿威抓耳撓腮地朝巷子口方向望去，那團紅光越來越濃。正在無計可施之際，總算又看見裴素雲跑了過來，懷裡抱著一隻喵喵亂叫的黑貓。阿威簡直氣結，也來不及多說話，劈手摟住裴素雲的纖腰，直接把她提上馬車，塞進車篷裡。兩輛馬車隨即朝巷子的另一頭狂奔而去。

濃霧瀰漫的夜空中，根本看不到一絲星光。兩輛馬車簡直是在摸著黑逃命，所幸哈斯勒爾對庭州還比較熟悉，照著烏質勒的吩咐直奔西北方向而去，很快就把那團紅光拋在了無盡的夜霧之中。跑了一段時間，身後再無半點亮光和人聲，裴素雲探頭出來問：「阿威，我們這是去哪裡？」

阿威為難地道：「唔，其實我們也不知道該去哪裡。王子殿下只說先出庭州城，要不找個樹林什麼的先待一宿。」

正說話間，馬車忽然猛烈顛簸起來，原來是他們跑上了一條碎石斷木橫雜的岔路。裴素雲沒防備給一下子晃進車內，險些栽在袁從英的身上。她連忙去握袁從英的手，發現他又是通體大汗，手卻徹骨冰涼，裴素雲的心頓時絞痛起來。她知道這樣奔波對遍體鱗傷的他意味著什麼，淚水瞬間便充溢了眼窩。她咬了咬嘴唇，終於下定決心，再度探頭出去：「阿威，我知道一個地方可以去，我給你指路。」

二更已過，狄府正堂上依然燈火輝煌。狄仁傑今夜破天荒沒有待在書房，而是在正堂上來回踱步。一干家僕斂氣垂首，侍立於正堂內外，他們很少看到老爺這樣焦躁，都知道今天麻煩大了。

狄仁傑在宮中參加盂蘭盆會，晚宴過後才回到府中。哪想到一回家就聽到韓斌走失的消息，累了一天、心力交瘁的老大人急得幾乎昏倒。狄忠早已滿洛陽找了一個下午，壓根連韓斌的影子都沒找著，給狄仁傑報告消息時他急愧難當，幾乎就要哭出來了。狄仁傑竭力定下心神，也讓狄忠先少安毋躁，又派人將已回家的沈槐請過來，這才詳細詢問了當時的情況。

當聽到那扮「目連」的小生騎馬追韓斌而去，狄仁傑打斷狄忠，思忖著問：「你說那小生的手下稱他殿下？」

「嗯。」狄忠回憶道，「聽上去是這麼叫的。」

狄仁傑又問：「他騎的馬如何？」

「很神駿的一匹白龍馬，肯定是寶馬良駒。」

狄仁傑雙眉一聳：「難道是他？」

「啊？老爺，您說是誰？」

狄仁傑緊鎖眉頭，好似在自言自語：「假如真是他，那應該能追得上斌兒……只是不知道，對小斌兒來說，這究竟是福還是禍啊？」

抬起頭，狄仁傑盯著狄忠問：「當時你有沒有問問那些差人，他們家的這位殿下究竟是何許人也？」

狄忠連連搔頭：「沒、沒想到。我當時光顧著去趕小斌兒……」

「你這小廝啊，還是如此毛躁！」

「可是老爺，那小生是何許人和我們找斌兒有什麼關係呢？」

狄仁傑氣得笑起來：「你也不想想，那小生騎的是寶馬，很有可能追得上斌兒的『炎風』，你多問句他的來歷，不也多條線索？」

「哦！」狄忠這才醒悟，面紅耳赤地垂下腦袋。

沈槐起先一直沒說話，這時來解圍道：「大人，您剛才說『難道是他』，莫非大人心中已有推斷？」

狄仁傑捋了捋長鬚，讚賞的目光輕輕落在沈槐的身上，頷首道：「嗯，沈槐，你想想，這京城之中年未及弱冠的青年王爺一共有多少？是不是掰著手指也能數過來呢？」

沈槐想了想，答道：「未及弱冠就封王的確實不多，應該能數得出來。」

「好，那麼這些人中間會扮戲唱曲，能騎善射，身手不凡的又有幾個呢？」

「這，就更少了……」沈槐低下頭去，突然眼睛一亮，「大人，我知道您說的是誰了！」

狄忠忙問：「沈將軍，是誰啊？」

狄仁傑也笑問：「是啊，沈將軍，老夫我說的是誰啊？」

沈槐站起身來，向狄仁傑一抱拳：「大人，卑職請命去相王府走一趟，打聽斌兒的行蹤。」

狄仁傑臉上的讚許更甚，正要說話，門口家人匆忙來報：「老爺，斌兒回來了！」

大家又驚又喜，一齊往門口望去，就見一個身姿矯健的英俊少年昂首挺胸地走進來，身上還穿著「目連」的戲服，臉上的油彩倒是胡亂抹去了，跟在他身邊的正是韓斌。韓斌一見狄仁傑，就撲到他的身前，狄仁傑一把將孩子摟住，輕歎道：「你這不聽話的壞小子，大人爺爺該怎麼教訓你？」

韓斌扁了扁嘴低下頭。狄仁傑拍一拍他的腦袋：「好啦，沒出事就好。」

「國老，您的這個孫兒很厲害啊，在哪裡學的騎術？那匹小紅馬太棒了，我在洛陽長安都沒見過，打哪兒找來的呀？我也想去弄一匹！」

狄仁傑聽到這一連串的問話，微笑地轉向那少年：「臨淄王，老夫還要先謝謝你把這小子給送回來。你看，我這兒正急得抓耳撓腮呢。」

李隆基瀟灑地一擺手：「國老太客氣了。再說您老人家會抓耳撓腮？我方才在門外都聽見了，神探大人正在排線索，都打算找到我爹府上去了。您這胸有成竹的，我還是自己送上門來吧！」

狄仁傑拊掌大樂，擦著眼淚道：「後生可畏，後生可畏啊。」

李隆基也笑了，指著韓斌道：「這小子一人一馬跑得像風似的，我趕他直接就趕到洛陽城外頭去了。等好不容易逮住他，問他什麼都不肯吭聲，最後看天晚了，我就打算把他帶回相王府，結果還是那小紅馬自己往這裡來了。嘿，沒想到竟然是您狄大人的府上。國老，您這孫兒叫什麼名字？他也不肯說。」

狄仁傑收起笑容，神色變得黯然：「臨淄王，這孩子並不是老夫的孫兒，他叫斌兒，是老夫收留的一個孤兒。因為接連失去至親，受了很大的刺激，所以總不肯開口說話。」

「哦。」李隆基皺起眉頭，又瞅了瞅韓斌，點頭道：「難怪，我說他怎麼怪怪的。唉，真可憐……」

正說著，屋外傳來二更的梆聲。李隆基猛地敲了下腦袋：「糟糕，這麼晚了。國老，我得告辭了。」

狄仁傑點頭：「好，不敢久留臨淄王。沈槐，替我送送臨淄王。」

李隆基又狡黠一笑，道：「國老，今天這小子害得我沒能請教了塵大師的禪機，下回您得替我引見。」

狄仁傑笑容可掬：「只要老夫能幫得上忙，一定效力。」

李隆基看看韓斌：「還有……國老，斌兒的騎術很不錯啊，他的馬也很棒，隆基的馬球隊還缺人呢，國老捨不捨得讓斌兒和我們一塊兒玩？」

「這……」狄仁傑倒有些意外。

李隆基笑道：「國老您慢慢琢磨，此事不著急，我走了！國老多保重！」

沈槐叫道：「臨淄王殿下，卑職送你。」說罷，便急忙跟了出去。

狄忠領著眾家人退了下去，狄仁傑坐在突然安靜下來的堂上，一時有些恍惚。他覺得韓斌在扯自己的衣袖，低下頭看，孩子的手裡捧著個紅色的大麵果。狄仁傑恍然大悟，酸楚地點頭：「大人爺爺明白，你搶下這麵果是想做法事，為……」他沒有再往下說，沉默片刻，抬手指了指狄忠帶回來的荷花燈，「斌兒，這樣吧，大人爺爺帶你去放燈。」

從狄府的後門出去，走不遠便是洛水向南而下的支流。一老一小的身影踟躕而行，停在水邊。韓斌將點起的荷花燈放入水中，早過了放燈的時間，整條黑黢黢的河水上，只有這一盞微弱的紅光，悠悠蕩蕩地往前漂去。狄仁傑把韓斌摟在懷中，感到他的肩頭因為抽泣而抖動。紅光在狄仁傑的眼中漸漸暈開，他喃喃著：「歸來吧……」

凌晨時分，在庭州城西北的密林中倉皇奔馳了一夜的兩輛馬車，終於停在了一片崇山峻嶺的暗影之下。阿威和哈斯勒爾跳下車，往前方望去，不由齊齊倒吸了口涼氣。他們都萬萬沒有想到，裴素雲竟將馬車指示到了布川沼澤！

這裡，是一大片密密匝匝的樹林盡頭。從此地往西不遠處，就是一望無垠的沙陀磧，往北，則是泥潭遍布的澤地，澤地背後是一直延伸進入東突厥的金山山脈。在他們身後的天際遠端，黎明的微光正穿透漸漸稀薄的迷霧，投射在眼前這片死寂的荒原上。除了來時那一條泥濘彎曲的羊腸小道，站在這裡四顧茫茫，眼前就是一大片突突冒泡的泥沼地，無邊無際一眼望不到盡頭。這裡，就是在庭州乃至整個西域都聞之喪膽的布川沼澤，傳說中的死亡之谷。

暗夜重霧在這裡被清晨稀薄的微霾所取代。布川沼澤的上空，更有細細的一層煙氣，裊裊地自密密麻麻的蘆葦叢中升起，凝結盤桓。依稀可見深灰色的泥潭中，墨綠色的蒼蕨如瘡疤樣斑駁點綴，枯樹萎敗的枝條垂落在看似堅實的泥地上，突然小小的氣泡「劈啪」破開，原來竟是深不見底的沼澤。淤泥悠悠晃動，再看時，不知是什麼動物的森森白骨，悄然浮現。

真靜啊，但這寂靜與沙陀磧那樣大漠裡的寂靜又是迥異。沙陀磧裡固然有黃沙遍野不見綠洲的絕地，但天蒼蒼野茫茫間，仍有與天地共生的豪邁氣魄。因此在沙陀磧裡，即便面臨絕境、瀕臨死亡，人反而會生發出歸返自然的平靜和安然。而在這裡，布川沼澤卻分明是世上最陰森可怖的地方，到處都是準備吞噬生命的陷阱，陰險而叵測，最可怕的是，這裡的死亡不見天日，直下地獄。

哈斯勒爾和阿威只覺脖子根下面都冒出涼氣來，西域人都知道，布川沼澤橫亙在庭州與東突厥金山山麓之間，歷來無人涉足，只因從沒聽說有人能活著經過此地。從東突厥到大周的數條路徑，有通暢也有險峻，卻從來沒人敢打布川沼澤的主意。那麼今天，裴素雲怎麼會將大家引到了這裡，她想幹什麼？

他二人還沒開口，裴素雲已經下了馬車。她沉默地跨前兩步，站在沼澤的邊緣舉起手。二人詫異地看到，她從手中垂下一塊絹帕，沒有風，絹帕紋絲不動。她靜待片刻，緩緩收起絹帕，這才朝二人轉過身來，神色安然地道：「把馬車趕進去，我們要過布川沼澤。」

阿威和哈斯勒爾差點兒把魂靈嚇掉。裴素雲對他們的驚懼視而不見，返回車內抱出黑貓，放在地上，輕輕撫摸牠的腦袋：「給哈比比繫上繩索，我們只要跟著牠，就能平安穿過沼澤。」

「這……」

裴素雲瞥了瞥圓瞪著自己的四隻眼睛，疲倦地微笑了，輕聲道：「放心吧，就是我自己想尋死，也絕不會害了安兒，還有他……」她回頭望向兩輛馬車，迷離的雙眸變得清亮潤澤，粉色霞彩映染了蒼白的雙頰。

阿威稍一遲疑，便機靈地將長長的馬轠繞在了哈比比的身上。哈比比「喵喵」地叫起來，裴素雲面向灰暗陰慘的布川沼澤，從容而立，語調平穩地解釋：「布川沼澤中生有一種特殊的草，貼著地面生出小小的草芽，混在泥潭蕨類之間很難找到。但是此草的根鬚深達地下數丈，凡此草生長的地方必是堅固可行的泥地，而非淤泥，因此循著此草就能順利通過布川沼澤。」笑容飛上她的面孔，令這張憔悴的臉突然變得光彩照人。

裴素雲指了指被纏了繩索、正在鬱悶地原地轉圈的哈比比，「哈比比出身的這種貓族，天生就有找出這種草的本領，一旦進入沼澤，為了求生，牠們自己就會找到出路。所以，我們只要跟著哈比比走，就行了。」

「可是……」阿威和哈斯勒爾面面相覷。最後還是阿威和裴素雲熟一些，壯起膽子發問：「伊都干，就算哈比比能領著我們平安通過布川沼澤，過去之後到底是什麼地方啊？會不會已經是東突厥境內了？我們、我們這幾個人到了那裡又該怎麼辦？」

幾縷更加絢爛的朝霞刺破薄霧，給深灰陰冷的沼澤罩上一層亮金色的紗籠。裴素雲深吸口氣，彷彿是在喃喃自語：「沼澤的那一端，就是弓曳。」

「弓曳！」兩個突厥男人一起驚呼失聲，幾乎不敢相信自己的耳朵。

裴素雲溫柔地點頭，微笑道：「是的，就是弓曳。而且我們必須要抓緊時間。因為沼澤東部和西部的空氣都有毒，一旦刮起風把毒氣送到這裡，就算是有哈比比領路，我們也一樣會倒斃於沼澤中。可是，神明庇護我們，今天一整天都不會有風。」

阿威一手挽著哈比比，一手牽著馬走在隊伍的最前列。哈斯勒爾也下地牽馬，亦步亦趨地跟著前面的馬車。兩輛馬車緩緩地進入布川沼澤死一般的沉寂中。裴素雲坐在車內，並不向外張望，此刻她沒有絲毫的緊張或者惶恐，內心只有最深沉的信念，她閉上眼睛在心中默默禱祝：「爹、娘，十年之後，女兒終於又要來看你們了。這一次來，女兒還帶上了你們的外孫，和……女兒這一生中最愛的人。多好啊，女兒終於找到他了，現在就把他帶去見你們，爹、娘，還有祖父、祖母、曾祖父、曾祖母……求你們的在天之靈保佑素雲，保佑我們平安到達你們的面前！」

「弓……曳……」裴素雲猛地睜開眼睛，她聽見了什麼，是誰在說話？那樣微弱無力，卻令她魂魄俱亂。裴素雲伸手按住亂跳的胸口，鼓起全部的勇氣望過去，便立即在那對清澈平靜的目光中失去了所有力量。她一把抓起袁從英的手，將它貼牢在自己淚水肆溢的面孔上，語無倫次地說著：「你醒了……你總算醒了……」

袁從英沒有再說話。最初的狂喜過去，裴素雲方才意識到他的沉默，還是一如既往的鎮定、溫和，幫助她安定下來。裴素雲鬆開緊攥著的手，感覺到他在緩緩積聚力量。終於，他的手輕輕撫上她的面頰，裴素雲的淚水落下來，滴在他的手背上。她看見他又在翕動嘴唇，連忙俯下身去，將耳朵靠在他的唇邊，聽到那勉力發出的低啞聲音：「我、我們……去……哪兒？弓……」

裴素雲含淚微笑：「都這樣了，還是那麼精，都讓你給聽到了。是的，我們要去弓曳，那裡……」她哽咽了，定定神方能繼續說下去，「那裡是世上最美麗的地方，是一處人間仙境。」看到袁從英目光中隱現的困惑，裴素雲輕撫他的額頭，「真的，那裡有世上最聖潔的雪山和最澄淨的湖水，與世隔絕、寧靜安詳，在那裡任何人都不能再打攪我們，你可以好好休息，我也可以……好好照顧你。」說到這裡，她自己也沒有預料地臉上發赤起來，只好把頭埋到他的胸前。

安靜了一小會兒，低啞的聲音又艱難地響起來：「別……別人？」

「啊！」裴素雲從騰雲駕霧般的恍惚中清醒過來，連忙直起身，盡量有條有理地說：「你別急，我慢慢說給你聽。今天，是七月十五，啊，十六日了。從你離開刺史府去伊柏泰，已經過去了一個多月。這段時間裡面，發生了許許多多的事情。隴右道的戰事結束了，大周全勝，東突厥大敗，庭州安然無恙。安撫使狄仁傑大人來過了，解了庭州疫病之危，他老人家已經奉旨回朝……哦，還帶走了小斌兒。對了，狄景暉獲得赦免，幾天前也回洛陽去了，他是和蒙丹一起回去的。」她長長地舒了口氣，「你放心吧，一切都過去了，一切都很好。」

袁從英微微點頭，疲憊地合上眼睛。少頃又睜開，裴素雲凝神細聽，他問的是：「安兒……」滾燙的淚水如決堤之洪，再也控制不住，裴素雲握住他的手拚命親吻著，泣不成聲地說：「安兒、他也很好……就在後面的馬車裡。是斌兒、斌兒把他帶回去的……」

沈槐將李隆基一直送到尚賢坊口，這才轉回來。他策馬緩步來到狄府門前時，猶豫了一下。本來狄仁傑已經關照他今晚不必在值，他也已經回到沈珺的小院，但方才發生的事情讓他有了些新的想法。沈槐突然決定，今夜還是留住狄府。

走進自己的房間，屋裡一片漆黑，沈槐站在屋子中央，並沒有點起蠟燭。他靜立片刻，眼睛慢慢習慣了黑暗，一片清冷的月光透過窗紙，虛幻、淒涼，彷彿傳遞著來自幽冥的信息。沈槐的臉上浮起淡淡的笑意，他忍受這間屋子很久了，每一個住在這裡的夜晚他都覺得沉重而壓抑，但是他強迫自己一定要堅持下去。此刻，沈槐終於有了如釋重負的感覺，壓在他心頭的重枷如泡沫般粉碎，回首再望時，原來那個人的影響並非像當初所想像的那樣堅不可摧。

實際上，沈槐在庭州時，就已知道袁從英凶多吉少，多半不可能生還了。但他也知道，狄仁傑一直抱著渺茫的希望，始終不肯接受這個結果。沈槐不著急，這麼多時間都等下來了，況且他非常了解狄仁傑對於將來的焦慮，他沈槐不怕再耗得更久，可狄仁傑已經耗不起了。

沈槐想，今天這個盂蘭盆節，應該會讓狄仁傑下定決心的。

他沒有想錯。三更才過，門上響起了輕輕的敲門聲。沈槐從椅子上一躍而起，衝過去打開房門，門口是老宰相稍有些窘迫的臉：「啊，沈槐？你今天怎麼沒有回家去住？」

沈槐的心中湧起真切的同情，他溫言道：「卑職怕您有什麼吩咐，所以……送完臨淄王就直接回來了。」

狄仁傑咳了一聲：「老夫，呃……今晚有些心緒不寧，到這裡來走走。」沈槐伸手相攙，兩人慢慢步入室內，同時停下腳步，狄仁傑緩緩地環顧四周，發出一聲無限惆悵的歎息。沈槐緊張地思索了一下，還是決定跨出至關重要的一步，於是他小心翼翼地問：「大人，您是想從英兄了吧？」

狄仁傑明顯地怔了怔，片刻，才艱難地擠出一個苦澀的微笑：「逝者已矣，希望他能安息吧。」

沈槐低頭不語，狄仁傑慈祥的目光在他身上停駐良久，抬手拍了拍他的肩膀：「這些天老夫一直在想，從英跟在我身邊整整十年，最終還是捐軀於邊關，雖說這也是他的心願，但老夫總覺得有愧於他。若不是因為我，從英的命運應該不致如此坎坷。」頓了頓，他語重心長地道：「沈槐啊，老夫不願在你的身上重蹈覆轍。」

「大人，您！」沈槐驚懼地瞪大眼睛。

狄仁傑對他安撫地笑了笑：「別急，別急。今夜老夫與你說說心裡話……老夫已是風燭殘年，恐怕時日無多了。而你正是年富力強，不應該在我這老朽身邊消磨時日。」

「大人！」沈槐又失聲叫起來。

狄仁傑拍了拍他的手臂：「你先聽我說完。老夫不是要趕你走，只是想讓你有個更廣闊的天地，施展你的才能，當然，因你是老夫至為信任之人，老夫自然還要將心腹之事託付給你。只是不知道，你願不願意？」

沈槐囁動著嘴唇，一時竟說不出話來。

狄仁傑輕歎一聲：「你好好考慮，老夫絕不想讓你為難。不論你的決定為何，老夫都會盡力保你一個好的前程。」

這注定是一個不眠之夜，回到書房很久，狄仁傑都無法平息自己的心潮。沈槐當然不會知道，就在還不算很久的過去，狄仁傑和袁從英也曾有過一個關於前途的談話，正是這次談話，將袁從英最終引上了遠離之路。對於狄仁傑來說，今夜是如此相似，又是那樣不同。這一刻他的心痛鮮明到了極處，只因那失去的再不復來。

原來這世上真的有仙境。

「嘩啦，嘩啦……」湖水輕柔地拍打著細密沙土鋪就的湖岸，單調的拍擊聲讓周遭的寧靜顯得益發空靈、安詳。在炎炎烈日下曝曬了整個夏季，清冽的湖水自頂至下暖意融融。從遠處雪山之巔吹來的清風，挾帶著夏末初秋的舒爽，剛剛拂過湖面，便沉入溫潤優柔的百頃碧水之中，再不見半分冰涼。

這水聲在悠長深邃的夢境中一直伴隨著他，讓他備嘗艱辛、歷經磨難的身心得到從未有過的安寧。現在又是這水聲，引導他從無盡的黑暗中甦醒過來。袁從英睜開眼睛，一縷金色的陽光從頭頂的綠葉叢中輕盈躍下，在他模糊的視線中，幻化成一張閃著金光的妍麗面容，這面容讓他感到如此親密。他努力眨了眨眼睛，希望能更加看清這張臉上苦盡甘來、悲喜交加的絕美笑容。

「真巧，我剛想叫你呢，你就醒了。」裴素雲端著個粗瓷碗坐到他的身邊，碗裡正冒著熱氣，一股香味撲鼻而來。袁從英所躺的是一張臨時搭起的木榻，擱在一棵幾人合抱的大樹下，墨綠色的濃蔭如頂，既遮去了刺眼的陽光，也擋住了北面高聳的雪山上吹來的冷風。往前幾步，便是一片如鏡面般平整的碧湖，清醇的湖水倒映著如洗的晴空，那透明純粹的藍，藍到令人心驚。

「吃點兒東西吧。」裴素雲將瓷碗擱在一旁的小木桌上，就要來扶袁從英。他卻抬起手將她的胳膊擋開：「我自己來。」裴素雲一怔，下意識地又把碗端起來，呆呆地看著他微蹙眉尖，一邊吸氣，一邊咬牙撐起身子。試了好幾次，袁從英總算費力坐好了，抬眼看到裴素雲的樣子，問：「你怎麼了？又哭什麼？」

裴素雲低頭拭去淚水，從碗中舀出湯來，送到袁從英的嘴邊，勉強笑道：「這裡沒有牛羊，但是有魚。你嚐嚐這魚湯，比別處的更鮮美些……」

袁從英喝了一口，隨即皺起眉頭：「鹹的。」

「啊？」裴素雲不相信地收回湯勺，自己啜了一小口，「不鹹啊？明明是甜的？」

再看袁從英，眼睛裡閃動促狹的光芒：「摻了你的眼淚，所以鹹了。」

「你！」裴素雲狠狠地瞪了他一眼，重又把勺子送過去，「快喝吧。」看他老老實實地喝了幾口，裴素雲才輕聲道，「說起眼淚，這鏡池相傳就是由草原女神的淚流成的，然而這湖水卻是甜的。」

傳說，草原女神愛上了天山之巔的雪域冰峰，萬般求索而不得回應，後來草原女神終於決定，只要能天長地久地守候在他腳下，日日夜夜凝望他，便也滿足了、安寧了、幸福了，所以她雖然流著淚，那淚水的滋味並不鹹澀，卻是歡喜而甘甜的。她的淚水流了千年萬年，終成這泓碧水，名為鏡池。

「鏡池。」袁從英將目光投向那片引人沉淪的藍，喃喃地問：「這名字也是傳說中來的嗎？」

裴素雲輕吁口氣：「當然不是。」她看了看袁從英，「你猜猜，這名字是何人所起？」

袁從英向後靠去，輕輕搖頭：「這還用猜嗎？裴冠。」

「你呀，真是什麼都瞞不過你。」裴素雲閃動著欣喜的眼神，倚到他的身邊。

袁從英抬手撫弄她的頭髮，良久，才歎道：「我的女巫，你還有多少秘密，多少神奇？」

「沒有了，所有的秘密，一切的一切，都交給你了。」

弓曳，是西域人自小便從長輩那裡聽說過的人間仙境，據說雪山碧湖構成了弓曳稀世罕見的美景。傳說這裡四季如春、山花終年爛漫、湖水甘甜如飴，有奇樹仙果、麗鳥飛魚，凡人只要能踏足此地，便是到了天堂，從此無病無災，終生都將得到神靈的庇佑。但是，卻從來都沒有人能夠找到弓曳。於是大家認定，弓曳只存在於幻想中。

還是裴冠，這位才華橫溢的冒險家、浪漫的探索者，在庭州的西北方向找到了這塊夢中仙境。當他歷經千難萬險來到此地時，方才明白，這裡絕倫的美景固然稀罕，但真正使弓曳成為傳說的，是它被群山環抱，同時又被沼澤阻隔而遺世獨存的環境。任何世間的紛擾都沾染不上這片淨土，弓曳，是最純潔的處子，在雪山和藍天之下靜默著，不向外遺漏一絲豔光。

因此對弓曳，裴冠沒有像對伊柏泰那樣制定出種種計劃，他甚至一直都沒有將這個秘密告訴兒孫。直到他心愛的女人離世而去，按照薩滿的習俗，裴冠將愛人的遺體焚化，隨後才帶著兒子，懷抱盛著愛人骨灰的陶罐，走進森嚴的布川沼澤。

在鏡池邊，裴冠撒下愛人的骨灰，看著那隨風飄揚的白塵緩緩落上湖面，頃刻便消逝在無盡的幽藍之中，裴冠含淚微笑著，對一邊哀哀哭泣的兒子說：「不要悲傷。人皆有死，死而能有這樣的歸宿，是可遇而不可求的幸運。我的孩子，今天你的娘親已化入鏡池，明天你也要把我送到這裡來與她團圓。再以後，讓你的孩子也把你和你的女人送來，我們一家世世代代便在這弓曳仙境永聚不散。」

自那以後，裴素雲的祖父、祖母乃至父親、母親，都以同樣的方式化入這片湛藍。裴素雲最後一次來到這裡，就是十年前將裴夢鶴的骨灰送來。當年那個十七歲的少女捧著陶罐，在一個嚴酷的冬日孤身穿過布川沼澤，她在鏡池邊流了整夜的眼淚後便決然離去，以為再來的時候自己也將是被盛在陶罐中的一口灰塵……這個秘密，被裴素雲埋藏在心底的最深處，不論藺天機還是錢歸南都不得而知。

故事說完了，耳邊依舊只有湖水拍岸的聲響。裴素雲緊緊依偎在袁從英的胸前，許久都聽不到他說話，抬頭望去，驚訝地看到他眼中的一抹清光。裴素雲連忙直起身，柔聲問：「呀，你怎麼了？哪裡難受嗎？」

袁從英將臉側了側：「死而能有這樣的歸宿……我想過無數次死，但從來不敢奢望一個歸宿。」他轉回目光，聲音重新變得十分平靜，「大概就是這個原因，我總是不甘心就這麼死了。」

他的話讓裴素雲又是一陣心痛，她竭力克制才沒有再次落淚，正自傷感，突然身邊「喵嗚」連連，哈比比在腳下聲嘶力竭地叫起來。裴素雲定睛一瞧，不禁啞然失笑。原來這陰險的黑貓盯上了擱在榻旁的魚湯，想趁裴素雲和袁從英談話之際偷著嚐鮮，鬼鬼祟祟地潛行到魚湯邊，剛伸出爪子，就被安兒一把揪住了貓尾巴。

裴素雲笑著讓安兒放開哈比比，抱著牠坐回袁從英的身邊。可那黑貓卻在裴素雲的懷裡拚命掙扎。

袁從英微笑：「放了牠吧，牠不喜歡我，因為我得罪過牠。」

裴素雲恍然大悟：「對啊，我還在納悶呢，牠怎麼老是離你遠遠的。」她鬆開手，哈比比果然一溜煙跑開去。裴素雲衝著牠的背影抿著嘴笑：「這隻壞貓，咱們第一次見面還是因為牠呢。」

「這次也是靠牠帶路穿越布川沼澤。」袁從英沉思片刻，問道：「有一件事你還沒告訴我。」

「唔，什麼事？」

「我們為什麼不待在庭州，而要來這個地方？」

「這……」裴素雲的臉紅了紅，支吾道：「也沒什麼，這裡無人打攪，我覺著能讓你好好休養。」

「那也不必連夜趕路吧？」

裴素雲低頭不語。

袁從英注意地觀察著她的神情，少頃，伸手將她攬入懷中：「這裡真好，是我這輩子待過最好的地方。」

兩人沉默了一會兒，袁從英隨意地問：「哈比比如此重要，你就不怕萬一牠走失或者生老病死，再也無法穿越布川沼澤嗎？」

裴素雲輕笑：「在給我們做酸奶的鄰居大娘家裡，養著一窩哈比比的兒女們，只是無人知道牠們的關係罷了。其實過去哈比比闖了許多禍，錢歸南也問過我為什麼不乾脆把哈比比扔了，他怎麼會知道，哈比比這麼有用處。」

袁從英沉吟片刻，又問：「沒有任何人知道你識得來弓曳的路嗎？」

裴素雲肯定地點頭：「弓曳是傳說中的仙境，沒有人相信它存在於世間。當初曾祖父只是在探尋去東西突厥的秘徑時，才發現這個地方的，也算是意外的收穫。」

「去東西突厥的秘徑？」

「嗯。」裴素雲悠悠地道，「我聽父親對我說，在曾祖父的那個年代，北部的金山山脈裡有許多縱橫交錯的小徑，有的可以直達東突厥的石國，有的可以迂迴到西突厥的碎葉，曾祖父曾經將這些路徑全都詳細地記錄了下來。而所有的這些路徑到了弓曳之後，就因為布川沼澤的阻隔而斷，所以在大周這一側從來無人知曉。不過……」

「不過什麼？」

裴素雲輕輕歎息了一聲，視線投向北部連綿的雪山山脊：「後來曾祖父把所有的精力都投入了伊柏泰，又因為他想要把弓曳保留成我們家族的聖地，便把關於金山秘徑的紀錄全部銷毀了。這樣進入弓曳就只有布川沼澤這一條路了。」

袁從英也順著她的目光望向金山山脈，搖頭道：「我不明白，難道東西突厥那一側就再沒有人發現過那些秘徑？」

裴素雲微傾下身，輕撫他的面頰：「你的問題怎麼總是那麼多？累了嗎？歇一會兒吧……」

袁從英合上眼睛，周圍再陷寂靜，裴素雲緊靠他躺下，感到他的身體在微微顫抖，有些擔心地摟住他，柔聲問：「傷口是不是很痛？」

袁從英沒有回答，過了一會兒才道：「就是左腿痛得特別厲害，你幫我看看。」

裴素雲忙掀開蓋在他身上的薄被，仔細查看腿上的傷口，咬了咬嘴唇道：「箭傷倒還罷了，麻煩的是又被毒蟲咬過……」她哽咽著說不下去。

袁從英睜開眼看了看她，淡淡一笑：「你說，我會不會變成瘸子？」

裴素雲驚道：「不會的，你瞎說什麼！」

袁從英平靜地道：「其實也沒什麼。我從來沒怕過死，但曾經很擔心自己會斷手、斷腳，成了殘廢什麼的……不過，想多了也就不擔心了，反正總能活下去。」他握住裴素雲的手，「只要你不嫌棄我就行了……你會嫌棄我嗎？」

裴素雲又是心痛又是著急，顫著聲音道：「我說不會就是不會的，你別再胡思亂想了！」

袁從英卻用全力攥牢她的手：「回答我，素雲，我要你說給我聽。」

裴素雲渾身一震，這還是他第一次這樣稱呼她，她定了定神，噙著淚水向他微笑：「我的親人，不論怎樣你都是我最親的人……你、你受了多少苦啊……」她最後的話沒有能夠說完，因為他們的雙唇緊緊貼在了一起，她的舌尖嚐到了他的眼淚，很苦，但那淌下心底的淚卻又分明是甜的。

第三章　會試

「哥，何大娘不見了。」沈槐剛走進家門，沈珺就急匆匆地迎上來，滿臉憂慮的神情。

沈槐一愣，皺眉反問：「什麼意思？什麼叫不見了？」

沈珺輕輕歎息了一聲，伸手接過沈槐摘下的佩劍，低聲解釋：「哥，自打盂蘭盆節前夜何大娘出門之後就再沒回過家。起先我還想等等看，也許是她終於找到兒子就和兒子一起住了，可連著兩三天都沒見她回來，我就著慌了。無論如何，她也該回這裡來取取東西關照一聲啊。恰好你從盂蘭盆節後就一直住在宰相大人府上，也始終都沒回過家，我怕打攪你幹正事，也不敢去找你，只讓雜役老丁出去找了找，可是……大海撈針似的，能去哪裡找呢？唉，到今天都滿五天了，何大娘依然是音訊皆無，哥……你說大娘會不會出什麼事啊？」

沈槐陰沉著臉聽完，冷笑一聲道：「何大娘，何大娘，她到底算你哪門子大娘？阿珺，坦白跟你說，我一直覺得這個老婦人來歷不明、行跡鬼祟，要不是看你孤身一人住在此處不妥當，有個老婦陪伴照料多少好些，我根本就不會容她留下。說什麼找兒子，找了都快大半年了，既然還沒找到，早就該打道回府。如今要是她真這麼走了也好，反倒省了我趕她的麻煩。」

「哥……」沈珺訕訕地叫著，硬生生把後面的話都咽了回去。

沈槐站在院中略作思索，突然聲色俱厲地問：「阿珺，你檢查過嗎，家中有沒有少什麼物件？」

沈珺嚇了一大跳，吞吞吐吐地道：「我……我沒想過，哥你是說？不、不會的……何大娘她……」

沈槐一扭頭，直衝到何淑貞此前所住的西廂房前，一腳就把門踢開了。

屋內窗明几淨，收拾得十分俐落。東牆下的土炕上被褥鋪得紋絲不亂，沈槐板著臉環顧四周，沒看到什麼可疑的狀況，除了土炕，屋中只有一副桌椅和一口衣櫃，衣櫃並未掛鎖。他走過去劈手便將櫃門甩開。櫃子裡空蕩蕩的，只有幾身老婦人的換洗衣服和一些繡樣，沈槐面露厭惡之色，隨手翻了翻，就扔了回去。

「這倒有些奇怪，」沈槐緊蹙雙眉，喃喃自語，「似乎她原本沒打算一去不回。」

沈珺遠遠地站在門口，淡淡地道：「哥，何大娘肯定不是壞人，你太多心了。」

沈槐這才一愣，走回到沈珺身邊，將手搭在她的肩上：「阿珺，我也是為了你的安全考慮。害人之心不可有，防人之心不可無嘛。你心裡也清楚，咱們家那老爺子作了多少孽，誰知道會不會有什麼貽害……」

沈珺垂首不語，沈槐摟著她的腰走回院中，深吸了一口清新的空氣，道：「我至今還把老爺子年前運過來的那些東西藏在他處，就是為了以防萬一。看看吧，假如這個何氏老婦真的再不出現，我倒是打算把那些東西再挪回這裡來。」沈珺仰起臉，詢問地望著沈槐。沈槐沉吟著又道：「那些東西倒真是值不少錢，但畢竟來路不正，我怕一旦見光的話會招來麻煩，再說暫時也用不上，還是收著吧，留待關鍵的時候再說。」

沈珺點了點頭，語帶悲戚地說：「盂蘭盆節你沒回家，我一個人給爹爹燒了紙……」沈槐緊繃著下顎不說話。沈珺遲疑了一下，還是注視著他道：「哥，爹爹過世已經半年了，至今還在咱家後頭草草掩埋著，你、你究竟是怎麼打算的？」

沈槐的臉色變得灰暗，咬牙切齒地道：「還能怎麼打算？老爺子死得那麼蹊蹺，你以為我不想查個水落石出嗎？你以為我就忍心讓他一直在那荒郊野地裡待著，連個上墳的人都沒有？他、他到底還是我的……」

「哥！」沈珺一陣心酸，情不自禁地握住沈槐的手。

沈珺的撫慰讓沈槐稍稍平靜下來，他喟然歎息：「阿珺，自從我來洛陽當上這個宰相侍衛長，在外人看來是一步登天，威風八面。可只有我自己心裡最清楚，這大半年來的日子，我哪一天不是小心謹慎，步步為營……阿珺，你知道我心頭的負擔有多重嗎？」

沈珺把他的手握得更緊了：「我知道，我知道的……哥，你太不容易了。」

這時兩人已緩緩走入正房，沈槐回手關上房門，順勢便將沈珺摟入懷中，在她的耳邊低語：「多虧了有你啊，阿珺，有你在身邊，我才能有個地方可以盡享安逸，才能熬過這日日夜夜……阿珺，我該怎麼報答你呢？」

「哥！我……你是知道的……」沈珺在他懷中發出低不可聞的聲音。

沈槐輕撫她的秀髮，臉上露出意味深長的笑容：「無論為了什麼，我都不願意捨棄你的，我要你一直留在我的身邊。」

不知不覺，沈珺的眼裡已噙上細微的淚花，兩人緊擁著沉默片刻，沈槐輕輕放開她，神態回復往日的從容自信：「老爺子的事情暫時還不著急，我原本最擔心的是他過去的那些劣跡被人發現，影響到我身上，尤其是……哼，去年除夕去咱家的那幾個人，都是極有心計的，我為此還真是膽戰心驚了很長時間。不過現在看來，應該是徹底沒問題了。」

「其實……其實我當初就覺得，肯定不會有問題的。」沈珺好不容易憋出這麼句話。

沈槐挑起眉毛端詳她，嘴角牽出一抹嘲諷的冷笑：「阿珺，我知道你想說什麼，梅迎春是好人，狄景暉是好人，袁從英更是好人，他們絕對不會為害於我，是不是？哼……在你的眼裡，全天下的人都是好人！」

「哥……」沈珺的臉上一陣紅一陣白，看上去相當窘迫。

沈槐輕輕托起她的面孔：「阿珺啊，你真是太善良了。這世道人心的險惡遠不是你想像的那樣。不，我們不能依賴任何人的好心，我們所能靠的只有自己！」

看到沈珺愈顯困惑的神情，沈槐露出躊躇滿志的微笑：「阿珺，我所說的徹底沒問題，是到隴右道走了一趟的結果，並且收穫之大更甚於我的期望，看來，我沈槐終於是要熬出頭了。」頓了頓，他彷彿揭曉什麼謎底似的，一字一句地道：「阿珺，袁從英死了，死在了庭州！」

「袁先生死了？」沈珺驚呼一聲，「怎麼、怎麼會？」

沈槐哼道：「什麼怎麼會？死了就死了唄，呵，還死得不明不白，就連狄仁傑都沒辦法替他邀個身後的追榮，說起來還真是挺淒慘的。」

沈珺的臉色變得很蒼白，緊盯著沈槐便問：「哥，你在隴右道的時候就知道了吧？可你、你為什麼等了這麼久才告訴我？」

沈槐神色一凜，反問：「怎麼？他的死活和你有關係嗎？我為什麼要一回來就告訴你？」

沈珺被他逼問得垂下雙眸，咬著嘴唇低語：「既然……沒關係，你現在也不必告訴我。」

她的反應倒讓沈槐頗為意外，看了她好幾眼，才略帶尷尬地問：「阿珺，你不會是真生氣了吧？為一個毫不相干的外人，至於嗎？」

沈珺這才抬起頭來，對沈槐勉強一笑：「是我不好……這太突然了。哥，你接著往下說。」

「哦。」沈槐也不好再計較，伸手依舊把沈珺摟在懷中，慢吞吞地道：「阿珺你知道，袁從英被貶戍邊，我才得到機會來當這個宰相侍衛長。但那袁從英是狄仁傑的心腹，兩人相處十年，彼此的感情和信任牢不可破，我又怎可能輕易取代袁從英在狄仁傑心中的位置？因此狄仁傑對我一直都有種種猜忌和顧慮，這半年多來我的日子其實很不好過，這些我從未向你明言，你又怎知還有這樣一層內情。」沈珺輕撫著沈槐的胸膛，兀自無言。

少頃，沈槐繼續道：「隴右戰事，狄仁傑這古稀老人還親赴前線，咳，我這一路隨行也是感觸萬千，難以盡述。有時候真不知道自己的心裡，對這位大人是怨還是敬……不說也罷！總算天佑我也，隴右大勝，我作為狄大人的隨行將官，也沾光獲功不說，袁從英這一死，讓狄大人徹底斷了念想，他對我的態度，自那以後才有了天翻地覆的變化！」

沈珺訥訥地問：「什麼天翻地覆的變化？」

沈槐將她扶直坐好，雙手攏住她的肩膀，兩眼放出無比興奮的光芒：「阿珺，盂蘭盆節之後這些天我滯留狄府不歸，就是因為狄大人夜夜都與我推心置腹地交談，把他對於大周天下的全部觀感和判斷向我和盤托出，這表明，他已經將我作為他真正的心腹來看待了。」

沈珺含糊應了一聲，還未開口，沈槐又迫不及待地往下說了：「最最重要的是，阿珺，狄大人對我說，他要幫我在禁軍中謀個郎將的位置！」

「禁軍？」沈珺有點兒迷糊地問，「哥，你原來不就是羽林衛嗎？再說，你不當狄大人的侍衛長了嗎？」

沈槐譏諷地笑起來：「阿珺，說起這些來你就糊塗了是吧？呵呵，羽林衛確是天子親率，上層軍官都是最得皇帝親信的皇親國戚，我沈槐一沒出身二沒背景，當初在羽林衛裡只不過是個無名小卒，長期不得重用，否則我也不會去了并州……唉，往事就不提了。可是阿珺，今天我再入羽林衛，情況就大不一樣了。今天我已是四品的千牛衛中郎將，為狄國老當過侍衛長，在隴右道戰事中也立了功，再加狄國老不遺餘力的舉薦，所以我想，這次我若是調任羽林衛成功，至少也是個中郎將！」

沈珺聽得愣愣的，她對這些事情實在沒什麼感覺，眼裡心裡只有沈槐那張眉飛色舞、激動得有些變形的臉，她費力地想了又想，才問出一句：「可是哥，你現在不也是中郎將嗎？這個……有什麼區別嗎？」

沈槐無奈地看看她，長歎一口氣：「你呀，和你說這些真是對牛彈琴……」不過他的心情太好，滿肚子的話止不住地往外冒，「雖說官品沒有變化，但是手中的權力卻有天壤之別！給狄大人當侍衛長，不過就是管管那些侍衛們，有職無權空掛個好聽的名頭罷了，可羽林衛的中郎將負責的是皇城的宿衛、天子的安危，可謂舉足輕重，其權勢和威懾，比其他各衛的大將軍都有過之而無不及！這些還在其次，最最關鍵的是……」說到這裡，沈槐猛然停下來，似乎自己也被這突如其來的想法震驚了。

時值午後，僻靜的小院周圍基本沒有行人經過，偶爾幾聲犬吠帶來市井生活的氣息，夏季正在悄悄離去，驕陽映照下的庭院依舊炎熱，屋內的青磚地踩上去卻已經涼意森森。沈槐沉默片刻，站起來走到門前，注意地看了看空無一人的小小院落，轉回身面對沈珺，逆光暗影讓他原本端正的面孔看上去有些扭曲。

再度開口時，沈槐的聲音變得乾澀冰冷，讓他不再像個被激情所鼓舞的年輕人，反而更像一個老謀深算的陰謀家。

「阿珺，你知道咱家老爺子對我所寄予的厚望，他不遺餘力地斂財，並不是為了他自己的享受，而全是為了我能有朝一日飛黃騰達、光宗耀祖。他總說自己早就是半個死人，這輩子已經完了，因此他把全部的希望都寄託在了我的身上……然而，你也知道，我卻是始終不贊成他那些不擇手段的做法的。過去我一直認為，身為大丈夫，應該有自己為人處世的準則，不忠不義的事情，即使能夠帶來極大的好處，都絕不能去做。因此老爺子為助我謀取前程所準備的種種方便，我統統不屑一顧，何時又曾動過心？我習武從軍，十幾歲起就背井離鄉，雖不能說受了千般萬般的苦，但也是步步艱辛，可最終我得到了什麼？在羽林衛的那段日子讓我看穿了官場的黑暗，方知忠孝節義全是騙人的鬼話，世人所追逐的無非是權和利，為之屈服的也無非是權和利，這才明白自己過去是多麼迂腐、可笑！果然，當我痛下決心去并州賭一把以後，我就真的得到了千載難逢的機遇，在仕途之上向前跨了一大步。這大半年來，我看得更高更廣更深，從來沒有像現在這樣迫近大周權力的核心……」

沈槐又一次停下，閃著銳光的雙目緊盯在沈珺的臉上，竟令得她心悸氣短、寒意叢生，但沈槐絲毫沒有注意到她的慌亂，實際上他早已對沈珺視若無物，難以扼制的強烈欲望牽引著沈槐的視線，穿透拘束狹小的空間，投射在龐大而虛無的目標之上。

「現在我完全認定，老爺子他是對的。這根本就是個爾虞我詐、恃強凌弱的世界！阿珺，你知道狄大人為什麼突然對我如此信任嗎？」

「我……不知道……」

沈槐表示寬容地搖了搖頭，繼續在自己的思緒裡馳騁：「我一向的表現固然是重要的原因，但真正促使他下決心的，還是局勢的緊迫。狄仁傑已年逾古稀，不可能不考慮自己身後的安排。他自詡以天下為先，雖對當今聖上竭盡效忠之能事，但也從未忘記過要恢復李唐神器。而今的朝堂之上，人人稱頌狄公桃李滿天下，其實就是他遍植黨羽，在各部的重要位置均安插了自己人，所圖的不過是在當今聖上龍馭上賓之後，這些人可以力保太子順利登基，從而將江山交回到李姓手中。但是，在他的布局之中，還缺少若干關鍵的環節，尤其是在至為重要的禁軍裡，尚未形成足夠的掌控。反而由於武家和二張近年來的得勢，禁軍統領的層面上各方人物混雜，若真到了那千鈞一髮的時刻，恐怕無人能夠一舉定乾坤，而這，恰恰是狄仁傑現下最大的憂慮！哼，我知道他曾經寄希望於袁從英，但是他失算了……到了今天，他已經來不及再多花時間去物色更加合適的人選，所以他才不得不選擇了我！阿珺，你知道這意味著什麼嗎？」

「啊？」沈珺本來聽得神思昏亂，讓沈槐這麼突然一問，驚得幾乎從榻上跳起來，勉強定了定神，方期期艾艾地道：「哥，你說的這些我、我也聽不全懂，只是……」她抬起頭時，雙眸已瑩瑩濕潤，「我聽出你要去擔當的是特別大的責任，並且也是特別凶險的……哥，我……」

沈槐心中一動，這份至柔至真的情愫像一縷清風，暫時讓他脫離出權力那冷酷黑暗的漩渦，他不由自主地來到沈珺跟前，將她蒼白的臉貼在自己的胸前：「阿珺，不要擔心，我明白你對我的好，只是生為男兒，總要有些抱負，才不辜負了這堂堂七尺之軀。我沈槐絕不甘於平庸，要做就做驚天動地的大事業，要奪就奪那一人之下萬人之上的權柄，非如此，不足以告慰老人家九泉之下的冤魂！」

沈珺喃喃：「哥，你所說所做的都有道理，可阿珺不求別的，只求你能平安。那狄大人，他既要委你這樣的重任，也一定、一定是給你想好了保全自己的法子吧？」

沈槐愣了愣，旋即冷笑：「阿珺，這個問題你倒是問得很好，很切中要害。」

沈珺侷促而又迫切地注視著他，似乎是要從他的臉上尋到那份心安、那份慰藉，然而……她注定是要失望了。

沈槐思考了片刻，再開口時他的語調裡剝離了所有的情感，變得出奇平淡，彷彿在陳述一件與自己全然無關的事情：「狄大人是不會為我考慮後路的，他要顧及的是大周社稷、天下蒼生，與這些相比，小小一個侍衛長的生死榮辱算得了什麼，根本無足掛齒。不僅僅是我，那些由他一手提拔起來，口口聲聲尊稱他為恩師的官員們，他真的放在心上嗎？無他，不過是一些棋子罷了。假使不是看穿看透了這一切，袁從英又怎麼會毅然離他而去？說起來，狄大人還真不能算是個無情之人，只是在這朝堂之上，人人都身不由己……更何況，大人他也並沒有強迫任何人，他給出的條件是多少人求之不得的，為此而付出代價，其實很公平。只是，那後路……就得自己給自己留了。」

沈珺又低下了頭。不知道為什麼，她覺得自己的心正在漸漸變冷、變空，並不是她對沈槐的愛產生了任何變化，這愛是永遠不會變的，從生而起、至死不渝。但她分明看見，在自己所愛的人身邊，那越來越濃重的黑霧，吸走了所有的光明，連這個她自小就熟識愛慕的形象，也變得模糊不清、難以辨別……只有恐懼，越來越深重的恐懼，像一個巨大的黯色牢籠，將他和她緊緊地綁縛，壓迫得她無法呼吸。

「……狄仁傑力圖把我安排在禁軍統領的位置上，當然是希望我能在關鍵時刻出力扶助太子，但是，當今之朝堂，覬覦皇位的有李、有武，甚至還有張，這幾方勢均力敵，很難說最後鹿死誰手，到時候少不了有一番血肉廝殺。假如我秉承狄仁傑的意願，一門心思輔佐李唐，太子順利登基也就罷了，萬一武姓，甚至那兩個惺惺作態、半男不女的張氏兄弟篡取了皇位，我必定要被作為李姓黨羽而剪除，絕對不得好死。可是，假如我不死保太子，那麼我這個禁軍統帥，對所有勢力都將是不可或缺、不容忽視的。我在他們的殊死搏鬥中反能審時度勢、待價而沽，不僅為自己謀求到最大的利益，還能全身而退、毫髮無傷。阿珺你說，我為什麼不做一個聰明人呢？

「假如袁從英早想明白這一點，他也不會落到這樣悲慘的下場。當然，有了他的前車之鑑，我要還像他那樣犯傻，就真是愚不可及了。再說……阿珺，我還有你呢，就算是不為了我自己，想到你，我也斷不願為了狄仁傑那老傢伙肝腦塗地，他還能再活幾年？阿珺，你我的好日子還長著呢……」

沈槐終於結束了他的長篇大論，換上一副親暱溫情的面目，坐回到沈珺的身旁。他把額頭輕輕貼在沈珺的耳邊，低聲問：「阿珺，你贊成我的想法嗎？你明白我的這一片苦心嗎？」

沈珺只覺心中一股說不出的酸澀難忍，喃喃道：「哥，你做什麼我都贊成的，其實你不必為了我……都是我、我拖累你了。」

沈槐寬宏大量地笑起來：「傻丫頭，說的什麼亂七八糟的話。你再等等，等到我飛黃騰達的那一天，我定要讓你過上最顯貴的日子。到時候，咱也讓那些說你土氣的人瞧瞧，我家阿珺有多麼氣派多麼高貴！」

若不是院門外傳來小心翼翼的敲擊聲，沈槐最後的這幾句話，大概真的會讓沈珺無地自容。沈槐警惕地一把將擱在榻上的佩劍抓在手裡，這才聽到門外千牛衛壓低的聲音：「沈將軍，我們奉國老之命來請您過去。」

「你們且在外頭稍候，本將馬上過來。」沈槐朝外招呼了一聲，沈珺已替他取來甲冑，幫著他穿戴齊整，又輕聲問：「今天還回來睡嗎？」

沈槐不在意地道：「不一定了，這些天我還是想在狄府多待待，呵呵……」

沈珺點了點頭，從枕邊取出一個荷包，塞在沈槐的手裡：「前幾天去寺院裡給你請了個護身符，你帶著吧。荷包也是我新繡的……」這回她沒有提繡荷包所用的退暈繡，是她新近從何淑貞那裡學會的。

沈槐笑著接過荷包，放在鼻子底下嗅了嗅，隨口讚了句：「嗯，不錯。」就揣入懷中。兩人並肩穿過小院，站在院門口，沈槐突然皺起眉頭，自語道：「那老婦人一走，就剩你一個人在這裡住了，我又不常回來，甚為不妥。」

沈珺忙道：「還有雜役老丁……」

沈槐的眉頭皺得更緊：「可他白天才來，晚上怎麼辦？」

沈槐想了想，又朝緊閉的院門望一眼，神色坦然起來：「這樣吧，阿珺，從今天開始我每夜安排兩個千牛衛來這裡值守，你不用多管他們，只要讓他們待在西廂房就行了。」

「這……」沈珺有些蒙了，「哥，你這是幹什麼？這樣行嗎？」

沈槐道：「怎麼不行。我管的人我就可以差遣，你放心，我會特別關照他們，他們都對我畢恭畢敬的，絕對不敢造次。再說，讓你一個人住在這裡我也實在不放心，誰知道那老婆子到底是什麼來路，還是多加防範為好。」

沈珺無奈地點了點頭，又問：「哥，你用狄大人的侍衛來給我看門，狄大人知道了……」

沈槐輕哼一聲：「我這就去告訴他，沒什麼大不了的。如今他拉攏我還來不及，又能乘機做好人，必然百個應承。我也正好再試一試他對我的態度。」

沈槐走了，沈珺精疲力竭地呆立在院中，彷彿剛剛的談話耗光了她全部的氣血。愣了好久，直到太陽漸漸西沉，她才緩緩來到西廂房前，望著空落落的屋子，沈珺在心中默唸著：「何大娘，但願你是找到了兒子，一切安好吧，沒事兒就不要再回這裡了……」

還有一件事沈珺沒有告訴沈槐，何淑貞雖然走得匆忙，連換洗衣服都沒及帶走，但那卷漂亮奇異的地毯卻不見了。尤其讓沈珺疑慮不安的是，她終於想起來在哪裡看到過相似的地毯，那就是金城關外沈宅的地窖裡。

沿著鏡池的北側有一排參天的古柏，據裴素雲所說，都是裴冠親手所栽，到今天也上了百歲的年紀。蒼翠的柏林環抱之下，一棟簡樸的木屋就是裴家在此世代休憩的處所。由於多年無人光顧，木屋的許多地方都有破損，絕對是又透風又漏雨，因此哈斯勒爾和阿威來了這幾天也不曾閒著，每天都忙著修繕屋子。這兩個身強力壯的漢子，幾天忙乎下來，把木屋倒打理得煥然一新了。

當然，這個季節在弓曳，其實並不需要屋子，即便每夜露宿也沒有任何問題。白天，與鏡池相映的碧空裡，日日都只飄浮幾縷微雲，溫暖的陽光毫不吝嗇地將熱力潑灑到每一個角落。入夜，鏡池又敞開胸懷，把積蓄在一泓湛藍中的暖意源源不斷地揮發出去，繁星閃耀的夜空下，湖面上升起成片成片的螢火蟲，幽淡晶瑩的光芒伴著青草的清香直接飛入夢中。

突厥人本就是天為被、地為床的民族，面對這樣純美而安謐的夜色，哈斯勒爾和阿威是拖也拖不進屋子裡去了。就連阿月兒和安兒也跟著湊熱鬧，非要在戶外過夜，哈斯勒爾和阿威便乾脆將兩輛馬車的車篷拆下來，居然做成了個簡易的小帳篷。阿月兒和安兒往裡面一爬，睡得正合適。這樣木屋裡頭，每晚就只有裴素雲陪伴著袁從英，哈比比偶爾來訪，照例對二人視而不見，趾高氣揚地在屋子裡繞上一圈，就又從敞開的窗戶輕盈躍出，融化在神秘莫測的夜色中。

日子過得像飛一般，他們來到弓曳轉眼已是第十個夜晚了。與庭州一樣，此地日落得很晚，天才暗下不久，就該休息了。裴素雲在小帳篷裡看了看剛睡熟的安兒，便沿著鏡池邊灑滿月光的草坡，往木屋走去。阿月兒和阿威坐在湖邊竊竊私語，她從他們身邊經過，兩人談得起勁也毫無察覺。來到屋前，正碰上哈斯勒爾從裡面出來，裴素雲笑著和他打個招呼，哈斯勒爾嘿嘿一樂：

「伊都干，我正想找您問一聲呢，您看明天是不是再放隻信鴿出去？」

裴素雲愣了愣：「再放一隻？咱們來的第二天不是就放了一隻出去嗎？」

哈斯勒爾連忙解釋：「伊都干，那時咱們剛來，怕王子殿下惦記，就放了隻鴿子回去報平安。可現在已經過了十天，當初我們在馬車上匆忙帶的麵和油什麼的，都不太多，眼看著就沒了，是不是——」

裴素雲打斷哈斯勒爾：「嗯，你說得很有道理。這樣吧，等我們先商量一下。」

「好勒！」

她走進木屋，袁從英安靜地躺在靠窗而置的木榻上。裴素雲在他身邊坐下，輕輕握住他的手，小聲埋怨：「就是不肯好好休息，這麼晚了，還找人聊天。」

袁從英閉著眼睛回答：「他是來找你商量事情。」

裴素雲歎了口氣：「你呀……嗯，我也正想跟你說，你的藥也快用完了，是該想辦法從外面再帶些東西進來。」

袁從英把眼睛睜開了，月光從敞開的窗戶照在臉上，讓他看上去比白天更加蒼白一些。裴素雲皺了皺眉：「算了，你還是別管這些了，快歇著吧，雜事我來處理就好。」

「哦？你打算怎麼辦？」

「我……」裴素雲急急地道，「我把過沼澤的方法在書信裡寫清楚，烏質勒接到飛鴿傳書，只要去鄰居大娘那裡找到合適的貓，就可以派人穿過布川沼澤來送東西了。」

「這樣不行。」袁從英的聲音十分低啞、無力，但語調無疑卻是堅決的。

裴素雲困惑地看著他：「你怎麼了，為什麼不行？」

袁從英銜她微微一笑：「第一，布川沼澤對於不明就裡的人來說根本是恐怖的死亡之谷，僅僅憑你在信上所寫過沼澤的方法，恐怕別人難以置信；第二，就算烏質勒讀了信後按照指示行事，但他畢竟從未穿越過沼澤，你能肯定整個過程不會出什麼差錯？鄰居大娘家的貓以前也沒有過沼澤的經歷，真的如哈比比一樣可靠嗎？更何況還有毒氣的因素……」

「這……」裴素雲有些發急，才動了動嘴唇就被袁從英嚴厲的眼神制止了，他繼續費力地說：「最後……一點，也是最主要的……烏質勒收到飛鴿傳書後，肯定會產生我說的兩點顧慮，當然他必定要嘗試，只是絕不會親身前往。我想……他會找人先入沼澤。可是……」袁從英停下來喘了口氣，落在裴素雲臉上的目光至為溫柔，「弓曳是你家族的聖地，為了我你不得已才把外人帶進來……既然如此，知道的人還是越少越好。」

裴素雲垂下眼瞼，千言萬語全堵在心口，半晌才問出句：「那你說怎麼辦？」

「很簡單，明日一早我親自寫封短信給烏質勒，請他來弓曳相會。如果明天不刮風，就讓阿威帶上哈比比，返回庭州去送信，並盡快把王子接過來。阿威到底走過一次沼澤了，應該有把握。」

裴素雲怔住了，情不自禁地抓緊袁從英的手，囁嚅道：「帶走哈比比，萬一……」

「萬一他們一去不回，我們就再也走不出弓曳了，對嗎？」這話令裴素雲打了個冷顫，她求助地盯住袁從英的眼睛，卻見到那清朗平和的目光中隱含一絲戲謔。

「弓曳是人間仙境，假如從此老死在這裡，不也挺好？到處都是禽魚花果，反正也餓不著……」

裴素雲脫口而出：「可是沒有藥！」

沉寂片刻，袁從英抬手輕撫裴素雲的面頰：「烏質勒不希望我死，他一定會來的。我在信中寫明，請他一人前往，他必不會違背，這點我還是有把握的。阿威也不會洩露半點消息出去，你……就放心吧，這是最好的辦法。」

裴素雲頻頻點頭：「你怎麼說就怎麼做，我都聽你的。」她說著喉頭便有些發緊，眼前一陣模糊。

袁從英勉力半坐起身，將她攬入懷中，低語道：「怎麼又傷心？我早對你說過，只要有我在，你什麼都不用怕。」

裴素雲的淚水悄悄滑落：「你還病得這麼重，就要成天操心這些，都是我不好……」

袁從英托起她的下顎：「哦？你不好？你哪裡不好？」

裴素雲慌亂地避開他銳利的目光，支吾道：「是我沒用……」

袁從英追問：「素雲，你在怕什麼？」

「我、我沒有怕……」

袁從英長吁口氣，輕聲道：「你是在懼怕那些將你逼來弓曳的人，對嗎？」

裴素雲渾身一震，呆呆地瞪著袁從英，看見他的眼角聚起細密的皺紋，目光裡全是深重的疲倦。他冷冷地說：「你不告訴我來此地的真相，我就不能問旁人？」

裴素雲驚道：「我真的什麼都沒有做，你、你相信我嗎？」

袁從英將嘴唇貼了貼她的額頭，安慰道：「我當然相信你，只是有人處心積慮做下這樣凶殘的罪行，目的究竟是什麼？難道就是要把你置於死地嗎？」

裴素雲低聲喃喃：「我真的不懂為什麼……伊柏泰沉入沙底，神水的配方上交了官府，錢歸南的親朋同黨都獲了罪，陷害我這樣一個人，又能得到什麼？」

袁從英冷笑道：「假如不是因為你的緣故，那也可能是衝我來的？」

裴素雲更是惶恐：「可是從英，烏質勒把你送來我家是極機密的，根本就沒幾個人知道……」

袁從英默默地點頭，許久方道：「沒事，都交給我吧，我會查個水落石出的……無論如何我都不允許任何人傷害你。」

裴素雲含淚頷首，感覺到他的胸口起伏不定，呼吸十分乏力，忙道：「快睡吧，很晚了。」她扶著袁從英躺好，自己也側身躺在他的旁邊。

萬籟俱靜的夜裡，皓月從鏡池上反射出瑩白的微光，好似透明的巨大蟬翼罩在半空，脆弱而縹緲，縷縷清輝徐徐拂過窗沿，落在他倆的身上。裴素雲毫無睡意，只凝神注視著身邊人的動靜，許久，聽到他悶哼了一聲。裴素雲悄聲問：「從英，睡不著嗎？還是哪裡不舒服？」沒有回答，裴素雲等了等，伸手到他的背後，悠悠地歎息，「我給你按按背吧。」

她的手輕輕撫過他瘦削的脊背，手指觸摸到新創舊傷的累累痕跡，心又無法控制地痙攣起來。她認真按摩了好一會兒，袁從英才長長地舒了口氣，笑道：「就是沒有斌兒按得舒服。」

裴素雲也會意地笑了：「你想小斌兒了。」

「嗯……也不知道這小子在洛陽過不過得慣？」

裴素雲道：「斌兒那麼聰明乖巧，一定沒問題的。」

「但願吧……」袁從英若有所思地說，「他在我身邊野慣了，是該有人管管他。有大人管教著，他今後一定會很有出息……肯定比我強多了。」

裴素雲猶豫了一下，問：「狄大人會不會很嚴厲？」

「不會。大人這人說起來，既難相處也容易相處，我覺著斌兒能應付得了他。」

袁從英挪動了下身體，狡黠地看著裴素雲，問：「大人見過你？他對你很嚴厲嗎？」

裴素雲有些發窘，支吾道：「見過兩次。狄大人他、他挺威嚴的……也挺和善。」

袁從英眼中的笑意更深，慢吞吞地問：「什麼叫挺威嚴也挺和善？」

裴素雲輕輕捶了他一下：「你的大人你最熟，他怎麼樣還要問我？」

袁從英摟緊她，正色道：「你知不知道，大人平生最恨的就是你這樣的人，巫婆神漢，在他說來都是邪佞。要是放在過去我還在他身邊的時候，是萬萬不敢與你深交的。」

「啊？原來你這樣怕他？」裴素雲不覺蹙起秀眉，回憶道：「唔，他頭一次見到我的時候，確實非常嚴厲。不過我覺得那是因為錢歸南……還有瘟疫的事。後來，他離開庭州前親自去看我時，就非常和藹。他還、還問起我裴氏的身分，問我要不要回中原，真的很親切。」

袁從英微笑著點頭：「你不說我倒忘了，山西聞喜裴氏，高貴的門第，算起來你和大人還是同鄉……嗯，這麼看來大人還是接受你了。」

「接受？」

「是啊，雖說多少有些勉強……那會兒我要是在他面前，挨一頓臭罵是免不了的。」

「臭罵？」裴素雲不解地重複了一句，想了想又道：「我倒覺得，狄大人非常非常在意你，你在沙陀磧裡失蹤，他始終不肯放棄希望，還囑咐我幫著尋找。他談到你的時候，那樣沉痛的樣子，連我看著都十分不忍。」

袁從英輕撫著裴素雲秀髮，聽到此處，猛地滯住了，許久都不再說一個字。裴素雲傾聽著他沉重的呼吸，心中著實忐忑不安，又擔心他思慮過甚，便鼓起勇氣打岔：「從英，有件事情我一直都想問你。」

「唔，什麼？」

裴素雲吞吞吐吐起來：「那次在武欽差面前，你曾提到，你這樣的三品大將軍，朝廷會配給你……呃，才貌雙全的官妓……是真的嗎？」

袁從英愣了愣，隨即笑道：「當然是真的，武重規是親王、朝中大員，這種事他清楚得很，我怎麼會胡說？」

「那你、你……」裴素雲稍稍掙開袁從英的懷抱，咬著嘴唇。

袁從英瞅了裴素雲半天，忍俊不禁地歎道：「女人啊，真是的……我說了那麼多話，你偏偏就記住這個。」

裴素雲別過臉去，輕哼一聲：「我還納悶呢，你就沒看上過誰？」

「啊？」

袁從英笑著把她的臉轉回來，才沉吟著道：「跟你說真的，我還差點兒娶了個官妓呢。」

他的聲音平靜慵懶，彷彿在講述一個久遠的故事：「那女孩叫宗琴，不過她只會跳舞不會彈琴……我就記得她特別愛笑，和她在一起真的很輕鬆，就好像這世上根本沒有憂愁二字。那時候我的確喜歡她，還動了心思要娶她。」

「那……為什麼沒娶呢？」

他又沉默了許久，才回答：「我去和大人提了提，結果他不同意。」

裴素雲困惑地撐起身子，端詳著袁從英的臉：「狄大人不同意？為什麼？你娶妻還要他同意嗎？」

袁從英淡淡地道：「倒不是非要他同意不可，但我還是問了他。大人說官妓只能做妾，我應該先找個門當戶對的女子做將軍夫人，隨後再納妾也不遲。」頓了頓，他又道：「他當然是一片好心，可我卻就此打消了娶妻的念頭。其實也沒什麼，想女人的話也很容易辦到，反倒輕鬆。」

裴素雲低聲問：「為什麼一定要這樣？」

「……因為我不想要什麼將軍夫人，我只想要一個真心喜歡的女人。」

裴素雲遲疑幾許，還是問：「狄大人明白你怎麼想的嗎？」

袁從英看了她一眼：「我不知道。」

莫名的酸楚襲上心頭，裴素雲勉強笑了笑：「那……你可知道宗琴姑娘後來怎麼樣了？」

袁從英望向窗外，幽深的月色沉入他的眼底：「好像聽說是當了誰的妾，我也沒再留意……好幾年前的事情，今天若不是你提起來，我都忘光了。她也一定早把我給忘了。」

裴素雲搖頭：「不會的，她絕對不會忘記你的。」

夜越發深了，從鏡池上傳來清脆的蛙鳴，與周圍草坡上秋蟲的歡唱相互應和，更顯得夜靜到極處，這份寧靜縈繞在心頭久久不去，慢慢匯聚成最清冷的一滴露珠。又過了很久很久，裴素雲聽到身邊的人輕聲說：「這麼幾年過去，宗琴也該是一兩個孩子的娘了。我一直都覺得她的小孩真幸福，有一個那麼愛笑的娘。」裴素雲沒有答話，只是更緊地依偎在他的身旁。

房門無聲無息地敞開，正在埋首讀書的楊霖毫無察覺，直到門口冰冷的聲音響起：「楊霖兄，都準備好了嗎？」楊霖的手一鬆，書本「啪嗒」掉落在地上，他抬起頭，眼裡充滿恐懼。沈槐輕捷地跨入室內，順手關上房門。看了眼呆若木雞的楊霖，不覺輕蔑一笑：「怎麼像見了鬼似的？」他幾步走到楊霖跟前，逼視著對方，「我是來送你跳龍門，又不是來送你上西天，你抖什麼抖？」

楊霖垂下腦袋不出聲，仍然是一副失魂落魄的樣子。

沈槐又好氣又好笑，乾脆自己往旁邊的椅子上一坐，若無其事地道：「今天已經是七月二十七了，八月初一會試，按例考生們七月二十八日晚戌時就要去選院報到，核查身分，入號房，在那裡靜候初一凌晨五更開考發題。因此……」他瞥了眼毫無表情的楊霖，「狄大人說他身為主考，這兩天避嫌就不來看望你了，但還是託我帶話給你，讓你好好考。他特意吩咐，讓我明日親自送你去選院。楊霖啊，你快熬到頭了！」

楊霖這才抬起眼皮，有氣無力地嘟囔了一句：「小生多謝狄大人、沈將軍關照，感、感激不盡。」

「哼！」沈槐嗤之以鼻，隨即又冷笑著問：「楊霖，你在狄府好吃好喝都這麼久了，八月初一考完之後，可有什麼打算？」

楊霖困惑地瞅了他一眼：「這……我還不都是聽你的？我哪有什麼打——」

沈槐點了點頭：「楊霖，考完以後你就不必回這裡來了。」

楊霖狐疑地看著他，沈槐噗哧一樂：「我說楊霖，你不會真想賴在狄府了吧？」

楊霖愈加驚懼：「我？這一切不、不都是你要求的嗎？是你要我取得狄大人的信、信任……還要我冒充什麼謝——」

沈槐厲聲喝止：「行了！這些事情你都辦得不錯。我的問題是，考完以後你打算怎麼辦？假如沒考上如何？假如進士及第了又如何？」

楊霖低下頭，沉默了好一陣子，才喃喃道：「我也不知道……不過，沈、沈將軍，我一直都在按你說的做，你、你打算什麼時候還我那件東西？」

沈槐嘲諷地挑起眉毛，反問道：「要是你考完我就還你那樣東西呢？」

楊霖驚問：「真的？你真的會還給我？」

沈槐冷哼道：「自從你我相識，我一直都言而有信，說到做到吧？」

「這倒是……」

「那你還有什麼可懷疑的？而且，我要你做的你都已經做到了，等會試一過，我不僅將如約還你東西，還要放你走！」

楊霖瞠目結舌，似乎完全不敢相信自己的耳朵。

沈槐面對他的傻樣強壓厭惡：「是的，會試一完我就安排你離開，哦，當然還會讓你帶上你要的東西。」頓了頓，他注視著楊霖問：「怎麼？莫非，你捨不得離開了？」

楊霖嚇得一跳，趕緊辯白：「不！不！我當然願意離開，狄府再好……我也是度日如年，其實我一刻都不想待在這裡啊！」

沈槐點頭：「嗯，如此甚好。我會把一切都安排好。不過，有一個條件。」他逼視著楊霖，一字一句地道：「你要走，就得走得徹底，不論你本次會試是否上榜，都不許再回來！」

楊霖滿臉困惑：「這……假使考不上也罷，萬一考上了，我、我也不能？」

「不行！」

楊霖轉動著眼珠不吱聲。

沈槐不耐煩了，他聲色俱厲地道：「楊霖，我的話已經說得很明白了，你要麼帶上你要的東西滾蛋，從此去過你的逍遙日子，咱們井水不犯河水，要麼……」他突然住了口，陰森的目光像匕首般直刺楊霖，楊霖激靈靈打了個冷顫，彷彿又回到了去年除夕在金城關外破廟中的那個夜晚。多麼相似的目光，讓人絕望至極。楊霖覺得自己再也忍不下去了，就算進士及第又能如何？人家是朝廷的將軍，自己即便謀個一官半職也逃不脫他的手掌心。罷了！答應他吧，只要能拿回母親的寶物，就趕緊逃離這一切，逃得越遠越好……

他用低不可聞的聲音說：「我、我照做就是了。」

沈槐滿意地點了點頭，把神色略放輕鬆些，道：「還有件事，你現在就起草一封書信給狄仁傑大人，向他辭行，我會找機會讓他看到，以免你會試後突然失蹤令他起疑。」

楊霖乖乖坐下，提起筆來：「這……我怎麼寫呢？」

「就說你感激宰相大人對你的器重和關懷，然而你家中老母病重不治，你要回家侍奉，老母如若歸天，你更要為她服孝三年，忠孝不能兩全，因此暫且將功名富貴擱置，不辭而別還請狄大人見諒。」

楊霖沉吟片刻，揮揮灑灑將書信寫成。沈槐拿來看過，說了聲不錯，便納入懷中。

七月二十八日夜，戌時整。

天津橋東側的吏部選院門前，燈球滿掛，火把高擎，沿長街而下的兩排大槐樹上，懸掛著長達一里的大紅燈籠，將整條大街照得亮如白晝。選院的粉白圍牆外，是一圈荊棘編製而成的柵欄，比圍牆的頂端還要高過一尺有餘。荊棘柵欄外側更是五步一崗十步一哨，肅立著甲冑鮮明、精神抖擻的金吾衛兵。這陣仗足可以讓所有前來趕考的舉子，尚未踏入考場就呼吸急促、心跳如鼓。

選院門口又有另一隊服色的衛兵們站崗，引導著所有的舉子們排好隊伍，魚貫而入。高高佇立在黑漆大門前，一位銀甲紅衣儀表不凡的千牛衛將軍指揮若定，正是沈槐。

主考官狄仁傑大人早在一個時辰前就端坐在了選院的正堂上，沈槐率領衛隊一方面負責保衛狄大人的安全，一方面也承擔了維持考場秩序的責任。

現場雖然考生眾多，但由於管理得當、警戒森嚴，竟無一人喧譁。考生經過門房時，先報上名字並在名冊上簽注畫押，就有士兵過來搜查全身。帶入的筆墨紙硯、蠟燭、茶杯和飯盆均需經過細心檢查，再擱進統一下發的竹籃之中，領取號牌，方可對號入座。身上攜帶的其餘無關物品則一律打上包袱，寫好名字，寄存在門房中。

楊霖身穿一身簇新的儒生袍，夾在隊伍的中間。今夜他是由兩名千牛衛兵一路陪伴，哦，不，是押解到的選院。在隊伍裡他舉目四顧，一眼便看到，蘭州同鄉會的趙銘鈺就排在自己前面十來個人的位置。趙銘鈺也看到了楊霖，因在場無人交談，兩人點頭致意，就算打過了招呼。經過門房時，楊霖猶豫著從懷裡掏出個小包，寫好名字，雙手捧給衙役，看著他放入寄存物品的櫃格。

號房排列在選院的東、西兩廊之下。正北方向的正堂上燈火輝煌，像所有的考生一樣，楊霖經過院子走向自己的號房時，面對主考官狄仁傑大人端坐的身影，恭恭敬敬地作揖行禮，他在心中默唸：「狄大人，楊霖從心底裡感激您的知遇之恩，怎奈楊霖受人威逼，對您多有欺騙，實在是羞愧難當！狄大人，楊霖今天來此應試，已放開功利之心，只為對自己多年的苦讀有所交代，也……對您有個交代。狄大人，明天之後，晚生大概就再也見不到您了，您老人家多多保重吧！」

終於，所有的考生都安坐停當，靜靜等待五更敲過，狄仁傑大人拆開封簽，發下試題，考試便開始了。

八月初一這天，真是個少有的好天氣。萬里無雲的晴空中金輪燦放，整個洛陽城都沐浴在夏末初秋的舒爽中。吏部選院裡，考生們還在奮筆疾書，他們要考到今夜三更才散。正午過後的天津橋邊洛水兩岸，卻又聚來了許多華麗的車駕和馬隊，隊列之中俱是些面貌、打扮千奇百怪的人，他們都是大周皇帝邀請的四夷賓客，趕來參加今日的賽寶和百戲盛會。

這還是張氏兄弟給武則天出的主意。武皇自改元久視後病祛體康，恢復了對朝政的全面掌控，對二張的寵愛更甚以往，愈加助長了這兄弟二人的氣焰。與此同時，朝中一些沒有氣節的官員趨炎附勢、對二張大行拍馬依傍之能事，如今的張氏兄弟在大周朝中真可謂如日中天，囂張得好像烈火烹油一般，簡直是說一不二、為所欲為。也不知怎麼的，自從隴右道大勝之後，張氏兄弟突然對外交產生了莫大的興趣，沒事經常往鴻臚寺跑跑，不懂裝懂、指手畫腳，把鴻臚寺上下搞得不勝其煩，卻也只好忍氣吞聲。

在這種情況下，鴻臚寺卿周梁昆的態度就相當關鍵。照理說，他這位三朝老臣，在二張面前多少還是可以有些骨氣的，然而令鴻臚寺其他官員既感意外又失望的是，周梁昆對二張言聽計從，簡直到了令人髮指的地步。張氏兄弟先是拿著武皇的命令來尋寶，周梁昆立即大開四方館門，任由這二位將四方館的庫房翻了個底朝天。館庫中自高祖以來各夷進貢之寶，把這兄弟二人看得心花怒放，哪裡還會客氣，立即遍取其中珍稀，聲稱是呈給武皇把玩鑑賞，那周梁昆自是二話不說、一律照辦。這麼鬧了一陣還不罷休，二張前些日子又突發奇想，慫恿武皇遍邀長居洛陽的各夷族長，於八月初一，在皇城前搞一個賽寶和百戲盛會。二張的理由是：隴右戰勝，各夷均被天朝的軍威所震懾，選擇這個時機搞些輕鬆和睦的盛會，既能進一步彰顯天朝的強盛，也能安慰一下大家惶恐的心情，正所謂恩威並施嘛。武則天覺得很有道理，實際上二張絕大多數的提議她都覺得很有道理，再說這事兒無傷大雅、有趣輕鬆，何樂而不為呢？

旨意下達，鴻臚寺頓時人仰馬翻，日夜忙碌地準備了差不多半個月，這場憑空生出來的盛會總算可以如期舉行了。賽會定在午後正式開始，未時剛到，武則天的儀仗便升至皇城正南的則天門樓之上。今日的盛會就在則天門前通向天津橋的廣場上舉行。

一番朝拜禮儀之後，武則天親自宣布盛會開始。首先進行賽寶大會，裝飾得花團錦簇、奼紫嫣紅的廣場上，四夷選派的使者輪流上前，在中央用紅線標示的圓圈中，擺上本國特產的寶物，還操著怪腔怪調的口音講解該物的好處。一時間還真是寶華絢爛、異彩紛呈，把武則天和文武百官們看了個眼花繚亂，開心不已。

待各國都展示過了自己的寶貝，大周天朝壓軸，鴻臚寺少卿尉遲劍捧著寶物上場，也開始侃侃而談。則天門樓上，張易之留意女皇的表情隱現不快，他悄然上前，低聲問：「陛下，您是不是覺著咱們天朝的寶貝不夠珍奇，壓不過那幫番夷的東西？」

武則天哼了一聲，並不答話。

張易之卻如領了聖旨一般，疾步來到一旁正抻長脖子觀看的周梁昆身邊，喚道：「周大人。」

周梁昆嚇得一哆嗦，慢慢收回目光，卻不敢直視張易之：「張、張少卿，有、有何吩咐？」

張易之壓低聲音道：「周大人，你怎麼搞的？把這些不入流的東西拿出來丟天朝的臉，聖上很不開心啊！」

「啊？這……」周梁昆臉色煞白地嘟囔，「可這些都已經是最珍貴的寶物了。」

張易之厲聲打斷他：「胡說！周大人，我看你是不想活了！休要再虛言哄騙人了……」頓了頓，他咬牙切齒地道：「周大人，別以為我不知道，鴻臚寺裡一直藏著件舉世罕見之寶，可我和六郎這些日子在四方館進進出出，你貌似毫無保留、光明磊落，卻從未向我二人展示過那件寶物。我告訴你，周梁昆，今天你必須將那件東西擺出來，否則聖上雷霆大怒，你……就等著家破人亡吧！」

周梁昆這時倒抬起了眼睛，惡狠狠地盯住張易之，好像要與對方拚命似的。張易之聳了聳肩，轉身就走，還不忘撂下句話：「就是那幅波斯地毯，周大人要想活命，就拿出來亮一亮吧！」

周梁昆渾身一震，這才抬手招來一旁的四方館主簿，吩咐了幾句，那主簿飛也似的跑下城樓而去。

尉遲劍還在廣場上一件件地展示寶物，講得口沫橫飛、滿頭大汗。正抬手擦汗之際，突然看見四方館主簿指揮著幾個鴻臚寺的差役，抬著卷毯子走到場上。尉遲劍眼睛驟然一亮，有種如釋重負的感覺。這塊波斯地毯是鴻臚寺最珍貴的收藏品，前段時間突然被周梁昆移出鴻臚寺，說是有些破損，去找人修補，卻遲遲沒有送回，尉遲劍就總覺得不妥。此刻看到這幅寶毯終於重現，尉遲劍心裡面一塊石頭落了地，頓時精神大振。

波斯寶毯在日光下徐徐展開，繽紛絢麗的色彩刺花了周遭人們的眼睛。則天門樓上，武則天的臉上陰雲漸漸散去。尉遲劍抬高聲音，介紹了寶毯色澤變幻的奧妙，圍觀眾人一陣竊竊私語，張易之又一次欺近武則天，含笑道：「陛下，那些傢伙們好像不太信服？」

武則天悠悠地道：「你去試試？」

「是。」

張易之仍然走到周梁昆的身邊，連叫兩聲：「周大人！」

周梁昆從恍惚中回轉，張易之笑容可掬地道：「周大人，幹得不錯。不過……」他指了指尉遲劍，「他恐怕不清楚這寶貝的好處吧？要想讓四夷歎為觀止，周大人還是要親自出馬吧？」這回周梁昆反應倒挺快，沉默著點了點頭，目不斜視地走下城樓。

邁著沉重的步子，周梁昆慢慢走向紅圈中央，五彩斑斕的波斯地毯隨著他的腳步，在他失神的雙目中，不斷變幻出光怪陸離的圖案，令他昏眩的頭腦更加迷亂，直至失去所有的知覺。彷彿此刻就只有他孤身一人站在天地之間，面對決定生死的最後一刻……

「周大人？」聽到尉遲劍的叫聲，周梁昆如夢方醒，朝他抬了抬手：「讓人送上火把，將這幅毯子點燃。」

「啊？」尉遲劍瞠目結舌，周梁昆衝他咧嘴一笑：「快啊，還愣著幹嘛？」

火把送上來了，尉遲劍哪裡敢動手，周梁昆卻突然來了脾氣，一把從他手裡搶過火把，高高舉起，向四周宣布道：「這件寶毯最奇妙之處，在於它火燒不壞、水浸不濕！諸位請看！」

雖然手臂抖個不停，周梁昆還是堅決地將火把伸向寶毯，所有的人都不由自主地屏住了呼吸。殷紅的火苗輕柔捲上寶毯的邊緣，起初似乎沒有什麼變化，只有一股淡淡的嗆人氣味悠悠飄散，然而僅僅一剎那之後，火苗飛速席捲整條寶毯，剛才還流光溢彩的人間瑰寶頓時就化成一團熊熊燃燒的烈火！

所有的人都大驚失色，尉遲劍跳著腳驚呼：「啊！周大人，這、這怎麼燒著了啊？」

周梁昆退後半步，死盯著前方，卻只一言不發。

尉遲劍急了，高喊著：「水！快來人啊，快救火啊！」真有人跑著送上水桶，尉遲劍奪過來，「嘩啦」潑上那堆突突亂躥的火焰，一桶、兩桶、三桶……

火終於被撲滅了。尉遲劍氣喘如牛地望向紅圈中央，地上一片狼藉，號稱舉世無雙、不畏水火的寶毯已成污水中漂浮的黑灰色殘片。尉遲劍絕望地抬起頭，映入眼簾的是周梁昆毫無表情的臉，好似已徹底傻了、癡了，隨即他整個人向後轟然倒去——「周大人！」

「二燭盡！」吏部選院中央，報時的差役拉長聲音喊著。日頭從偏西方照下，選院兩側的長廊下，西側陽光耀眼，東側略顯幽暗。考生們自清晨奮戰至今，已將近六個時辰了。選院正堂上按規矩點燃特製的蠟燭，三支蠟燭燃盡即是三更時分，會試就用這種方式來計時。此刻二燭燃盡，代表考試已過去大半的時間，然而考生們都還在埋頭苦答。整個院落中仍然如最初一樣寂靜，只有筆鋒落在紙上的唰唰聲。四方形的院落每側肅立十名衛兵，沈槐早已回到狄仁傑的身旁，此時正陪伴著他慢悠悠地在各個號房間踱步巡視。

兩名上了年紀的差役手提銅壺和竹筐，一間間號房地給考生送上茶水和乾餅，這就是考生們今天一整天的充饑之物，早午各送一趟。當送到東廊下一間號房的時候，兩名差役突然驚呼了一聲，引得周圍幾名考生循聲望來。這兩名差役到底是在選院供職多年的，很懂規矩，忙又斂氣噤聲，其中一人匆忙跑到正在對面巡視的狄仁傑面前，躬身行禮，壓低聲音報告：「狄大人，東廊丙字七號的考生似乎……不太對勁兒。」

「哦？」狄仁傑微微一驚，朝身邊的沈槐點了點頭，「走，過去看看。」兩人疾步來到東廊丙字七號前，狄仁傑眼光掃向門柱上釘的號牌，頓時愣了愣：「楊霖？」

「大人，是楊霖。」沈槐亦看清了名字，在狄仁傑耳邊輕聲叫道。

號房裡頭有些昏暗，書案之上合撲一人。狄仁傑走到他的身旁，只見寫滿字的卷子半垂在案邊，一支筆滾落在地。

「楊霖？」狄仁傑低低喚了一聲，楊霖毫無動靜。狄仁傑示意沈槐將楊霖的身子拉起來，半明不暗的光線下，楊霖雙目緊閉，嘴角邊溢出白色的口沫，臉上已無半點血色。

狄仁傑的眉頭皺緊了，他探了探楊霖的鼻息，目光一悚，又轉去握住楊霖的手腕。

沈槐也很緊張，盯著狄仁傑悄聲問：「大人，他……」

狄仁傑的聲音十分低沉：「已經沒有脈了。」

「啊？」沈槐下意識地抓了抓楊霖的脈搏，隨即愣愣地望定狄仁傑，似乎也沒了主意。

狄仁傑面沉似水，暗影之下，沈槐看不清他的表情。沉吟片刻，狄仁傑吩咐道：「沈槐，你立即派人去大理寺請宋乾大人，告訴他這裡有命案要查，但為防驚擾其他考生，請他著便服前來。這裡嘛……馬上叫兩名衛兵過來將屍體先移至正堂內室，並看管起來，任何人不得靠近。你與我繼續在此勘查現場。」

「是！」沈槐抱拳。

狄仁傑跨出號房一步，和顏悅色地向東西兩廊喊話：「有一位考生突發急症暈厥了，我們會立即安排郎中給他診治。大家繼續專心答卷吧。」

考生們果然都鬆了口氣，唯有趙銘鈺向此處望了好幾眼，才又埋頭書寫起來。

則天門樓之下，天津橋前，此刻又換了一副光景。

親眼看著波斯寶毯燒毀，在四夷眾使前丟盡臉面，高踞於城樓之上的武則天氣得全身哆嗦不止。文武百官各個大驚失色，張氏兄弟煞白著臉面面相覷，顯然對這個結果也始料未及。在場的四夷使者們更是什麼表情的都有，震驚、困惑、幸災樂禍、暗自得意……

沉默許久，武則天才從牙縫裡擠出話來：「五郎、六郎，後頭還有什麼安排？」

張易之趕緊上前，小心作答：「陛，陛下，後面原先安排的是雜戲……您看還要不要？」

「當然要！」武則天的聲音冷硬如冰，張易之悄悄抬眼，那張肅殺的臉上是憤怒，亦是絕不服輸的氣魄。張易之明白，女皇動了真格便六親不認，任他也不敢怠慢。

「臣遵旨！」張易之連忙躬身高呼，抬腿飛奔下則天門樓。

周梁昆人事不知，被抬下場去。尉遲劍臨危受命，只好打起十二萬分的精神，心驚膽戰地主持起雜戲表演。他身上的官袍又是汗又是水，早已濕透，哪裡顧得上料理。尉遲劍心裡再清楚不過，周梁昆大人這回是徹底完蛋了，自己的腦袋此刻也在褲腰帶上晃蕩著，要是接下去的環節再出什麼問題，此命休矣！

在他的賣命指揮下，則天門樓下很快又熱鬧起來。伶人異士輪流上場、各顯神通，吐蕃的「戲車」、新羅的「履索」、倭國的「忍術」、波斯的「吐火」，甚至天竺剖腹剜肉的「幻術」也血淋淋地登場亮相，引來圍觀者的陣陣驚呼和喝采，然而表面歡騰的場面掩蓋不住四下瀰漫的不安與慌張，令本就十分驚險的表演更蒙上一層詭異、恐怖的氣氛。

張易之頻頻朝上窺視，武則天陰沉的臉孔始終沒有半絲笑意。他正自徬徨，頭頂傳來低沉的問話：「五郎，天朝的雜戲表演是什麼，你可知道？」

張易之心裡咯噔一下，忙恭謹回話：「陛下，易之倒是問過了，準備的是透劍門戲。」

「嗯。」武則天輕輕地點了點頭，張易之趕緊又加了一句：「透劍門戲極為驚險，必能壓過所有四夷的雜戲！」

武則天冷笑：「只要不再出紕漏就好了！」

透劍門戲開始了。廣場上搭起一條幾十步長的布幔長廊，其上遍插鋒利的長劍，密密麻麻直指中央，令人望之悚然。所謂的透劍門戲，就是一人騎馬奔入長廊，從劍尖叢中飛速越過，由於長劍密布且錯落交雜，穿越之人既要有膽量，又要能很好地駕馭馬匹輾轉騰挪，避開劍鋒，所以難度極高，號稱天下第一雜戲。

前面賽寶出意外，讓武則天大丟面子，現在這透劍門戲，大家都抻長了脖子，想看看天朝如何展示絕技，贏回尊嚴。果然，一匹黑色駿馬跑上場來，體型矮小，是為這種雜戲特別訓練的。馬上的騎士身披麒麟戰袍，頭頂的亮銀盔下懸面罩，遠遠望去倒十分威風。唯有稍近些的尉遲劍發現，麒麟戰袍似乎小了點，有些不太合身。「怎麼回事？」他納悶地自語了一句，突然臉色大變，張開嘴卻再發不出聲音，就在他萬分恐懼的目光中，那騎士揮鞭驅馬向布幔長廊衝去！

一人一馬在劍陣中飛速穿行，眼看已越過長廊中段，勝利在望了，偏那馬匹好像突然被驚，腳步瞬間凌亂，身形左衝右突起來！然這劍陣何等嚴密，哪裡容得如此亂竄，眨眼間，人、馬身上已被劍鋒刺得鮮血淋漓，那馬嘶聲呼號，更加慌不擇路，騎士根本控制不住牠，就在眾人的齊聲驚叫中，那浴血的一人一馬衝出長廊，向前幾次翻滾，便倒斃於血泊之中。

則天門樓上，武則天從龍椅上騰身躍起，伸出右手顫巍巍指向場中，半晌說不出話來。周圍鴉雀無聲，剛發生的一切太過慘烈，大家的腦袋都已一片空白。

「陛下！」從城樓下傳來高亢的嗓音，武則天回過神來，瞇起昏花的老眼望下去，一個生氣勃勃的年輕人站得筆直，正向她抬起頭來。「臨淄王……」武則天無力地喚道，呆滯的頭腦一時無法揣測，這個頗受自己喜愛的孫子，此刻跳出來想要幹什麼。

李隆基清亮的聲音再度響起：「陛下，臣願為聖上演出這透劍門戲！」一語既出，眾皆譁然！

武則天還未及開口，旁邊的相王李旦已不顧逾越，撲向城樓，朝下大喊：「三郎，你不要胡鬧！快退下！」

李隆基不為所動，依然高聲奏道：「啟稟陛下，透劍門戲要求馬匹和騎士身形較小，臣正合適，請陛下允臣一試！」

武則天眼望樓下孫子的身影，沉默著。相王回過頭來，哆嗦著喊出一句：「陛下……」便垂下了腦袋，他既不敢看自己的母親，也不敢看自己的兒子。正在肝膽俱裂之際，樓下的四夷使者又發出紛亂的呼聲。

李隆基面朝城樓而立，還在等待皇帝祖母發話，突聞背後大亂，也驚得扭頭看去。卻見場地中央，不知何時又出現了一匹火紅色的小馬，馬上騎士是一名紅衣少年，看去最多十一二歲的年紀。李隆基愣了愣，隨即跺腳大喊：「斌兒！你想幹什麼？」他認出來，這紅衣少年正是狄國老託付自己帶來觀看百戲盛會的孤兒韓斌。

此刻的韓斌對周遭一切充耳不聞，他緊緊攥著韁繩，彷彿又看見了沙陀磧上星光燦爛的黑夜。無邊無際的沙海中，他和「炎風」的前方，是集結得密不透風的野狼群，雖然怕得要死，他還是堅決地衝向前方，因為——哥哥在等著斌兒，等他成為一個真正的男子漢，像哥哥一樣英勇無畏的男子漢，只有這樣，小斌兒才能幫助哥哥……哥哥，你等著我！

「炎風，跑啊！」隨著孩子一聲清脆的呼喊，已被接連變故攪得頭昏眼花的眾人，忽覺眼前紅光一閃，韓斌駕著「炎風」像一團烈火捲入銀光爍爍的劍陣，紅白交錯、銳影重疊，大家一口氣尚未喘上來，炙烈的火焰已穿陣而出！

短暫的寂靜後，則天門樓上下爆發出雷鳴般的歡呼。韓斌剛剛帶住韁繩，李隆基已策馬飛奔到他面前，漲紅著臉一拳揍在韓斌的小胸脯上：「好小子！真是好樣的！斌兒，你簡直、簡直太棒了！」臨淄王興奮得都有些語無倫次了。

一片歡呼聲中，從透劍門戲開始就呆若木雞的尉遲劍清醒過來，他抹了把迸出的喜淚，跑到那依然橫陳在地的騎士屍體旁，掀開面罩，周梁昆僵硬的臉露出來，嘴角邊的一縷鮮血為這張死人的臉，添上一抹怪異至極的微笑。

第四章　良緣

裴素雲彎腰從鏡池中汲上一盆清水，往袁從英所躺的大樹下走來。河岸有些傾斜，她雙手端著木盆走得不太穩當，等到袁從英的身邊把盆擱下，胸前的衣襟已濡濕了一片。裴素雲喘了口氣，抬起頭來發現袁從英正看著自己，淡淡笑意給他依舊憔悴的臉龐增添了動人的神采。

「你笑什麼？」裴素雲低頭嘟囔，沒來由地面紅耳赤起來。

「你的……衣服濕了。」他回答得似很隨意，但眼裡的光彩更甚。

裴素雲下意識地抬手遮住胸口，薄綢的夏衣被水一打，緊貼在身上。她頓感羞臊難當，倒不是因為嬌媚誘人的曲線盡顯在他的眼前，而是因為自己的心在他溫柔的目光下，竟如情竇初開的少女一般躍動不止。實際上，他們已朝夕廝守半個多月，袁從英的一概飲食坐臥也都由裴素雲親手照料，但是隨著他的身體一點點好轉，原先被死亡陰影所掩蓋的隱秘激情，亦隨之悄悄甦醒。裴素雲覺得，似乎自己剛剛習慣了將袁從英當作親密無間、耳鬢廝磨的愛人，現在又要重新開始適應——那份由愛所生的引誘、那份因情而起的慾望，歷經磨難使它們變得更加熱烈真摯、難以抵擋。不知不覺地，她已被袁從英摟在了懷中，他的懷抱是如此溫馨而堅實，讓她沉醉。裴素雲再不敢抬頭去看他，只管盯住鏡池的那泓碧波，心也隨之蕩漾舞動，她意亂情迷地想著：「作為一個女人，我是多麼幸福啊……」

「今天沒有風啊，為什麼這湖水還是拍岸不止？」

「啊？」裴素雲稀裡糊塗地問，「你、你在問我嗎？」

「不問你問誰？」袁從英輕輕抬起她的臉，語調十分溫和，但犀利冷靜的目光一下就把裴素雲喚醒了。

她順著袁從英的眼神看向鏡池岸邊，立即明白了他問話的意思，忙坐直身子認真回答：「鏡池的水波是由湖底的漩渦和起伏引起的，所以長年不斷拍岸有聲。唔，和風吹並無關聯。」

「是這樣……」袁從英點了點頭。

裴素雲接著道：「從英，你是在想烏質勒今天能否過沼澤，對嗎？我看今天全天都無風，假如他還在早上出發，最多再過一個時辰就能到弓曳了。」

袁從英又點了點頭，思忖著說：「阿威是前天回庭州的，如果我沒有算錯，今天傍晚我們必會迎到王子。」他看著裴素雲微笑，「有客人要來，你也不幫我收拾收拾？」

裴素雲輕嗔：「我早準備了，還要你說！」說著，她從袖籠裡取出一柄精緻的牛骨梳，在水盆裡略浸了浸，便坐到袁從英的身後，細細地替他梳起頭髮來。梳了好一會兒，裴素雲又不知從哪裡變出根竹簽來，拿在手上笑道：「沒有男人的髮簪，只能先用這個湊合了。以後再給你找根好的……」她沒有再往下說，只輕巧地將他的頭髮挽成髻，用竹簽綰牢。

轉回到袁從英前面，裴素雲對著他左右端詳，「噗哧」一樂：「喲，還有鬍子……又長又亂的，也得理理。」

「嗯，你看著辦。」

裴素雲讓阿月兒取來小剪刀，比畫著問：「是全剪了？還是留著點？」

袁從英不以為然地回答：「隨便，我都無所謂。」

裴素雲還是用水浸濕梳子，一邊梳理一邊修剪，突然又停下來，只是抿嘴衝袁從英笑。

袁從英歎了口氣：「又怎麼了？我的樣子就那麼好笑嗎？」

裴素雲的眼睛晶亮，輕輕搖頭道：「不是……要不就蓄著吧？你這樣子，真的很好看。」

袁從英撫了撫她的面龐：「行，只要你喜歡，怎麼樣都行。」

果然不出所料，裴素雲這邊剛替袁從英打理停當，看上去精神了不少。那邊沿著鏡池南岸就傳來劈哩啪啦的腳步聲和烏質勒興高采烈的呼喊：「從英！從英！哎呀，總算是又見到你了！」

袁從英與裴素雲驚喜對視，裴素雲連忙扶著袁從英坐好，烏質勒已大步流星地衝到了樹下。

「從英，你真的好多了啊！」烏質勒箭步上前，一把抓住袁從英的手，上上下下地打量起來，激動得眼圈都有些泛紅。

袁從英也用力緊握對方的手，沙啞著喉嚨道：「王子殿下，一向可好？」

「好，好！」烏質勒稍微平靜下來，抬手拍了拍袁從英的肩，滿臉都是快慰，「嗯，氣色還不錯！我說你這人啊，命比精鋼還硬！看來要整死你袁從英，那真比登天還難啊，哈哈哈哈！」

袁從英也笑了：「王子殿下，從英還未及感謝你的救命之恩呢。」

「哎，什麼話！」烏質勒把大手一揮，「你少給我來這一套！你真要謝就謝伊都干，我在牧民那裡找到你的時候，你也就比死人多口氣，現在怎麼樣？還是伊都干照顧得好啊，更別說在這麼個人間仙境裡休養，誰能像你這麼好運……」一邊說著，烏質勒興致勃勃地四處張望起來，從雪山看到鏡池，再從柏林看到木屋，直看得雙目炯炯，充滿好奇與喜悅。

裴素雲微笑著向烏質勒行了個禮：「王子殿下，你們先聊著。我看阿威在那裡卸下不少東西，我去瞧瞧。」

「啊！」烏質勒跳起身來還禮，「是，知道你們需要，我這次特地多帶了些東西進來，有吃的用的，最要緊是從英的藥，都按著伊都干給的單子……」他突然住了口，目光在裴素雲的臉上身上游弋不定。

裴素雲的臉微微一紅，不再理會烏質勒，朝袁從英點點頭，便向阿威、阿月兒他們走去。烏質勒猛回過神來，衝袁從英擠一擠眼睛，戲謔道：「難怪漢人有云『女為悅己者容』，烏質勒過去也見過伊都干好多回，可還從沒看到她像今天這樣容光煥發，真是美若天仙。從英，你好福氣，誠讓愚兄豔羨不已吶！」

袁從英微笑著岔開話題：「殿下，我聽哈斯勒爾他們說，你的王妃日前來庭州與殿下團聚了？」

烏質勒一愣，隨即朗聲笑道：「是啊，呵呵！我的繆年王妃，雖出身吐蕃，先祖母倒是真正的漢人——你們大唐的文成公主，所以說我烏質勒拐彎抹角地還和李氏皇族沾著親呢。」

袁從英道：「這可真不是拐彎抹角，算挺近的姻親了。只是此前從未聽殿下提起過。」

烏質勒搖頭感慨：「這門親還是我在突騎施當王儲的時候，先父替我定下的。西域各族的酋長、親王間相互通婚是常事，我那時也未特別在意，反倒是對繆年的漢人血脈有些興趣，才應了這門親事。現在回頭想想，父親真是非常有遠見。近百年來，西域各族中尤以吐蕃興起迅速，如今在天山以南已成獨領風騷之勢，比當初的突厥、契丹有過之而無不及。父親讓我與吐蕃王之女通婚，就是給我在天山南麓布下了關鍵的一子。這麼多年來我去國流亡，若不是繆年自吐蕃給予我源源不斷的錢財支援，我又如何能堅持到今天！」

袁從英由衷地道：「如此看來王子夫婦也是患難夫妻，令人敬佩。」

烏質勒頗為自豪地接口：「繆年是有膽略有作為的王妃，烏質勒得她實屬幸事。過去我在流亡中，為免給她母子帶來麻煩，都是秘密與她聯絡，在人前也從不提起還有這麼位王妃。繆年一人在吐蕃帶大我的兩個兒子，還要為我暗中籌劃，提供支持，也真是難為了她。哦，從英，我的兩個小子現在也到了庭州，有機會一定讓你見一見他們，他們可是非常期待能見到你這位大英雄啊！」

袁從英沉著地道：「虎父無犬子嘛，兩位小王子定然是年輕有為的，不過……」他望定烏質勒的雙目，鄭重發問：「既然說到庭州，不知庭州目前情形如何？」

「這……」烏質勒的臉頓時陰沉下來，「這可說來話長了，只是你的身體尚且虛弱，我們現在就談這些事情，不知道你……」

袁從英斬釘截鐵地道：「我請殿下親自來弓曳相會，就是要談正事。還請殿下直言不諱。」

「好，那咱們就談正事！」烏質勒正色道，「從英，自你去伊柏泰搭救安兒，到狄大人親臨庭州破除瘟疫等種種經過，想必你都已經知道了，我就不再一一贅述。現在首先要告訴你的是，大周朝廷新委任的庭州刺史崔興大人，五天前正式來庭州上任了。」

「崔興？」袁從英驚喜地反問，「就是年前接替宋乾任涼州刺史的崔大人？」

「對，亦是本次隴右道的先鋒戰將，平滅默啜進犯的大功臣！」

袁從英連連點頭：「我知道，我知道，崔興能文能武、精明強幹，為人也很忠義……朝廷派他來掌管庭州，真是個上佳的決策！」

烏質勒應道：「聽景暉說狄大人也很看好這位崔大人，說不定朝廷會有這個安排，還是狄大人的意見起了莫大的作用。」

袁從英注意地觀察烏質勒的表情：「殿下已與崔大人見過面了？」

烏質勒沉默了，少頃才冷冷地道：「景暉臨行前特別提起，讓我與這位崔大人好好交往，還說這也是狄大人的囑託。因此崔大人來庭州的第三天，我就去面見了他。」

「結果呢？」

烏質勒面無表情地回答：「初次見面，不過寒暄而已，談不上有什麼結果。」

兩人都暫時無言，袁從英思忖片刻，字斟句酌地道：「殿下，對這位崔大人我倒略知一二，此人素有謀略，城府頗深。這次赴任庭州，百廢待興，千頭萬緒，崔大人的責任十分重大，開始時行事一定會非常小心謹慎。因此，即使狄大人對崔興有所關照，我想他也會步步為營，謀定而後動，絕不會輕易表露親疏好惡的。」

烏質勒悻悻一笑：「從英，你說的這些我還不至於不懂，況且烏質勒的身分乃流亡外族，崔大人初次會面有所保留也是應該的。問題是，聯繫起前番朝廷下達給我的聖旨，再加上這回崔大人對我的冷淡態度，就難免令烏質勒心生嫌隙，倍感失望了。」

袁從英聳起眉峰：「聖旨？」

「是啊，聖旨！」烏質勒便將前些日子接到的聖旨也對袁從英說了一遍。

聽完烏質勒的敘述，袁從英長吁口氣：「如此我便明白殿下的憂慮了。朝廷中的事情固然紛繁複雜，難以預測。然而……」他頓了頓，注視著烏質勒的雙眸中閃動銳利的光芒，「殿下何必過多倚賴於大周的幫助。在我看來，敕鐸新亡，突騎施群龍無首，王子殿下完全可以乘勝追擊，一舉奪取突騎施的領袖之位。我聽哈斯勒爾說，殿下也確實曾發兵碎葉，卻在途中折返，不知道是為了什麼？」

「咳！」烏質勒狠狠一拳砸在樹上，咬牙切齒地道：「還不是因為默啜！」

「默啜？」袁從英緊鎖雙眉，「東突厥真的插手到突騎施內部去了？」

「誰說不是呢！」烏質勒把牙關咬得咯吱直響，一字一句地道：「敕鐸和他的五千精兵葬身於沙陀磧之後，我確實想把握良機，立即兵發碎葉。但我也留著個心眼，讓烏克多哈在東突厥進一步打探，以防東突厥萬一出兵支援碎葉，對我不利。結果，還真讓我給算到了！原來那敕鐸的長子，哼，也算是我的堂弟吧，對汗位垂涎多日，早就迫不及待。敕鐸帶兵親征沙陀磧，當時默啜已然兵敗，本來無心旁顧，偏偏我這堂弟私下聯絡了默啜之子匐俱領，居然做了所謂兩手準備。敕鐸若勝還則罷了，若敗，匐俱領承諾這廝，立即發兵扶助他登上汗位。我在奔襲碎葉的途中得到烏克多哈送來的密報，才知當時堂弟已經繼位，匐俱領所派的八千人馬助他誅殺異己、平定了所有其他欲奪取汗位的勢力，又與突騎施尚存的五千兵馬一起，守在通往碎葉的必經之道上，就等著我的隊伍跨過沙陀磧，進入大楚嶺的峽谷後，一舉將我們殲滅！假如我當時沒有及時撤退的話，恐怕……從英，你我就無今日之會了！」

袁從英也不禁沉聲慨歎：「好歹毒的計策！」隨即又道：「殿下，你這位堂弟奸詐至此，對付起來倒要多花些心思。」

烏質勒一聲冷哼：「他？我還是了解的，這廝斷沒有此等心計，據我來看，所有這些奸謀應該都是默啜那陰險狡詐的兒子匐俱領所設。烏克多哈的密報也說，匐俱領在隴右道大敗而歸，自己亦身負重傷，幾乎送掉性命，著實咽不下這口氣。這匐俱領一向號稱足智多謀，必是想到了敕鐸死後突騎施的局面，才與我那堂弟聯合，所為的就是不讓親近大周的勢力奪取突騎施的控制權，從而失去在西突厥的盟友，在西域被徹底孤立。」

袁從英點頭：「嗯，這些天我向哈斯勒爾他們詳細詢問了隴右戰事的經過，匐俱領喜歡使計，他會想到這些也不奇怪。」說到這裡，他蒼白的臉上浮起一絲微笑，「匐俱領就是被崔興打得一敗塗地的，現在崔興來坐鎮庭州，那匐俱領肯定是如芒在背、坐立不安。王子殿下，這回你要想奪回碎葉，如果能爭取到崔大人相助，一定會事半功倍。」

烏質勒喟然歎息：「話是這麼說，可方才我都告訴你了，大周朝廷對我態度輕慢，崔大人初次見面又很疏遠，如今我帶著好幾千突騎施人馬在庭州周邊滯留，已屬不明不白。我甚至都擔心，大周一旦翻臉，烏質勒又將何去何從？」

「絕對不會發生這種情況！」袁從英的語氣異常堅決，他低頭略作思索，便望定烏質勒，果斷地道：「我可以與崔大人聯絡，我們過去就曾相識，再加上狄大人的關係，他定會慎重對待。」

烏質勒的表情有些古怪：「這個……也未必吧？」

「怎麼？」

「從英啊，有些事情說出來怕你傷心。」烏質勒欲言又止。

袁從英的臉色愈加蒼白，反顯得一雙眼睛亮得耀人，他神態自若地問：「殿下不說我也能猜出一二，是朝廷對我有所貶辱吧？」

烏質勒忙道：「那倒不是！只不過狄大人臨行之前，曾再三囑咐我要繼續尋找你的下落。這次與崔大人見面，我本想他必要問起你，可誰知他卻隻字未提……」

袁從英緊繃下顎一言不發。烏質勒有些於心不忍，便又道：「哦，那天我離開刺史府的時候，崔大人派他的侍衛長送我出去，那位高都尉倒是悄悄問了問我，不過我覺得小心為上，就什麼都沒有透露。」

袁從英追問：「高都尉？他的名字是不是叫高達？」

烏質勒想了想：「嗯，似乎是叫這個名字。」

「原來是這樣……」袁從英的面容豁然開朗，又凝神思索了一會兒，他胸有成竹地道：「殿下，崔大人那裡我已有計較，你不必擔心。目前最重要的，還是得想個法子出來瓦解匐俱領對你堂弟的支持。一旦失去外援，據你的描述，碎葉那裡不過是群烏合之眾，以殿下之兵力與謀略，要將他們擊潰完全不在話下。」

烏質勒受他感染，臉上也陰雲漸消，急切地道：「從英啊，不瞞你說，這些天來我日日夜夜就在盤算這個，最終還是覺得，一定要讓他們雙方彼此失去信任，才能有所突破。」

袁從英贊同：「對！這兩方面本就各懷鬼胎，要讓他們互相猜忌，甚至反目為仇，絕非不可能！」

烏質勒也頻頻點頭：「而且我覺得最好在匐俱領這邊下手，因為此人多詐，也必多疑，隴右道戰敗他就是吃了這個虧！江山易改本性難移嘛，我相信要從他這裡離間突騎施與東突厥的關係，必能奏效！問題是，必須要找個妥善的辦法出來……而且此事只許成功不許失敗，我們只有一次機會，假如一擊不中，今後再想下手就非常困難了。」

袁從英深吸口氣，振作精神道：「我倒有個主意！既然匐俱領剛剛在大周這裡吃了大虧，心裡一定又懼又恨，我們就利用他這點，想辦法讓他以為，碎葉那邊表面與他結盟，私底下卻在和大周暗渡陳倉，他必然憤懣非常，這樣便會落入我們的圈套！」

烏質勒雙眼放光：「對啊！此計甚妙！太好了……」他興奮得連連搓手，可一會兒目光又黯淡下來，「但是如何才能讓匐俱領相信碎葉與大周私下勾連呢？」

「這就需要兩處著手。」

「兩處著手？」

「是的。」

兩人談到此時，袁從英已氣息不繼，額頭上也滲出密密麻麻的冷汗，但神情卻越來越自信堅毅，他竭力用平緩的語調解釋道：「我的建議是，一方面製造出大周與碎葉親近的假象，另一方面讓烏克多哈故意將相關信息透露給匐俱領，這樣雙管齊下，只要安排周密、配合得當，不怕匐俱領不上鉤。」

見烏質勒還面露猶疑，袁從英又微笑道：「製造假象需要大周方面來實施，這個就交給我。

至於烏克多哈那邊嘛，王子殿下定能辦得周到。」

烏質勒擰眉沉思，少頃，猛拍大腿道：「好！既如此，咱們就試他一試。烏克多哈那裡自然沒問題。大周這邊……看樣子，從英心裡已經有譜了？」

袁從英未及開口，裴素雲悄然出現在烏質勒的身後，雙手端上一個粗瓷杯：「殿下，聊了這麼久，口渴了嗎？請用奶茶。」

烏質勒愣了愣，接過奶茶再看一眼裴素雲，會意地笑起來：「我明白，我明白了。伊都干是怪我不懂憐惜人哪。呵呵，好、好，好，我喝茶，從英你先歇會兒。否則伊都干就要把我趕回沼澤裡去了！」

裴素雲並不在意，先照顧著袁從英靠到枕上，看他閉起眼睛來養神，方才回頭嫣然一笑：「王子殿下，那天若不是你及時來報信，派阿威和哈斯勒爾載我們出逃，還為我們擋住暴民，只怕我們早就被燒死了。殿下，素雲正不知該怎樣感謝您呢。」

烏質勒眼波一閃，爽朗地道：「從英就是我的親兄弟，我們之間無須客套。」

裴素雲垂下眼瞼，輕輕擦拭著袁從英臉上額上的汗水，低聲道：「王子殿下，我就這麼一走了之，沒給你招來什麼麻煩吧？那些尋仇的百姓們，後來……有沒有與你過不去？」

烏質勒的臉上隱現窘迫，含糊其辭地道：「沒事，一切都平息了。伊都干不必過慮。」

裴素雲瞟了他一眼，悠悠地道：「真的都平息了嗎？王子殿下莫要一味寬慰於我，否則素雲可真打算回家去了呢。」

烏質勒圓瞪雙眼：「伊都干，回去不得啊！」

「哦？為什麼？」

「這……」烏質勒苦了苦臉，歎息道：「咳，那烏質勒就從實說了。盂蘭盆節那夜，我費盡口舌勸說那些來尋凶復仇的百姓，想讓他們醒悟，他們對伊都干的指控並沒有真憑實據。隨後，我又提起伊都干多年來以祭祀和神水為庭州避免瘟疫，既然有如此善行，又怎麼可能殘害無辜的兒童？總之說來說去，百姓們終是半信半疑。這時候就有人提出要伊都干出來與他們對質……」

裴素雲猛抬起漆黑的雙眸，盯住烏質勒問：「可當時我們已離開了，殿下又是如何應付的？」

烏質勒頓了頓，方悶聲回答：「說來也巧了，本來我倒真有些一籌莫展，偏在那時，伊都干家的後院突然火起！」

「我家著火了？」裴素雲大驚，連袁從英也睜開眼睛，靜靜地望定烏質勒。

烏質勒對二人搖頭苦笑：「我到今天還沒鬧明白是怎麼回事。前來尋仇的百姓當時都被我擋在巷口，你們幾個是從另一頭逃離的，如果那個方向上有什麼異狀你們定會發現。」

裴素雲和袁從英相互看了一眼，裴素雲答道：「阿威和哈斯勒爾趕的車，他們一路都未提及有何異樣。」

烏質勒緊蹙雙眉，思忖著道：「這把火著得實在太蹊蹺，我想來想去，也猜不出究竟是何人所為。不過在當時，這把火倒是幫了我一個大忙。那些凶民們本來就被我說得有些猶豫，再見到伊都干家失火，立即沒了主意，現場亂作一團。我也顧不得其他了，吆喝眾人幫我一起滅火。哼，這可倒好，那幫傢伙們剛還虎視眈眈，轉眼就作鳥獸散，只有幾個人留下來助我。好在火勢並不算大，當天又沒刮風，因此最後只把伊都干家後院的花木燒毀，前院的屋子除外牆燻黑外，並無什麼損害。」

他的話音落下，三人俱都無言。良久，裴素雲才輕柔地歎息一聲，含著苦澀微笑：「無論如何，還是要感謝王子殿下為我所做的一切。」

她朝烏質勒微微欠身：「真是難為您了。」

烏質勒赧然道：「我擔心伊都干家院的安全，就故意找人去報告官府。官府果然派人在伊都干的院子外貼了封條，再兼庭州百姓常年來對薩滿的敬畏，那夜之後倒沒有人再去伊都干府上侵擾。」

裴素雲再度對烏質勒欠身：「殿下為素雲考慮得太周到了，萬分感謝。」

「說到這裡，我倒想起來件事。」烏質勒道，「伊都干，你家中若還有什麼特別重要的物事，或者錢財，儘管告訴我。我想法幫你取出來，留在家中很不安全。」

裴素雲略一沉吟，向他綻開溫婉的笑容：「素雲所有最珍貴的，俱在身邊了。不必麻煩殿下。」

「這就好，這就好。」

沉默了許久的袁從英突然開口：「如此看來，崔興到庭州後，首先就要解決這個棘手的案件。」

烏質勒眼睛一亮，忙問：「從英，你的意思是……」

袁從英語帶狡黠：「殿下，崔大人那邊就交給我，你盡可放心。」

烏質勒無奈地拍了拍他的胳膊：「還跟我賣關子。好吧，我就等著看你這站都站不起來的傢伙，怎麼樣運籌帷幄！」

袁從英點了點頭，又道：「關於烏克多哈……我倒有個想法。」

「哦？你說。」

袁從英微皺起眉頭：「我一直在想，當初我們為了戰局逼迫烏克多哈返回石國，雖說事出無奈，但手段到底有些卑劣。我想等這次殿下奪取碎葉後，就安排他離開石國。烏克多哈立了大功，我們也該信守承諾，還他個父子團聚，從此去過安定的生活。殿下你看如何？」

「這……」烏質勒神色大變，支支吾吾地回答不上。

袁從英奇怪地打量著他，問：「怎麼？殿下有什麼顧慮嗎？」

「不、不，我當然沒有顧慮，如此甚好、甚好……」烏質勒閃爍其詞，慌亂中將目光投向遠方的雪峰。

不知不覺中，夕陽已經西沉，大朵的火燒雲在冰峰之巔縈繞，天色就在這片淒豔中逐漸黯淡。天有些涼意了，袁從英被挪回木屋裡，烏質勒和他一起匆匆用完阿月兒準備的便飯，就繼續詳細商討離間碎葉與東突厥的計劃。等終於盤算得滴水不漏，兩人都覺得再無破綻之後，袁從英又請烏質勒將沙陀磧戰役始末、狄仁傑安撫庭州的全部經過，乃至狄景暉獲赦、偕蒙丹共赴洛陽等種種裴素雲並不太清楚的事情一一敘述。兩人直談到東方既白，總算告一段落。袁從英再也支撐不住，精疲力竭地昏睡過去。屋外，哈斯勒爾已在整裝待發，他一清早便要護送烏質勒穿越布川沼澤，返回庭州去了。

周梁昆的屍首由尉遲劍送回周府時，已過掌燈時分。遍身血污的屍首停放在正堂之前，管家周榮連滾帶爬地去後堂報告夫人和小姐。尉遲劍站在堂前發著呆，耳邊突然響起幾聲女子淒厲的呼號，他驚得倒退了好幾步，一老一少兩個女子瘋狂地撲上前來，正是夫人王氏和小姐周靖媛。

周梁昆的死狀實在駭人，王氏剛看清他的樣子，只哭出半聲就暈倒在地。周靖媛也是臉色慘白搖搖欲墜，卻緊咬牙關並不哀泣。她哆嗦著查看了父親的屍身，便將淚水縱橫的臉轉向尉遲劍，請他講述周梁昆的死亡經過。尉遲劍不敢隱瞞，一五一十地把整個過程講了一遍，最後還攤著雙手哽咽道：「周大人如何會跑去演那透劍門戲，他哪裡會那個！我等實在鬧不明白啊！這可真是無妄之災……」

周靖媛的一雙秀目通紅，彷彿要冒出火來，尖聲喝問：「尉遲大人！你方才說，我爹爹燒毀了鴻臚寺的寶毯？」

尉遲劍舔了舔乾裂的嘴唇，囁嚅道：「真不知道周大人是怎麼回事，偏說那寶毯是水火不懼的，結果……唉！咱大周的寶貝就那麼眼睜睜地給毀了！」

他抬起胳膊擦了擦淚：「或許周大人就是因為誤毀了寶毯，心知罪責難逃，所以才一死了之——」

「尉遲大人！」周靖媛厲聲打斷尉遲劍的話，淚水不停地落下，臉上卻顯露出少有的果斷表情，「多謝尉遲大人諸事費心，大人公務繁忙，還請先回吧。」

「周榮，你跟我來！」一待尉遲劍的身影消失，周靖媛立即招呼大管家周榮。

「小姐，咱們去哪兒？」周榮忙問。

周靖媛盯著周榮的臉：「去老爺的書房。」突然，她發出一聲冷笑，「老爺書房後的密室，你會打開嗎？」

周榮嚇了一跳：「不！小的不知道啊！」

周靖媛咬了咬嘴唇，走近父親的屍體，低聲喃喃：「爹爹，女兒過會兒再來替您淨身更衣。現在……女兒要先找一樣東西。」她閉上眼睛，靜靜地淌了會兒眼淚，睜開眼睛後，毫不猶豫地在周梁昆的全身翻找起來，很快在他貼身之處取出一把沾血的鑰匙。

周靖媛捏緊鑰匙，拔腿就往周梁昆的書房而去，周榮戰戰兢兢地緊跟在她身後。兩人一邁入書房，周靖媛便吩咐周榮關門。隨即，她指著書房後部的多寶格：「周榮，你是老爺的心腹，一定知道開啟密室的機關在何處。」

周榮臉色煞白地接過周靖媛遞來的鑰匙，移開多寶格中間位置上的一尊佛像，鎖孔露了出來。周榮插入鑰匙，輕微的「卡嗒」一聲響過，多寶格往兩旁徐徐移開，黑暗的密室顯露眼前。

周榮遲疑著道：「小姐……」

周靖媛對他置之不理，從桌上擎起一支蠟燭，邁步走進密室，突然又往後倒退半步，雙眼直勾勾地盯向密室的角落。周榮趕緊湊上去一瞧，似乎有個蜷縮著的人影。感覺到亮光，那人抬起頭來，周靖媛手持蠟燭的紅光，映亮了那人皺紋密布的老臉，只聽她翕動嘴唇發出低弱的聲音：「大小姐……」

周靖媛手中的蠟燭掉落在地上，她發瘋似的撲過去，一把揪住那老婦人的衣領，拚命搖晃著，一邊聲嘶力竭地嚷起來：「你這個老婆子，你究竟是什麼人？你來我家到底想幹什麼？是不是你害死我爹爹的？是不是？你說，你說啊！」

何淑貞被關在密室中這些天，始終不見天日，只有周粱昆隔天送進些充饑之物，而這兩天連周粱昆也不再露面，饑渴和恐懼早就將她折磨得氣息奄奄，此刻被周靖媛這麼一叫一鬧，她只駭然嘟囔了一句：「周、周大人死了……」便無聲無息地滑倒在地上。

「你說啊！」周靖媛依舊不依不饒地扯著何淑貞，涕泗橫流地喊著。

「小姐，小姐！這是誰啊？」周榮忙過來制止，周靖媛這才看清何淑貞已然暈厥。她把何淑貞往牆上狠狠一推，命令周榮：「把她捆起來！捆得牢些！」周榮解下何淑貞的衣帶，手忙腳亂地把她捆了個結結實實。周靖媛此時眼中寒光盡現，咬牙切齒地道：「周榮，你先去前頭把靈堂料理起來，我在這裡還有事要辦。」

三更將近，吏部選院中氣氛稍有鬆緩，大部分考生已經結束答卷，都趁著最後一段時間在從頭到尾地閱看，只有極少數人還在滿頭大汗地書寫。狄仁傑從前晚至今，始終在考場監督，此刻也略顯疲態，端坐於正堂上微暝雙目。沈槐剛剛又巡視了一遍現場的警衛，秩序井然，他返回正堂，正想向狄仁傑匯報情況，見此情景忙又斂息屏氣，悄然肅立於案旁。

晚風輕拂，淡淡微涼。沈槐到底是常年習武之人，忙碌了一個晝夜依然毫無倦容。站在堂前，面對滿院的炎炎燭火，他卻不禁有些走神。從昨天下午楊霖猝死開始，沈槐的內心始終處於強大的不安之中，只不過他定力頗佳，旁人輕易看不出異常罷了。此刻，他略側過身子，視線悄悄地越過狄仁傑端嚴的身影，投向正堂的屏風後面，剛發現楊霖死亡之後，狄仁傑就命人將屍首抬到了那裡。當時，沈槐陪著狄仁傑仔細勘查了楊霖待過的號房，沒有發現任何有意義的線索，不久之後宋乾大人也微服趕來了。

在正堂上，狄仁傑把事發經過對宋乾敘述了一遍。因宋乾原先是在則天門樓上參加武皇召集的賽寶和百戲盛會，得到狄仁傑的信息後，換了身便裝就匆忙趕來，連仵作都未曾帶上，故而也沒能現場驗屍。好在前番楊霖行卷的詩賦宋乾都曾見過，對此人的來歷也算了解，於是大家無須贅言，狄仁傑便讓沈槐把接楊霖入府後的一概經過簡略描述給宋乾聽。

剛把前情敘完，還未及分析案件，突然大理寺又有人送來急信，竟說是則天門樓前的賽寶和百戲盛會出了意外，鴻臚寺卿周梁昆當場詭異身亡，請宋大人立即過去處理。在場三人都十分驚詫，相比之下當然是周梁昆的案子更要緊，宋乾只得又匆忙告辭。臨走時，狄仁傑讓他把楊霖的屍首帶上，順便送去大理寺查驗和安放。

「沈槐啊……沈槐？」

「啊？大人！」沈槐從沉思中猛醒，慌忙舉目望去，卻見狄仁傑面帶和藹的微笑，正朝自己點頭，「你是在琢磨楊霖的案子吧？抑或是周梁昆大人的案子？」

沈槐不好意思地咧了咧嘴：「大人，我也就是隨便想想。」

「嗯。」狄仁傑撐著桌案緩緩站起身，「離散場還有一個時辰不到，也別浪費了這些時間。你我恰好可把楊霖的案子探討探討。」

沈槐躬身抱拳，誠懇地道：「沈槐哪裡有資格與大人探討案情，還請大人賜教。」

狄仁傑踱到沈槐的面前，注視著他，慢條斯理地道：「楊霖案的來龍去脈你都很清楚，當然有資格探討他的案情。來，說說吧，你怎麼看楊霖的猝死？」

在狄仁傑身邊大半年時間，沈槐對狄仁傑尋常的神態和舉止已經十分熟諳。但今夜他的目光卻讓沈槐非常不自在，沈槐強壓內心的惶恐，略顯侷促地回答：「大人，我、我倒覺得楊霖應該就是死於急病，或者……是自殺。」

「哦？」狄仁傑淡淡地應了一聲，絲毫不動聲色，「說說你的理由。」

沈槐有些頭皮發麻，勉強鎮定了一下，方恭敬地答道：「大人，其實理由很簡單。今日這吏部選院的考場戒備森嚴，無關人等根本不能入內，考生所用的食水也是由選院統一派發，別人都安然無恙，因此食水本身肯定沒有問題。所以……楊霖被他人所殺的可能性幾乎為零，那麼，按卑職想來，楊霖若不是突發急病，就只能是他自己攜帶了毒藥入內，自殺身亡的。」

狄仁傑掃了沈槐一眼，含笑道：「老夫明白你的意思。考場秩序是由你負責維持的，這裡發生命案，你當然急於擺脫干係，對這一點老夫完全可以理解。」

沈槐有些發急：「大人，卑職不是……」

狄仁傑拍了拍他的肩膀：「人之常情嘛，何必抵賴。再說，你的盡責盡力老夫全看在眼裡，當然不會質疑。因此老夫可以斷定，在這個院子裡面，就算是要行凶，也絕對不會是外來之人。」

沈槐更加驚駭：「大人！難道……」

「難道什麼？」狄仁傑意味深長地反問，看沈槐低頭不語，他輕輕捋了捋鬍鬚，微笑道：

「你太緊張了。經過仵作驗屍，我們才能最終確定楊霖的死因，現在都不過是在考慮各種可能因素罷了，老夫並非有所特指……對了，你方才說楊霖或許是自殺，倒也算一種假設。你覺得楊霖會為了什麼想不開呢？況且，他早不死晚不死，選在會試的現場尋死，倒頗叫人意外，這種古怪的行徑像不像楊霖一貫的作風呢？」

「這些……卑職不知。」沈槐尷尬地低下頭，燭光暗影中他的臉色無端地蒼白。

狄仁傑定定地瞧著他，過了片刻方長歎一聲，語氣中有寬慰也有遺憾：「也許楊霖根本就是發急症而亡呢。只是可惜了……唉，老夫方才批閱他的卷子，倒已經寫完了。他確實有些才學，如果不是突生變故，也許真能金榜得中。」

沈槐把頭垂得更低，緊咬牙關再不吭聲。

突然耳邊響起報時差役嘹亮的嗓音：「三燭盡！」

狄仁傑舉目向四下望了望，只見廊下考生們紛紛擱筆，有的還伸起懶腰，於是釋然一笑道：「時間真是過得飛快，眼看著就散場了。沈槐啊，你還是去門口盯著，最後環節一切順利才好。」

沈槐正要離開，狄仁傑又想起什麼：「考生散了之後，我先與其他考官商定閱卷事宜，然後咱們便可回府了。明日起我留在府中閱卷，你左右無事，乾脆代我去周梁昆大人府上走一趟，慰問一下靖媛小姐。」

沈槐稍作猶豫，還是應了下來。

選院門口，沈槐鐵板著臉，望著一個個面容疲憊的考生在門房取出寄存的物品，鬆鬆垮垮地離開考場，看神色他們都累得夠嗆，但也如釋重負。眼見人走得差不多了，沈槐正打算招呼千牛衛撤崗，一個身材矮胖、衣飾富貴的生員在門前徘徊幾許，終於鼓足勇氣來到沈槐面前，作揖道：「沈將軍，在下蘭州貢生趙銘鈺。」

沈槐一愣：「你找我有事？」

「咳，是……」趙銘鈺清了清嗓子，賠著笑臉道：「我想請問一下楊霖的情況。他可還好？」

沈槐上下打量趙銘鈺：「楊霖？你和他是什麼關係？你認識他？」

趙銘鈺慌忙解釋：「小生乃貢生蘭州同鄉會的會長，楊霖是蘭州考生，小生過去與他相識，故而特來詢問他的狀況。」

他看沈槐仍面帶狐疑，便又道：「沈將軍，上回小生曾在匯香茶樓見到過您和楊霖，您大概不記得了——」

沈槐把手一抬，打斷他：「我知道了，我記得你。」隨即又冷笑，「你是要打聽楊霖如今的狀況？」

「是。」

「具體我也不太清楚，人已被送到醫館，正讓郎中診治呢，不過看樣子病情不太妙。」

趙銘鈺愁眉苦臉地點點頭，嘟囔著：「這個楊霖，怎麼這時候突然犯病……」

沈槐沒心思再理他，轉身就走，哪知那趙銘鈺又緊趕兩步攔在前面。

沈槐把臉一沉：「趙先生，本將還有公務！」

趙銘鈺忙著作揖：「是，小生不敢叨擾沈將軍，只是這裡有樣東西，似乎是楊霖的……」他雙手托起，掌中赫然一個藍布小包袱。

沈槐皺眉：「這是什麼？」

「方才我離開考場時，門房給我這個包袱，說上面寫著我的名字。可我昨日是空身前來，並未寄存任何物件。」

「哦？」沈槐探頭過去端詳小包袱，趙銘鈺繼續解釋：「奇怪的是，這包袱上的確寫著小生的名字，裡面的東西我卻從未見過。我仔細瞧了瞧，這彷彿是楊霖的字跡。」

沈槐神色一凜，從趙銘鈺手中接過包袱，冷冷地問：「你對楊霖的字跡如此熟悉？」

「嗯，我與楊霖在同一個學館念了五年書，彼此很熟識。」

沈槐隨手掀開藍布，裡面又是個裹得緊緊的黑布小包。他鄙夷地再扯開黑布，一柄紫金剪刀的刀身不期呈現。剎那間，沈槐的心激跳起來，鬢角汗出如漿。他立即將包袱重新裹好，極力做出若無其事的樣子：「既然如此，這包袱就先放在我這裡，我會找機會帶給楊霖。」

趙銘鈺連連點頭：「是，沈將軍費心了。」

八月二日清晨，沈槐將狄仁傑送回尚賢坊，便馬不停蹄趕往周府。他到的時候，靈堂尚未搭好，府裡哭聲震天動地，局面混亂不堪。沈槐在門口通報名姓時，心中感覺十分無奈，若不是狄仁傑吩咐，他實在沒有興趣來湊這個熱鬧。本來滿懷期望著最好吃個閉門羹，不料卻等到了大管家周榮的親自迎接，周榮披麻戴孝地來到門前，傳話說小姐請沈將軍到後院老爺的書房一敘。

沈槐只好跟著周榮進入周府，府裡紛亂的情景讓他心頭一動，腦海中隱約浮現自己頭一次來此地的記憶。聖曆二年臘月二十七日那天，他隨著狄仁傑來到周府，便是因為周梁昆和「生死簿」的案子，事隔八個月，今日再來，周梁昆終於命喪黃泉，那麼，有關「生死簿」的一切真相又會如何呢？

就這樣邊想邊走，轉眼已來到後院書房。周榮輕敲房門，裡頭傳來女子平淡的聲音：「有請沈將軍。」周榮彎腰推開房門，讓進沈槐後便退了出去。

沈槐甫一抬頭，周靖媛就站在他跟前。剎那間，沈槐有點兒恍惚，這青春貴媛的嬌美容顏，正如他們初次相遇時一般妍麗，她顯然徹夜未眠，兩眼紅腫，臉色蒼白，但這一切都絲毫無損她的美貌，反而為她增添了幾分難以形容的魅力，倔強、悲哀、決絕……

沈槐不得不避開周靖媛挑戰似的眼神，低聲招呼：「周小姐。」

她冷冰冰地回答：「沈將軍。」

沈槐乾咳兩聲，道：「突聞周大人身故，狄大人讓卑職過來看望一下。生死有命，還請周小姐節哀順變。」

「多謝狄大人費心。」周靖媛點點頭，突然揚起臉來對沈槐怪異一笑，「沈將軍，你請坐。」

沈槐遲疑著推託：「這個……周大人新喪，府中諸多事務需要料理，本將就不坐了吧。待周大人出殯之時，本將一定再來拜祭。」

周靖媛不慌不忙地伸手相讓：「沈將軍還請略坐片刻，靖媛……有要緊的事情與沈將軍相商。」說著，她自己款款坐下。

沈槐不好再拒，只得落座在周靖媛的對面。兩人坐定以後，周靖媛卻不發話，只把一雙黑寶石般的杏眼盯在沈槐臉上滴溜溜直轉，沈槐渾身不自在，終於忍不住道：「周小姐，有話請快說。本將還有公務。」

「哦，是啊。」周靖媛煞白的雙唇嬌俏地抿起，向沈槐淒然一笑，「靖媛早就知道，沈將軍是位大忙人。狄大人的侍衛長，責任重大，不僅要護衛國老的安全，還要幫著他查案子。」

她手撫前胸喘了口氣，嬌聲問：「不知道狄大人對我爹爹的慘死有什麼見教？」

沈槐有些不耐煩了，皺眉道：「周大人出事的時候，我與大人都在吏部選院監督本次制科會試，對周大人的亡故經過一無所知，怎能有所見教？」

「狄大人不清楚倒也罷了，沈將軍不應該不明白啊？」

沈槐的臉色陰沉如夜：「周小姐這話是什麼意思？」

周靖媛瞪大眼睛，竭力抑制就要噴薄而出的淚水，一字一句地道：「生死簿，這個沈將軍不會不知道吧？」看著沈槐莫名驚詫的表情，周靖媛的淚終於流下來，她卻並不擦拭，繼續說著：「沈將軍，我爹爹曾經去找過你，對嗎？他向你提到過生死簿，對嗎？你對生死簿也很感興趣，對嗎？」

沈槐震驚地望著周靖媛，一時啞口無言。周靖媛從懷裡慢慢掏出一疊絲絹，抬頭對沈槐再度綻開淒楚的笑容：「沈將軍，想必我爹爹並沒有讓你見到生死簿的真容。今天，我就讓你瞧一眼，這裡頭……還有沈將軍你的事蹟呢。」隨著她纖細的手指輕柔拂過，那薄如蟬翼的絲絹在桌上慢慢展開，蠅頭小楷如點點墨漬密布其上。沈槐的眼睛越瞪越大，情不自禁地伸出手去，還未觸到絲絹，周靖媛倏地一扯，絲絹滑落她的膝頭。

「怎麼樣？沈將軍，我爹爹沒有騙人，真的有生死簿，並且一直都由他收藏著。靖媛看過方知，這東西確實有定人生死的力道，沈將軍，你……想要它嗎？」

沈槐把牙關咬得咯吱直響，沉默片刻，他從座位上一躍而起：「周小姐，沈某告辭了！」

「沈槐，你站住！」周靖媛撲過來攔他，腳步踉蹌，整個人朝沈槐的懷中跌過來。沈槐只好將她扶住，周靖媛嬌喘著，向他抬起淚水肆意的臉，哀哀乞求：「你、你不要走。爹爹死了，我再沒有一個親人，我真不知道該怎麼辦……求你幫幫我。」

沈槐深吸口氣道：「周小姐，我能幫你什麼？」

周靖媛顫抖著將「生死簿」托到他的面前：「沈槐，我知道爹爹去找過你，他一定對你提了生死簿，可你不相信他，或者是沒有拿定主意。爹爹，他是為了我……我從小到大，不論想得到什麼，他都會不惜一切代價去給我弄來。只是這一次，我想要的是、是你……」

沈槐避開她火熱的目光，啞聲道：「周小姐，你發的什麼瘋？」

周靖媛突然奮力推開他，聲色俱厲地嚷起來：「不，我沒有發瘋！原本我只不過是看你順眼，再兼你是狄大人的侍衛長，我想、想從你那裡打探些消息罷了。可偏偏你對我毫不在意，我周靖媛何曾受過這種對待，我不服氣！我哪裡不如你那鄉下堂妹，她又老又醜又土氣，根本一錢不值！」

「你給我住口！」沈槐大喝一聲，舉足又要往外走，卻被周靖媛從身後死死抱住。

沈槐意欲掙脫，但周靖媛軟玉溫香貼在他身後，淚水淋漓沾濕他的脖頸，又叫他實在下不了狠手，兩人正推搡著鬧作一團，書案後的屏風突然「嘩啦」傾覆，因有書案和椅子遮擋才算沒有倒在地上。周靖媛和沈槐都嚇了一大跳，扭頭望去，就見渾身綁縛著布條的何淑貞從屏風後滾了出來，嘴裡塞著布團說不出話，卻還在拚命地嗚嗚呀呀。

周靖媛氣得柳眉倒豎，衝過去劈手就是一巴掌，喝道：「死老婆子！害死了我爹爹還不夠，你到底想幹什麼？」她抬腿又要去踢，卻被沈槐一把拉住。周靖媛怒目圓睜：「這裡沒你的事，你為什麼攔我？」

沈槐手上用力，周靖媛頓時痛得倒吸涼氣說不出話來，卻見他的臉色暗黑如夜，一字一頓地問：「這老婦人怎麼在你這裡？」

周靖媛愣住了：「你、你認識她？」

沈槐「哼」了一聲，緊盯著周靖媛的眼裡已是殺氣畢露，冷冷地道：「你先回答我的問題！」

周靖媛為他的神色所懾，腦袋倒似乎清醒了些，咽著唾沫道：「……起初、起初我不過是在繡坊碰上的她，她說她會退暈繡，我便讓她來家裡做繡活，來了兩次而已。可是不知道為什麼，前些天的一個晚上，我在爹爹的書房裡又見到了她！」周靖媛手指蜷縮在地的何淑貞，悲憤難抑地訴說：「爹爹和她在一起鬼鬼祟祟不知道說了些什麼，我親眼見到爹爹在她的面前取出生死簿，兩人還商量了半天，爹爹就領她進了密室！今天爹爹慘死，我設法打開密室，果然這老婆子就在密室之中！」

說到此時，周靖媛已是聲淚俱下，顫抖的手緊握絲絹，尖聲道：「這生死簿，就是我從她的身上搜出來的！」

沈槐從齒縫裡發出聲音：「生死簿在她的身上？怎麼可能？你爹爹竟會把生死簿交給這老婆子？」

「不可能！」周靖媛嘶聲反駁，「一定是她偷的！」

沈槐死死盯住何淑貞，自言自語：「莫非她來到洛陽，徘徊數月就是為了得到生死簿？」他抬眼喝問周靖媛：「周大人為什麼要給她看生死簿，你知道嗎？」

周靖媛氣喘吁吁地喊：「我不知道，我怎麼會知道！你不是也認識她嗎？你為什麼不去問她？」

沈槐甩開周靖媛，箭步衝到何淑貞的跟前，將塞在她嘴裡的布團一把扯落。何淑貞趴在地上大口吸氣，嘴裡吐出鮮血，看樣子周靖媛打人的力氣不小。沈槐也不顧這老婦喘息未定，猛揪住她垂落的灰白頭髮，將她的頭向後扳去，一邊惡狠狠地質問：「何淑貞！你這死老婆子到底是何背景，什麼身分？你千方百計來到洛陽，陰潛在我的身邊，又設法進入周府，你究竟是何目的？給我從實招來！」

何淑貞已被折騰得虛弱不堪，只能勉力用低微的聲音爭辯著：「沈、沈將軍……我是來找兒、兒子……不為了別的……」

「你胡說！」沈槐搖晃著何淑貞的腦袋，「找兒子怎麼找到這周府裡來了？那生死簿又怎麼會落到你的手中？周梁昆和你什麼關係？」

何淑貞老淚縱橫，臉上紅一道白一道，斷斷續續地道：「毯子……毯子，他找我把生死簿藏起來……」

周靖媛尖叫起來：「毯子！對，那天夜裡爹爹就和她在一起看一幅毯子！」

「毯子？」沈槐狐疑地看著兩個女人，周靖媛又雙眼血紅地嚷起來，「尉遲大人說我爹爹、我爹爹昨天在賽寶會上燒毀了鴻臚寺的寶毯！然後，然後他就衝入劍陣，暴死當場……」

周靖媛話音未落，一旁的何淑貞突然淒厲地呼號：「天哪，天哪！周……這就是命啊！是命啊！」隨即癱倒在地上，泣不成聲。

沈槐此刻也是心緒大亂，只得又把何淑貞從地上拖起來，凶神惡煞地追問：「你說說清楚，那毯子到底是怎麼回事？」

何淑貞搖頭痛哭，卻再不肯吐露半個字。

沈槐無計可施，厭惡地將她推開，誰知這老婦人又自己撲過來，抓住沈槐的袍子嘶喊：「沈將軍，我的霖兒，霖兒，他在哪裡？你把他還給我吧，求你了，求你了！」

沈槐手足無措，一回頭就見周靖媛緊盯著自己，漆黑的雙眸中已沒有了淚，卻閃爍著奇異尖銳的光芒，好像要把他穿透。

何淑貞見沈槐不理她，又跪在他面前磕起響頭，額上鮮血迸流，嘴裡還一迭連聲地哀求：「沈將軍，求求你，求求你！還我霖兒，還我霖兒啊！」完全狀似瘋癲。

沈槐實在忍無可忍，終於低吼一聲：「別喊了！你再也找不到兒子了！楊霖死了！」

此話一出，那何淑貞跌坐在地上，突然沒了聲息，只呆呆地看著前方，彷彿入定了一般。

周靖媛悄悄來到沈槐身邊，在他耳旁低語：「沈將軍，什麼兒子，什麼楊霖呀？你能解釋給我聽嗎？還是……今後一起解釋給狄大人聽？喏，帶上她一塊兒去見狄大人？還有生死簿？」

沈槐全身一震，看看周靖媛，再看看何淑貞，少頃，臉上的倉皇漸漸褪去，嘴角邊勾起陰森的冷笑，壓低聲音道：「這個老太婆知道得太多，絕不能再留她的性命了。否則，對你和我都將是禍害。」

周靖媛愣了愣：「你是說……」

沈槐若無其事地道：「殺了她。」

「啊？殺……」周靖媛的嘴唇哆嗦起來。

沈槐輕蔑地瞥了她一眼：「怎麼？周小姐害怕了？平日裡不是頗有女中豪傑的氣概嗎？再說……這可是你我同甘共苦、休戚相關的好時機。莫非周小姐的那些情意，都不過是嘴上說說？」

周靖媛的眼睛越睜越大，終於莞爾道：「我明白了。這樣很好，從此後你我便是一條船上的了，對不對？」

「很聰明。」沈槐抬手握了握周靖媛纖小的下巴，反問，「這不正是你希望的嗎？」

周靖媛慘白的臉上竟然隱現淡淡的紅暈：「我爹爹為生死簿送了性命，我絕不能讓它落到旁人的手中，除非……」頓了頓，她直視著沈槐的眼睛，一字一句地說：「我要靠它得到我想要的，也要幫你得到你想要的。只有這樣，我爹爹才不白死。」

沈槐表情複雜地沉默著，許久，他終於下定決心，將頭轉向呆若木雞的何淑貞，咬牙道：「何大娘，是時候送你上路，去與楊霖會面了。」

何淑貞已經聽不見、看不見任何東西了，沈槐走到她面前蹲下，她連眼珠都未曾轉動。沈槐撿起地上的布團，往她的口鼻上一覆，何淑貞的身子抖動了幾下，眼睛往上翻起，隨後便委頓下去。沈槐扔下布團，掏出塊絹帕來擦擦手，抬頭看看周靖媛，只見她站得筆直，眼望前方，胸口起伏不定。於是沈槐朝她微微一笑，意味深長地道：「看到了吧？殺人其實很容易。」

周靖媛通體冰涼，冷汗浸透衣裙。恍惚中，她感到一隻有力的臂膀攬住了自己的腰，耳邊響起他低沉的話語：「等我走了以後，你再把這老婆子的屍首妥善處理了。」她下意識地點頭，便筋疲力盡地倚靠在沈槐的懷抱中，聽他繼續說著，「江湖人士結成生死弟兄，據說是要納投名狀的，也就是要在一塊兒殺個人。今天你我就算納過投名狀，從今往後便要同生共死了。那生死簿……」

周靖媛猛然驚醒，將絲絹牢牢捏在手中：「這個，需得要等到那一天……才能給你。」

沈槐端詳著她的面龐，譏諷地笑問：「那一天是哪一天？」

周靖媛反倒平靜下來，也還給他一個嬌媚的笑容：「我不是男人，做不了你的兄弟，若要和你生死與共，就只有天賜良緣……我們，總之是分不開了。」

沈槐揚了揚眉毛，將周靖媛摟得更緊，低聲道：「這東西可是要害死人的，你爹爹已經送了命，你還非扯上我不可了？」

周靖媛輕笑：「不扯上你扯誰？再說，就算有人知道生死簿，也未必能想到它流轉到了你我的手上，只要我們守口如瓶，又有什麼可怕？」

沈槐一怔，哂笑起來：「真沒想到，你不僅有膽量，還很有些謀斷。」

周靖媛將頭伏在他的懷中，喃喃道：「沈槐，沈槐，我把什麼都給了你，你一定要找出逼死我爹爹的真凶，除掉這個唯一的威脅，靠著生死簿，我們就能大展宏圖了。」

狄仁傑回到府中略微休息了下，人老覺淺，正午未到就又起了身。狄忠伺候他用了些點心，看狄仁傑精神還不錯，便問：「老爺，累了一整宿，您也不多睡會兒？」

狄仁傑在門前踱了幾步，呼吸了幾口院中的清新空氣，問：「考生們的卷子都送來了？」

「送來了，都擺在您的書房裡呢。」

「嗯，我是迫不及待想看看他們的錦繡文章啊，你又如何能體會老爺我的心情？」

狄忠撇了撇嘴，壓低聲音問：「老爺，我怎麼聽說，那個楊霖在考場裡出事了？」

狄仁傑看了狄忠一眼，微微含笑道：「怎麼？這也未曾出乎狄忠大管家的預料吧？」

狄忠搔了搔頭：「老爺！我可沒什麼預料，只不過……隨便打聽一下。」

狄仁傑朗聲笑起來：「你這小廝啊，楊霖已經給送去大理寺了，具體情況等宋大人查清楚了再說吧。」

「哦。」狄忠轉動著眼珠小聲嘟囔，「您可真沉得住氣。」

狄仁傑佯嗔：「又多嘴！還不去把楊霖的屋子收拾收拾，找找有什麼可疑的物件？」

「是勒！」狄忠響亮地答應了一聲，看著狄仁傑意欲出門，便不懷好意地湊上前問：「老爺，您這是打算去哪兒？」

「去書房啊，怎麼了？」

「啊，現在就去啊？」狄忠滿臉鬼祟，「那個，您經過小花園的時候可得小心著點……」

狄仁傑十分不解：「什麼意思？小花園怎麼了？」

「呵呵，您自己去看嘛。我去收拾楊霖的屋子勒。」狄忠拔腿就走，狄仁傑還未及招呼，他就一溜煙沒了影子。

狄仁傑連連搖頭，自己背起手慢慢向小花園踱去。他的書房在花園的另一側，是整個狄府中環境最靜幽的所在。夏末正午的陽光還有些炎熱，狄仁傑沿著小徑旁的樹蔭下走著，慢悠悠繞過池塘，面前就是通向書房院落的月洞門。他抬腿正要往裡邁，只聽「吧嗒」一聲，一個圓形的東西自頭頂前方落下，正好砸在狄仁傑的腳尖前。

狄仁傑猝不及防，倒給嚇了一大跳，剛要定睛看看那是個什麼東西，「吧嗒」一聲，又一個差不多大的圓物砸落地上。緊接著便是一聲孩子的歡叫：「大人爺爺！」狄仁傑把頭一抬，韓斌已衝到他的身前。

狄仁傑大喜：「斌兒，你肯說話了？」

「嗯，大人爺爺！」韓斌把手裡的東西朝地上一扔，就撲入他的懷中。

狄仁傑喜不自勝地撫摸著孩子的腦袋，覺得手裡汗津津的，這才發現韓斌滿臉通紅，滿頭大汗，便問：「斌兒，你在幹什麼啊？」

韓斌吐了吐舌頭，指指地上。狄仁傑瞇縫起眼睛仔細看，終於認出那原來是兩只黃澄澄的大桃子，可惜都摔壞了。再往周圍看，遍地都是砸爛的大桃子，足有好幾十只。

狄仁傑正要問是怎麼回事，旁邊有人說話：「國老，我和斌兒比射箭，毀了您的桃子，您不心疼吧？」

狄仁傑扭過頭去，苦笑著道：「臨淄王殿下，你都這麼說了我還如何計較？只不過這裡的幾棵桃樹都是老夫親手所栽，每年春賞桃紅夏品果甜，今天你們就這麼……」

李隆基一挺胸：「國老，怪我都怪我！明兒我讓人給您府上送一百斤大桃子來？或者……我把斌兒帶去相王府，咱也去毀毀我爹花園裡的那些個桃樹，給您出氣，如何？」

「別，別！」狄仁傑連連擺手，「臨淄王好氣魄，哪天要是一時興起毀到御花園裡頭去，聖上責怪下來，老夫可吃罪不起啊。」

李隆基笑道：「不會的，聖上才不會怪罪呢。昨天百戲大會，虧得斌兒給天朝贏回了臉面，聖上看見斌兒才這麼小，又是國老收養的，喜歡得緊，賞了斌兒一大堆東西。嘿，結果這小子就要了一副小弓箭，我才知道斌兒除了騎術了得，還有射箭的絕技呢。昨晚上把我樂得大半夜都沒睡著，今天早起就來找他比畫射箭來了。」他咽了口唾沫，從地上撿起韓斌扔下的小弓，「國老您瞧，這好東西聖上連我都沒捨得賞，就給了斌兒！」

狄仁傑接過那把精雕細作的御賜小弓看了看，遞回到韓斌的手中，微笑道：「我倒也聽說昨日則天門樓前出了大事，連鴻臚寺卿周梁昆大人都意外身亡了。可惜老夫未曾親臨現場，要不你們兩個給我說說？」

「好啊。」李隆基一口應承，和韓斌一左一右扶持著狄仁傑，請他在園中的石凳上坐好，便站在他的面前，將賽寶和百戲盛會的全部經過述說了一遍。狄仁傑一邊聽著，一邊在心中讚歎，這年方十五的臨淄王果然名不虛傳，頭腦敏捷、口齒伶俐，整個事件的過程零散紛雜，卻被他講述得有條有理，又耐人尋味。

李隆基講完了，狄仁傑沉吟片刻，輕捻長鬚道：「臨淄王，既然你看得如此分明，能不能對老夫說說你的看法？你認為周大人是怎麼死的？」

李隆基狡黠一笑：「國老肯教隆基斷案，隆基求之不得呢。嗯……我認為，周大人肯定是自尋死路。」

「哦？為什麼這麼說？」

「是這樣，周大人死後，我特地去場外準備透劍門戲的地方查看，原來的那名小騎士被人打傷昏迷於地，身上的麒麟戰袍也給扒走了。雖然他傷勢頗重暫時未曾甦醒，可事情已明擺著，一定是周大人乘人不備，將騎士打傷，自己換上戰袍騎馬上場的。」

狄仁傑點頭：「這個推斷合乎事實狀況，老夫沒有異議。那麼，接下去的一個問題就是，周大人為何要代替受過訓練的騎手去演透劍門戲？」

李隆基見狄仁傑望著自己微笑，也毫不扭捏，繼續侃侃而談：「國老，以周大人這副老邁的身手，怎麼可能超過專門的騎手？況且透劍門戲至為凶險，連受過專門訓練的騎士一旦失手也必死無疑，周大人這一上場，心中必知是有去無回的。聯繫到前面賽寶時他燒毀寶毯，犯下大過，因此隆基認為，周大人必定是畏懼聖上的雷霆之怒，想要以死謝罪吧。」

「以死謝罪？」狄仁傑重複著，舉目望向李隆基，「臨淄王，鴻臚寺寶毯被燒毀這件事，老夫聽下來也頗多蹊蹺，你的看法呢？」

李隆基沒有直接回答狄仁傑的話，卻反問道：「國老，鴻臚寺的這幅寶毯您此前可曾見過？」

「去年老夫代行鴻臚寺卿之職時，倒是在鴻臚寺正堂上見過這幅寶毯。」

「那麼國老知道這寶毯的奇處嗎？」

狄仁傑微閉起眼睛回憶道：「記得當時鴻臚寺的尉遲少卿倒是給老夫解釋過，說這寶毯的編織方式十分奇妙，其花紋和色澤會隨著光線的變化而變幻多端，老夫看時，的確很絢麗奪目。」

李隆基從容對答：「國老只知其一不知其二了。不過，這也難怪國老，畢竟此毯的真正妙處全大周沒幾個人知曉，那尉遲劍也不得而知，故而只能說出些表面的現象來。」

「哦？那麼說臨淄王倒知其中奧妙了？老夫願聞其詳。」

李隆基有些得意：「其實昨天周梁昆已經說出了實情，這寶毯最神奇的地方就是水火不懼！不過……」他皺起眉頭，困惑地道，「不知道怎麼回事，這次居然不靈了？」

狄仁傑沉吟道：「世上真有水火不懼的織物嗎？昨天大家眼見為實，那寶毯灰飛煙滅，臨淄王如何還能如此確定？」

李隆基連忙解釋：「國老，內情我也是昨晚才從我爹那裡打聽來的。據我爹說，此寶毯是在太宗朝時由波斯進貢而來的，常年擺放在鴻臚寺中。三十餘年前，一名吐火羅的鑑寶專家來朝，看遍鴻臚寺的寶物，獨獨指出這寶毯乃是稀世罕見的珍奇，可又沒有說明其奧妙所在。先皇也是心血來潮，命令鴻臚寺一定要把寶毯的奧秘研究出來，後來還是當時的四方館主簿周梁昆破解了這個秘密。他發現編織這寶毯的材料火燒不著、水澆不濕，即便使用一般的刀剪，也剪不破！當時他還在宮裡頭給先皇演示了一番，當今的聖上和我爹正巧也在場，就都瞧見了。不過先皇看過後卻吩咐說，這寶毯的秘密還是不要公諸於眾，依舊把它置於鴻臚寺保管，因此才放回到鴻臚寺裡至今。」他頓了頓，又道：「我爹明白說了，他親眼所見，寶毯確有那番神奇，絕非虛妄。」

狄仁傑注視著李隆基，沉默片刻方道：「如此說來，昨天賽寶大會上寶毯被燒，就只有一種可能……」

李隆基瞪大了眼睛，彷彿難以置信：「難道……這寶毯被掉包了？可四方館看守嚴密，掉包之人是如何做到的呢？周大人究竟知不知情？」

狄仁傑冷然道：「周大人原先是不是知情我們已無從求證，但在他換上麒麟戰袍衝向劍陣時，定是心知肚明了。如你方才所說，周大人是畏罪自殺的，但他所畏的絕非燒毀寶毯之罪，而應該是——」

李隆基大聲插話：「是失落真毯之罪？抑或是，盜取真毯之罪？」

狄仁傑搖了搖頭：「不好說，不好說啊。但他一定自認罪大惡極，才會以那般慘烈的方式求得解脫！」

沉默片刻，他又道：「另外，我總有種感覺，昨日的這場盛會似乎是個蓄謀的行動，目的就是要將周梁昆和寶毯的真相逼出來。」

李隆基附和：「我也這麼覺得。不過……昨天的盛會是二張攛掇祖母舉行的，逼著周大人擺出寶毯的也是他們。當時我就在則天門樓上，都看見了的。可二張肯定不知道寶毯的秘密呀，難道是聖上的授意？」

狄仁傑瞇起眼睛：「假如聖上對鴻臚寺寶毯的真假有疑問，只要把周梁昆召去一問即可，又何必搞出這許多迂迴的手段，更要冒在四夷來使前丟失臉面的風險，這可不像聖上的作風。」

「這也是啊。」李隆基訕訕地笑了，輕聲嘀咕，「看來周大人這案子還真夠難斷的。」

狄仁傑慈祥地望著面前這英姿勃發的少年，饒有興致地問：「真沒想到，臨淄王對斷案這麼有興趣？其實這種事情，交給大理寺也就罷了。」

李隆基抬起頭，鄭重地道：「周大人的案子由大理寺來辦理是沒錯，然隆基所關心的，是那波斯寶毯的真實下落。它是我朝的稀世珍奇，絕不能無故流失，更不能落入歹人之手！這事兒隆基不知道也就算了，既然知道了，就一定要追查到底。哪怕到天涯海角，我也要把它追回來！」

一種無法言表的激動掠過狄仁傑疲憊的心胸，許久不曾體會到的欣慰令他神清氣爽。狄仁傑在心中暗暗感歎，終於還是看到了啊，在李家兒郎的身上也有如此的豪邁，這，才是大唐的未來，太宗皇帝的子孫。

第五章 疑情

對來京趕考的舉子們來說，會試是順利結束了，但接下去的漫長等待同樣萬分煎熬。考官們閱卷至少需要半個月的時間，然後要上報吏部和內閣審批，這一來一去地加起來，便是大半個月。又因為是欽定的制舉，最終的上榜名單還要經過聖上的核准，一旦皇帝心血來潮要調考卷御覽，這發榜之日就更難確定了。考生們估計著，本次制科的張榜日至少要到一個月之後，因此凡居住在洛陽附近的，或者不願在京城遷延的考生都逐漸離開洛陽，紛紛踏上歸程。

然而蘭州太遠，一個月不夠打個來回，除非自認肯定中舉無望的，大部分的蘭州考生還是想在洛陽等到張榜之日。這幾天來，吏部選院附近的洛西老店便成了滯京蘭州考生的據點。趙銘鈺是蘭州同鄉會的會長，又兼家中富裕，出手闊綽，便在這洛西老店裡包下好幾間客房，以供同鄉生員們在此聚會，吃吃喝喝、談笑遊樂，來打發這整月等待的無聊和焦慮。

這天剛用過午飯，趙銘鈺與幾個同鄉在客房裡下棋解悶，連殺三盤趙銘鈺都是大敗，他對面的鄭姓生員笑問：「銘鈺兄，你今天這是怎麼了，平常的棋藝可沒這麼糟糕啊，似乎有些心不在焉？」

趙銘鈺把棋枰一推，搖頭道：「不下了，不下了，今天沒心情。」

「哎喲，銘鈺兄有什麼心事……」

鄭生話音未落，門被撞開，好幾個蘭州考生一擁而入，群情激奮地嚷著：「趙兄、鄭兄、各位……東市上有鬥雞，好玩得很，大家一起去看啊！」

「鬥雞？有趣有趣！」屋裡幾個百無聊賴的考生頓時兩眼放光，起身就往外跑。鄭生走到門口，回頭看紋絲不動的趙銘鈺：「銘鈺兄，走啊？散散心去。」

趙銘鈺歎了口氣，擺手道：「你們去吧，我還要等人，走不開。」

其餘人等面面相覷，也不好強邀，便顧自離開了。

客房裡驟然安靜下來，趙銘鈺坐在桌前發呆，連房門又輕輕開啟也沒察覺，直到有人招呼：「請問，這裡可有一位趙銘鈺先生？」他才抬起頭來，驚訝地看到門口站著個陌生人。此人五十多歲的年紀，鼻直口方，一襲黑色常服掩蓋不住通身的氣宇軒昂，趙銘鈺不敢怠慢，連忙起身答話：「在下正是趙銘鈺，請問先生貴姓？找我何事？」

「敝人姓曾，自吏部選院來，想找趙先生打聽件事。」

趙銘鈺還算見多識廣，看對方的氣度便估摸肯定是個官員，但既然人家不直說，他也知趣並不追問，忙請曾先生坐下，便問：「卻不知曾先生想打聽什麼？」

曾先生不慌不忙，笑著反問：「在下方才在門外時，聽趙先生說要留在這店裡等人，可否告知所等何人呢？」

「這……」趙銘鈺面露憂慮之色，歎息道：「小生所等的不過是位老大娘。」

「老大娘？」

「是啊，是小生一位同年的老母親。小生受人所託要照顧好她，卻不料大娘至今音訊皆無，故而十分煩悶。」

曾先生聽著眼睛一亮，追問：「趙先生所說的這位大娘可是姓何？」

「是啊！」趙銘鈺驚喜，「難道曾先生也知道……」

曾先生緊接著又問：「如此說來，對趙先生有所囑託的這位同年，一定是楊霖吧？」

趙銘鈺瞪大眼睛：「曾先生怎麼知道？哦，您是從吏部選院來的。那楊霖他怎麼樣了，病情可有好轉？」

曾先生的臉色陰沉下來，慢悠悠地道：「嗯，楊霖所患的急症頗為凶險，醫治至今，仍然時而清醒時而糊塗，只是口口聲聲唸叨著老母親何氏，還有什麼蘭州同鄉……啊，趙先生你的名字也被他在昏睡中一再提起，所以在下今天特來此處尋訪，如能找到這何氏，送她去與楊霖母子團圓，或許能有益於他的病情。」

「原來如此。」趙銘鈺連連點頭，又止不住地歎息，「曾先生，小生也想找到這位何大娘，可不巧的是，會試至今都沒見到她來，小生也為此煩惱不已。楊霖病倒，若是他母親再有個意外，那可就糟了。」

曾先生呷了口茶，問：「在下有個疑問，為何楊霖要將他的母親託付給趙先生？另外，趙先生又怎麼知道何氏會來找你呢？」

趙銘鈺略一遲疑，還是答道：「不瞞曾先生，旬月前小生曾偶遇何大娘，據她說是來京城尋找趕考的楊霖。小生是蘭州同鄉會的會長，楊霖在吏部核定考生資格時來同鄉會報到，小生便安排了他母子相會。奇怪的是，楊霖卻說當時自己身不由己，無法顧及老母，只是囑咐老母會試過後就來找小生，並拜託小生安排好何大娘。楊霖說他考完後將設法來此與老母相會，共同等待發榜。」頓了頓，趙銘鈺攤開雙手道：「可曾先生你看，楊霖在會試中突然病倒，今天已是會試後的第五天，那何大娘也未出現。因而小生心中十分忐忑，總覺得這對母子似乎碰上了什麼大麻煩。」

曾先生沉吟著問：「楊霖說他身不由己？趙先生可知其中內情？」

趙銘鈺皺起眉頭想了想，方道：「這個……我也說不好，不過似與本次制科的主考官、咱大周的宰相狄仁傑大人有些關係。」

「狄大人？」

曾先生的臉色有些嚴峻，趙銘鈺看得一凜，趕緊解釋道：「倒也不是狄大人本人，似乎是他的侍衛武官……」

「嗯。」曾先生含笑頷首，「如此還請趙先生將楊霖與何氏會面的來龍去脈，詳細地說一說吧。」

半個多時辰後，大理寺卿宋乾大人的馬車駛離洛西老店所在的街坊，直奔城南方向而去。八月又過了幾天，洛陽城的秋意一日濃似一日。馬車跑得飛快，秋風從掀開的車簾下不停灌入，竟已有些寒氣侵骨的味道。宋乾不由自主地緊了緊袍服下襬，從車窗向外望去，街衢兩旁的大樹上，微微泛黃的樹葉隨風簌簌擺動，宋乾在心中暗自歎息：「不知不覺，又是一年秋涼了。」在大理寺就任尚未滿一年，但主管刑獄司法，各種人世間的糾葛紛爭竟比過去幾十年所看到的都要多，宋乾到現在才終於明白，狄仁傑那洞若觀火的透徹目光從何而來，也因此更從心底裡欽佩這位恩師在世事練達之餘，依然能保持一份人情。

「老爺，狄府到了。」

宋乾連忙下車。狄府的家人衛士對他十分熟悉，宋乾無須通報便可長驅直入，家人一路殷勤相陪：「宋大人，咱家三郎君回來了，老爺吩咐請您直接到二堂會面。」宋乾加快腳步，他與狄景暉並不相識，但自去年以來也聽夠了關於這位狄三公子的種種，非常迫切地想見上一面。

二堂之上，不像宋乾想像的那樣熱鬧歡暢，氣氛反而有些沉悶。狄仁傑坐在正中，沈槐陪坐於右首，左首一人布衣帛鞋，滿面風塵，容貌與狄仁傑頗有幾分相似，宋乾一望便知，這就是狄景暉了。一番見禮寒暄，宋乾發現，這狄景暉果然風姿瀟脫，舉手間有些不拘一格，但也彬彬有禮談吐適度，並非如傳聞中那樣桀驁不馴。他當然不知道，狄景暉已是改變了很多的。

又談了幾句閒話，狄仁傑便打發狄景暉道：「景暉，你路途勞乏先去休息吧。宋大人這邊與我還有事要談。」

「是。」狄景暉起身告辭。

狄仁傑又看著沈槐微笑：「你也先退下吧。」

沈槐抱拳，與狄景暉一起走出二堂。兩人在堂前不約而同地站住，沈槐長聲歎息：「景暉兄，咱們又見面了！」

狄景暉拍拍沈槐的肩膀：「世事滄桑，我都沒歎氣，你歎什麼？不想在洛陽見到我啊？」

「景暉兄說笑了。」沈槐連忙賠笑，又道：「景暉兄，今晚小弟在冠京酒肆做東，為你接風洗塵，景暉兄肯賞光否？」

狄景暉一擺手：「你請的飯我是非吃不可的，不過今晚上是老爺子的家宴，咱們兄弟明晚再聚，如何？」

沈槐敲了敲腦袋：「對啊，你看我這腦子。行，那就明晚，我定要陪景暉兄一醉方休。」略一躊躇，他又沉聲道：「可惜只能請到景暉兄一人。」

狄景暉並不答話，只微瞇起眼睛望向萬里無雲的長空，許久才道：「洛陽的天空終究還是比不了西北邊塞的天空，我去過一次方知，那樣的高遠清明才更適合雄鷹展翅翱翔，卻並非人人都配得上的。」

沈槐低頭不語，狄景暉看了看他，微笑道：「對了，明天能不能把你那堂妹也一起請上作陪？去年除夕金城關外，多蒙她照應，我這裡還未曾道過謝呢。」

「這，」沈槐突然顯得十分窘迫，訥訥道：「阿珺她沒什麼見識，還是……」

「不方便就算了。」狄景暉忙道，「我也是隨便一說，你幫我帶個好便是。對了！」他從懷中取出一封信件，「梅迎春讓我帶封信給你，說是私事，呵，神神秘秘的。」

沈槐狐疑地道了聲謝，也不看就把信收起。

「袁將軍，飛鴿傳書！王子那邊來的！」阿威雙手捧著一隻白鴿，興沖沖地朝袁從英跑來。袁從英站在那片鬱鬱蔥蔥的柏樹林之後，面向金山山脈的巍峨雄峰，正在凝神眺望。阿威的喊聲將他從沉思中喚醒，他轉過身向阿威點了點頭，接過密信，一邊展開一邊問：「阿威，你方才叫我什麼？」

「袁將軍啊！」阿威開心地擦了擦臉上的汗珠。

袁從英朝阿威看了一眼，淡淡地問：「原來你一直稱我袁先生的，怎麼改口了？」

「啊？」阿威愣了愣，「這是……王子殿下的吩咐，上回他來過就改了的。怎麼了？袁將軍您是不喜歡——」

袁從英打斷他：「沒什麼，我剛注意到，隨口一問罷了。」他已匆匆瀏覽完密信的內容，欣喜的紅光驟然升起在蒼白的面頰上，情不自禁地低聲喃喃，「太好了，太好了！」

阿威好奇：「袁將軍，有什麼好事嗎？」

袁從英微微一笑：「是大好事……阿威，你去把馬牽來。」

「哦！」阿威剛跨出去一步，又轉了回來，「袁將軍，您要馬幹什麼？」

袁從英指了指前方的山坡：「我想騎上去看看。」

「啊？」阿威瞪大眼睛，「您……您能行嗎？」

袁從英擺擺手：「快去，把兩匹都牽來。」

阿威去牽馬了，袁從英輕輕捋了捋白鴿的羽毛，雙手往上一托，那鴿子振翅而起。袁從英目送著牠直上雲霄，往鏡池的方向飛去，才拿過靠在樹幹上的一根木杖，慢慢向雜草叢生的山坡走去。自從烏質勒上回來探望過後，袁從英就不顧裴素雲的強烈反對，開始練習下地行走。因為左腿的傷勢很重，還遠未到恢復好的程度，他就讓阿威幫忙做了根木杖，每天撐著走動。幾天下來，袁從英白天幾乎已不再躺臥，行動也越來越自如了。裴素雲怨他亂逞強，賭氣不肯陪他走動，袁從英也不理她，就只叫上阿威相伴。

「袁將軍，馬來嘍！」阿威牽著兩匹馬一溜小跑而來。這兩匹馬還是他們逃來鏡池時套在馬車上的，算不上良駒，但此刻在袁從英的眼裡，卻有著無法形容的親切。他上前一步，拍打著其中一匹棗紅馬的馬鬃，笑道：「好久沒騎馬了，還真挺想的。」

阿威也嘿嘿笑起來：「可不是嘛，咱騎慣馬的人還真離不開牠們。不過……袁將軍，您現在就騎馬可得小心啊，到底傷得那麼重，還沒大好呢。」

「沒事。」袁從英簡短地回答，一手已經搭上馬背，阿威忙過來要扶，被他輕輕往外一推，自己屏住口氣，一咬牙便翻身上馬。

阿威在旁邊看得張大嘴巴，卻見袁從英已穩穩騎在馬背上，只是不露痕跡地皺了皺眉，便神色回復如常，招呼道：「阿威，你也騎上吧。」

「是！」阿威回過神來，趕緊跳上另一匹馬，問：「袁將軍，咱們去哪裡？」

袁從英望了望柏樹林前的鏡池，湛藍的湖面上粼粼跳動著淺金色的陽光，溫暖而靜謐，引人神往，他長吁口氣：「到後山那裡轉一轉吧。」

阿威答應著，心裡著實困惑，再一看，裴素雲白色的裙裾在鏡池邊飄動，他恍然大悟，壞笑著撥轉馬頭，袁從英已趨馬在前了。

起初他們還漫步緩行，但很快袁從英就按捺不住了，腿上用勁，馬匹被催促得越跑越快，兩人就沿著金山山脈的下部躍馬飛馳起來。跑了一陣，袁從英已全身濕透、氣喘吁吁，不得已放慢速度，舉目望向右側荒草叢生、林木如蓋的金山山脈，他高聲道：「阿威，咱們試著往上探一探吧。」

進入山坡，密密匝匝的樹木遮天蔽日，周圍頓時陰暗下來。腳下遍布亂石雜草，根本沒有道路，馬匹走得十分艱難。剛剛快跑出了一身的汗，現在猛然收乾，阿威覺得很不舒服，胯下的馬也步履踉蹌，他有些擔心地道：「袁將軍，您是要去哪裡？這山裡根本沒有路啊。」

袁從英勒緊韁繩，四下張望：「看樣子秘徑就是秘徑，一下子是找不出來的。」

阿威叫起來：「袁將軍，您也知道金山秘徑啊！」

袁從英漫不經心地反問：「怎麼？難道這不是人人皆知的傳說嗎？」

阿威有點兒納悶：「人人皆知？不是啊，我也是聽王子殿下說了才知道的。不過我問過伊都干了，她肯定地說已經失傳了。」猶豫了一下，他又問：「袁將軍，是不是伊都干把秘徑偷偷告訴您了？」

「那倒沒有，她也說早就無跡可尋了。我就是好奇而已，想自己探個究竟。」

「那個……」阿威撇了撇嘴，「自己探出金山秘徑，恐怕沒那麼容易吧。」

袁從英思忖著點頭：「也是，如此看來就算能找到，恐怕也得好幾年，甚至好幾十年的工夫吧。算了，反正現在我們即使沒有秘徑，同樣可以奪取碎葉，總有一天也必能擊潰東突厥！」

「就是！」雖然弄不太清楚袁從英話裡的含義，阿威還是很興奮地附和著。

袁從英直到太陽落山才回到木屋。推開半掩的房門，裴素雲坐在桌前，正對著燭光穿針引線。袁從英進門她就當什麼都沒聽見，頭也不抬。袁從英在門邊靠了一會兒，才道：「看來伊都干是真的嫌棄我了。」

裴素雲把手中的衣物放下，總算抬眸掃了袁從英一眼，含譏帶諷地說：「袁將軍玩夠了？怎麼不再多騎會兒馬呀？」

袁從英搖搖頭，自己扶著牆慢慢往屋裡走，裴素雲坐不住了，疾步來到他身邊伸手去攙。兩人相擁著默默站了片刻，裴素雲把頭靠在袁從英的肩窩，悠悠歎息：「非要讓人心裡不好受……」

袁從英不回答，只吻了吻她的額頭，裴素雲再說不出半句埋怨的話，只好扶持著他來到榻邊坐下。

裴素雲蹲下身替袁從英脫鞋，一邊問：「晚飯想吃什麼？有麵和粥。」

「過會兒再說吧，我現在不餓。」袁從英隨口答道，又問，「安兒吃過了？你呢？」

「阿月兒早給安兒吃好晚飯了，我等你。」裴素雲小心翼翼地幫他把左腿抬到榻上，掀起褲腳檢查著傷口，袁從英緊皺起眉頭。裴素雲看了一會兒，咬著嘴唇低聲道：「你這是何苦呢？為什麼這麼著急要騎馬……不疼嗎？」

「還好。」袁從英靠到枕上閉起了眼睛。裴素雲一時無言，只得輕輕揉捏著他的腿，心中滿是陣陣翻湧的酸楚，眼圈不覺又紅了。良久，她聽到袁從英低低地說了句：「烏克多哈的嬰兒不見了，這事你知道嗎？」

「什麼？」裴素雲停下手上的動作，愣愣地望向袁從英。他睜開眼睛，清朗鎮定的目光凝駐在她的臉上。

「怎麼會？」她又驚又急地囁嚅道，「是誰告訴你的？」

袁從英的語氣十分平靜：「還能有誰？當然是阿威。」

裴素雲詫異地眨著眼睛：「可……可他一點兒都沒對我說啊？這究竟是怎麼回事？那孩子不是讓蘇拓娘子抱回去了嗎？」

「蘇拓娘子死了。」

「啊？」裴素雲完全目瞪口呆了。

袁從英冷冷地道：「蘇拓娘子被發現死在庭州城北，當時她正抱著烏克多哈的孩子從你那裡趕回乾門邸店，但在她屍體邊沒有找到那孩子。」

裴素雲臉色變得煞白，不知所措地看著袁從英，他卻陰沉著臉不再說話，陷入沉思之中。過了好一會兒，他長吁了口氣，道：「我想了好幾種可能，一種是遇到普通的強人，但不搶財物光搶孩子，似乎說不太通；另一種可能是烏克多哈不願長期被我們以孩子相威脅，想法找人來奪回了自己的嬰兒；最後一種可能就是——庭州前段時間殘忍的殺童祭祀案件，恰好也把烏克多哈的嬰兒做了犧牲。」

「這、這太怪異了……也太可怕了！」裴素雲顫抖著嘴唇，連話都說不連貫了。

袁從英深深地看了她一眼，又道：「最奇怪的是，烏質勒刻意向你我隱瞞這件事。那天他來時，我無意中提起烏克多哈的嬰兒，他的樣子非常古怪，才引起我的懷疑。我這幾天來設法與阿威親近，今天縱馬馳韁時他才完全失去了警惕，把相關的實情洩露出來，看來烏質勒確實曾叮囑過他和哈斯勒爾，不許對我們提起此事。」

裴素雲打了個哆嗦。窗外，深沉的夜色已吞沒了雪山挺拔高峻的身姿，鏡池也幻化成月光下的一片朦朧清影，然而即使在這樣的寧靜安詳中，依舊有無處不在的危險正窺伺著他們……與世隔絕，真的能與世隔絕嗎？她抬起頭，淒然地問：「今天你一定要騎馬，就是為了打聽這個？」

袁從英握了握她的手：「倒也不全為這個，我確實想試試看騎馬……素雲，我打算過幾天就回庭州去。」

這下裴素雲震驚了，她不覺抬高聲音：「為什麼？你的身體根本就沒好，為什麼這麼急著回庭州？你……」

「你別急啊。」袁從英安撫地拍了拍她的手背，解釋道：「今天收到烏質勒的飛鴿傳書，我們設下的離間計進展非常順利。目前東突厥王子匐俱領已經對碎葉那邊產生了重大的不信任，兩方的決裂指日可待。烏質勒決定要抓緊時機，盡速率部攻克碎葉，我也覺得應該速戰速決，因此明天我就會給烏質勒回信，建議他在十日內準備向碎葉發起總攻。我認為只要指揮得當，烏質勒完全能在九月前拿下碎葉，奪取突騎施汗位！」

裴素雲愈加驚駭，口不擇言地道：「從英，你、你不是要跟烏質勒去打仗吧？你的身體絕對、絕對不行的！我不答應……」

袁從英微笑著把她攬到胸前：「我的傻女巫，你什麼時候變得這麼急躁了？你放心，我不會和烏質勒去打仗的，他手下那班戰將各個驍勇善戰，我現在這副樣子，去了反而給他們添亂，我還沒那麼不自量力。」

「那你還急著回庭州？」

袁從英輕撫裴素雲的面頰：「這幾日來，天氣涼得很快，我問了阿月兒，她說庭州的秋天特別短，九月初便入冬了，到那時候再待在弓曳就會很艱苦。因此我要先回庭州，去處理些必要的事情，這樣……你與安兒、阿月兒就能盡快回家了。」

裴素雲垂睫無語，她真的不知道自己還能說什麼，只管用盡全力抱緊他，好像這樣便可以與他的心貼得近些，更近些……

彷彿又過了很久，裴素雲聽到袁從英在耳邊低語：「家裡後院的火是你自己放的吧？」

裴素雲簌地挺起身來，直勾勾地瞪著袁從英。

他微微含笑：「沒有其他人進去過，並且你在離開前還回去過一次，不單單是為了去抱哈比吧？」

裴素雲徹底沒了力氣，軟軟地倚在他的胸前，喃喃著：「你都知道了，還問我做什麼……」

「你不想讓人發現冬青林的秘密，對不對？你呀，你就不怕萬一烏質勒施救不及，把家都給燒了？」裴素雲沒有回答。他撫摸著她的秀髮，少頃，又道：「我只希望，能讓你再不用過這種擔驚受怕的日子。」

「從英……」她抬起蓄滿淚水的眼睛，袁從英直了直腰，搖頭歎息：「每次我們倆講話，你不是哭就是笑，要不就是……又哭又笑，我一直都弄不明白，哪有那麼多可哭可笑的事情？」

裴素雲的眼淚全給憋回去了，氣鼓鼓地嘟囔：「誰像你！鐵石心腸！」

「嗯，我都快累死了，還要讓你罵心腸硬。」他懶懶地說了一句，便又閉上眼睛。

裴素雲忙問：「吃點東西再睡吧？」

「不想吃。」

裴素雲無奈，捏捏他的衣服道：「那也得把這身衣裳換了再睡，你出了多少汗啊，裡裡外外全濕透了。」

袁從英仍舊懶懶的不置可否，好在裴素雲服侍他已經十分熟練，很快就替他把衣褲全部脫下，又取過方才在縫補的一套裡衣褲，輕聲道：「還好烏質勒上回帶來了你的舊衣服，說是狄景暉特意留在他那裡的。要不然我都沒衣服給你換。」

袁從英連眼皮都沒抬：「不穿，這些天晚上都不穿的。」

裴素雲哭笑不得：「前些天熱啊，再說那會兒你動彈不了，我伺候你也方便些。現在晚上涼了，還是穿上吧……」

袁從英總算把眼睛睜開了，盯著裴素雲問：「我現在能動了，你就不打算伺候我了？」

「你胡說，我不是這個意思。」裴素雲小聲爭辯著，心卻突然「咚咚」直跳。她想躲開他熱烈的目光，但又難以自持地向他靠近，她當然懂得這目光裡的意思。裴素雲覺得自己快要燒起來了，這一剎那她清楚地意識到，自己對他的渴望，一點兒也不比他對自己的少。她低低地呻吟了一聲，就不顧一切地撲入他的懷中。

原來，讓她嚮往了那麼久、憧憬得那麼苦的雪域冰峰，其實一點兒也不冷、一點兒也不遠。相反，卻是那樣的灼熱和貼近，於是她緊密包容，再也捨不得放開。當冰川匯入鏡池的時候，那泓碧波會不會也感到一絲絲疼痛呢？就像她現在所感覺的那樣，一定會的……然而又有什麼能比這真切的充實，更能讓她體會到女人所能擁有的最大幸福？

湖水深邃溫暖，終將冰川融化，從此他們水乳交融，再也不能分離。

夜又深沉，沈珺從連串的噩夢中驚醒。在夢裡，她似乎又回到了沈庭放的身旁，正在忍受著他永不停歇的責罵和侮辱。這個被她稱為爹爹、將她養育成人的凶惡老者，只是因為從小熟識，沈珺才會對他的醜惡、卑劣和刻薄習以為常，但當夜深人靜的時候，她還是會在這位所謂「爹爹」帶來的巨大恐懼下輾轉反側、備嘗煎熬。阿珺二十五年生命中的絕大多數時間，是在忍耐中度過的。小時候她怎麼也弄不懂，別人家的孩子總能體嘗到父母的疼愛，為什麼自己的爹爹卻對她百般折磨、肆意打罵，怎麼也看不順眼，但後來她漸漸習慣並接受了這一切。沈珺覺得，這就是自己的命，雖然不能說很幸運，但至少她還有沈槐，他就是她灰暗生命中唯一的光明和溫暖，是她全部的希望和寄託。

去年除夕夜的突變使沈珺終於擺脫了沈庭放，並讓她來到了洛陽，陪伴在她朝思暮想的沈槐身邊。她原本天真地以為，生活就會一直這樣繼續下去，對未來她沒有奢求，只想將自己的所有交託給她最愛的人，便心滿意足了。然而這半年多以來所發生的一切，卻有些事與願違。以前即使相隔遙遠的時候，她都能覺得自己的心與沈槐息息相關，但現在哪怕日日見面、夜夜共枕，她卻發現他正在離自己越來越遠，一天比一天變得陌生……最可怕的是，她對這樣的變化沒有絲毫辦法，只能眼睜睜地等待最終的不幸降臨，將哪怕最微薄的希望擊得粉碎。

沈珺從榻上撐起身，輕輕擦去臉上冰涼的淚跡。潔白的月光映透窗紙，在榻前淡抹清痕，就如今夜的她一般寂寞。自從上次午後的長談，沈槐又是好幾天沒照面了，每夜兩名千牛衛士住進西廂擔任守衛，讓沈珺覺得自己完全像個囚犯。是為情所困的囚犯嗎？對此沈珺倒是心甘情願，但讓她感到可怕的是，她現在已經弄不太清楚，這份情的出路究竟在哪裡……唉，今夜只怕又是無眠了，她木木地伸腿下榻，想打開窗透透氣，卻突然發現臥房通往正廳的布簾下，瀉出暗紅色的燭光。

沈珺差點驚呼出聲，沈槐今夜未回，衛士守在院中，這會是什麼人？她按住亂跳的胸口，悄悄挪動步子來到門前，掀起布簾的一角朝外看——桌前一個熟悉的背影，被黯淡的燭光映得有些零亂。聽到動靜，那人猛地回頭，猙獰扭曲的面容將沈珺嚇得倒退半步，他是沈槐嗎？為什麼這雙眼睛裡的凶光，竟和她在夢中所見的醜惡老者一模一樣？

沈珺微顫著聲音問：「哥，你怎麼回來了？」沈槐似乎也被她嚇到了，手中握著的東西「噹啷」落到地上。沈珺搶前幾步，俯身去撿，她的手與沈槐伸出的手碰在一起，同樣的冰冷、顫抖。兩人不約而同地停下，直愣愣地望著跌落於青磚地上的紫金剪刀，好像那是這世上最可怕的物件。

「哥，你、你怎麼找到的這個？」沈珺咽了好幾口唾沫，才問出句話來。

沈槐答非所問，聲音異乎尋常地乾澀淒厲：「阿珺，這把剪刀就是殺死老爺子的凶器！」

沈珺的臉頓時煞白，愣了半晌才又問：「你怎麼知道的？」

「我怎麼知道的你不用管！」沈槐悶聲斷喝，「總之老爺子就是被這把剪刀捅死的！」

沈珺低下頭，半晌才低啞地問：「那……是誰？」

「是誰？是誰？」沈槐若有所思地重複著，突然爆發出一陣猶如哭泣般的苦笑，「真是人不可貌相，看上去膽小如鼠的一個懦夫，竟然敢在我的面前周旋了這麼久。而我呢，還以為一切都在按計劃行事……他這是要讓我陷入泥潭無法自拔，他這是要把我也害死啊！這個卑鄙無恥的小人！惡棍！該死的畜生！」一連串惡毒憤恨的咒罵從沈槐的嘴裡湧出，緊接著他又用雙手捧住腦袋，痛苦萬分地輾轉呻吟。

沈珺嚇壞了，她還從沒見過沈槐這個樣子，頹廢、絕望、失魂落魄……沈珺只覺得心痛難抑，她噙著眼淚展開臂膀，將沈槐摟入自己的懷中，輕聲喃喃：「哥，你這是怎麼了？怎麼了呀？不管有什麼難事兒，都告訴我、告訴我……」

沈槐甩開她的擁抱，只管捧著腦袋發呆。沈珺手足無措地看著他，又急又怕，目光一瞥時，才發現桌上還攤開著一張紙。那紙皺皺巴巴的，上面碩大歪扭的字跡直衝入沈珺的眼裡，她又是渾身一震，這樣的字體她再熟悉不過，那是沈庭放的筆跡！

「哥，這是爹爹的筆墨嗎？」她低低地問了一句，沈槐毫無反應。懷著既恐懼又好奇的心情，沈珺輕輕拿過這張紙，匆匆掃過抬頭部分——原來這是沈庭放寫給沈槐的一封書信！她瀏覽著，立即發現，這封信才寫到中間，沈庭放的字跡又非常潦草散亂，彷彿是在極度的緊張和恐慌中寫下的，即使如她這般熟識，也很難一下子辨認清楚，但信中的幾個名字還是觸目驚心地躍入她的視線：阿珺……袁從英、狄景暉，還有……謝嵐！沈珺瞪著這最後一個名字，有些發蒙，終於忍不住轉向沈槐，怯怯地問：「哥，我記得爹爹死了以後，袁先生提到他死前似乎在寫一封書信，但卻沒有找到，就是這封信嗎？你從哪裡得來的？還有……這信裡如何會提到謝嵐——」

「住口！」沈槐一聲暴喝，劈手將信從沈珺手裡搶下，三扯兩扯就把信紙撕得粉碎，還兀自大口喘著粗氣。沈珺瞠目結舌地看著他，再說不出半個字。

沈槐的臉已徹底變形了，醜陋暴戾掩蓋了平日的端正帥氣，他惡狠狠地死盯著沈珺，一字一頓地說著：「阿珺，你給我聽好了，今後如果再讓我聽到『謝嵐』這兩個字，就休怪我不客氣！」

沈珺的眼前模糊一片，她覺得委屈、困惑，更有難以言表的悲哀擊打著心房，雖說她早已習慣把他的意願當作自己的意願，把他的悲喜揉成自己的悲喜，但此刻的沈槐，顯然根本沒有把她放在心上，假如不是因為他所面臨的困局太險惡，那麼就只能是因為，他從來就沒有真正在意過她。謝嵐，謝嵐，既然他說了不能提，沈珺只好在心中默唸這個名字，這個她從小就被灌輸了要去熱愛的名字，她真的就全心全意地愛了一生啊，可為什麼他又用如此粗暴的方式禁止她再提起……

沈珺的淚默默流下，對面之人視而不見，只因他又陷入新的恐慌，正在訥訥自語：「他一定懷疑我了，一定是的！這個老狐狸，果真是天底下最虛偽最狡猾的老傢伙！他居然還裝出一副對我特別器重信任的模樣，想要消除我的戒心，進而查出我的真相……」他抬起頭，一把攥住沈珺，「阿珺，你知不知道，那個狄仁傑，他真是太可怕，太可怕了！」沈珺凝噎著連連搖頭，沈槐又把她推開，嘴角擠出個殘忍的怪笑，「還好袁從英死了，死得太及時了！他們沒有碰上面，所以還……不對！狄景暉會不會給狄仁傑帶來什麼消息？應該不會……但願不會……他們沒有時間，光顧著和突厥打仗，還顧不上其他……」

「我要走了！」沈槐突然停止自說自話，猛地從椅子上跳起來，扭頭就要往外走。

沈珺暈頭轉向地撲到他身後，拉著他問：「哥！這麼晚了，你又要去哪裡？」

「你管不著！」沈槐毫不留情地扒拉下她的手，兩步就走到房門口，又停下來，轉身衝著沈珺陰森一笑，「阿珺，剛才你什麼都沒聽到沒看到，好好回榻上睡覺去吧。我今後會很忙碌，恐怕越發沒時間來此地了，好在有衛士護你安全，我尚可放心。總之，你自己多持重，莫要和任何人走動，再不許發生那個何大娘之類的事情，少給我添麻煩！」

房門開了又關，屋內重陷寂靜。沈珺全身無力地跌坐在椅上，頭腦昏昏沉沉的，一時間真的弄不清楚，自己是不是仍然陷在無止境的夢魘之中，怎麼也醒不過來了。

西域邊關的天氣就是這樣嚴酷無常。炎熱的夏季剛剛落下尾聲，秋涼沁人的透爽也不過才幾天，轉眼間來自北方苦寒之域的秋風就已貼地疾舞，漫捲黃沙、引白草盡折腰。走在八月中的庭州大街上，北風撲面，碩大的沙粒打得人臉上生疼。仰首藍天，白雲被悉數吹散，只餘一個空渺落寞、澄澈得有些刺目的晴空。突然聲聲嘹亮的鴻鳴自頭頂掠過，那是大雁開始南歸了。

庭州刺史府的正堂上，新任庭州刺史崔興大人正在與幾名西域客商親切攀談。崔興自八月初到任庭州，一直在盡心竭力地履行邊境行政和軍事長官的職責。他首先整頓了被錢歸南搞得亂七八糟的瀚海軍，重理了瀚海軍所轄庭州及周邊區域的防務，使庭州的整體治安與防禦，再現羈縻統治所特有的內緊外鬆之態。內政方面，狄仁傑在隴右戰事後行安撫使之責，打下了很好的基礎，令庭州非常平穩地度過了戰後的一段動蕩期。崔興上任之後，努力恢復百姓的正常生活，大開面向西方的門戶，以更加熱情的姿態迎接各路客商返回這條錦繡商路。當然，離開諸事順遂、歌舞昇平還有很長的路要走，崔興深知自己仍面臨著種種麻煩和隱患，比如那件凶殘冷酷、激起極大民憤、至今撲朔迷離的兒童犧牲案；比如此刻這幾位西域客商正在談到的，市場上出現的神秘勢力，不知怎的竟擁有各色百種西域貨品，開價又低，搶去了許多行商的生意，令大家頗感意外、十分不滿……樁樁件件，崔興哪一樣都不敢掉以輕心，少不得殫精竭慮、全力應對。

這幾名西域客商發完了牢騷，崔興認真地傾聽，又一再保證會慎重調查此事。客商們很是滿意，看看天色漸晚，便起身告辭了。崔興目送眾人離去，端起茶杯來剛呷了一小口，門外風風火火地衝進一人，正是原瀚海軍沙陀團旅正，現在的果毅都尉，刺史侍衛長高達！

崔興一見高達滿臉興奮的樣子，直接便從椅子上蹦了起來：「來了？」

「稟報大人，」高達聲音洪亮地抱拳道，「是，剛才到的，按您的吩咐，已請至書房等候！」

「太好了，快！」崔興激動得連連捋動鬍鬚，三步併作兩步往書房疾趕而去。

暮色漸濃，融融搖曳的燭光從書房敞開的門內射出。崔興奔至門口，又不自覺地停下腳步，從上到下地打量著屋內一個頎長的身影。那人聽到動靜，迎到門前，含笑抱拳：「崔大人。」

崔興一把攥住對方的雙手，用力搖了搖，長聲慨歎：「認不出來了，真的認不出來了！」

對方只是微笑，崔興攥起他的手就往書房內走，邊走邊道：「袁從英！我還依稀記得你當初那副毛頭小伙的樣子，這一晃多少年過去了？」

「大略有十五年了。」袁從英沉著地回答。

「十五年，十五年啊……」

兩人已來至榻旁，崔興一邊唸叨一邊相讓，待坐定之後，他對著袁從英又是上下左右一通端詳，方才親切地問：「從英啊，你在涼州從軍時還未滿十八歲吧？」

袁從英點了點頭：「是，不知不覺的，已是戎馬半生了。」

崔興也深有感觸地頻頻頷首，少頃，猛醒道：「從英，你的身體怎樣？傷勢可無大礙了？」

「崔大人都看見了，我還好。」

「二位大人，請用晚飯。」高達親自端著個食盤，在書房中央的圓桌上布下碗筷。

崔興連忙招呼：「從英，來，咱們邊吃邊談。」

他又讓高達也一起作陪，三人團團圍坐，崔興高舉起手中的酒杯：「從英啊，此次隴右大捷，庭州劫後餘生，雖然朝廷對你的功績隻字未提，但大家心裡是最清楚的。今天我便倚老賣老，自居為兄，來，從英，兄長敬你這一杯酒，咱們不談功過是非，單單只敬你身歷百險，九死一生！」他噙著熱淚將酒一飲而盡。

袁從英也一口喝乾了杯中之酒，卻聽崔興喃喃自語：「狄大人要是知道了，還不知會有多高興……」袁從英垂首不語。

崔興從對面望著他，心中一時也是感慨萬千，半晌，還是他打破沉默：「從英，你可聽說了？三天前的傍晚，烏質勒率部離開庭州，往碎葉方向去了。算時間明天就該穿過沙陀磧了。」

袁從英抬起頭，雙眸熠熠生輝：「烏質勒此去必勝，崔大人，從英還要感謝您的大力協助呢！」

「噯，你們定的好計策，我這裡不過是舉手之勞，卻能讓碎葉從此臣服大周，將突騎施由庭州西方的大患變為屏障，如此的好事我崔興怎可放過？」崔興爽朗地笑起來，又衝袁從英眨眨眼睛，「我第一次與烏質勒見面時留了餘地，實在是因為朝廷對他尚不信任，雖有狄大人的關照，我初來乍到，還需謹慎從事，哪想到他竟如此沉不住氣，馬上去找了你幫忙！」

袁從英也笑了：「烏質勒臥薪嘗膽好多年，等的就是這一天，他的迫切心情也是可以理解的。再說，他去找我很及時啊，要不然我又怎麼會與崔大人聯絡上？」他指了指高達，「我聽說高都尉跟在你的身旁，還偷偷向烏質勒打聽我的情況，就知道崔大人謹言慎行只是表面現象，私底下必有可乘之機。」

「哈哈哈！」崔興大笑著打趣，「你還真對得起狄大人這麼多年的教誨！哦，虧你想出來那麼個離間計來，我可是一絲不苟，全部按照你的吩咐實施的！」

「從英不敢。」

崔興一擺手：「你不敢？你有什麼不敢的？高達，你來說說咱們這些天是如何行事的。」

高達在一旁早聽得眉飛色舞，巴不得要開口，忙道：「崔大人吩咐我們扮成西域客商的模樣，連續不斷地往碎葉運送絹帛、稻種和農具，當然了……呵呵，實際都只有面上一層好貨品，下面全是稻草罷了。但光這絡繹不絕來往庭州和碎葉的車隊，就足夠讓東突厥那邊堵心了。」

袁從英也忍俊不禁：「車隊倒也罷了，關鍵是這車隊還是崔大人所發，才更會讓剛剛慘敗於崔大人的匐俱領無法容忍。再加上他去質問碎葉時，對方肯定百般否認，那匐俱領素來多疑，如此在他心中就越發坐實了碎葉私通大周之罪！」

崔興嘖嘖感歎：「碎葉這才叫啞巴吃黃連，有苦說不出。莫名其妙地收到一大堆爛稻草，還要讓匐俱領懷疑辱罵，此刻雙方必已反目為仇。等烏質勒攻打碎葉時，他們再去向匐俱領邀援兵，那匐俱領不僅不會相信他們，反而會認定他們在與大周共同設計，企圖引他至碎葉圍殲，是無論如何都不肯出兵的！」

袁從英一字一頓地道：「因此我才對烏質勒的勝利充滿信心！」

「是！我也認為烏質勒必勝！」崔興情不自禁地朝桌上猛擊一掌，「而且這次一旦他奪取碎葉，我將立即上書朝廷，請聖上正式加封他為突騎施酋長、統管碎葉的大都督。與上次狄國老奏請時的情況不同，這回烏質勒已握有碎葉，並登上突騎施權位，朝廷對他授封不過是順水推舟，還能獲得突騎施的臣服，何樂而不為。」

袁從英鄭重應和：「是的，這樣烏質勒得償所願，必然對天朝感恩戴德，崔大人也將在西方獲得一個真正的盟友。」

書房中一時氣氛昂揚，激情與快慰盡掃秋夜的陰寒，人人都覺身上熱血沸騰。崔興凝視著袁從英依舊十分憔悴的面龐，百感交集地歎息：「從英，你為大周安危所做的一切令人動容，只是這一回，我仍然無法替你向朝廷請功，為兄慚愧啊！」

袁從英不動聲色，只淡淡地答道：「崔大人方才說了，咱們今天不談是非功過，從英屢屢死裡逃生，早就把這些都拋開了。」

崔興低聲道：「高都尉，你先退下吧。」高達連忙抱拳起身，走出去將房門輕輕帶上。

崔興緊鎖雙眉，對著手中的酒杯發了會兒呆，終於對袁從英苦澀一笑，遲疑著道：「從英，你生還的消息我尚未寫信通報狄國老，就想當面問問你的意思……唔，我離開洛陽來庭州赴任時，狄國老特意對我提起了你。」

袁從英低著頭，燭光暗影中他的表情十分模糊。

崔興啞聲道：「狄國老拜託我到達庭州之後，一定要繼續尋找你的下落。他說，他堅信你沒有死、不會死……」說到這裡，崔興的喉嚨哽住了，不得不咽了口唾沫，方能繼續說下去，「他還說，讓我一個月找不到就找兩個月；十個月找不到就找一年，直到……將你找到為止。然後，他要我帶句話給你，必須要當面說給你聽。」

袁從英抬起頭來，定定地注視著崔興，臉上波瀾不興。崔興深深吸氣，慢慢道出：「狄國老要我轉達從英，對大周袁從英已經死了，因此今生今世，都不許從英再回中原。」

袁從英垂下眼瞼，沉默像有千鈞之重，壓上心頭。

崔興有些忍耐不住了：「從英，我想狄國老的意思是——」

「崔大人。」袁從英抬了抬手，打斷崔興的話，異常蒼白的臉上雙目炯炯，「你的話我都聽見了。不過從英此來，還有其他要事想與崔大人商談，時間緊迫，我們現在可以開始了嗎？」

「沈將軍，老爺在楊霖的房中等你。」沈槐急匆匆趕往狄仁傑書房，走到半路就被狄忠截住了。

沈槐答應了一聲，又疑惑地對狄忠轉了轉眼珠：「大人去那裡幹什麼？」

狄忠一邊指揮幾個抬著雜物的家人，一邊漫不經心地回答：「我哪兒知道啊？不過老爺吩咐了，楊霖突發急病死在會試當場，家裡也不用再給他留著屋子了……這不，正撤東西呢。」

沈槐陰沉著臉點了點頭，轉身向東跨院而去。

楊霖住了將近三個月的這套廂房，此刻已是人去樓空的淒涼景象。屋內當初精心布置起來的家具大部分搬回庫房，書架上曾碼得整整齊齊的經史子集亦消失無蹤。沈槐猶豫著往房內跨入，一眼便看見狄仁傑的背影佇立在北窗之下，他的面前是還未及搬走的長几，几上那盆素心寒蘭的枝葉似乎比之前更綠得透亮、晶瑩。

沈槐在門邊停下腳步，躬身抱拳：「大人。」狄仁傑沉默著，只片刻工夫，沈槐已全身汗濕，覺得自己的心就要從嗓子眼裡跳出去了。自從八月初一會試之後，到今天恰好過去了半個月，這段時間裡，沈槐深刻品嘗了惶惶不可終日的滋味。本來滿心以為終於獲得了狄仁傑的信任，自己的人生將躍上至為關鍵的一步，從此左右逢源、飛黃騰達，一切均在掌握之中，只要會試一過，妥善處理了楊霖和何淑貞這對母子就完事大吉了。對此沈槐原來毫不擔心，在他眼裡這兩個人真如螻蟻般卑微弱小，捻死他們就如同捻死兩隻臭蟲，他甚至把一切都布置好了，堅信不會讓人抓住一絲把柄。然而，楊霖在會試現場突然死亡，把沈槐這套看似天衣無縫的計劃徹底打亂了，更可怕的是，隨後所牽扯出來的種種：生死簿、周靖媛、何淑貞、紫金剪刀、謝嵐……猶如一根越收越緊的繩索，似要將他置於死地！

「沈槐啊，你來了。」狄仁傑淡淡的一聲招呼，竟駭得沈槐心驚肉跳。

他強自鎮靜著應了聲：「大人。」才又朝房內跨了兩步，站到了狄仁傑的背後。

狄仁傑沒有回頭，繼續若無其事地問：「這幾天你似乎有些忙碌，聽狄忠說府中都不常見到你的身影？」

沈槐流利作答：「您這些天都在府中閱卷，並不外出，因此卑職稍顯空閒，就乘此機會多往周梁昆大人的府上走動了幾次。」

「哦？」狄仁傑似有些意外，回頭看看沈槐，微笑道：「還是你細心啊。老夫忙於閱卷，確實忽略了周大人的事情，如此倒要多謝你替老夫留意了。」

「這也是大人此前吩咐卑職的。」沈槐躬身抱拳，臉上有些微紅。

狄仁傑饒有興味地仔細端詳著他，道：「宋乾上次過來說，大理寺已把周大人的死確定為自殺。那靖媛小姐經此變故，還好嗎？」

「這……」沈槐的臉似乎更紅了，支支吾吾地回答：「周小姐當然很悲傷，不過這些天來……心情似乎也漸漸平復了。」

狄仁傑點頭，隨口道：「平復了就好，老夫早就說過，這位靖媛小姐有些男兒氣概，絕非軟弱無能的庸常女子。況且，你常常去看望她，也能助她寬心，如此甚好啊。」

沈槐低頭不語。

狄仁傑沉吟著又道：「沈槐啊，宋乾來時還談到楊霖的案子。」

沈槐的心縮緊了，他情不自禁地摸了摸皮腕套，那裡面塞著會試前夜他讓楊霖寫給狄仁傑的書信，本來想好了在會試之後處理掉楊霖，再找機會送到狄仁傑手中，造成楊霖自行離去的假象，可現在沈槐卻左右為難，拿不定主意。

狄仁傑平淡的話語還在繼續：「宋乾說，仵作查驗了楊霖的屍體，沒有發現什麼異常，因此推斷他的確是急病突發而死。」

沈槐呆呆地聽著，心裡說不出是喜是憂，也根本不敢判斷，狄仁傑說的是真話還是假話，只是有一點他能肯定，狄仁傑此番必有下文，他只能咬牙等待。果然，狄仁傑重新轉向北窗，手指輕輕拂過素心寒蘭纖柔的葉片，語調中帶出無盡的惆悵：「沈槐啊，你是個好侍衛長，從不妄言。但我敢肯定，老夫對楊霖的態度，一定令你在心裡面百般困惑，就連狄忠這小廝都忍不住在我耳邊嘀咕過。一個普普通通的貢生，雖說有些學問，但也遠遠算不上經天緯地之才，而老夫卻對他青眼有加到無微不至的地步，你們看不明白，也很自然。

「如今楊霖已死，據狄忠說他身無長物，這廂房內外找不到一件他本人帶來的物品。楊霖畢竟是來京趕考的貢生，再貧窮也不至於到這個地步吧，不禁叫人質疑他的背景來歷。更何況，就是這麼個看似窮困潦倒的人，他隨身攜帶的唯一一個物件，至今仍在老夫手中。而恰恰就是這個物件，決定了老夫對他的態度！」狄仁傑猛地轉過身來，盯著沈槐道：「你說，這一切是不是很古怪，很可疑？」

沈槐的心跳幾乎驟停，他用盡全力克制著牙齒的顫抖，含糊地應了一聲。狄仁傑注視著他，嘴角掠過一絲亦悲亦喜的淺笑，繼續道：「那是把折扇，扇上題了首幽蘭詩。這詩你也見過，當日老夫就是為了這首詩才讓你把楊霖找來。」

「卑職記得……」

狄仁傑點點頭：「事實上，這柄折扇乃是老夫一位故人的遺物，這首幽蘭詩也是那位故人所題，她的名字叫作郁蓉。」

狄仁傑停下來望著沈槐，假如沈槐此時與他對視，一定會發現老大人目光中的懷疑、期盼、寬容，甚至……乞求，但是沈槐把頭低得快貼近胸口，下顎因為牙關緊咬而生疼。狄仁傑愣愣地看了他許久，方低低歎息了一聲：「正是這詩和折扇，讓我懷疑楊霖就是老夫尋找了整整二十五年的人，郁蓉夫婦的兒子——謝嵐。因為只有謝嵐的手上，才可能有他母親的遺物。」

明知道沈槐不會有所回應，狄仁傑便自言自語地說：「當初謝家慘遭滅門之禍，謝嵐的父母雙雙慘死，才滿八歲的謝嵐不知所終。從那以後，老夫就開始尋找他，一找就找了整整二十五年啊。到如今，老夫最大的心願就是，能在離世之前找到他，看到他好好地生活，並將老夫虧欠他和他父母的，都盡數還報在他的身上。因而，你該想像得到，當我看到楊霖時的心情，我多麼希望他就是謝嵐啊！自楊霖入府，為怕他反感，老夫不敢直接盤問，幾次從側面試探，可惜的是……又總感覺不對。」

沈槐終於開口了：「大人，您認為楊霖並非謝嵐？」

狄仁傑苦澀地笑了笑：「其實不論是或不是，我都沒有足夠的證據，只能說是一種感覺吧。問題在於，這折扇絕不會無緣無故地到楊霖的手中，更有人處心積慮地安排，才會那樣湊巧地出現在老夫面前。所以不論楊霖是否謝嵐，操縱這整件事的人，一定和謝嵐有最密切的關係，或者就是謝嵐本人！」

狄仁傑停下來，還是想等一等沈槐的回應，可惜除了沉重的呼吸，屋內再無其他聲響。巨大的淒愴連連衝擊心房，狄仁傑有些暈眩，他以手扶案，半倚在擱著素心寒蘭的几旁，用最懇切的語氣說：「對於老夫來說，假如謝嵐還活著，那麼不管他對老夫有著如何深重的敵意，老夫都可以理解可以接受，他策劃楊霖的事件，或者是有所圖謀，或者是為了報復。無論如何，我都不會怪他。只要他肯相認。即使不肯相認也沒關係，命運對他已經太不公平，老夫怎忍心再去嚴逼……我唯一希望的是，謝嵐不要因為仇恨蒙蔽了良知，做出傷天害理的事情，那樣老夫會痛心不已，死不瞑目的！」

話音落下，狄仁傑眼巴巴地盯著沈槐低垂的腦袋，剛剛說出的這番話耗盡了他全部的力氣，羸弱的感覺迅速侵蝕四肢百骸，他無望地意識到：自己已衰老到了這樣的地步，難以再應付命運加倍的追索，然而，他，會放過自己嗎？

過了好一會兒，沈槐才覺得耳郭中的嗡嗡聲淡去。幾種截然不同的想法和情緒在他的腦中瘋狂攪動，令他頭痛欲裂。但是有一個念頭正在變得異乎尋常的清晰，凸顯在他混亂的腦海中，那就是：必須要趕緊抽身，越快越好，趁狄仁傑還在困惑、還在試探、還在搖擺，否則等他發現了全部的真相，自己恐怕會死無葬身之地！所幸他沈槐現在有了退路，雖然也很凶險，但對那個小美人兒他還是有把握的……

沈槐終於把頭抬起來了，他鎮定地、甚至帶著點無賴地迎向狄仁傑的目光：「大人，如果您沒別的事情，沈槐告退了。」

狄仁傑怔了怔：「也好，也好。我這裡沒事，你去吧。」沈槐走到門口又停住腳步，狄仁傑見他欲言又止的樣子，便慈祥地問：「沈槐，還有什麼想說的？」

「是。」沈槐神色中的無賴更加明顯，「大人，盂蘭盆節那夜您和卑職談的話，不知道事情進展如何？卑職何時會去羽林衛？大人早點知會卑職，卑職也好做些準備。」

狄仁傑又是一怔，少頃，才沉聲道：「此事老夫已在安排，待會試發榜之後應該有些進展。怎麼了，那麼著急想要離開老夫？」沈槐不答話，只對狄仁傑抱了抱拳，轉身就要跨出門檻，狄仁傑又叫住他，「對了，沈槐啊，你那堂妹最近可好？景暉回來了，他曾蒙阿珺姑娘的照料，一直在老夫面前提起。過幾日老夫想設個家宴，你、我和景暉，再請上阿珺姑娘，也向她當面道個謝。」

沈槐捏緊拳頭，想了想道：「大人，阿珺這幾天身體微恙，不便出門。您和景暉兄的好意我們心領了，家宴過些日子再說，您看可以嗎？」

「哦，當然沒關係，等阿珺姑娘合適時再說吧。」

掌燈時分，袁從英在高達的陪伴下，來到裴素雲的小院。烏質勒在裴素雲他們逃離後的第二天就報告了庭州官府，自此官府便派人來貼了封條。最初幾天還有些百姓來此指指點點，或欲叫囂鬧事，但因有官府派兵把守，又似乎有人暗中周旋，很快尋仇的百姓們也銷聲匿跡，裴家小院從此變得蕭落而寧靜，彷彿被所有人遺棄了。

袁從英打發走了高達，就獨自來到小院後部被燒毀的冬青樹林前。借著熹微的天光，他頭一次看清了這個原本隱藏在雲杉樹和院牆後面的附院，大得出乎他的預料。原本一直以為裴素雲家的後院緊鄰的是一片樹林，現在終於知道高大密實的雲杉樹叢深處，所掩蓋的就是矮沙冬青圍繞而成的伊柏泰暗道和機關圖。當然，如今這片冬青林被燒得只剩下焦黑的地面，周邊的雲杉也是幾許殘枝掛著枯葉，在日漸凜冽的秋風中可憐地擺動。

袁從英向這片焦土走近了幾步，蹲下來仔細察看。庭州又恢復了乾燥的氣候，這段時間再無雨水，因此地上的腳印保留得十分完整。在入口這端，亂七八糟的腳印壘了好幾重，勉強可以辨別出絕大部分是官兵的靴底印，再往裡足跡越來越少。他慢慢撐起身，跟蹤著足跡一路走去，發現這些足跡的主人倒是極其細緻地搜索了整個冬青林的殘骸，很明顯，他們並不是官兵。袁從英的嘴角邊牽出一抹冷笑，不是官兵，也肯定不是一味想著報仇的百姓，而是另外一撥帶著明顯目的之人——還會是誰呢？

前院和屋子裡的痕跡也很相似。官兵的搜索是漫無目的、蜻蜓點水似的，但另外一批人相當細緻地搜查了全部的空間，而且顯然還搜了不止一遍。那麼，他們得償所願了嗎？袁從英相信沒有。來到南窗下的神案前，他一眼就看到黃金五星神符被轉歪了，便伸手將它輕輕撥正，腦海裡隨之浮現出自己第一次來時，裴素雲說五星神符偏向會招致邪靈的話，不覺會心地微笑：這女巫，她是多麼會故弄玄虛地哄騙人啊，實在不容易對付……他看看窗戶對面的閒榻，回味起自己當時那又期盼又緊張的心情，一切真實得就好像發生在昨天，而又恍如隔世。當初他還不了解裴素雲，有時會在心中暗暗埋怨她的自私和無情，但如今他懂得了她所獨自承擔的命運重負，對這無依無靠的可憐女人就只有理解和愛憐。

屋子裡越來越黑，袁從英看到桌上有盞燭燈，便將它引燃。橙紅色的燭光在屋內畫出小小圓環，給這孤寒清冷的秋夜空屋帶來些微暖意。他覺得很累，便乾脆躺到閒榻上休息，今夜還有非常重要的事情要做，必須積攢足夠的精力。自從昨天清晨離開弓曳，袁從英就一直忙碌到現在，安靜下來方才感到傷重未癒的身體，似乎無處不在劇烈疼痛。稍作遲疑，他便從懷中掏出小銀藥盒，打開來，取了一顆藥丸送入嘴裡，一天來這已經是第四顆了。如果讓裴素雲知道，肯定會極力反對，但是他顧不得許多，況且他也直覺，自己今後反正是離不開這東西了。

月亮升上高空，三更的梆聲由遠而近，又漸漸消失。小院的一片死寂中，突然冒出幾聲可疑的響動，一個黑影悄然而入，見到屋內的燭光，那人潛行至門口，從門縫朝內張望。看了好半天，他似乎有點拿不定主意，袁從英睜開眼睛，慢慢從榻上坐起身，平靜地道：「別琢磨了，就是我在等你們。」

屋門敞開，月光淡淡地灑在來人身上，把他那身黃袍映得有些泛白，他皺起眉頭打量袁從英，用懷疑而輕蔑的口吻問：「你是誰？本是裴素雲那女巫來信相約，怎麼是個男人？」

袁從英點頭：「不錯，就是我寫信相約，與裴素雲無關。」

「那你是……」

「袁從英。」

「袁從英？」黃袍人朝內連邁兩步，「你就是袁從英？」

「不相信？」

黃袍人愣了愣，乾癟的臉上隨即浮現惡毒的冷笑：「那麼說，你就是裴素雲殺害兒童，以血求生的那個人——袁從英？哈哈！」他借著燭光再度細細端詳袁從英，搖頭歎道：「做下此等傷天害理的罪行，居然還有膽回到庭州城？你就不怕被人生吞活剝、千刀萬剮了？」

袁從英挑起眉尖，若無其事地回答：「不做虧心事，當然不怕鬼敲門，更別說是你這種醜陋、卑鄙、無能、齷齪的小鬼……況且，你既按信赴約，就說明犯了十惡不赦之罪的人，正是你們！」

黃袍人被他說得一抖，隨即色厲內荏地喊起來：「你胡說！那信裡的字字句句都是企圖嫁禍、血口噴人的胡話！我來赴約，不過是要抓住裴素雲這個妖巫，為民除害罷了！」

「這些話聽上去倒很動人。」袁從英氣定神閒地說著，與黃袍人的模樣形成鮮明對比，他甚至還微笑著做了個有請的手勢，又道：「一入秋，這夜就長了許多。住持大法師要懲奸除惡還有的是時間，莫如我們先聊聊？」

「聊？我與你有什麼可聊？」

「隨便談談嘛，反正……你也不敢動我。」

黃袍人有些氣急敗壞：「袁從英，看來你的確是重傷未癒，燒糊塗了吧？雖然我也聽說你曾有些威名，但看你現在這副樣子，就是半條命，憑什麼說我不敢動你？」

「那你為什麼還不動手？」袁從英的語調中滿是嘲弄，「假如此刻在你面前的是裴素雲，你會毫不猶豫地將那弱女子殘忍殺害。但現在換成了我，你就不敢了，對不對？」他的目光突然變得凌厲無比，如利箭般直射黃袍人的面門，「我確是傷重未癒，無力抵抗，那麼法師想怎麼除掉我？是用武器，還是用法術？或者你需要時間好好考慮，找一個不留痕跡的手段，今後既能躲避掉庭州官府的追究，又能不被你憤怒的主子碎屍萬段？」

黃袍人大駭：「你胡說！我主人為什麼要將我碎屍萬段？」

「唔，」袁從英步步緊逼，「不是你的主子，就是你主子的主子！我沒說錯吧？不管怎樣，到時候你必然是要被當作替死鬼拋出去的！」

黃袍人臉色煞白，大張著嘴卻說不出話來，一個粗啞的女聲突然響起：「你退下！我來和他談。」

黃袍人應聲而退，門又啟時一陣寒風掠過，將燭燈吹滅，猶如鬼魅般的身影出現在黑黢黢的屋子中央。她的面貌雖被黑暗遮蓋，從頭到腳的金銀飾物卻在暗影裡熠熠閃爍，靜夜中，隨行而起的環佩叮噹之聲亦顯得格外清脆，只聽她說：「袁從英，久聞大名，今日一見，果然夠機智、夠剛強！難怪烏質勒對你讚不絕口，不惜代價也要保住你的性命……」

袁從英站起身來，對黑暗中的女人微微點頭：「過獎了。不知能否請教尊姓大名？」

那女人往前跨了一步，月光從窗外投到她的臉上：「妙吉念央宗，哦，你可以稱我繆年。」她淡淡地笑了，「烏質勒總擺脫不了他的中原心結，非要給我用這麼個古怪的漢名。」

「原來是王妃，失禮了。」袁從英將手伸向燭燈，「既然王妃已主動現身，我想還是把燈點上吧。」

悠悠的紅光再度暈染出一方靜暖，圓桌前二人對面而坐，看似十分平和。繆年率先發問：「那麼說今日午後，就是你讓人去大運寺送信，並在信中直指殺童案的罪魁元凶就是大運寺？」

「是的。」

「我可以問一下，袁將軍此說的依據是什麼嗎？」

「當然……不過首先要告訴王妃的是，大運寺的主謀身分，並非是我一人的判斷，其實庭州官府也早就有此懷疑。我昨天傍晚到達庭州後，與刺史崔大人共同分析案情，我們相互驗證了對方的觀點，所以就對這個結論更有信心了。」

繆年把臉一板：「不可能，庭州官府怎麼會想到大運寺？我不信。」

袁從英搖頭輕歎：「王妃，你也把大周的官府想得太無能了。殺嬰祭血，嫁禍裴素雲這整樁陰謀，從一開始就有許多破綻，後來更由於意想不到的原因而出現極大的紕漏。當初如果不是庭州暫時的吏治空虛，恐怕你們根本不會得逞，更不會容你們猖狂到今天。庭州雖是西域邊陲，但始終在大周的王化之下。王妃，這一點烏質勒王子是很清醒的，想必他也對你強調過很多次了吧？」

繆年的臉色愈發難看起來，但又不肯輕易服輸，於是強硬反問：「袁從英，你到底如何認定大運寺就是真凶的？把理由說出來聽聽，否則又怎能令人信服？」

「好，那我就說一說。」袁從英平淡地道，「首先，我知道裴素雲絕對不是凶手。」

「理由呢？」

「我相信她。」

繆年輕嗤一聲，滿臉不屑的表情。

袁從英微笑：「有些信任是不需要理由的，王妃，我想你懂得這個道理……嗯，我還是繼續往下說，然後王妃再做評價。」

「請。」

「當我在弓曳聽說了整件事情的經過後，就一直在思考一個問題：這一切的目的究竟是什麼？大運寺住持告訴百姓，女巫用孩童的鮮血祭祀，就是為了能讓我死而復生。但裴素雲向我坦承，薩滿教根本沒有這樣殘忍的祭祀方式，以人為犧牲的祭祀只存在於極少數的民族，比如吐蕃的教派中。雖然我不熟悉神教異術，但我至少知道，自己壓根就沒有死，又何來死而復生？既然我的生還與殺童案沒有半點關聯，更不是殺童案的必然結果，那麼殺童案帶來的後果究竟是什麼呢？

「昨天我與刺史崔大人討論案情，他的思路與我不謀而合。據崔大人說，他來庭州接手此案後，也著重調查分析了案件的後果。他發現，從本案中受益最大的，正是大運寺！」

「大運寺受益？受了什麼益？」

「庭州佛教歷來不盛，大運寺香火寥落許多年，卻偏偏在最近發生了天翻地覆的變化。本來深受庭州百姓敬奉的薩滿伊都干成了十惡不赦的罪犯，大運寺跳到眾人面前，先是揭露所謂的真相，然後帶領大家去尋仇，受到阻撓後，又宣稱可以用法術懲治兇手，只要大家轉而信奉他們，就不光能報仇雪恨，還能跳出輪迴、得到永生……哼，崔大人告訴我，這些日子以來，很多庭州的百姓都拋棄了信仰多年的薩滿教，轉信佛教。確切地說，是以大運寺為代表的所謂『佛教』。」

繆年冷冷地插話：「官府不肯出頭，大運寺替民做主不對嗎？天朝推崇佛教，庭州百姓棄薩滿而禮佛，難道不好嗎？」

袁從英面不改色：「王妃，我乃一介武夫，對這些事情僅一知半解，但刺史崔大人對此還是頗有見識的。他暗中做了許多調查，甚而派人扮作普通百姓，潛入大運寺觀察。他的調查結果是，大運寺根本就不是真正的佛教寺院，而是以佛陀之名行邪祟之事，其宣揚的教義、奉行的儀式等等，無不盡顯邪惡妖孽的內質，完全不是正派佛教，倒更像異族邪教……」他喘了口氣，緊盯著繆年一字一句地道：「特別類似某些源自吐蕃的教派，崇尚生人祭祀的教派！」

繆年在他目光的威逼下，竟激靈靈打了個冷顫，兀自咬牙一言不發。

袁從英冷笑著繼續道：「我們再仔細回想，孩子們的屍體剛被發現，就有人將他們的親人帶領到大運寺住持的面前，也是那住持一口咬定裴素雲為罪魁禍首。但試想，裴素雲殺了這些兒童，為什麼還要將他們的屍體送回去，更在身下畫五星標誌？這不是公然宣稱自己有罪嗎？她還不至於如此愚蠢吧？而假如送回屍體的另有其人，那麼除了一手操控整個過程的大運寺，又能是誰？

「總之，這件事策劃得一點兒都不高明，破綻極其明顯。你們只不過利用了百姓痛失孩子後急於報仇雪恨的心情，才得以蒙混過關。」袁從英平靜地說出了結論，聲音略顯暗啞，但依然十分有力。

繆年沉默片刻，突然陰笑出聲：「很好，很精采。不過，接下來繆年要問袁將軍另一個問題，不知袁將軍可否賜教？」

袁從英衝她微微頷首：「今日請王妃來，就是要與王妃坦誠相見。」

「哦？坦誠相見？」繆年若有所思地重複著，「袁將軍方才說與崔大人一起認定了大運寺的罪行，乃是為了驅趕薩滿在庭州的勢力，取而代之，以發展自己的教派，繆年暫且不提出非議。只是……繆年更好奇的是，袁將軍又如何發現大運寺背後還有主謀，並且有恃無恐地堅信，我們不敢拿你怎樣？」

燭光將袁從英灰白的臉色映成暗紅，深重的疲憊讓他看上去有些虛弱，倒不像平常那樣冷酷嚴厲了，他深深地吁了口氣，十分誠懇地道：「繆年王妃，到現在為止我所說的話，都曾經與崔大人商討過。但接下去我要談到的，將只限於你我之間，當然，還包括烏質勒，因為他早晚會知道……我希望王妃了解，這種做法，已經違背了我一貫做人的原則，而我想達到的，只是一個對大家都有利的結果。」頓了頓，他又緩緩地加了一句：「過去，我是從來不與殺人兇手談判的。」

繆年的臉上青白相間，擱在裙上的雙手死命握緊，又顫抖著張開。許久，她終於下定決心，對袁從英點了點頭：「那我們就試一試吧。」

第六章　傷別

狄景暉頭一次來到尚藥局，就感覺很不自在。尚藥局是殿中省下屬的內廷官署，主管著從皇帝、貴戚到禁軍衛府的醫藥，其重要性不言而喻。由於整個殿中省所負責的乃是皇家的衣食住行，不僅它的最高長官——殿中監通常由皇帝最信任的貴戚擔任，主掌其下各局的奉御也都經過精挑細選。當今的殿中監便是武皇駕前一等一的紅人——張易之。

殿中省的辦公地點也與其他內閣機構比如中書、門下等各省分開，單獨位於皇城的西面，靠近洛陽宮西門——嘉豫門的外側，而與殿中省僅僅隔著一堵宮牆緊密相鄰的，就是掖庭宮。之所以有這樣的安排，是因為掖庭宮內另有一處名為「內侍省」的重要官署，也就是所有大內太監們的總衙門。殿中省與內侍省，一外一內，都服務於皇帝的飲食起居、日常作息，需要通力合作，離得近交流起來就方便多了。

雖身為高官之子，自己也早早地明經中第，狄景暉生就一副不肯受拘束的性子，否則也不會棄仕從商。這回真是時也命也，女皇突然大發慈悲，他不僅流刑被赦，且成了欽定的皇商，少不得打點起十二萬分的精神來應對。要說為尚藥局供藥這差使，聽起來風光，油水想來也豐厚，但涉及皇家的安康，萬一弄不好了，掉腦袋就是一句話的事情。狄景暉往日最不習慣謹小慎微，如今也只好不得已而為之。進入皇城時的那一番搜檢，又是核准姓名身分、又是登記造冊、又是換牌傳令……諸如此類，已把他搞得不勝其煩，再在衛兵的押送下穿越數不清的甬道，七拐八繞來到宮牆之下的殿中省，狄景暉胸中的鬱悶跟著額頭上的汗珠一道直往外冒。

自從張易之任了殿中監後，從武皇那裡搞來些銀子，大大地修繕了殿中省，因而這裡的外觀倒挺富麗堂皇。紅泥刷牆、玳瑁飾窗，走進門裡還能聞到一股優雅的香氣，狄景暉皺起鼻子抬頭一嗅，原來是高架在屋頂中央的沉香木梁的味道，不覺在心裡暗自冷笑：這個張易之，還真是不怕奢靡。

待進了尚藥局裡頭，滿屋子豪華氣派的藥櫃、藥櫥，狄景暉倒不放在心上，相形之下，他當初在并州的百草堂絲毫都不遜色。只是高高端坐於桌案後的兩名奉御大人，卻叫狄景暉看得有些詫異，早知道殿中省與內侍省毗鄰而立，關係密切，但他萬萬沒想到，這尚藥局的主管居然就是兩名太監！

這二位公公顯然早有準備，見狄景暉進來，便一齊仰起光滑的下顎，輪流操著閹人特有的尖細嗓音向狄景暉發難，盤問他是否清楚給尚藥局供貨的種種規矩。狄景暉起初還耐著性子認真回答了幾句，很快發現這兩個宦官分明是在蓄意刁難，便漸漸按捺不住自心底湧起的鄙視和憎恨了。

左首的關公公尚在喋喋不休：「狄景暉，你可知道尚藥局的藥材是奉上御用的，不僅需得包羅萬象，搜盡天下所有奇珍，還要確保每樣藥材的品質和安全。因此你所供給的全部藥材，必須經過尚藥局的查驗方可入庫。而對於已入庫的藥材，分不同的種類按月或按季複查，遇有霉變腐化的，你也要立即補上新鮮的……」

他的話音剛落下，旁邊的林公公一邊撥弄著纖細的手指，一邊陰陽怪氣地補充：「尚藥局對每種藥材每年的進貨量都有規定。因此如果其中有藥材在期限內變質了，你不論補上多少回新藥，都是得不著錢的，明白嗎？」

狄景暉只覺一陣陣地犯噁心，怪道是小鬼難纏，就這麼兩個尚藥局的太監，居然也敢公然擺出以權謀私的架勢，就差直接伸手要錢了，真是又可恨又可笑。狄景暉靈機一動，便打算要捉弄捉弄他們。

正想著，那闞公公居高臨下，天女散花似的，朝狄景暉跟前接連拋下好幾本冊子，掐著嗓子道：「唔，這裡有尚藥局每年要求藥商供貨的清單，包括藥材的名稱、數量、品質和供貨的時間，你拿去好好研習研習吧。再細細掂量掂量，自己能不能攬得了這個活，如若不行就趁早請辭，免得過不了幾日就出錯獲罪，白白辜負了聖上的恩典！」

一句「死閹貨」眼看著到了嘴邊，又被狄景暉生生咽了下去。他彎腰撿起地上散落的簿冊，匆匆瀏覽一遍，心裡有了底，便立即擺出副不屑一顧的模樣，口裡唸唸有詞：「我還當皇家的用藥有多稀罕，弄了半天不過都是些尋常貨色，真真枉負了這殿中省尚藥局的體面哦。」

闞、林二位公公面面相覷，臉色都變得很難看。那林公公尖聲嚷起來：「呸你個狄景暉，好大的膽子！就你這麼個無名小藥商，才剛獲赦的流放犯，居然敢在殿中省尚藥局裡大言不慚，忒也不自量力，莫非是活膩味了？」

狄景暉趕緊點頭哈腰地賠不是：「不敢，不敢，小的不敢！公公請息怒，小的性子直，口無遮攔，有說錯的地方，還請二位大人多擔待。」他又揉了揉眼睛，作勢重新翻看那幾本簿冊，繼續嘟嘟囔囔，「可是……小的斗膽說句實在話，尚藥局要求的藥材真的很一般啊！小的過去經營的藥材，比這裡頭記載的最上品的藥材都要好不少呢！」

關公公圓睜雙目：「狄景暉，你可看仔細了再說話！」

歷來給尚藥局供貨的藥商，初來乍到之時，哪一個不被他們這招下馬威嚇得屁滾尿流。光這幾本冊子裡的藥物名目，涵蓋了天南海北的各色珍奇，就足夠讓藥商望而生畏，更別說今後在入庫、驗貨等環節上的剋扣和刁難。否則，那幫奸商們又怎肯乖乖送上孝敬的錢財？可話又說回來，尚藥局是個冒風險的差使，從皇帝到貴戚，一旦有疾，藥到病除則罷了，萬一一病不起、病入膏肓，甚至嗚呼哀哉，從太醫院到尚藥局，跟著倒霉當替死鬼的數不勝數，平日裡不想法子多撈些好處，也對不起自己啊。

然而今天這個狄景暉有點兒出乎二位公公的意料。也不知他是太精明還是太愚蠢，一番話下來居然毫無懼色，臉上堆著似笑非笑、滿不在乎的神情，一邊舔著手指翻看藥冊，一邊又開始大放厥詞：「公公啊，想必您一定知道，《神農本草》把藥材分成『三品』，上品藥輕身延年，如人參、麝香、靈芝；中品藥滋補抗病，如雌黃、生薑、鹿茸；下品藥以毒攻毒，如鉛丹、鉛粉——」

「行了！」林公公斷然喝道，「狄景暉，我們還用不著你來教這些！怎麼了，藥冊裡三品藥材的名錄都有，你有什麼問題嗎？」

狄景暉擺了擺手：「沒問題啊，這些都是常見之物，算不得什麼。只不過小的認為，尚藥局既然是給皇家供奉藥材，總要有些出奇制勝的地方，才能討得聖上歡心。」

狄景暉斜睨兩個太監陰晴不定的臉色，知道自己的話讓他們動心了，不由在心中咬著牙冷笑：該死的閹黨，今天我就好好玩兒你們一把。

「比如說人參吧。」狄景暉繼續侃侃而談，「這冊子裡說了必須是高麗、新羅和百濟產的，自是沒錯，人參本就是以這三地所產為最佳。可問題是，三地所產的人參中最上品的，都由他們的使臣來進貢時獻上，藥商能搜羅到的只能次之。所以我也發現了，這冊子中雖對人參的品質做了規定，但也未提諸如『狀如人形，有手足，長尺餘』這樣極品人參的標準。」

闞公公嗤笑：「廢話！我們這麼寫了，你能弄得到嗎？假如不好弄，又說我們尚藥局故意為難你們這些供商，哼！」

狄景暉不慌不忙地應道：「回公公，人參我是弄不著那麼好的，可類似功效的藥材不只人參啊。據某拙見，大食的曼德拉草和天竺的仙茅，哦，也叫婆羅門參，可補五髒六腑，主五勞七傷，在還復元氣上頭，一點兒不次於高麗、新羅和百濟的極品人參，這些小的還是有本事搞來的。請二位公公試想，如果尚藥局能給皇家奉上如此珍稀寶貴的藥材，在聖上那裡豈不是很討巧、很風光的美事？」

闞、林二位互相直遞眼色，還是林公公翹著蘭花指戳向狄景暉的鼻子：「呸！你少在此皇家禁地胡言亂語！曼德拉草和仙茅我們都聽說過，可那是西域的奇珍，連宮中都是只聞其名，從未一見的東西，你又有什麼本事弄到手？」

狄景暉把兩手一攤：「這……某不是剛從那裡流放回來嘛，雖然吃了點苦頭，可也長了些難得的見識，認識了不少大食和天竺的藥販，如果不是狄某人當時落魄，身無分文，早就把這些寶貝帶來獻給公公們了！」

關公公率先反應過來，劈頭便斥：「說了半天，你也壓根沒有什麼曼德拉草和仙茅啊？無憑無據，誰知道你是不是在信口開河？」

狄景暉聳聳肩：「不相信就算了。」

林公公道：「你要是能拿出東西來，我們就信！」

「好！」狄景暉緊接著道，「不過我有話在先，弄來了算我有功，弄不來也不算為過，如何？」

「可以。」

見兩個太監已經被自己牽著鼻子走，狄景暉收拾起簿冊，又不失時機地湊到二人跟前，壓低聲音道：「今日狄某來得匆忙，沒帶什麼禮物孝敬二位，不過我這裡有個延年益壽的好方子，倒是可以說與公公們聽。我知道此類方子都要經尚藥局試用後才能奉上，所以……二位公公或可率先一試，真的很靈驗哪。」

大約刻把鐘後，狄景暉揣著幾本簿冊揚長而去。闞、林二位公公望著他的背影尚在發愣，從曳地的絳紫色垂簾後慢慢踱出一個瘦小的身影。兩個太監一見此人，都立即從桌案後站起身來，搶步上前行禮：「段公公！」

內給事段滄海的身材矮小枯乾，一張臉倒水皮光滑：「罷了。」他隨意地揮了揮手，「怎麼樣？這狄景暉還是個人物吧？」

「是，是，不太好對付。」闞、林二人有些尷尬。林公公大著膽子道：「不過還算懂事，獻了個延年益壽的秘方。」說著，他雙手捧上剛才由狄景暉口授，二人筆錄的所謂秘方。

段滄海皺起眉頭，細細閱讀秘方，突然臉色驟變，隨即又仰天大笑，直笑得眼角迸出淚花。

關、林二人摸不著頭腦，只好跟著嘿嘿傻笑。好不容易段滄海止住笑，搖著頭歎息：「你們讓這傢伙給耍了！」

「耍了？這……這秘方有問題？」

段滄海沉下臉，咬牙切齒地道：「哼，你們仔細看這方子，什麼以硫黃飼餵公雞，餵滿百日後殺之，食其肉。公雞還必須單獨餵養，這是什麼？這分明是春藥！讓宦官試春藥，哈哈哈，這狄景暉夠毒！」

「什麼？」關、林二人恍然大悟，頓時也氣得七竅生煙，跺著腳尖叫起來，「段公公，他竟敢如此欺辱我等，我、我們絕不能放過他！」

「行了！」段滄海從牙齒縫裡吸氣，低聲道：「其實他也沒錯，你們把這方子獻給張少卿，還真能討個好。不過自己就別試了！」

關、林二人兀自氣得臉孔煞白：「可是、可是段公公，難道就白白放過這廝？」

段滄海沉吟著道：「狄景暉獻方本來沒錯，你們就啞巴吃黃連吧。哼，看來這廝名不虛傳，果真是膽大包天之徒，不過他倒也有趣，而且頭腦活絡、敏捷……」他抬起頭來，吩咐關、林二人，「此事今後不必再提。你們替我送份請柬給狄景暉，三天後我要在這裡宴請他。」

又一連消失了好幾天的沈槐，這天傍晚再次出現在沈珺的小院中。這回他沒有帶來千牛衛，而是意氣風發、情緒高漲地獨自來到沈珺面前，讓她一時有些徬徨。從隴右道回來之後，沈槐的表現始終起伏不定，每每出人意料，令她不得不費盡心力去適應。到了今天，即使她再能夠忍耐，願意為他付出一切，也多少有些力不從心。

但不管怎樣，沈槐難得回來吃一次晚飯，沈珺還是振作起精神，為他下廚準備飯菜。她的心中亦喜亦憂，還有一份自那個深夜以來越變越深的恐懼，讓她老是走神。沈槐卻莫名興奮，在廚房出出進進，一個勁地埋怨沈珺手腳太慢，這下沈珺更是慌張無措，等好不容易擺上一桌的酒菜，還未舉箸，她已毫無胃口、筋疲力盡了。

沈槐就好像沒有看到沈珺灰白的臉色和哀怨的神情，也許是看到了也裝作沒看到吧。今夜他有太重要的事情要談，關係到他個人的前途命運、生死存亡，已無暇兼顧其他了。他抄起酒斛滿斟了兩杯，高高地端到眼前，滿面春風地道：「阿珺啊，你我二人許久都沒好好在一起吃頓飯了，來，來，今天咱們一定要痛痛快快地喝上幾杯！」

沈珺勉強呷了口酒，凝視著燭火跳動後沈槐的臉，她的眼前有些模糊：「哥，你這段時間老不在家，我也好些天不吃晚飯了……」

沈槐一愣，拚命咽下口唾沫，強笑道：「啊，是我太忙了，對不住啊。阿珺，來，這杯酒就算我給你賠不是！」說著仰脖乾杯，沈珺也舉起酒杯一飲而盡，蒼白的臉上隨即泛起淺淺的紅暈。擱下酒杯，她對著沈槐淒然一笑，這平日少見的動人姿色讓沈槐的心也不覺一蕩，隨之便有隻手狠狠揪在心尖，直痛得他倒抽了口涼氣……沈槐咬緊牙關，不能再拖了，再拖恐怕自己也會失去勇氣，無毒不丈夫，還是速戰速決吧！

清了清嗓子，沈槐故作姿態地道：「阿珺啊，我今天這麼高興是有原因的，你知道嗎？咱們家有雙喜臨門！」

「雙喜臨門？」

「是啊！」沈槐抬高聲音，「而且還是你我二人，一人一件喜事。阿珺，你想先知道哪一件？」

沈珺抬起迷茫的雙眸：「我也有喜事？」濕潤的目光輕輕拂過沈槐紅彤彤的面頰，隨即又眼瞼低垂，「哥，還是先說你的吧。」

果然不出所料，沈槐心中暗歎，但這最後的掙扎也如流星般轉瞬即逝，他終於下定決心，用得意而略顯輕浮的語氣道：「阿珺，我交上桃花運了。」

沈珺全身一顫，沈槐視而不見，在心中演習了很多遍的話語終如野馬一般，脫韁而出：「阿珺，你一定還記得那位周靖媛小姐吧？就是狄大人請我們一起逛花朝節那次見的小姐。阿珺，其實那回你也看出來了，這周小姐對我十分有意，只是我顧忌她的貴媛身分，總覺得這種千金大小姐不好相處，就沒有太理睬。原以為她受了冷落，定然很快就會打消主意。可誰知這周小姐還別有一份癡情，竟然對我念念不忘。前些天周大人出了意外，死在皇家的賽寶大會上，狄大人讓我去周家代為安撫。結果……這靖媛小姐悲痛之下，竟把我當作最親近的人，那份哀楚的真情著實、著實讓人不忍拒絕。我於是就去周府多走動了幾次，幫著靖媛小姐舒散悲痛，也給她出出主意幫些忙。這麼一來二去的，我自己也未曾料想，心裡漸漸地也放不下她了……」他的聲音突然低下去，居然還帶上點靦腆之韻，然而此刻在沈珺聽來，卻無異於一個又一個晴天霹靂，劈得她肝膽俱裂，已不知身在何處。

沈槐還在說著：「那周大人死後，這靖媛小姐獨自一人、無依無靠，真真惹人憐愛。我在周府的時候，她對我幾次表白，一番癡情也實在讓我感動。我左思右想，幾番猶豫之後，還是決定要——要向她求親。」

「啪噠！」沈珺手邊的酒杯被她碰落到地上，砸得粉碎。她卻渾然不覺，只是直勾勾地盯著沈槐，嘴唇哆嗦著說不出半個字。

沈槐反衝她腆顏一笑，親親熱熱地吐出更無情的言辭：「你看我這些天如此忙碌，其實就是在操辦相關的事情。咳，家裡沒有長輩親戚，什麼事都親力親為，也真讓我犯愁。好在狄大人對此事倒很贊成，還為我做主行了下達納采、問名和納吉的禮節，這樁婚事總算是定下來了。當然周小姐新近喪父，不能即行婚儀，還需拖上些時日再擇良辰……」他看了看沈珺紙般雪白的臉，意猶未盡地加上一句：「靖媛不是拘泥於俗禮的女子，她已對我表示從此要常來常往，不僅我要時常去周府陪她，她也願意來我家中走動走動。」

他說完了，心裡倒平靜下來。人生本來無奈，他也不過百般掙扎，唯求脫困……阿珺，你今天恨也罷怨也罷，總之你我緣分已盡，難以再續了！天下沒有不散的筵席，種下苦果的是那些九泉之下的人，卻要我們嘗遍其中辛酸，我，受夠了，我只想過自己的人生，不再為任何人承擔莫名的重負！阿珺，今日我也會給你一個出路，只要你能打開心結，跨出一步便是海闊天空……

沈槐耐心地等了很久，呆若木雞的沈珺才彷彿悠悠醒轉，只聽她低聲囁嚅：「周、周小姐要來這裡，那我……哥哥，你要我去哪兒？」

雖然準備好了應對各種局面，沈槐仍然被她的逆來順受深深刺痛，或許她哭她鬧都會讓他好受許多，但已到了這個地步，再無餘地傷感徬徨。沈槐屏住呼吸，靜候胸中滾滾的濁浪平息下來，終於他長吁口氣，開始又一段準備好的談話。

「阿珺，你還真聰明，一下子就想到了自己的去處。呵呵，這正是我要對你說的第二樁喜事，你的喜事！」他故意停了停，沈珺毫無動靜，煞白的臉上一雙瞪大的眼睛，空洞地望向前方，好像什麼都沒聽見。沈槐決定一鼓作氣了，他的聲音輕鬆而熱烈，彷彿充溢著真切的喜悅：「狄景暉得到赦免，幾天前回洛陽來了。他給我帶來了一封信，是你的老熟人梅迎春寫的。」

他從懷裡摸出封信來，在沈珺面前晃了晃，就擱到桌上，繼續道：「這信裡寫的是件私事，呵呵，關於你的私事。阿珺啊，我早說梅迎春這傢伙在金城關逡巡良久，一定沒安好心，果然讓我說中了！他在信裡說，他自離開洛陽去到西域，心中一直對你難以忘懷、日夜思念。這次隴右戰事使他能有機會奪回突騎施的權柄，他對將來充滿信心，認定自己不日將登上汗位，因此才鼓起勇氣，來信向你求愛——不知沈珺小姐是否有意，遠去西域當未來突騎施的汗妃呢……阿珺？你聽見了嗎？」

沈珺慢慢掃了一眼書信，目光落回沈槐的臉上時，竟是出奇的鎮靜安詳：「哥，我明白了，我都明白了。梅先生，他真是好心……」

沈槐突然有種說不出的尷尬，伶俐的口舌霎時消失殆盡，只能期期艾艾地道：「阿珺，我也覺得這梅迎春對你一片赤忱，端的是難能可貴。況且、況且西域那邊其實滿不錯的，我這回親自去看過，別有一番風光，你……會喜歡那裡的……」說到最後幾個字，他也覺無地自容，不由自主地低下頭。

沈珺淺淺地笑了，她伸出手輕柔地撫摸沈槐的手背，像是在做最後的努力，又像是要再次驗證自己的命運，她低聲問：「哥哥，你真的要我離開嗎？西域很遠，阿珺去了，只怕今生今世就再也回不來了……」

「阿珺！」沈槐顫聲輕喚，衝動地握緊沈珺的纖纖玉手，這雙手至今仍略顯粗糙，無法和周靖媛那千金小姐的雪膚冰肌相比，但卻是他最熟悉的阿珺的手。從他們都還是孩子的時候起，他就與她攜手共對人生的苦與樂，不知不覺中，她早已融入了他的血肉。直到這一刻沈槐才意識到自己在做什麼，難道他的阿珺真的要離開了嗎？這無異於在割他的肉、剜他的心啊……痛，痛徹肺腑，他接連倒抽了好幾口氣，貌似堅定的決心眼看就要崩塌，就在這千鈞一髮之際，他的耳邊響起一聲呼喚：「嵐哥哥……」

猶如被閃電擊中，沈槐全身的血液驟然由熱轉寒，這聲呼喚裹挾著來自地獄的恐怖氣息，使他回復清醒，不能再猶豫徬徨了，否則就是——死！於是他放開沈珺的手，用冰冷陰森的語氣道：「阿珺，我對你說過不許再提的，你怎麼忘記了？」

沈珺低下頭，淚水終於撲簌簌地滾落，被絕望浸透的心間迷霧繚繞，她至今都不明白，這一切究竟是為什麼，但她不想再去追究。這邊沈槐重整旗鼓，殘忍的話語又在滔滔不絕地傾瀉而出：「阿珺，既然你不反對，那這事兒就定下了。梅迎春那裡，我即刻去信回覆他，你收拾收拾也趕緊動身吧。從洛陽去到庭州、碎葉，路上至少要兩個月的時間，你早點出發還能趕在嚴冬之前到達。梅迎春說了，他會親自去涼州接你，因此出發日期定下後，我也會寫在書信中，讓他提前到涼州去等你。」

沈珺茫然地點了點頭，她的人生從此失去了全部意義，今後會怎麼樣真的已經無所謂了。她只是習慣性地遵循著沈槐的安排，聽他的吩咐……「不離不棄、生死相隨。」沈珺在心中默唸這句她從小銘記的話，她是可以為他去死的啊，但顯然他並不希望、也不需要。那麼就讓阿珺用所剩不多的時間，再為她的「嵐哥哥」做一些什麼，只要能讓他開心就足夠了。

抬起頭，沈珺再度細細端詳沈槐的臉龐，這個她愛了一生一世的人啊，現在他不要她了，拋棄她了，她的眼中止不住地落下淚，嘴角卻牽出一抹笑意：「哥，阿珺走了以後，你會想我嗎？」

沈槐的眼圈也紅了，訕訕地道：「當然，當然我會想你，我的阿珺……」他定了定神，「不過，你我各自都能有好的姻緣，九泉之下的親人們也會為我們高興。阿珺，你是個難得的好姑娘，一定會幸福的。」

這天和次日的夜裡，洛陽城內秋風呼嘯不絕，第三天清晨早起的百姓開啟門戶時，發現厚厚的黃葉已鋪滿街面。就在這個清晨，尚賢坊後的一條僻靜街巷裡駛出小小一駕馬車，車輪輾在黃葉之上，悄然無聲。長空高渺寧靜，不露聲色地俯瞰世間悲歡離合，今日它的目光掠過這一片孤單身影時，竟也流露出淡淡的疼惜和傷慟。風過時黃葉漫天飛舞，風止，葉落，空餘一地淒涼，寂寞的背影已經消失，沒有留下半點痕跡。

碎葉大捷後的第五天，烏質勒就匆匆趕回庭州。這次他輕身簡行，只帶了小兒子遮弩和一百名輕騎兵，大兒子娑葛、哈斯勒爾將軍則率部留下坐鎮碎葉。按理說烏質勒剛剛奪取碎葉，爭得突騎施的汗位，應該在碎葉好好地整頓局面，安定人心，但他實在牽掛庭州的種種事端，必須要親自回來處理。當然，烏質勒取勝之初就將碎葉原敕鐸的勢力消滅殆盡，東突厥礙於大周的威懾也不敢輕舉妄動，他離開碎葉基本還是放心的。

騎兵隊在沙陀磧上一路飛沙揚土，躍馬疾奔，和著八月末已變得十分淩厲的西北風，捲起遍野黃沙，直令天光失色。經過連續幾天的急行軍，這天午後，烏質勒的騎兵隊奔馳到了沙陀磧的東沿。烏質勒一馬當先衝在最前，隔著灰黃的漫天沙霧，隱隱約約地看到沙漠邊緣等候著一小支人馬。

烏質勒心中壓抑不住地狂喜，來的路上他就收到庭州刺史崔大人發來恭賀勝利的信息，並表示要親自到沙陀磧來迎接。此刻一望，那小支人馬隊前威風凜凜的緋袍官員，不是崔興又是誰？烏質勒不禁高聲叱喝，胯下「墨風」心領神會，如離弦之箭般向前，轉眼便來到了大周軍隊的面前。

兩人一照面，崔興和烏質勒同時縱身下馬，烏質勒作勢躬身，被崔興一把握住雙手，用力緊攥：「烏質勒王子，啊，不，應該是可汗了！崔興恭賀烏質勒可汗凱旋！」

烏質勒喜得臉膛通紅，聲如洪鐘地回道：「這次勝利多虧了崔大人鼎力相助，烏質勒感激不盡，感激不盡啊！」

崔興笑道：「可汗，本官已上書朝廷，為你請功。相信天朝對可汗的授封不日即可到達，到時候可汗與我就是同朝為官了。崔興還指望著能與可汗通力合作，共同振興北線商路，為碎葉至庭州一線謀求安定與繁榮！」

烏質勒正色：「請崔大人放心，此乃烏質勒多年之夙願，今後必將全力以赴。」

「好啊！好啊！」崔興連連點頭，突然狡點一笑，「可汗，今日之勝，你可不能忘了另一位大功臣！」

烏質勒愣了愣：「另一位大功臣？」

「是啊，他也來迎候可汗了……」崔興抬起右手，烏質勒順勢望去，突然驚喜地大叫起來：「從英！你也來了！」

片刻之後，崔興率眾先行離開。遮弩終於見到了神往已久的大英雄袁從英，開心得手舞足蹈，隨後也被父親命令帶領騎兵隊回乾門邸店。熱鬧了一小會兒的沙陀磧東沿，再度陷入亙古不變的蒼莽寂靜，只剩下烏質勒和袁從英兩騎並肩。沙海無垠，與夕陽的金色餘暉在地的另一端相連，他們緩步慢行，很久都不說一句話。

最後，還是烏質勒首先打破沉默，他仰首蒼穹，長聲慨歎：「從英，你可知道，按突騎施人的說法，沙漠是會歌詠的。就像此刻，當你我靜息凝神，亦能聽到絲絲縷縷的天籟，據說那是我們的祖先來自天上的呼喚，時刻提醒我們不要忘記來處，要記住歸去的路。」

袁從英沒有回答，只極目眺望著長空，突然他雙眉一聳，壓低聲音喚：「可汗！」

烏質勒應聲搭箭，幾乎與此同時，伴著弓弦的振動，頭頂劃過一道淒厲的長鳴，一隻羽翼漆黑的蒼鷹翻騰著自半空墜落！烏質勒收回神弓，微笑著向袁從英點頭：「我們的合作總能如此完美。」

袁從英亦淡淡一笑。烏質勒注意到，他的目光落在自己黝黑鋥亮的長弓上，會意道：「我還是頭一次在從英面前使這把弓吧？呵呵，距你在黃河邊的客棧裡拉開烏質勒的這把神弓，竟已時隔大半載了。」

袁從英抱拳：「冒犯了。」

「不知者不罪嘛。」烏質勒豪爽地擺擺手，又拍拍「墨風」烏亮的脊背，「記不記得，你還騎過這匹坐騎呢。」望定袁從英，他語含深意，「這天底下，任何人都不能拉突騎施可汗的弓，騎可汗的馬，除非在我死後，我的繼位者才能將它們接過去！」

袁從英皺眉：「可汗——」

「從英！」烏質勒打斷他的話，「今天我提起這些不為別的，只想說明你我早就結下不解之緣。哦，我在回程收到繆年的來信，現在就你我二人，烏質勒想借此機會，與從英談幾句心裡話。」

袁從英也直視烏質勒，誠摯回答：「可汗，正好從英也有些心裡話想說。」

烏質勒親切地點頭：「我知道，我知道。你這傢伙啊，傷勢根本沒有痊癒就急著離開弓曳。如此拚命，無非是為了趁我不在庭州的時候，徹查庭州殺童祭祀案的真相。烏質勒絕非不知好歹之人，你不想叫我為難，更不想讓突騎施與大周剛剛獲得轉機的關係再度蒙憂，烏質勒懂得從英的這份苦心，只可恨繆年的所作所為太過分，真真叫烏質勒難堪至極。」

袁從英沉著地道：「可汗不必太自責，從英知道，大運寺住持帶著百姓去尋仇的那個夜晚，如果不是可汗恰好從王妃那裡得知了此事，趕去裴家制止，我與裴素雲已然葬身於火海了，而王妃的計劃也不會就此功敗垂成。」

烏質勒連連搖頭，長歎一聲道：「繆年與我雖成親二十多年，但由於種種原因聚少離多，她原先在做的事情其實我也並不十分清楚。這次她來庭州，我本意是為了闔家團聚，同時也讓她助我一臂之力，哪想到她越俎代庖，意欲以她在吐蕃掌控的古怪教派來此地發展勢力，結果伊都干就成了她最大的障礙。唉，她也知道那些事情傷天害理，我又多次提醒她在大周境內要慎重行事，她怕我反對，索性全瞞著我，等我知道時已經來不及了……咳！」

袁從英沉默片刻，方道：「其實我聽裴素雲說，當時是可汗趕來阻擋百姓的，就覺得事有蹊蹺。畢竟這一切太過巧合，而且當時百姓已被黃袍人煽動得群情激憤，又怎麼可能被可汗三言兩語就勸說回去呢？甚至此後都不再追究……」

烏質勒尷尬地咧了咧嘴：「不瞞從英，我得知此事時已到千鈞一髮之際，剛剛來得及送走你和伊都干。繆年當時才知道自己犯了大錯，趕緊下令住持與我裡應外合，以巧言迷惑百姓……哦，伊都干家後院莫名燃起的那把大火也適時幫了點忙，才算把百姓們重新騙走。後來繆年又命大運寺搞出更多稀奇古怪的說法，讓百姓沉迷其中，終於使他們放下了向伊都干報仇的心。」

靜默片刻，烏質勒又道：「從英，崔大人那裡，無論如何還是要麻煩你多加周旋。」

袁從英點頭：「可汗，關於庭州這裡的善後事宜，我已與王妃做過商討。只是，烏克多哈的嬰兒無辜喪命，卻又該如何處置呢？」

烏質勒頓時面紅耳赤：「這、這……哎呀！你看這事兒鬧的，實在叫人汗顏！從英你說呢？烏克多哈我們還有用，不如就先瞞著他？」

袁從英陰沉著臉，許久不說話。烏質勒躊躇再三，提議道：「你看這樣好不好？我另外再去尋個嬰兒，就當是他的孩子好好撫養，其實……也差不多的。烏克多哈要是知道自己的兒子死了，唯一的念想都沒有了，對他未嘗不是個巨大的打擊，所以我覺得還是繼續隱瞞真相比較好。」

袁從英猛抬起頭，盯著烏質勒一字一句地道：「對烏克多哈，我們起先是脅迫他，然後殘害他唯一的骨肉，現在，還要欺騙他！」

烏質勒臉上掛不住，厲聲道：「從英！這事與你無關，都算在我烏質勒身上，行了吧？」

袁從英將牙關咬得「咯吱」直響。兩人相互死盯片刻，袁從英才收回目光，低聲道：「與可汗有關就與我有關，此事我們今後再議吧。」

烏質勒長吁口氣，稍微放鬆了神色：「烏克多哈孩子的事情，確實是個誤會。繆年也為此後悔不迭，恰恰也因為這個，她才會那麼痛快地接受你所提出的全部要求。」

袁從英銳利的眼神再度掃過烏質勒的臉，對方面不改色，繼續泰然自若地說著：「從英，繆年在給我的信中詳述了你的建議，我覺得很妥當。這次急著趕回庭州，我更會親自督促，你可通報崔大人從速行事。」

袁從英這才點了點頭：「既然如此就不要再拖了。今天晚上我就去面見崔大人，請他連夜派官兵查封大運寺，抓捕寺內所有人等，只要經查與本案有關的，一律綁至城門前示眾。官府將把他們的全部罪行公告給庭州百姓，這樣一來可以洗刷裴素雲的冤屈，二來亦能讓百姓們了解他們被蒙蔽的整個經過。我想，大運寺從住持到手下這些人，必定會被憤怒的百姓生吞活剝！當然，這也是他們應得的！」

烏質勒大義凜然地表示：「沒問題！如此甚好，這幫傢伙犯下如此殘忍的罪行，大周官府怎樣處置都不為過，我烏質勒絕不袒護！」

「那麼王妃……」

「這次我來就將她帶回碎葉，從此再不讓她自行其是！」

袁從英緊跟著道：「可汗，我與王妃談的可是從此再不入中原，不回庭州！」

烏質勒的臉色稍變了變，隨即便露出坦蕩的笑容：「突騎施的領地乃是碎葉，作為突騎施的汗妃，繆年今後除了碎葉，哪裡都不會去的。」

袁從英向烏質勒抱了抱拳，烏質勒看著他微笑：「從英，你作為我烏質勒的大將軍，今後是不是也應該以碎葉為家了？」

袁從英一愣：「可汗，我……」

烏質勒不容他往下說，就揮舞著大手揚聲道：「我知道，你是捨不得伊都干！這有何難？把伊都干一起帶去碎葉就好了嘛。何況你的身體尚未復原，有伊都干在身邊，她也可以隨時照料，這樣我都能更放心些。」

袁從英仰首望向西沉的落日，很久都沒有說話。一陣比一陣狂烈的秋風捲起遍野的黃沙，將血紅色的晚霞打碎成片片殘英。烏質勒絲毫不懼凜冽的風沙，一雙虎目卻不免被這淒豔刺得灼痛，他等待良久，終於忍耐不住，拉長聲音問：「從英，莫非你還有什麼作難之處嗎？」

袁從英回過頭來望定烏質勒，沉著地道：「可汗，袁從英是說到做到的人。對曾經有過的許諾，只要我有一息尚存，就會不折不扣地完成。這一點，還請可汗儘管放心！」

烏質勒用力點頭：「當然！我了解你，更信任你！所以從英，我才希望你能對我真正地開誠布公。」

淡抹笑意轉瞬即逝，袁從英的面孔剛顯疏朗，隨即又罩上厚厚的陰雲：落寞、惆悵，和無盡的感傷在這一刻再也掩飾不住，正如眼前那輪就要被黑夜吞噬的落日，仍在拚力向灰黃的沙海吐出泣血般的炙輝，就這樣沉淪，終歸還是不甘心的吧……他閉了閉眼睛，才有些艱難地說道：「可汗，我有一個請求。」

烏質勒挑起眉毛，詢問的目光顯得十分親切，袁從英不看他，倒像是在自言自語：「在我為可汗的霸業效力之前，從英還有一個心願，期望可汗成全……」他抬起頭，「我想回中原一趟。」

沙海寂寂，卻似能聽到心潮洶湧，過了好一會兒，烏質勒才面無表情地應了聲：「哦？」沉吟片刻，他又冷冷地道：「據我所知，上次隴右戰事時，大周欽差武重規大人給從英定了一個投敵叛國之罪，此後雖然狄國老親赴庭州，察知真相，但似乎他並未替從英求得昭雪。因此……在大周朝廷那裡，恐怕你至今還是負罪而死的身分。」

「我知道。」袁從英的聲音很平靜，在漫天風沙裡盪起空洞的回聲。

烏質勒悚然質問：「那你為什麼還要回去？現在朝廷當你死了，你在西域既能保得平安，更能大展宏圖，為何又跑去蹚那灘渾水？」頓了頓，又忍不住夾槍帶棒地道：「當然，從英畢竟曾是天朝的正三品大將軍，落到今天要委身於突騎施旗下，心中不情願也理所當然。莫非從英真的還想去朝廷一證清白？甚而論功求賞？」

袁從英低聲重複：「一證清白……論功求賞……」微微搖頭，眼底苦澀隱去，取而代之的是刻骨的嘲諷。

暮色更深，沙陀磧上寒氣四溢，只聽他從容不迫地回答：「可汗，您怎樣認為都行。然而從英想回中原，絕不是為了你所說的這些，卻……只是人之常情。可汗容我了了這個心願，也好從此心無掛礙，為可汗死心塌地，難道不好嗎？我只說一句話給可汗：從英這次去過了，今生今世都不會再踏進玉門關！」

烏質勒緊蹙雙眉，眼中光華閃爍不定，少頃，他斷然道：「好吧，既然從英這麼說了，烏質勒絕不阻擋。不論你要何時動身，去多長時間，都行！只是，大周朝廷上頭波詭雲譎、情勢複雜，從英還要多加小心。」

「多謝可汗！」袁從英重重抱拳，隨即又道：「我想碎葉初定，目下可汗最要緊的還是安定局面，鞏固統治，不宜倉促他顧，以免內外之敵乘虛而入。況且冬季將至，西域各部都不會選擇在這個時間行軍作戰，所以我正好利用這個時機返回中原……一來一去大約三至四個月，我想過幾天就動身的話，應該能趕在明年元月之前回來。」

烏質勒詫異：「過幾天就動身？從英，你不要命啦？這怎麼能行？別告訴我你成了神仙，這麼快就重傷痊癒，還能行程幾萬里長途跋涉？」

「行的。」

烏質勒無奈：「好吧，別的我都不管，總之明年元月前，你必須回到這裡。」

袁從英鄭重回答：「可汗，明年元月我將直抵碎葉。」

兩雙視線淩厲交錯，烏質勒的腦海中猛然浮現少年時跟隨老可汗獵鷹的情景。高傲的雄鷹被射傷俘獲後，竟以爪牙啄咬羽翼、以岩石磨礪尖隼，直至鮮血淋漓、筋骨折斷而死。烏質勒從此便知，鷹是不可能征服的。

「但是我一定會收服你的，袁從英！」

沙陀磧已經完全沉沒在蒼茫的暮色中，烏質勒和袁從英並肩朝庭州方向縱馬飛馳。

「從英，還有件事要與你談！」烏質勒大聲說。

「什麼事，可汗？」袁從英亦高聲作答。

烏質勒雙腿一夾，「墨風」往前躍衝，輕輕鬆鬆擋在袁從英的坐騎前面。

「吁！」袁從英敏捷地勒住韁繩，微笑地注視著烏質勒。

烏質勒反而遲疑起來，臉上不經意中似乎有些發紅，他吞吞吐吐地說：「這事兒……最近我一直在心裡翻來覆去，是……關於沈珺……」

「沈珺？」袁從英始料未及，真正大吃一驚。

「咳、咳。」烏質勒大聲地清了清喉嚨，臉孔更紅了，「是……沈珺。從英，其實我本來已打算近期入玉門關的，就是為了沈珺。不過現在，既然你要回中原，我倒想先與你商議商議。」

五天之後，裴素雲一行的兩駕馬車，在午後時分平安穿越布川沼澤，回到了庭州城裡。馬車駛過城門口時，只見黑壓壓的人群圍在空地上，中央依稀可見高高搭起的木架。阿威回頭對車內嚷：「伊都干快看，那上頭吊著大運寺的壞蛋呢！」

裴素雲掀開車簾，人群簇擁得非常密集，喧譁而激憤，他們離得太遠，幾乎看不見什麼。她輕聲問：「官府會怎麼處置這些人？」

阿威高聲回答：「聽說是先示眾三天，三日之後，官兵撤下，就任由百姓將他們抽筋剝皮！今天是最後一天，等太陽落山官兵就要撤，所以大家都在這裡候著呢。我估摸啊，等官兵一走，不下半個時辰，這些人就連骨頭渣都剩不下來咯！哈斯勒爾來接我們的時候就說，那大運寺已經讓人又燒又砸，成了一片廢墟了！」

裴素雲點點頭，又將車簾放下。阿月兒和安兒同在另一駕車裡，裴素雲就抱著哈比比獨自而坐，她的心情與一個多月前逃往弓曳時迥然而異，那時有多麼絕望無措，現在就有多麼喜悅急迫，而所有種種都是因為他……一想起他，裴素雲的心中就湧起既甜蜜又酸楚的滋味，只不過分別了十來天，思念就已讓她不勝負荷，連弓曳的美景都無法使她平息下來。好在一切終於過去，馬上就能見到他了。可為什麼他沒有親自出城來接呢？當裴素雲發現只有哈斯勒爾等在布川沼澤這側時，立刻感到不可抑制的失望，還有——不安。雖然哈斯勒爾一再聲明袁將軍很好，裴素雲仍然心急如焚。她是多麼想見到他，哪怕早一刻也好，必須親眼看見他，只有那雙清朗鎮定的目光，才能讓她紛亂的心緒安寧下來，她渴望著能立刻投入他的懷抱，盡情感受那溫暖美好的氣息，他的氣息，真好似能滋養她的整個身心……

「到家了！」隨著阿威開心的叫聲，馬車停在裴家小院外，阿月兒和安兒歡呼雀躍地直衝進去。裴素雲按了按胸口，抱起哈比比緩步走入院中。她有些恍惚，這個她從小生長、熟悉的地方似乎和以前有些不同，但又說不清楚是什麼。懷裡的哈比比忽然「喵嗚」叫起，裴素雲雙手一鬆，黑貓柔軟地躍下泥地，短短的一瞬，她似乎有些魂飛魄散，隨即在她的眼裡心裡，便只有面前的這個人，再無其他了。

袁從英抬手輕撫裴素雲的烏髮：「一路上還順利嗎？累不累？」

裴素雲不回答，只管一遍遍地端詳他：雖然一貫的疲倦並未消退，氣色倒還算好……

袁從英稍等了片刻，才微笑著問：「看夠了沒有？」

裴素雲垂下眼瞼：「你沒有來接我們，我都擔心死了。」

「擔心什麼？」

裴素雲握住他的手，輕輕摩挲：「天氣涼得太快，你受不得風寒，擔心你的衣服不夠……不過看著還好，手是暖的。」

「就為了這？」袁從英的眼裡滿是戲謔，「等你回家的工夫裡我可一直在幹活，手當然暖，你再往身上摸摸，還有汗呢……」

裴素雲剛抿嘴一樂，馬上又緊張地問：「幹活？幹什麼活？都說了你不能勞累的，怎麼又不聽……」

話未說完，袁從英已牽起她的手朝後院走，一邊道：「來吧，來看看你的傑作。」

兩人繞進後院，阿月兒和安兒正衝著冬青樹林的遺址發呆。見到裴素雲過來，安兒嘟嘟囔囔地喊著「娘、娘」，抱著她的腿直晃，顯然是要表達困惑和不滿。

裴素雲蹙起秀眉，打量著眼前這片新出現的空地，除了最外圍的雲杉依舊高高挺立，原來的矮沙冬青林已蹤跡全無，只餘一大片平整的黑土。她悠悠地歎了口氣，全燒盡了也好，反正也沒有用處了……突然，裴素雲意識到了什麼，與袁從英相牽的手情不自禁地越握越緊，因為她剛剛發現，在雲杉樹的裡面，新搭起座一人來高的木籬笆，將整片空地圍得嚴嚴實實，只在靠近後院的這側，開了扇小小的柵欄門。那片黑土上也並非一無所有，而是間隔著豎立起若干樹苗纖細的枝幹，她聽到身邊的人在輕聲說著：「我怕秋天栽樹難活，就只種了些榆樹和白蠟，等明年開春再種些別的。裡面的土全都翻過了，你要喜歡，靠院子的地方還可以種些花。」

裴素雲又驚又喜地抬頭看他：「你、你還會這些？」

袁從英淡淡地回答：「我也不太懂，只不過曾經看人做過。主要是你這個地方既然已經毀了，就乾脆種上些別的，好看也安全。」輕吁口氣，他又道：「現在就算是神仙來，也找不到一絲過去的痕跡了。」

裴素雲無言，她當然懂得他的良苦用心，更明白自己應該感激欣喜，但不知為什麼她的眼睛又是澀澀脹脹，好像千迴百轉的情愫就要噴湧而出。袁從英的手輕輕搭上她的肩頭：「咱們回屋去吧。」

在屋子的後牆前，裴素雲停下腳步，終於明白自己所感覺的異樣是什麼了，原來整所房子的外牆都被重新刷過一遍，看上去乾淨整齊。她憶起烏質勒去弓曳時提到過，屋子的後牆被火燻黑……她想說些什麼，腦子裡卻一片空白，只好任由袁從英引著自己，踏進房門。

和外面一樣，屋裡天藍色的牆壁也顯得比以前更明亮。袁從英衝她眨了眨眼睛：「我費了好大的勁，可就是弄不出鏡池的那種藍色，中原從來沒人用藍色刷牆的……只好這樣了，我也就這麼點本事。」

裴素雲朝屋子四周慢慢看了一遍，確實不如鏡池那樣深湛醇厚，但也因此不那麼令人憂傷，這藍色明淨安寧，更像窗外舒爽的秋日天空。

她向他微笑：「去那邊榻上躺著。」

「幹什麼？」

「我要給你作法。」

袁從英依言走到榻邊躺下來，裴素雲把神案上的熏香爐點起，神秘淡雅的幽香很快充滿整個房間。袁從英看著裴素雲坐到自己身邊，故意瞅了瞅她空著的兩手：「今天沒有毒藥給我喝？」

「你渴了？」

「不是，我以為你折騰我都是成套的做法，先是異香，然後毒藥……」

「誰要折騰你了，就是幫你解解乏。」裴素雲微嗔，一邊探手到他的懷裡，摸出小銀藥盒。打開盒蓋一看，她的臉色變了，欲言又止，終於還是輕歎一聲，撫著他的額頭道：「今天就別再吃這東西了。」

「嗯，有你在就不用。」

對面的窗戶敞開著，又是日落時分，太陽也恰恰懸在天山的山巔上，與雪峰不過寸把之遙。唯有深秋的天氣，比他頭一次來到這裡看病時更淒寒些。透明澄澈的碧空中，這輪紅日豔而無光，被染成血色的冰峰不露暖意，反而愈顯孤絕。

袁從英緊握裴素雲的手，將它擱在自己的身上。有很多必須要說的話，整理了好幾天的思緒，現在他卻無意開口，只想就這樣與她在一起，看著時光在眼前流轉更迭，白晝沉入黑夜。既然生命總要無可挽回地離去，為什麼還要打碎此刻的寧靜，多麼難得的寧靜，就讓一切都隨它去吧……他閉上眼睛，在生死邊緣掙扎的痛苦，立刻無比清晰地呈現在腦海中，劇痛尖銳地刺入五髒六腑，隨即席捲全身，他不由自主地哆嗦了一下。

「從英？」裴素雲在他耳邊關切地輕喚。

「嗯……」他長長地舒了口氣，睜開眼睛對她微笑，「我好像睡著了？」

裴素雲歎息：「你太累了，何苦急著幹那些活？」

袁從英坐起身來摟住她：「幹這些活不算什麼，對我來說比猜謎容易多了。再說……」他若有所思地道：「我剛回來時，滿院滿屋子都是被人搜過的痕跡，我看著也很不舒服，索性就徹底收拾乾淨。」

「搜？」裴素雲輕輕應道，並不顯得很意外。

袁從英皺起眉頭，完全恢復了平常的神色，他帶著一絲冷笑問：「你在城門口看見那些人了？」

裴素雲點了點頭。

袁從英繼續道：「烏質勒和繆年在前天一早就離開庭州，去碎葉了。留在這裡看自己的人被百姓詛咒叱罵，他們的臉上也實在過不去。」

裴素雲低聲道：「我聽哈斯勒爾說了，整件事情都是大運寺背後作祟。」

「這只是表面上的說法，何況利用我把你趕離這裡，甚至逼你進入弓曳，也不是繆年一個人能做到的。」

裴素雲大吃一驚：「不單單是王妃？那還有誰……」她慌亂地垂下眼瞼，不敢再看袁從英寒光閃耀的眼神。

「還能有誰？」袁從英沉吟片刻，才道：「我與烏質勒在這件事上心照不宣，才換得他帶上全部親信撤出庭州，並且答應永不返回。只有這樣，庭州才是真正安全的，我也才放心讓你和安兒回來。」他握了握裴素雲的手，「明天我就帶你去見見新上任的庭州刺史崔興大人，今後還要仰仗他多照顧你們。崔大人很有能力，為人也正直可靠，我相信他。」

裴素雲垂首不語，她的心被隱約不祥的預感攥牢，似乎就要大難臨頭，但她咬緊牙關不去打攪袁從英，不向他提問，只等著他慢慢說下去。

袁從英果然又開口了，一如既往地清晰果決：「烏質勒確實是在最後關頭才得知繆年的計劃，但當時他既然還來得及送走我們，就必然也能給我們安排一個躲藏之所，甚至完全可以讓繆年吩咐大運寺住持將百姓騙走，當時那些百姓們對住持是深信不疑的。可他是怎麼做的呢？他卻利用那千鈞一髮的緊張局面，逼迫著你離開家，進而逃往弓曳，他不想害死我們是沒錯，但他的居心同樣險惡！」

裴素雲止不住渾身顫抖，袁從英將她牢牢地摟在懷中，在她耳邊說：「不要擔心，我已把這些問題都解決了。烏質勒想要從你這裡得到的，無非是兩樣，一是弓曳背後的金山秘徑，本來他進攻碎葉受挫，就想利用金山秘徑迂迴，但現在我已設法讓他明白，金山秘徑確實失傳，再說他既然成功奪得碎葉，弓曳的秘密對他就沒什麼意義了。」說到這裡，他輕輕拍了拍裴素雲纖弱的肩膀，「可憐的女巫，裴冠給你們家族留下的秘密太多了，招致各種人物窺伺，真是夠你受的……

「至於烏質勒想發掘的另一個秘密，也就是他們搜這裡的目的，我想你也很清楚，」袁從英托起裴素雲的下巴，注視著裴素雲的眼睛，「你能告訴我嗎？」

「伊柏泰，還是為了伊柏泰，」裴素雲囈語般地喃喃著，「哪怕沉入沙底，他們也不肯放過我……」她的眼睛越睜越大，裡面空無一物。

袁從英將她的臉貼在胸前：「素雲，自我生還以來，你從來沒有問過我，是如何從埋沒的伊柏泰裡逃出來的。現在我就說給你聽，今生今世只說這一次。」

椎心刺骨的傷慟讓他們緊緊相偎，就連最堅強的靈魂，也不能獨自面對如此慘痛的回憶，那是他的、也是她的——最深最深的恐懼。

當「炎風」遠去的足音再也聽不見的時候，袁從英在黑煙瀰漫的磚石堡壘中昏迷過去。身體下面越來越劇烈的震動將他喚醒，他用盡全力撐開眼皮，發現炙烈的日光透過窗洞灑在臉上，全身滾燙，嗓子乾渴欲裂，他摸到身旁的水袋，忍著劇痛灌下幾口，立即嘔出好多血塊，頭腦反而清醒些了。袁從英發現，原本充滿整個磚石堡壘的煙霧已經散盡，他用石塊堵住的台階下也不再有黑煙噴湧而出。一定已是正午時分，陽光灼人，周圍酷熱難當，他側耳傾聽，沙野上寂靜如昔，但是，不對！

又一陣猛烈的震顫從身體下傳來，緊接著震動連續不斷越來越強，台階下面傳來悶悶的轟隆聲，似乎伊柏泰的地下監獄正在沙海底下翻騰起伏。袁從英完全無力起身，只能艱難地挪到台階旁，剛想看看下面發生了什麼，突然，整個地面就在他的眼前和身邊紛紛塌陷！他本能地翻滾，想避開沉陷的區域，但是地下的巨響變得震耳欲聾，堅固的堡壘亦開始不停地搖晃！

袁從英剛來得及撲上堵在台階口的大石塊，堡壘就開始歪斜著沉陷。他昏亂的頭腦中終於意識到，必定是搭建起地下監獄的橫梁木樁被大火燒盡，伊柏泰的地下早被挖空，地面全靠這些木架支撐，如今所有的支撐毀於一旦，黃沙像海水般流向凹陷的區域，而他，亦將隨著地上的一切沒入寂寂沙野。

當他伏在石塊上隨之下陷時，確有那麼短短的一瞬，他想到放棄，真的太累了，生命似已完全成了負擔。但是一抹金光刺入模糊的視線，生生將他從麻木中喚醒。他看見了什麼？一枚小小的五星神符，就嵌在剛才被他撞破的泥壁上。就在全部堡壘傾倒、磚石台階斷裂的剎那，顫抖的手將神符按下，袁從英拚盡最後的力氣，躍入新敞開的岩洞口。

他又昏迷過去，當他再次醒來時，身後的洞口已被沙土填得密無縫隙。周遭充塞著無邊無際的黑暗，真正的死亡也不過如此吧，也許還比不上他此刻所感到的絕望和恐懼……正是這樣的絕望和恐懼驅使著他，不顧一切地往前爬去，與其說是求生，不如說是在求死！一會兒他失去知覺，一會兒醒轉又繼續前行，他不知道自己究竟堅持了多長時間，直到發現周圍清風習習，黑暗中還有奇異的光彩熠熠生輝。起初他還以為只是幻覺，但暗道的前方真的有新風和亮光，他爬著爬著，鼻子裡已能聞到風捲黃沙的氣息，透過眼前變幻的血色，暗道中的一切也越來越清晰……

袁從英停止了敘述，一直伏在他懷中的裴素雲抬起頭，輕撫著他冰冷的面頰，用最溫柔的語調說：「別怕，別怕，都過去了……我陪著你，一直陪著你。」

他低下頭，對她微微一笑：「是的，都過去了。不過，還有件事情要告訴你。」

「嗯，你說，我聽著。」

這個洞口的旁邊是大塊的岩石和幾株胡楊，擋住了常年吹拂的黃沙，使洞口沒有被完全遮蔽。他向上爬去，在靠近洞口的內側，他看見了一具白骨。那骷髏面朝外，擺著奇怪的姿勢，一柄鏽損的長刀扔在旁邊，彷彿是在挖掘逃生的最後關頭失去了力量，就死在離光明一步之遙的地方。這具骷髏想必已有很多年，身上所有的衣物都腐朽成灰，唯有齒間咬著一塊東西，燦爛金光映入袁從英昏沉的頭腦，至今記憶猶新。

「那個人就是藺天機吧？」

「是的。」裴素雲點了點頭，十分平靜地回答，「伊柏泰終於完工的時候，所有的建造工人都被藺天機殺害了，最後一步便是由他親自檢查全部的機關和暗道。因為五星神符的機關設計，只能從外面開啟，所以當他進入通往金礦的暗道時，就讓我在外面等候。」

「可你沒有幫他開啟機關，卻用泥土將整個神符封死了。」

裴素雲沉默著，袁從英將她摟得更緊：「台階上的泥壁其實不是為了封堵風道，而是掩蓋這個神符的……唯一沒有圖案的神符，就像你家裡放置的這個一模一樣。」

兩人一齊將目光投向神案，在黃昏的黯色中，五星神符越發顯得光彩奪目。裴素雲的話音再度響起：「風、火、水、土四神符，分別對應五星的四個角，而五星尖端的那個角，代表的是——金，沒有圖案。」

袁從英點頭：「我猜到了，當時我就是按在了尖端的角上，才打開了機關。」

裴素雲微笑：「早說你聰明，偏要叫別人以為你笨。嗯……沒有圖案的神符指向密布金沙的礦道，那才是伊柏泰裡真正的秘密。」

裴冠在沙陀磧中探查到稀有的金礦後，便設計了整個伊柏泰的地下構造，目的就是要建立一座完全封閉獨立的冶礦場所，並讓其與沙陀磧下縱橫的暗河水道相連，形成秘密的運輸路徑，可以將開採和淘煉出的黃金，神不知鬼不覺地運送出去。在伊柏泰的一端，也就是五座堡壘的尖角，那座最小的堡壘下方，才有直通金礦的暗道入口。另外四座大堡壘既作為通風之用，同時也蒙蔽外來者，所以五座堡壘中唯有最小的一座沒有門。裴冠從最初就設想了利用囚犯來淘冶金沙的方法，對外始終都宣稱伊柏泰只是座監獄。

伊柏泰歷時幾代剛剛建成，隨後裴夢鶴就被藺天機害死，藺天機不久又死於裴素雲之手。由於裴素雲不肯將伊柏泰真正的秘密透露給錢歸南，他始終一知半解。雖然找來呂嘉這樣的冶煉高手，卻只能讓他管理地下監獄，打造精鋼兵刃、充當土匪來賺些昧心的錢財，直至與突厥定下利用暗河攻襲庭州的計策，都只不過是繞著外圍打轉轉，從未深入伊柏泰的秘密核心。

沉吟良久，袁從英撫弄著裴素雲的烏髮，輕聲道：「我後來回想，那堵泥壁真的很薄，你可不是個好工匠。我重傷之下都能撞開，為何藺天機當時無法破開？」

裴素雲的嘴角勾起冷冽如冰的笑意：「藺天機其實比誰都膽小，怕死怕到極點。當他發現我要害死他時，就已經嚇癱了，哪裡能像你那樣勇敢求生？」

「嗯，可是他後來畢竟挖通了向地面的出口，為什麼不逃出去呢？」

裴素雲的笑容更加狠絕：「我求了錢歸南，讓他派兵在伊柏泰周圍數里的地方施放死獸的屍體，引來成群的野狼。整整一個月，伊柏泰周圍野狼密布，任何活物都逃不脫狼口。說實話這只是以防萬一，我還真沒想到，藺天機居然挖到了地面。不過……當他發現自己出去也是一死的時候，他該有多麼絕望啊。」她笑著說完這話，淚水成串地淌下，隨即便撲在袁從英的懷中放聲痛哭。

裴夢鶴死後，整整十年她都只是無聲地落淚，今天，她終於可以痛痛快快地哭了。隨著淚水奔流而出，裴素雲感到壓在身上的重負正在土崩瓦解。每一聲悲泣、每一滴淚水，都在滌蕩她的心靈，最最重要的是，那雙擁抱著她的有力臂膀，令她體驗到至為真實的依靠。哭聲漸漸低落，過去的一切都已遠離，所有的秘密、真相，現在看來都那樣虛無，只有身邊的這個人，才是她在世間最珍貴的擁有。裴素雲不再悲哀，她開始浮想聯翩，今後要怎樣照顧好他，這才是她最應該想的。天氣涼了，要趕緊給他做幾身冬衣；他的身體還很不好，不過沒關係，她有許許多多的辦法幫他調理，他會好起來的，一個秋冬不夠，還有春夏，還有明年……

可是，他在說什麼？走？

裴素雲瞪大眼睛：「你要走？為什麼？去哪裡？」

袁從英歎了口氣：「傻女人，我都說了三遍了……你從來不肯好好聽我說話。」

裴素雲的腦海裡嗡嗡地響成一片，袁從英按了按額頭，耐心地開始第四遍解釋：「素雲，我要回中原一趟。我想盡快出發，只要把你們安頓好就走。也許……就在明天。」

「哦，回中原。」裴素雲有些反應過來了，「可為什麼那麼急？」

「想趕在明年元月前返回。」袁從英對她笑了笑，「我答應了烏質勒今後輔佐他，在此之前，我要先回中原了結一些事情。這些都是我們談好的條件。」

「可是……」裴素雲有太多的「可是」想說，但終於什麼都沒有說出來，幾番猶豫，她試探著問：「從英，我陪你一塊兒去好不好？你現在這樣子，一個人在寒冬臘月裡趕路，我……實在不放心。」

袁從英沒有回答，只是搖了搖頭。

裴素雲已經很了解他的脾氣，便不再堅持，輕握著袁從英胸前的衣襟，道：「那你一定要多小心，我在這裡等你回來。」

「素雲，從中原回來後我將直接去碎葉，不會在此停留。」

裴素雲猛抬起頭，疑懼地望向袁從英的眼睛，他的眼神坦白而憂傷，讓裴素雲看得直心驚：「從英，你、你不打算再回庭州了嗎？我不明白……」

他依舊沒有回答。

裴素雲真的急了：「碎葉和庭州離得不算遠，如果你不來，那我就去找你！我帶上安兒一起去！」

袁從英斬釘截鐵地回答：「不行！」

「為什麼不行？」裴素雲還是頭一次朝袁從英嚷起來，她剛剛被幸福滋潤的心突然又沉入絕望的海底，為什麼他終究要如此冷酷無情？

袁從英攥牢裴素雲的手：「素雲！我在碎葉的前途吉凶難卜，與烏質勒、繆年的關係更是錯綜複雜、處處艱險。我不想你牽涉其中，這對你是危險，對我是麻煩。你和安兒必須待在庭州，崔大人答應我全力保護你們母子，我相信他必能辦到，也只有這樣我才能心無掛礙。」

「不，我不——」裴素雲語無倫次地還想要反駁，袁從英用最嚴厲的眼神制止了她：「素雲，這回你必須認真聽我說。繆年是個惡毒的女人，她比你想像的還要狠辣百倍。你知道她為什麼非要害死烏克多哈的孩子嗎？當時她已經害死了許多孩子，足夠陷害你了，可為何還不放過一個未滿周歲的嬰兒，甚至連蘇拓娘子也一起滅了口？對此我始終百思不得其解。我回到庭州後曾先與繆年單獨談話，她對其他罪行承認不諱，唯有在烏克多哈嬰兒這件事上含含糊糊，堅稱是一個誤會。隨後我與烏質勒見面時，又提起了此事，他也表現得異常窘迫，而我借著烏克多哈對他霸業的重要性，一再逼迫於他，終於使烏質勒勉強吐露幾分真相。哼，這真是椿可笑可恨令人作嘔的罪行！」他撫摸著裴素雲秀麗的面龐，繼續道：「烏質勒一向有中原心結，他非常想娶個漢人女子為妻，當初選擇繆年就是因為她身上的漢人血統。這麼多年來他們夫妻聚少離多，繆年對烏質勒既一往情深，又有很多猜忌。就在幾個月前，繆年收到烏質勒的家書，暗示說看中了一名漢人女子，想娶來做妃，繆年沒有明確反對的理由，但心中卻怨憤難當，便急著趕來庭州與烏質勒團聚。結果，她剛到乾門邸店，就見到了你和烏克多哈的嬰兒，還有烏質勒對你關懷備至的樣子……」

「我的天哪！」裴素雲臉色煞白，「難道王妃她、她竟然誤會我……」

袁從英冷笑：「沒錯，就是這樣。她以為你就是烏質勒信中所稱想娶的漢人女子，而那嬰兒正是你與烏質勒所生，恰恰那孩子也是胡漢混雜的相貌！」

裴素雲止不住地喃喃道：「這太荒謬了，太荒唐了，她明明知道我在等你的音訊……」

「她以為你和烏質勒只是借著我的由頭瞞天過海，私下相通罷了。」袁從英又道：「繆年隨後了解到你的薩滿伊都干身分，便借題發揮，設下了整個殺童祭祀的毒計，她的目的絕不僅僅是要在庭州發展自己的教派，更是要將你和那嬰兒一起置於死地。為了避免烏質勒從中阻攔，起初繆年還刻意對他隱瞞。所以你可以想像，當烏質勒終於知道全部始末時，會有多麼氣憤和懊惱。」頓了頓，他注視著裴素雲道：「現在你也該明白了，我為什麼想方設法要繆年承諾永不回庭州。你當然更不能去碎葉，以繆年的個性，她怎麼會放過令她如此難堪的你我。況且烏質勒和繆年心中也很清楚，我是絕不會放過繆年的，終有一天我會讓她為所犯下的罪行付出代價。他們暫時隱忍，不過是要利用我輔助烏質勒的霸業，我一個人什麼都不怕，但假如有了你，烏質勒和繆年都會用你大做文章，不，我絕不會允許發生這樣的事情！」

裴素雲垂下頭，淚水奪眶而出，現在她完全聽明白了，也終於懂得了他所做的一切。寂靜柔柔地降落在他們的身邊，夕陽在天藍色的四壁上畫出絢麗的光影，過了很久很久，裴素雲拭去淚水，抬眸向袁從英微笑：「從英，沒關係的，你去吧。我就在這裡，在庭州等著你，等你忙完了正事，累了、倦了，總是要回家來的……」

「素雲，我什麼都不能——」

裴素雲掩住他的口：「從英，今天你說了好多話，現在該輪到我說了。你想不想知道，天下有那麼多金子，為什麼獨獨伊柏泰的最為珍稀？」

裴冠在沙陀磧中發現金礦時，曾將一些金沙透過裴矩獻給隋煬帝。煬帝命手下最好的金匠將其製成金錠，結果發現，這金錠竟能達到世間絕無僅有的純度，遂引為至寶。隋朝不久覆滅，高祖和太宗皇帝在洛陽宮中見到那三枚金錠時，也不禁歎為觀止。後來太宗皇帝特意頒下聖諭：如此至純至貴的黃金，不能沿襲隋名，從此命名為「大唐金」。並懸賞全天下尋訪「大唐金」的出處，凡能獻此寶者將賜予王侯爵位。然而，特立獨行的裴冠卻決定隱匿真相，他執意要將伊柏泰的秘密埋藏在自己的家族中，於是「大唐金」在人間再也無跡可尋。

裴素雲將袁從英從榻上拉起：「來，我給你看些東西。」

他們並肩來到神案前，暮色更深了，但黃金五星神符的光輝依舊無比絢爛。

袁從英突有所悟：「難道，這五星神符就是『大唐金』？」

裴素雲微笑著搖頭：「所有的神符都是藺天機以伊柏泰裡採到的金沙所製，但卻不是其中最純的。因此還算不得真正的『大唐金』。不過……已經是金中翹楚了，繆年的眼光很毒，她頭一次來我這裡就發現了神符的異處，後來烏質勒將我逼離此地，也是想要在這裡搜尋『大唐金』的蛛絲馬跡吧。」

夜幕正在落下，黑暗中，裴素雲的雙眸像初升的明星般閃耀：「這個神符是藺天機最早用來試驗神符機關的，裡面有個暗盒。除了皇宮裡的三枚金錠外，只有這裡面還藏著世間僅存的『大唐金』。」就像第一次他來時那樣，她輕輕握住袁從英的手，引著他一起按下五星神符上端的尖角。中間的圓形蓋板發出「吧嗒」的輕響，裴素雲將蓋板掀開，從裡面取出兩柄細細的金器，遞到袁從英的眼前。

「這才是真正的『大唐金』，它們的質地甚至比皇宮中的金錠還要純正，是曾祖父從伊柏泰中採出的同一個金塊所製。」原來，那是一柄金釵和一枚金簪。袁從英將它們接到手中，感覺輕輕的，沒有什麼分量，其上亦無繁複的紋飾，顯得十分樸素無華。但不知為什麼，當他凝視它們的時候，那幽淡的金色卻彷彿能勾魂攝魄一般，直入他的心靈最深處。

裴素雲還在他的耳邊輕言細語：「裴冠用同一個金塊打成這兩枚金釵和金簪。他說它們比世間的一切都更純更真。他還說，從此他這一脈的子孫，男子娶親時贈妻金釵；女子嫁人時贈夫金簪，外姓之人只有獲此二物者，才能與裴氏共享『大唐金』的秘密。當初，爹爹命我嫁給藺天機時，就給了我這枚金簪，但我始終沒有將它贈予藺天機。其實爹爹是知道的，不過他並沒逼我。藺天機死後，我就把金釵和金簪藏在了這個神符中，此後十年再沒開啟過……」她舉起那枚金簪，微笑著問：「從英，你正缺一枚髮簪，就用這個吧，好不好？」

袁從英亦微笑著回答：「好。」這金簪毫無雕飾、色澤內斂，還真是讓他很喜歡。

他看看裴素雲：「現在就換上嗎？」

裴素雲指了指窗外，柔聲道：「你瞧瞧天色都這麼晚了，我們吃點東西就休息吧。明天早上起來時，我再給你梳頭綰髮。」

夜裡天氣驟然轉寒，凌厲呼嘯的狂風捲起漫天細小的雪花，原來胡天八月，真的會飛雪。然而，那緊緊相擁的兩個人感覺不到絲毫寒意，他們的胸貼著胸，腹靠著腹，人間的至剛和至柔，在炙熱的溫度中親密纏綿、難捨難分。男人盡情給予，女人傾心接納，肉體的創痛和心靈的悲苦全都消失，每一次最輕微的觸動都能將他們送入快樂的巔峰。

這一夜他們不停地愛著，這一夜他們過完人生百年。

只因，明天又要別離。

第七章　孤魂

這天晚飯過後，宋乾又來到了狄府。在書房門口碰上剛奉茶而出的狄忠，宋乾一把將他拉住，小聲問：「大管家，恩師這幾天心情可好？身體如何？」

狄忠笑道：「看著還不錯。畢竟咱家三郎君回家了，老爺臉上不露什麼，可我知道他心裡還是很安慰的。三郎君也比過去安分多了，整天張羅著給尚藥局供藥的事情，不大惹老爺生氣了。」

宋乾連連點頭：「這就好，這就好啊。哦，我聽說，這次三公子回家，還帶來一個美麗的西域部落公主？」

狄忠一吐舌頭：「喲，宋大人，您當了大理寺卿，果然本事見長啊。」

宋乾搖頭晃腦：「嘿嘿，慚愧，慚愧，慚愧！」

狄忠滿臉壞笑：「您是聽沈將軍說的吧……嗯，那位突騎施的蒙丹公主給老爺帶了梅先生的信件，老爺見了是喜笑顏開。」

宋乾故作困惑：「大管家，恩師到底是見了信開心，還是見了公主開心？」

「呵呵，這個可不好說……」

「宋乾啊，來了就進屋吧。」

門外二人聞聲相視而笑，狄忠撓撓頭：「宋大人快請進去吧。我還要安排人去相王府接斌兒那小祖宗。這小傢伙現在成天被臨淄王拖著玩什麼馬球，咱家老爺且不放心呢，可又不好薄臨淄王的面子。」

「哦，大管家請忙。」

狄忠點頭走開。宋乾推門進屋，躬身作揖道：「學生見過恩師。」

狄仁傑放下手中正在翻看的試卷，微笑著招呼：「宋乾啊，坐吧。」

宋乾落座，瞧著滿案的試卷，問：「恩師，此次會試的榜單快出來了吧？」

狄仁傑轉了轉脖子，又捶了捶腰，歎道：「是啊，總算是塵埃落定。這份名單明日一早就送去給聖上審閱，如無意外，再過三天便可發榜了。」

宋乾也不禁跟著感歎：「這可又是件功德無量的事情啊，恩師，您太辛苦了。」

狄仁傑含笑不語，端起茶盞細細抿了一口，宋乾猶豫著又問：「恩師，那楊霖……」

狄仁傑放下茶杯，沉聲道：「說起來，他的文章還真能排得上榜。」

「是嗎？」

「不過……」狄仁傑又微微搖了搖頭，「他身上疑雲重重，又似牽涉極其凶險的罪惡。這樣的人，在真相大白之前，是不適合推薦給朝廷的。」

「這倒也是。」宋乾皺起眉頭來附和。

狄仁傑啜了口茶，方冷冷地問：「怎麼？他還是什麼都不肯說？」

「嗯，是啊。」

宋乾無奈地搖頭：「自始至終癡癡呆呆的樣子，就是一口咬定要見到母親，否則就什麼都不肯說。」

「他的母親仍然沒有消息？」

「沒有。」

狄仁傑站起身來，在屋裡慢慢踱起步來：「其實即使楊霖不開口，我們也還是基本可以確定，沈槐就是將他引到我面前的幕後之人。問題是，沈槐這樣做的目的究竟是什麼？他的背後是不是還有更黑暗的力量？最主要的是，他究竟是不是……」狄仁傑的聲音低落下去，深沉的悵惘不經意間覆上面龐，令他剛剛流露出的喜悅瞬間又變得黯淡。

宋乾的心隱隱作疼，狄仁傑在楊霖這個案件上的猶豫不決、瞻前顧後，是宋乾從來不曾在他身上看見過的：他甚至至今都不敢直接去訊問沈槐，而只是三番五次地試探，不惜貽誤查清真相的時機……因為什麼，不就是為了「謝嵐」這兩個字嗎？宋乾常常會忍不住想，假如沈槐真的是謝嵐，那對於狄仁傑來說恐怕不是喜訊，倒反而是個災難吧！但是這個想法，宋乾是絕對不敢，也不忍對狄仁傑明言的。

「宋乾啊，目前最關鍵的還是要讓楊霖開口。」狄仁傑思忖著道，「既然楊霖說他老母在沈家幫傭，楊霖一定是擔心沈槐對母親不利，才死咬牙關不肯說話。」

宋乾回道：「可是我都派人偷偷打聽過了，那何氏在會試前幾天就離開沈家，至今未歸。姓趙的貢生那裡我也讓人盯著，一旦見到有老婦人上門不會放過的，可至今一無所獲。恩師，您說何氏會不會真的被沈——」

狄仁傑打斷宋乾：「我知道你在想什麼。但是，此刻我們手上沒有半點線索，就算直接去問沈槐，也問不出個究竟的。前兩日我不過稍稍言語相激，這些天，他就不怎麼在府裡露面了。」

沉吟半晌，他苦笑著對宋乾道：「我還是不想太逼迫他。因此宋乾，仍要麻煩你多想想辦法，找一找何氏……至少現在楊霖在我們手中，這條線索好歹算是保住的，只要想辦法盡早讓他開口就行了。」

「是，學生定當竭盡全力。」

沉默良久，狄仁傑才又悠悠地道：「但願何氏只是躲藏起來了。等到發榜之日，我想她只要活著，就一定會出現的。」

宋乾緊閉雙唇點了點頭，他雖算不上才智出眾，但對狄仁傑的了解還是幫他一下窺透了對方的內心。狄仁傑生怕何氏遇到不測，並非全是為了案情，甚至也不全是出於對楊霖和何氏這母子二人的同情，更多的恐怕還是對「謝嵐」的關注——狄仁傑需要真相，更需要一個能夠令他感到安慰的真相，而不是罪惡……想到這裡，宋乾不覺有些神思恍惚：謝嵐啊謝嵐，難道你對面前的這位老人就沒有絲毫的憐憫嗎？他已風燭殘年，時日無多，不管曾有什麼樣的怨恨，真的就不可以放開嗎？

「哎呀，三郎君！您小心著點啊……」喊聲連連驟然打破狄府後院的寧靜，狄仁傑和宋乾吃驚不小，一齊朝外望去，就聽到門外傳來踢哩趿拉的腳步聲，僕人忙亂的呼喊中突然冒出狄景暉的嗓音，扯著長腔高聲吟誦：「廣開兮天門，紛吾乘兮玄雲。令飄風兮先驅，使凍雨兮灑塵……紛總總兮九州，何壽夭兮在予……」

狄仁傑的臉色一沉，快步來到門前把門一拉，正好狄景暉在兩三個家僕的攙扶和簇擁下，跌跌撞撞走進來，差點兒撞到狄仁傑身上。宋乾緊跟上前，就見狄景暉滿臉通紅、醉眼斜睨，渾身酒氣撲鼻而來，不由心中暗惑：這位三公子，怎麼故態復萌了？

狄景暉搖晃著站定，使勁瞧了瞧狄仁傑，笑道：「爹啊，兒子今天多喝了兩杯，您別、別生氣。我……也是為公、公事應酬。」

狄仁傑鼻子裡出氣：「公事應酬？就應酬成這樣子？總算你還認識家，認識我！」

狄景暉打了個酒嗝：「爹，我沒醉！今天純、純屬意外！誰知道太監也那麼能喝？兒子想，無論如何不能……不能輸給幾個閹貨吧？」

宋乾差點兒笑出聲，這才想到尚藥局如今確由幾名內侍把持著。狄仁傑也給氣樂了，搖頭歎息：「左一個閹貨，右一個閹貨，你這副口齒還想當好皇商？我真替你擔心啊！」

「沒事！」狄景暉一揮手，「爹您儘管放心，兒子心裡有數著呢！今天請客的那位內給事段公公，我一眼……就看出他是個人物，可是給足他面子的！」

「段滄海？」狄仁傑不覺捋了捋鬍鬚，若有所思地道：「內給事段滄海公公，是內侍省的主管，卻與尚藥局沒有直接的關係，他為何會請你飲宴？」

「這我哪裡知道啊。」狄景暉接過僕人端來的醒酒湯，一口飲乾，他的一雙眼睛雖然紅紅的，但其中光彩熠熠並不混濁，只聽他語帶狡黠地說：「這位段公公還真是好學之人，呵呵，硬要我給他講西域的風土人情……嗯，還和我聊經書辭賦，端的是滿腹才學啊！」

狄仁傑目光深邃：「你方才吟的『大司命』也是今晚談到的？」

狄景暉敲了敲腦袋：「啊？想不起來了……我吟『大司命』了？哦，似乎是……談到了生死什麼的……這大司命主宰人之生死嘛……」他大大地打了個哈欠，「我可撐不住了，爹，兒子先去睡了啊！」

「去吧。」

狄景暉朝父親和宋乾拱了拱手，踉蹌著剛要走開，又從懷裡摸出張字條來，雙手遞過來：「呃……我這腦子，糊塗了！爹啊，今天那段公公還給我看了幾件寶器，說他愛好收藏，那些都是一向收羅來的……我也不太懂，就說了幾句好話。結果他就列了個單子，說讓我呈給您看看！」

狄仁傑接過單子，狐疑地問：「為什麼要給我看？我並不擅長收藏啊。」

狄景暉已經走出幾步，又揚聲道：「咳，讓您看您就看看唄！我覺得這位段公公，是項莊舞劍，意在沛公哦，嗯，狄公……」

宋乾望著狄景暉的身影歪歪斜斜地消失在樹蔭深處，突聞身邊狄仁傑在說：「宋乾，你也來看看這張單子。」

「哦？」宋乾忙接過來瀏覽，忽然驚道：「恩師！這裡列的器物名稱怎麼如此眼熟？」

狄仁傑面沉似水，慢吞吞地道：「是的，這裡所列的，全都是當初鴻臚寺少卿劉奕飛監守自盜，至今下落不明的國之瑰寶！」

宋乾悚然無語，狄仁傑沉吟著又道：「宋乾啊，你記得嗎？當初我們曾就劉奕飛的死與周梁昆有過一番對質。」

「是的，恩師。當時您用嚴密合理的推斷，逼使周梁昆承認了他殺死劉奕飛的罪行。」

「嗯。」狄仁傑輕捋鬍鬚，慢慢踱下台階，在書房門前的院落中散起步來，「當時，周大人供稱的理由就是劉奕飛盜取四方館庫藏國寶，他擔心自己被牽連，才下殺手。而我對周梁昆真正的殺人動機卻始終有所懷疑，因此讓你先將此案壓下，同時派了沈槐監控周梁昆的行止，期望能夠發現新的線索，同時也設法找到失落的寶物。」

「是這樣的。」宋乾連連點頭，遲疑了一下又道：「不過沈將軍那裡的監控始終沒什麼進展，倒是這周梁昆大人前些天莫名其妙地死在賽寶大會上，又成一樁新的謎案。」

狄仁傑看了宋乾一眼，意味深長地道：「沈槐的監控確實沒有進展，當然了，周梁昆受到驚嚇後收斂言行，其間我們又跑了趟隴右道，沈槐那裡沒有什麼發現也不能怪他。只是今天的這張單子，讓我突然有了個新的想法。」

「恩師，什麼新想法？」

「我在想，莫非所有這些事情之間，都有著千絲萬縷的關聯？你看，去年臘月，周梁昆因為鴻臚寺的寶物殺了劉奕飛，大半年後，在眾目睽睽之下親手毀了鴻臚寺的寶毯後自殺。而今天我們又收到了這樣一份，顯然是刻意經景暉之手，送到我面前的鴻臚寺遺失寶物的清單……宋乾你想想看，會不會這幾件事情本身就是一脈相承呢？」

宋乾似有所悟地頷首：「有可能，真的有可能啊。這樁樁件件，都離不開鴻臚寺的寶物。不過，學生有個疑問，當初周梁昆供稱，就是為了不讓劉奕飛盜寶的案情外傳，才冒險將他殺害。因此知道鴻臚寺失卻寶物詳情的只有您、我和周梁昆三人，那麼這份單子，內侍省的段公公又是從何而得呢？」

「這個問題問得非常好。」狄仁傑思忖著回答，「我覺得，段公公刻意接近景暉，向我傳遞這份名單，想表達的意思無非是，他知道部分內情，並且還想與我們在某些方面進行合作。此外，方才我聽景暉醉意朦朧中，吟起了『大司命』，彷彿也有些玄機。」

「玄機？」宋乾有點兒摸不著頭腦。

狄仁傑微笑：「司命就是主宰生死的意思。景暉不會無緣無故吟起此辭，聽他剛才的醉言醉語，應該也是酒席上有人特別提起的。生死，生死，宋乾，你不覺得這個詞很耳熟嗎？」

宋乾大聲道：「生死簿！」

「是的，生死簿。還記得去年臘月二十六日那個夜晚嗎？一連發生三樁和『生死簿』有關的案件，看來直到今天，『生死簿』還在糾纏著我們，還在持續不斷地牽扯出新的案情，新的人物……」狄仁傑低下頭，自言自語道：「看來我應該去會一會這位段公公，想必他會有些話要對我說。」

「這樣吧，宋乾。」狄仁傑沉思片刻，又道：「你設法去幫我查一查段滄海公公的來歷，以及他與周梁昆大人之間的關係，年代越是久遠的事情越需留意。要快，我想盡快面晤段公公，在此之前若能多做些準備，知己知彼最好。」

宋乾連忙應下，看看天色已晚，就要告辭。

他還沒走，沈槐大踏步地邁進月洞門，滿面春風地向狄仁傑和宋乾抱拳致意。狄仁傑上下打量著他，面露微笑道：「哦？怎麼沈將軍今天有空過來啊？這幾天聽說你很忙，都不怎麼照面。」

沈槐身軀筆挺，神態自若地回答：「大人，您天天閱卷忙得頭也不抬，沈槐每日都在門前應卯，只是不敢打攪您。」

宋乾聽得一愣，雖然狄仁傑私底下挺隨和，沒什麼架子，連狄忠偶爾也敢與他調笑幾句，但像這樣直接的頂撞還絕無僅有。宋乾偷瞥了狄仁傑一眼，卻見他面不改色，笑容中似乎更添了幾分慈祥，宋乾的心中又是隱隱抽搐，情不自禁地暗暗感歎：還真是從未見過袁從英用這種態度對待過狄仁傑啊……可惜斯人已去，莫非這一切都是命中注定？

「哦，如此還是老夫錯怪你了。」狄仁傑依舊和顏悅色地和沈槐說著話，「不過我可真聽說，你這些天老往周府上走動。正巧老夫和宋大人談起劉奕飛的案子，你最近在周府可曾有些新的發現？」

「新的發現？」沈槐略顯詫異，想了想才道：「關於劉奕飛大人的案子，卑職的確沒查出什麼線索。至於最近卑職常去周府嘛……並不是為了查案。」他突然住了口，臉上的表情十分微妙，有些尷尬又似有些喜悅。

宋乾看得困惑不已，正等著狄仁傑發問，哪知他又轉換了話題：「沈槐啊，老夫上次對你說起過，景暉一直想找機會答謝你那堂妹，老夫也有這個心願。假如你堂妹不慣赴宴，老夫倒想出個法子，花朝節時，她與靖媛小姐曾陪老夫同遊天覺寺，玩得很盡興啊。要不然過幾天的重陽節，老夫做東，請大家一起再遊天覺寺，如何？我讓景暉把蒙丹公主也請上，大家熱熱鬧鬧地賞個秋。只可惜靖媛小姐還未出七，這次無法同行……」

沈槐垂下頭不搭腔，狄仁傑稍待片刻，很耐心地問：「沈槐，你覺得如何？」

沈槐終於抬起頭來，神色變得很陰沉，他一字一句地回答道：「大人，我堂妹阿珺好幾天前已經離開洛陽了。」

「離開洛陽，她去哪裡？」

「去西域。」

「去西域？」狄仁傑和宋乾齊齊驚呼。

狄仁傑話語中顯出少有的急迫：「沈槐，你堂妹去西域做什麼？」

沈槐深吸口氣，目光中隱現寒光：「大人，日前您的公子狄景暉給卑職帶來一封書信，是突騎施部落的王子烏質勒，哦，也就是梅迎春寫來的。他在信中向阿珺求親，說要娶她做未來的汗妃。我問了阿珺自己的意思，她很願意，因此我就做主讓她西行了。」

宋乾驚呆了，等回過神來再看狄仁傑，只見老大人的臉色發青，花白的鬍鬚連連顫抖，翕動著嘴唇卻發不出聲音。宋乾有點兒擔心，上前想要攙扶，狄仁傑一把將他伸出的手打落，大跨步逼在沈槐的跟前，劈頭便問：「沈槐，你這是故意所為吧？」

在他凌厲的目光下，沈槐不得不低頭，但語氣仍舊強硬：「大人，這是卑職的家事，您就不必操心了吧？」

狄仁傑對他的話置之不理，只急迫追問：「阿珺姑娘是什麼時候走的？」

「已走了五天。」

「她一個人走的？有沒有人相送？」

「沒有。我給她雇了輛車，車把式（駕車者）看上去老實可靠。烏質勒說收到書信後會親自去涼州迎親，因此阿珺只要到涼州就行了，問題不大。她沒有多少行李，何況又不是嬌小姐，向來能吃苦——」

「夠了！」一聲憤怒至極的吼聲打斷沈槐的話，宋乾震驚地望過去，看到狄仁傑一張氣得變形的臉。

「沈槐，我沒有想到，真的沒有想到，你居然會做出這樣的事情！讓如此柔弱純樸的一個女子，孤身一人前往西域，身邊連個送親的人都沒有，沈槐，你不覺得你太無情、太冷酷了嗎？你、你……」狄仁傑點指沈槐，雙唇直抖，好一會兒才能繼續說下去，「沈槐，不要以為我對你的所作所為毫無察覺！更不要以為我會容忍你為所欲為！我知道，你這樣做無非是為了取悅周靖媛，為了攀附侯門，但你捫心自問，這樣做就真的值得嗎？如此對待唯一的親人，你的良心就能過得去嗎？」

「大人，我不明白您的意思……」

沈槐還要爭辯，狄仁傑抬手往門外一指：「你什麼都不要說了，老夫現在不想再聽你說任何話，也不想再見到你！你……走吧！」

沈槐的臉上紅白交錯，牙關緊咬著朝狄仁傑抱了抱拳，一扭身就昂首挺胸地走了出去。

宋乾瞠目結舌地看著他的背影，耳邊聽到狄仁傑喃喃的話語：「他怎麼會這樣？他為什麼會這樣？啊？宋乾，你說、你說他究竟是怎麼回事？」

「恩師，我……」平生第一次面對向自己求助的狄仁傑，宋乾無言以對，況且沈槐的表現也實在太出人意料，太讓人震驚。

狄仁傑兀自搖著頭：「不行，必須要把沈珺找回來，她很有可能就是……狄忠！」他厲聲喊喝，狄忠應聲而入：「老爺。」狄忠的表情也很複雜、鬱悶，顯然已把剛才的一切都看在眼裡。

狄仁傑竭力鎮定心神，吩咐道：「狄忠，我命你速速出發，去追趕沈珺小姐，她一個女兒家必然會走大道，曉行夜宿也不會走得太快。你就沿著官道一路追下去，沿途留意各處客店，細細打聽，無論如何要把她找到，並且必須將她請回洛陽，否則你也別回來見我了！快去！」

「是……」狄忠苦著臉答應，又壯起膽子道：「老爺，我是可以想方設法追到沈小姐，但她願不願意跟我回來，這小的就沒把握啊！」

「綁也要把她綁回來！」狄仁傑大喝一聲，狄忠垂下腦袋往門外退，狄仁傑又把他叫住，「你先去做些準備，我來寫封短信，你帶在身邊，見到沈小姐後呈給她看，她看後必會隨你回來。」

「是。」

狄忠急促的腳步聲漸漸消失，院子裡驟然安靜下來。狄仁傑呆呆地站在原地，許久沒有動靜。宋乾走也不是留也不是，正自躊躇，卻聽狄仁傑發出一聲長長的歎息，彷彿掏盡了肺腑一般空虛無望：「宋乾啊，難道是我錯了？是我的判斷失誤，還是我的應對不當？怎麼事情竟會發展到這個地步？他把沈珺趕走，絕不單單是為了得到周靖媛，他是想阻止我們從沈珺那裡了解到更多的線索，從而揭露他的身世……乃至陰謀！我考慮到了他的戒心，我也考慮到了他的怨恨，我煞費苦心、步步為營，想方設法地周旋，在暗中引導他，就是為了讓他不要在歧路上越滑越遠，誰知他竟因此變本加厲。宋乾，你說說，老夫何曾這樣辦過案！我、我是不是真的錯了？」

他真的錯了嗎？是錯認了人，還是錯待了人？抑或這一切從最初起就是個誤會，是命運向他開的一個大大的玩笑？月上中天，在秋風中婆娑搖擺的樹枝間晴光如霜，潔淨而寂寥。狄仁傑跌坐在樹下的石凳上，心痛難抑：謝嵐，謝嵐！難道自己人生中最後一點發自內心的願望，竟要墮入這樣卑劣可恥的結局？他不甘心，不甘心吶……

「是身如焰，從渴愛生；是身如幻，從顛倒起；是身如夢，為虛妄見；是身如影，從業緣現；是身如響，屬諸因緣；是身如浮雲，須臾變滅；是身如電，念念不住！」哀老的嗓音顫抖地唸著經文，卻聽不出空靈與覺悟，只有越來越尖厲的悲苦和絕望，頻頻衝擊聽者的心房。

終於，身邊那聚精會神聆聽著的年輕人忍受不下去了，輕聲打斷道：「了塵大師，了塵大師！您累了吧，請稍歇片刻。」

了塵絲毫都不理會，反將手中的木魚敲得更響，他枯槁衰敗的臉上已泛出死灰，仍執著地喋喋不休：「是身不淨，穢惡充滿；是身為虛偽，雖假以澡浴衣食，必歸磨滅……是身如丘井，為老所逼；是身無定，為要當死；是身如毒蛇、如怨賊、如空聚、陰界諸入所共合成！」誦到末句，淒慘悲慟如瀕死的哀鳴，撕裂人心，身旁的年輕人坐立不安，剛一抬頭，就見了塵兩手一鬆，木魚槌和佛珠齊齊落地，身子直挺挺往後便倒。

「糟糕！了塵大師，了塵大師！」李隆基眼明手快，一把托住了塵的背部，將他的頭輕輕靠在自己的肩上，一邊朝禪房門外喊：「風太醫，快請進來！」風太醫疾步而入，與李隆基一起將了塵放平在禪房中，開始凝神切脈。

李隆基焦急地盯著風太醫的臉，片刻見風太醫放下了塵的手腕，忙問：「太醫，大師情況如何？」

風太醫長歎一聲：「已病入膏肓，只不過虛延時日罷了。」

李隆基皺緊眉頭，看了看了塵雙目緊閉、毫無血色的臉，也不覺歎息：「難怪他誦經時哀音不絕，心裡想必也很明白了。風太醫，難道一點兒辦法都沒有了嗎？」

風太醫張了張口，尚未說出話來，門口有人疾步踏入，嘴裡還喊著：「了塵，了塵，我有急事要告訴你……」

李隆基從禪床上直蹦起來，衝到那人面前：「國老，您怎麼來了？」

風太醫也向他行禮：「狄大人。」

狄仁傑倒愣了愣，猛然回過神：「哦，是臨淄王……」他嘴裡打著招呼，一眼看到禪床上的了塵。

「了塵怎麼樣了？」狄仁傑已坐到了塵身邊，三指切於腕上。

李隆基肅然道：「國老，風太醫說大師情況不妙，恐怕時日……無多了。」

狄仁傑搖了搖頭，其實他自己的臉色並不比了塵好看多少：「暫時還沒有性命之虞，不過憂思過甚傷及五臟，更兼心脈俱損……唉！」他朝風太醫點手，「既然太醫在此，還請開方吧，多少可為大師減輕病痛。」

風太醫應承著去外屋開方，狄仁傑又端詳了一陣昏迷中的了塵，才扭頭對李隆基淡淡一笑：「臨淄王真是位有心人啊，還想到帶御醫來給大師診治。老夫替了塵謝謝王爺。」

李隆基誠懇地道：「國老，隆基對了塵大師仰慕已久，一直想來請教佛法，怎奈大師從不輕易接見外人，所以始終沒有機會。盂蘭盆節那天在天覺寺前搶麵果，就是為了一睹大師尊容，哪想到又讓斌兒這小子給攪了局。」

狄仁傑輕捻鬍鬚：「那麼今天呢？」

李隆基道：「最近幾日隆基聽說了塵大師病勢日沉，又不肯延醫治病，因而特意帶了御醫過來給大師瞧病。不過剛才大師昏迷前，一直都不同意風太醫近前，我只好命太醫在外等候。」

狄仁傑又是淡淡一笑：「臨淄王，老夫問的是，今天了塵大師如何就同意面見王爺了呢？」

李隆基依舊十分誠懇地回答：「因為隆基指出了大師的真實身分，並以親情相求，大師才肯與我晤面的。」

「哦？真實身分？」

李隆基正色道：「國老，隆基知道國老是了塵大師最親近的朋友，也是在世唯一幾位知道大師身分的人。其實隆基此來不為別的，只是痛惜大師的命運多舛，想代表李氏家族，向這位叔祖父盡點綿薄的孝心罷了。」

「嗯。」狄仁傑頷首，撐著雙腿要起身，李隆基從旁伸手相攙，有些擔憂地道：「國老，怎麼您的臉色也這麼差？您年事已高，還是不要太過操勞才好。」

狄仁傑拍了拍他的手：「生死有命，活到我這個歲數，早已把這些都看開了。臨淄王心懷善念，大師能有這樣的孫輩，應該感到慰藉。」

兩人並肩走出禪房，風太醫呈上方子，狄仁傑瀏覽一遍，道：「很好，謝過太醫。」風太醫告退去準備藥材，李隆基扶狄仁傑在外屋坐定。

狄仁傑細細打量著年輕王爺英姿勃發的身形，微笑道：「王爺，老夫有個疑問，不知當問不當問。」

「國老但問無妨。」

狄仁傑的目光中透出慈愛和狡黠的光芒：「臨淄王，據老夫所知，了塵大師的真實身分乃是本朝最高的機密之一。除了先帝和當今聖上，也就是老夫因機緣巧合而知，其他人，甚至包括王爺的父親——相王爺都未必清楚吧。怎麼臨淄王就知道了呢？」

李隆基坦然答道：「本來的確如國老所說，大家都只知了塵乃佛學大家，卻無人知曉他就是二十多年前已死在法場上的汝南郡王。不過在去年年末，圓覺和尚從天音塔上摔死以後，這個秘密就在幾位李氏宗親間揭開了，據隆基所知，聖上至少告訴了太子殿下和我爹。」

「哦？竟然是這樣？」狄仁傑頗感意外，追問道：「圓覺和尚醉酒摔下天音塔，與了塵大師的身分有什麼關係？為何聖上就此將真相告知了太子殿下和相王爺呢？」

李隆基笑了，俊朗的面孔帶上一絲小小的得意：「國老您有所不知，那圓覺和尚是個內衛，而且品級頗高呢。」

「內衛？」狄仁傑表面上不動聲色，腦海中卻如靈光乍現，迷霧深鎖中的景物似乎正變得清晰……

「嗯，是的。」李隆基認真地點了點頭，道：「據隆基了解到的內情是，自了塵大師遁入空門，出家在天覺寺後，一方面為了保證他的安全，另一方面嘛，也是聖上對李氏宗族始終存有戒心，當時她就說服了先帝，在了塵大師的身邊安插下內衛，對大師進行監控。」

「原來是這樣，所以圓覺和尚，就是陰潛在了塵身邊，監視他的內衛？」

「對。國老您假如去查閱天覺寺的紀錄，會發現圓覺和尚是十年前由江南遊方到此，被方丈收留後成了庫頭僧。但這紀錄其實是修改過的。事實上，圓覺在二十四年前，了塵大師在天覺寺剃度後不久就來了。」

狄仁傑慢條斯理地應道：「難怪老夫聽說，這圓覺和尚一向嗜酒如命，還葷腥不忌，可寺中長老們卻從不對他責罰。想來這麼一個小小的庫頭僧，本就不該如此妄為，何況天覺寺這樣一所遠近聞名的大寺院，要不是深有內情，只怕圓覺早就給趕出去了。」

「國老說得在理。」李隆基謙恭地道，「我還知道，圓覺潛入天覺寺之前，一直在東西兩京以替人求子招搖撞騙，誘姦了不少求子心切的良家婦女，犯下椿椿惡行，事發後他為保性命，便同意加入內衛，接受潛進天覺寺監視了塵大師的任務，直至他從天音塔上摔死為止。」

狄仁傑頷首：「當今之世，確有不少奸惡之徒假借釋、道之名行可恥之事，像圓覺這樣暴卒於天音塔下，也算是惡有惡報。唔，咱們還是說正題。臨淄王，你還沒有告訴老夫，為何圓覺摔死之後，聖上就決定將了塵的真實身分告知你們呢？」

李隆基道：「哦，是這樣的。圓覺意外死亡後，聖上便要決定是否再派內衛到天覺寺。但她思之再三，認為大師已是風燭殘年，且遁入空門這麼久，再對他顧忌似無必要。況且國老您也知道，聖上最近兩年來對李姓宗嗣又有所親近，對過去的殺伐亦有悔意，了塵大師已成一代佛學大家，聖上對他寬宥，就是為自己積德，因此她老人家最後決定，就從圓覺死後放棄監視了塵。也是從那時起，她將大師的真實身分告知了太子殿下和我爹，希望他們能對大師行子嗣之儀，多盡一份孝心。只不過……」

李隆基不知不覺皺起眉頭：「我們既知大師不願暴露俗家身分，也不敢妄加親近。只是最近幾日天覺寺來報，大師病勢日沉，恐不久於人世，還堅拒所有的醫藥，我才會帶上御醫，硬闖大師的禪座。」

說到這裡，李隆基直視狄仁傑，咄咄逼人地問：「國老，我方才聽了塵大師誦經，他的心中竟似有無盡的悲苦，按說他禮佛多年，早該拋開世俗煩惱，怎麼還會如此糾結？難道大師有什麼解不開的宿孽嗎？」

狄仁傑喟然長歎，只是搖頭不語。李隆基也不好刻意追問。兩人正沉默著，屋內了塵有了動靜，狄仁傑和李隆基對視一眼，李隆基十分識相地朝狄仁傑拱了拱手：「國老，您與大師有話說，隆基就先告辭了。」

坐到了塵的身旁，望著他灰白空洞的雙眸，狄仁傑凝噎半晌。了塵摸索著抓住他的手：「懷英兄，我知道你來看我了，是嵐嵐有消息了嗎？還有我的女兒……」

狄仁傑緊握著了塵枯木般的手，喃喃著：「大師，狄懷英讓你失望了，我有愧啊！」

了塵眼中剛剛出現的神采又黯淡下去：「懷英兄，我大概等不及了，真的等不及找到他們了。」

「大師，我……」狄仁傑心如刀絞，活到古稀之年，他還從未像今天這樣無措、無助和孤獨。對了塵說什麼好呢？說那個很有可能是他女兒的姑娘，那個溫婉可親、淳樸善良的姑娘，就在自己的眼皮底下被逼走了？而造成自己這樣失誤的原因，僅僅是出於對「謝嵐」的顧慮！面對了塵搖搖欲熄的生命之火，狄仁傑不得不反省自身，終究還是有私心啊。在他的心中，「謝嵐」的分量超過了那個可憐的姑娘，只因他是郁蓉的兒子！

九月的蘭州，已是深秋。北風一陣猛似一陣，黃河中濁浪滔天，滾滾拍岸，雄渾壯闊，激蕩天地。河岸邊的山巒上，綠意盡消，只餘莽莽黃土跌宕起伏；犬牙交錯的碎石間，凋林敗草，莫不在凜冽的北風中折腰伏低。好一派蕭瑟秋意，更使得離人愁緒無邊。

黃河上小小的一葉渡船，正在混濁的激流中穿行。河上寒風陣陣、河水洶湧湍急，渡客們全都畏縮在船艙內。船身不停地顛簸搖擺，渾黃的浪濤潑濺入船，淋濕大片甲板。船家搖動木槳，一邊努力平衡著船身，一邊對船尾站著的姑娘大聲叫喚：「我說這位小姐，外面太涼，浪頭又大，弄不好還有危險，快去艙裡坐下吧！」

那披著黑色風衣的身影紋絲不動，依舊面向河水，幽暗的雙眸中只有逝水東流，就如她生命中那點卑微的希望，也無可挽回地離她而去，再不回頭。又一個大浪撲來，船身劇烈搖晃，沈珺單薄的衣裙被打得濕透，她卻毫無察覺，自從訣別洛陽，她已如行屍走肉，只是本能地向西而去，哪怕絕望至死，也還是要奉行他的要求。這，就是她現在活下去的全部理由。

「唉。」船家搖頭歎息，就連他這麼個粗人也能看出，這可憐的姑娘必定是遇上了天大的難事，各人有各人的命吧……他心裡唸叨著，不忍心再看再想，便集中注意力揮動船槳，小心翼翼躲開又一個湍急的浪頭。

船艙內，沈珺的車把式老丁縮在角落裡，愁眉苦臉地看著幾件行李，耳邊不時飄進其他渡客的隻言片語。

一對中年夫婦正在商量著行程，那錦衣婦人道：「我說相公，今天天色不早了，要不等渡到對岸咱們先歇宿了，明日再趕路？」

她的丈夫肥頭大耳，形容粗俗，一望而知是名商人，不耐煩地撇嘴：「你想得倒美，對岸方圓幾十里都是荒地，哪有歇宿的地方。要歇也得趕到金城關內再歇！」

老丁遲疑著接口：「嗯，我們今天倒是要在金城關外歇宿……」

中年夫婦一起回頭看他：「你們？」

老丁指了指船尾：「我是趕車的，就是外頭那位沈小姐雇的我。她說金城關外的荒原上有她家的老宅，今天過河後先歇在那裡。」

婦人高興了：「喲，相公，說不定我們可以去這位小姐家借宿？」

她的丈夫還未開口，旁邊一個書生搖頭晃腦地插嘴：「不可，萬萬不可啊！」

「為什麼不可？」商人夫婦和老丁一齊發問。

那書生皺起眉頭，滿臉危言聳聽的樣子：「你們都是外來之人，所以不知道吧？那金城關外的荒原上鬧鬼！」

「鬧鬼？」這下，整個船艙的渡客都豎起耳朵來。

書生有些得意：「就是鬧鬼！鬧得可厲害呢，都大半年了。」

老丁期期艾艾地問：「那方圓十幾里，好大一片地，也不會都鬧鬼吧？」

書生橫了他一眼，突然抬高聲音：「不對，你方才說什麼金城關外老宅？」

「是啊。」書生一拍大腿，「不好！恐怕你們要去的就是凶宅鬼屋！」

「啊？」老丁張口結舌，「你……你怎麼知道？」

書生大聲道：「你們有所不知，這金城關外遍地赤野，以前不鬧鬼的時候都荒僻得可怕，行路之人一般不敢耽擱，更沒聽說過有人定居。可就在今年年初，新年後不久，就有路人在夜間看到荒原上鬼火閃動，一連數月，夜夜不寧啊。」

「天哪！」婦人嚇得面色發白，忙問：「這是孤魂野鬼吧？」

書生連連搖頭：「據說不是的。後來有些膽大之人在白天結伴去探查，走到出現鬼火的地方附近，才發現那裡竟有座宅子，只是人去樓空，活脫脫是所鬼屋！」

老丁咽著唾沫問：「可你怎麼知道，那宅子就是我們今天要去的……」

書生道：「我在金城關裡長大的，從來不知道關外還有宅院，這所新發現的宅子就是方圓幾十里唯一的一處，不是那兒又能是哪裡？」他又壓低聲音，湊到老丁跟前道：「聽說那宅子後頭有座新墳，墳頭之上怨氣沖天，鬼就是從那裡頭爬出來的……」

老丁恐懼地望向沈珺孤立的身影：「沈小姐說，她就是要回家祭拜新年時剛去世的爹爹。」

渡船靠岸了，腳夫、車把式們紛紛圍攏過來。那對商人夫婦登上一駕馬車，頭也不回地離開了。沈珺也上了自己的馬車，老丁欲行又止，沈珺這才收攏心神，悠悠地道：「老丁叔，您不認識路是嗎？咱們先走一段官道，然後要往西北方向去，我認得，我給你指路。」

「沈小姐，那裡去不得啊！」老丁的嗓音都變了。

「唔，為什麼？」

「聽說鬧鬼啊！」

沈珺愣住了，許久方淒然一笑：「真有鬼嗎？那大約是爹爹的魂魄吧，我正好去見他……」

「我的媽呀！」老丁大叫起來，「沈小姐，那死鬼是你親爹你當然不怕，可我怕啊，我是絕對不去的！」

沈珺沉默了，半晌抬起頭來，用她那特別溫潤清醇的聲音道：「老丁叔不必為難，你不想去就別去了，只把我送到官道的岔路口，你就將車趕去金城關內歇宿吧，待我祭拜過爹爹，再去金城關尋你。」

老丁猶豫再三，長歎一聲，趕起馬匹：「吁！」

荒原上空的寒風，比黃河之上更為肆虐。沈珺挽著個小包袱，一路躑躅行走在茫茫貧瘠的曠野中。天已擦黑，夜空中濃雲壓頂，沒有半點星光。她已經走了將近一個時辰，走得氣喘吁吁，身上卻越走越涼。寒風不停歇地吹著，將沈珺的髮髻吹得散亂，她抬頭遠望，黑沉沉的前方現出了一個莊院模糊的影子。沈珺擦了擦臉上冰涼的水珠，那不知是淚還是隨風飄來的雨滴，她喃喃自語：「爹爹，阿珺來看你了。」

彷彿是聽到了她的低語，曠遼的天地間，突然響起尖銳的哨音，夾雜在沉悶的風聲之中，顯得異常淒厲。前方的黑暗中，儼然有幾個暗紅色的光點，在一片漆黑中飄搖不定地舞動。這樣恐怖的場景，就算是最膽大的男人恐怕也會望而卻步吧，但沈珺目不斜視，反而加快了腳步。她離開大半年的家，就在眼前了。

這處荒僻的宅院果然比以前更加陰森，門前的兩盞白色風燈，只剩下破損的竹骨隨風狂擺。沈珺在門前站住，依稀可見當初她親手掛上的白色孝幡，大半幅垂落於地，她俯身去拾，才發現這孝幡已被踐踏得污濁不堪。淚不知不覺地滑落，沈珺舉手推門，那門「吱呀」一聲便開了。

院落中黑黢黢的，不過沈珺在此生活了好幾年，是閉著眼睛也能認清的。她剛剛抬腳踏進，迎面的正房內，一縷紅光應聲而亮。

沈珺全身顫抖了一下，隨即疾步向前，嘴裡輕輕喚著：「爹爹，是您嗎？是您在屋裡嗎？阿珺回來了，來看您……」正房的門敞開著，她剛要往裡進，忽然屋內傳來嘶啞的低喝：「別靠近，往後退！」

沈珺這時才看見，對面的牆壁上被紅光照亮的光暈中，有個直達屋頂的影子左右搖擺，詭異飄忽得難以形容。她並不驚慌，反對那身形慘然微笑：「真的是您嗎？爹爹，阿珺知道您是枉死，心有不甘。今天阿珺來了，您有什麼話儘管對我說，我……我也有好些心裡話要告訴您。」

語罷，沈珺淚如雨下，纖弱的身子直直跪倒在正房門前。那鬼影晃了晃，靜默片刻後嘶啞的聲音又起：「女兒……是你來了……」

「是的，爹爹！是我。」沈珺悲呼著叩頭及地。

「啊，女兒……你來做什麼？」

「是嵐哥哥，他不要阿珺了。他要阿珺走……」

「走？去哪裡？」

「去西域，去嫁給梅先生。」

「那你來？」

「來祭拜爹爹，阿珺此去就是一去不復返了，所以回家來最後一次祭拜爹爹……」

許是終於找到傾訴的對象，沈珺伏倒在地上痛哭起來，一邊泣不成聲地說著：「爹爹，爹爹，是您從小吩咐阿珺，嵐哥哥就是阿珺要一生敬愛的人，也是您告訴阿珺娘的遺願，要阿珺與嵐哥哥『不離不棄，生死相隨』，可是阿珺做不到了，再也做不到了……爹爹，阿珺本不想苟活，但嵐哥哥要我去西域，我不能違背他的意願啊！要不爹爹，您就帶阿珺去吧，讓阿珺去地下陪您，還有阿珺從沒見過的娘，阿珺想你們，好想你們啊……」

曠野孤宅中，她撕心裂肺的悲泣聲穿透沉沉夜幕，使迷失在荒原上的魅影悚然止步。就連屋內的長身鬼怪也似被她的哀痛驚擾，沉默許久才又發出嘶啞可怖的聲音：「阿……珺，你是阿珺啊……來得好，來得好，哈哈……哈哈！你快說，我的財物現在何處啊？在何處！」

這鬼怪連連叱問，沈珺才從無限的悲傷中將將回轉，她茫然地抬起淚水縱橫的臉，喃喃地問：「爹爹，你問什麼啊？財物，哪些財物？」

「就是從賭徒那裡斂來的財物，都去哪裡了？」

沈珺愈加困惑：「爹爹，您不是早都送去京城了嗎？在嵐哥哥那裡收著呢……」

鬼怪的聲音變得尖利非常：「什麼？你是說，這裡一件財物都沒有了？」

「沒有了，哦……好像還有一件，那毯子……」

沈珺迷迷糊糊地說著，這些天來的身心折磨已令她幾近崩潰，她只覺頭痛欲裂，全身都像是著起火來。

「阿珺，你抬起頭來看看我，看看我……哈哈！」突然眼前一暗，她強撐著抬起頭，一張掛滿淫褻笑容、猥瑣醜惡的嘴臉直逼向她。

沈珺向後倒去：「你不是爹爹，你是誰？」

那張臉上滿是恬不知恥的神情：「我是誰？我是你的爹爹啊，你不是叫了我半天了嗎？」

「啊？不！」沈珺從地上蹦起來，僅剩的清醒告訴她，自己陷入險境了，她磕磕絆絆朝後退去，「你、你究竟是誰？你為什麼要冒充我的爹爹？」

那人收起笑容，兩眼冒出憤恨和淫蕩交織的邪惡火焰：「我才沒興趣冒充那個死鬼！那種十惡不赦之徒，我是來給掘墳鞭屍的！還不是你口口聲聲叫我爹，我就和你這小娘子玩笑玩笑……荒野茫茫、黑燈瞎火的，你我二人在此相聚也是個緣分，小娘子，其實我不想做你的爹，倒想做你的什麼爛哥哥，哈哈！來吧，既然他不要你，我要你，今夜我們便洞房花燭了吧！」

他咬牙切齒地猛撲過來，沈珺扭頭便往外衝。她雖柔弱，勝在對這宅院十分熟悉，反比身後那人行動更快，率先跑出院門，慌不擇路地在曠野上狂奔起來。在她的後面，惡毒的叫聲緊緊尾隨：「小娘子，小娘子！你跑什麼呀？哎呀，你再跑也跑不出我的手掌心的！」

沈珺不管不顧地奔跑著，她的頭腦已徹底昏亂，沒有方向、沒有道路，耳邊只有呼嘯的北風，眼前只有無邊無際的黑暗。追趕的腳步聲越來越近了，她一口氣喘不上來，腳底一軟便往前栽去。就在昏迷前的剎那，她感到自己倒入兩隻有力的臂膀，她瞪大無神的眼睛，在幾乎伸手不見五指的漆黑中，卻分明看到了一雙清亮的目光，那正是多少次出現在夢中的至愛之光，她生命的火焰就由它而點燃……

「嵐哥哥。」她輕輕呢喃一聲，便失去了知覺。

在黑暗中掙扎了太久，沈珺不敢睜開沉重如鉛的眼皮，她害怕一醒來就又要面對噩夢般的現實，沒有希冀、沒有關愛，假如這樣，真還不如就此躲進永恆的夜，再也不要醒來。

「阿珺，你怎麼樣了？」

是誰在她的身邊輕聲詢問？啊，是嵐哥哥！沈珺猛地睜開眼睛，真的是他嗎？那樣熟悉的目光，從一出生起就印入她的記憶，又每每在夢境中出現，這些就是她卑微生命中屈指可數的美夢啊，要知道，苦澀中的甜蜜才更讓人心馳神往，無法抗拒……

沈珺拚命揉搓著眼睛，視線從模糊轉向清晰，她看見黯紅色的燭火輕輕搖曳，將原本簡陋、清冷的小屋點綴出些許溫暖和安寧。那雙目光的主人，一個陌生的男人正向她俯下身來，臉上寫滿了關切和欣喜：「阿珺，你醒了！」

「我……」沈珺突然驚恐地跳起身來，「你，你是誰？」

那男人愣了愣，隨即微笑：「阿珺，你不認識我了？」

沈珺困惑地端詳著他：清瘦的臉，倦怠的笑容，還有令她倍感親切的目光，使這張本來十分嚴峻的面孔變得溫和。「你是……袁先生？」

袁從英點了點頭。

沈珺傻乎乎地問：「袁先生，怎麼是你？原來鬧鬼的就是你嗎？」

「鬧鬼？」袁從英詫異地反問，「阿珺，我看上去很像鬼嗎？」

沈珺仍然直勾勾地瞪著他：「不是……是我哥說、我哥說你死了。」

「哦。」袁從英恍然大悟，開玩笑地道：「那你看呢，你看我是死是活？」

沈珺又上下打量了他好幾遍，才低聲囁嚅道：「你真的、真的沒有死？」

「嗯，我沒有死。」袁從英若有所思地應著，又含笑問：「我這副樣子是不是挺嚇人？」

「不是，挺好的。」沈珺蒼白的臉上略略泛起紅暈，語調中帶上一絲輕鬆和喜悅，「袁先生你還活著，這真好，太好了。嗯，你蓄鬚了呀？難怪一下子認不出來……」她情不自禁地抬起手，又不好意思地縮了回去。

袁從英摸了摸唇髭，自嘲地道：「沒嚇到你就好。本來以為換個模樣會好些，結果還是讓人當作了鬼……」

沈珺不覺抿嘴輕笑，立刻又慌亂地抬起頭，一把抓住袁從英的手：「袁先生，那鬼呢？那個冒充我爹爹的鬼呢？」

「別怕，別怕，沒事了。」袁從英拍了拍她的胳膊，「那些鬼都給我捆在柴房裡了。」

「那些鬼？」

「嗯，除了追趕你的那個，這宅院裡還藏了三個，如今一塊兒在柴房裡頭歇著呢。不過，他們和我一樣，也是人，不是鬼。」

沈珺垂下頭：「我知道了。可他們為什麼要來我家扮鬼，我……」她淚眼盈盈地望向袁從英，最初的混沌過去，現在她記起了昏倒前那段可怕的經歷，還有孤身來到金城關的全部始末，心兒重新變得空蕩蕩的，只覺全身痠軟、頭腦昏沉。

袁從英認真地端詳著她，低聲道：「別著急，等會兒我再慢慢說給你聽。阿珺，你餓了吧？要不要先吃點粥？」

他從身邊的木桌上端起個碗：「我在廚房裡找了一通，居然找出了米，就拿來煮了些粥。是你走時剩下的吧？不過別的就沒有了，只能喝白粥，行嗎？」

沈珺接過粥碗，舀了一匙送進嘴裡，很清甜的滋味，融融暖意自舌尖滑下……一種異樣的感覺不經意間便浸透肺腑，眼眶被騰騰的熱氣打濕了，她抬起頭，怯生生地招呼：「袁先生，你也吃吧？」

「我吃過了。」袁從英隨意地答了一句，看著沈珺又吃了幾口，才道：「從昨晚你昏倒到現在，已經有十個時辰了，現在是第二天的傍晚。」

「哦。」沈珺擱下粥碗，這才想起來問：「袁先生，你怎麼會在這裡？你不是在塞外嗎？」

袁從英答非所問：「你吃得太少了，再吃點。」

沈珺乖乖地又舉起勺子，袁從英這才對她笑了笑，道：「我是八月底從庭州出發的，本來想直接趕去洛陽。經過金城關的時候聽說沈宅鬧鬼，覺得有些奇怪，估計也耽誤不了多少行程，就順道過來瞧一瞧，沒想到還真來著了。」頓了頓，他注視著沈珺問：「你呢？你怎麼孤身一人跑到這裡來了？」

沈珺剛有了些血色的臉又變得煞白，半晌才用低不可聞的聲音道：「我、我是要去西域，去找梅先生——」

「為什麼這麼急？」袁從英打斷她，「我拚命往洛陽趕就是想在你出發之前到達，算來算去，你怎麼也得等和烏質勒書信來往過才走，萬萬沒想到你已經走到了這裡！昨天夜裡要不是我恰好也到沈宅探查，後果不堪設想……阿珺！」他盯牢沈珺，厲聲質問：「為什麼你一個人走？沈槐呢？他居然不送親？哪有這種做法的？」

沈珺窘迫難當，好不容易憋出一句：「袁先生，你都知道了？」

袁從英冷冰冰地道：「當然，我當然都知道了。而且我日夜兼程趕往洛陽，有很大一部分原因就是要阻止你！」

「阻止我？」

沈珺徹底沒了頭緒，袁從英卻更加咄咄逼人：「阿珺，你回答我，洛陽到底發生了什麼事，你為什麼如此匆忙，獨自上路？沈槐到底在打什麼主意？」

沈珺啞口無言，淚水洶湧而出，連串地滴落在粥碗裡。袁從英緊鎖雙眉看了她老半天，歎口氣從她的手中取下粥碗，輕聲安慰道：「好了，別哭了。你還在發燒，先休息吧。一切等明天再說。」

袁從英走出去了。沈珺茫然四顧，原來袁從英把她送回了沈宅的閨房，然而這間她居住了好幾年的小屋，此刻看來卻如此冰冷而陌生，隨著袁從英的離去，方才所感受到的唯一一點溫情也蕩然無存。沈珺猛然掀開「被子」，這才發現蓋在身上的是件男人的衣服，可想而知必是袁從英的。她往四下望望，整張床上被褥盡無，她站到地下，猛一陣頭暈目眩，倚在牆上定定神，待撲撲亂跳的心穩下來，才披上外衣開門出去。

天色正在若明若暗之間，荒原上的北風呼呼有聲，拍打著院牆和屋簷上的衰草。沈珺一步步邁向院中，袁從英佇立的背影紋絲不動，他面前的地上，是那四個被捆成一團、狼狽不堪的「鬼」。等沈珺走到身邊，他才頭也不回地低聲問：「外面冷，你出來做什麼？」

話音未落，一陣狂風襲來，沈珺全身哆嗦，不由自主地靠近袁從英：「袁先生，我，他們……」袁從英扭頭看了她一眼：「他們怎麼了？你不是想知道，他們為什麼來這裡鬧鬼嗎？現在就問問吧。」他跨前兩步，劈手從其中一人的嘴裡扯下布團。

那人伏在地上大喘了幾口氣，緊接著便殺豬似的叫起來：「先生小姐饒命啊！我們幾個是金城關裡的良民，良民啊！」

「良民？」袁從英冷笑，「我還從沒見過，跑到別人家中裝神弄鬼的良民！說吧，你們來此地到底想幹什麼？如果你說實話，或許我可以考慮饒過你們。」

「這……」那人眼珠亂轉，和其餘幾個被堵著嘴的傢伙好一通眉來眼去，算是下了決心，「不敢欺瞞這位先生，我們的的確確是金城關內的尋常百姓，全是讓這家那個叫沈庭放的死鬼給害慘了，才來此地尋找被騙的財物。誰知道他們把東西藏得太好，我們找了好多天也沒找著，又怕叫人發現驚動官府，只好搞點鬼火鬼影什麼的嚇唬人……」

「原來如此。」袁從英又瞥了沈珺一眼，道：「可是，我聽說從新年過後不久，此宅就開始鬧鬼了，難道也是你們這些人？」

「那倒不是，來尋物的人先後有好幾撥，實在找不著就紛紛離開了。我們是後來的，反正大家都借著鬧鬼的由頭，都搞這一套——」

袁從英打斷他，劈頭蓋臉地接連逼問：「那麼多人來尋物，尋什麼物？為什麼到沈宅來尋？

你方才說財物均被沈庭放所騙，又是怎麼回事？」

「呃……」那人張口結舌，一時理不清思路。

沈珺在袁從英的身邊哀聲輕喚：「袁先生，你別問了。放他們走吧！」

「放他們走？」袁從英目不斜視，冷淡地反問：「這麼說，阿珺姑娘知道此中內情了？」扭過頭來，他一字一句地道：「姑娘的意思，是不是我放他們走了，你就把沈庭放與這些人之間的糾葛對我和盤托出？」

沈珺被他凌厲的目光逼得抬不起頭，一急之下幾乎又要落下淚來。

地上跪著那人嚷起來：「對啊，對啊！這位小姐不就是沈老賊的女兒嘛，她當然知道她老爹幹的那些見不得人的勾當！那沈老賊私設地下賭局，幾年來誘騙了多少附近鄉鎮的人，本來好好的良善百姓，就因為迷陷賭禍，把錢財輸光了不算，還欠上一屁股債，被迫出去打家劫捨、死於非命的都不少呢。我大哥就是把全部家當輸光以後，借了高利貸又還不上，在前年寒食節那天懸梁自盡了，我嫂子和小侄子沒人照應，半年不到也相繼餓死了……」說到傷心處，這人涕淚交流，旁邊三人也跟著發出嗚咽之聲。

「他們說的，都是真的嗎？」袁從英的話音比狂嘯的北風還要冷厲。

沈珺無言以對，只能低頭落淚。

袁從英又轉向那人：「如此說來，你們是想尋回當初輸給沈庭放的財物？」

那人咂巴著嘴點頭：「對啊，對啊。這沈老賊鬼得很，過去我們想尋他的住處一直都尋不到。今年年初他死了以後，才陸續有人發現了這個地方。我們看到屋後豎著老賊的墳墓，猜想老東西的棺材裡大概會有許多財物，掘出來一看，嘿，就他媽的一具爛屍，一丁點錢財都沒有！」

「天！你們、你們掘了我爹爹的墳？」沈珺淒慘地悲呼一聲，就要往外跑。

袁從英厲喝：「阿珺，你給我站住！」沈珺呆呆地止住腳步，袁從英直視著她，「要看墳有的是時間，你先告訴我，這人說的是不是實情？」

「是……」沈珺垂首飲泣。

袁從英深深地吸了口氣，重新轉向地上那幾位：「如果事情真如你們所述，那還算情有可原。不過我可以明白告訴你們，這所宅子裡所有的財物都已轉移到了別處，你們就算掘地三尺也找不到的。今天我不想多追究，你們這就散去。我會去通報官府，你們從今後再不要來，否則必陷牢獄之災。」他抬手扯開綁繩，低沉地道：「滾吧！」

那四人屁滾尿流地跑出院門，轉眼就消失得無影無蹤。

「阿珺。」沈珺抬起茫然的淚眼，袁從英面無表情地問：「你爹的墳在哪裡？」

「就在……院後的雜樹林中。」

「好，你跟我來。」

天已全黑，袁從英從院裡找到幾個「鬼怪」扔下的燈籠，點起來走在前面，沈珺在他的身邊緊緊相隨。風越刮越猛，燈籠被吹得不停搖擺，在他們的腳前投下散亂無章的黯淡光芒。雜樹林離得不遠，裡面的風勢稍小些，但枯枝敗葉垂掛在頭上，時不時擋住去路，暗影幢幢，叫人不寒而慄。兩人都沒有說話，沉默著往裡走了一小段，沈珺突然揪住袁從英的衣袖，語不成調地道：

「袁、袁先生，前、前面就是……」

稀薄的月色透過亂糟糟的樹杈，照在一處孤墳之上。幾步開外就能看到，當初匆忙豎起的墓碑斜倒在墳前，祭拜用的石香爐底朝天滾得老遠。小小的墳包上泥土翻起，墳頭被鏟挖掉了大半，碎石和枯木將周遭弄得一片狼藉。

沈珺搖晃著幾乎站立不住，袁從英將她扶靠在旁邊的樹上：「阿珺，你就在這裡等著，我過去看看。」他把燈籠塞到沈珺手裡，自己借著月光一步一步朝孤墳走去。沈珺拚命睜大被淚水糊住的雙眼，望著他瘦削的背影走到墳前。袁從英先是俯身察看了一番墳邊的情況，然後便踏上倒塌了大半的墳包，慢慢探身進去。慘淡的月色下，他孤清的身形望去還真有些像個遺世徬徨的鬼影……

袁從英消失在墳包裡了。沈珺雙目一眨不眨地盯著墳頭，不知道過了多久，突然間黑雲遮月，除了她手中燈籠的微光，天地均沉沒無蹤。沈珺再難壓制巨大的恐懼，一聲驚呼衝破喉嚨：「袁先生，你在哪裡？」燈籠從手裡落下，她跌跌撞撞地朝墳前跑去，「爹爹，你不要害他，不要！」

「阿珺，阿珺！我在這裡！」

「袁先生……」沈珺泣不成聲地撲進袁從英的懷中。

「好了，好了，沒事了。」他輕輕拍打著姑娘的脊背，她哆嗦得就像寒風中的枯葉，滿臉的淚水沾濕他胸前的衣襟。在袁從英的撫慰下，沈珺慢慢平靜下來，她抬起淚水四溢的臉，哀哀詢問：「袁先生，我爹爹他、他怎麼樣了？」

袁從英從地上撿起燈籠，劃亮火摺子，沉聲道：「已經肢斷肉爛，沒有半點人形了。哼，想必是生前作惡太多，來尋仇的人才連屍首都不放過。」

聽了這番話，沈珺倒未顯出太大的震動，傷慟接二連三，她已經有些麻木了，就連袁從英伸過胳膊來攬住她的肩膀，她也很自然地靠了上去。在這個時刻，身邊的這個男人就是她全部的依靠，寒風凜冽的荒原上，只有他的呼吸帶著暖意……

袁從英沒有再說一個字，舉步慢慢將沈珺引回宅院。

兩人一起回到沈珺的房前，袁從英退後半步，低聲道：「你休息吧。我去給你爹的墳再蓋些土。」

「袁先生！」沈珺聽出他的聲音有些異樣，借著屋裡透出的燭光，卻見他的面色慘白，額頭上的絲絲血跡十分觸目，她倒吸口氣，「袁先生，你頭上怎麼了？」

袁從英抹一抹額頭，滿手血污，他滿不在乎地道：「剛才看墳的時候太黑，不小心擦傷的吧……沒事，你快睡吧。」說話間月影晃動，恰好照在他臉上。清白的月光下，他的形容顯得分外憔悴。沈珺看得心驚，一下子愣在原地。

袁從英似乎也有點恍惚，衝她點點頭又要走，被沈珺一把拉住：「袁先生，都這麼晚了，今夜就別去了。也……不急在這一時。阿珺幫你料理下額上的傷。」

袁從英略一遲疑，便跟著沈珺進了屋。

兩人在桌邊坐下，沈珺將蠟燭移到眼前仔細察看，他的額頭上果然只是碰傷，問題不大。可為什麼他看上去如此虛弱？沈珺掏出雪白的絲帕，輕輕擦拭他的額頭，一邊關切地問：「袁先生，你是不是生病了？還是趕路太累了？」

袁從英怔了怔：「我沒事，倒是有點累了。」

他摸索著從懷裡掏出個小銀盒，打開看看，裡面空空如也。他搖搖頭，如夢方醒般地對沈珺歉意一笑：「我剛才是不是很凶？」

沈珺靦腆地道：「沒有。」

沈珺擦乾淨袁從英額頭的血跡，左右看看：「袁先生，頭髮裡也沾了些血，我把你的髮髻鬆一鬆吧？」

「好。」

沈珺小心翼翼地在他的髮間擦拭，袁從英舉起手：「把髮簪取下給我。」金簪遞到他的手中，袁從英愛惜地撫弄著，獨一無二的清涼感從掌心滲入，幫他焦躁怨憤的心漸漸平靜。

沈珺注意到他的舉動，好奇地問：「袁先生，這金簪真好看，上回好像沒見你用這個。」

「哦？你也喜歡？」

「嗯，這樣簡樸的金簪真少見，可我覺得特別好看……」

這回他露出發自內心的微笑：「嗯，它是特別好……是我的妻子贈給我的。」

「妻子？哦，袁先生你回洛陽就是去看望她嗎？」

袁從英再次微笑了：「不是，她在塞外。」

沈珺有些驚奇：「塞外？莫非——你是剛在塞外娶的嗎？」

「嗯，也可以這樣說吧。」

「袁先生你娶妻了啊，多好呀……」她的語氣中充滿了最真摯的情感，還有掩飾不住的羨慕。

袁從英深深地看了她一眼，溫和地問：「那麼你呢？阿珺，現在可以告訴我，你究竟所為何來吧？」

「袁先生……」一聲呼喚下，沈珺已然淚雨滂沱。不過短短的相處，她已將袁從英當成了最親近可靠的人，滿腹的委屈噴薄而出，她再也無力克制，「袁先生，是嵐……啊，是我哥他、他也定親了，可那位周小姐不喜歡我留在家裡……我哥說梅先生等著我呢，就讓我趕緊走。」

「周小姐？哪位周小姐？」

「好像是、是鴻臚寺卿周大人的女兒。」

「鴻臚寺卿？」袁從英皺起眉頭，「我記得是叫周梁昆吧？過去倒是見過幾次，怎麼？」他譏諷地問：「沈賢弟看上周大人家的小姐了？哼，可是我不明白，他定他的親，你又礙到他什麼了？憑什麼那位周小姐尚未過門就容不下你？」

沈珺雙手捂住臉，淚水從指縫中滲出。袁從英閉了閉眼睛，待沈珺稍稍平靜，才又問：「阿珺，你告訴我實話，你真的是沈庭放的女兒嗎？」

沈珺放下手，睜大哭得通紅的眼睛：「是啊，袁先生……你為什麼這麼問？」

袁從英不看她，接著問道：「你娘呢？她在哪裡？」

「我娘死了，爹爹說，我一出生她就死了。」

袁從英點了點頭：「那麼沈槐呢？我想他不是你的堂兄吧？阿珺，你和他究竟是什麼關係？」

「他是我的嵐……」真相差點兒就要衝口而出，沈珺又生生咽了回去，她紅著臉低下頭，「袁先生，你別問了，我哥不讓我對任何人提起的。」

「哦。」袁從英按了按額頭，「所以他的確不是你的堂親，而是——外人，是什麼『嵐哥哥』，對嗎？你昏睡的時候不停叫著這個名字。」沈珺一哆嗦，還想辯白，袁從英又開口了，奇怪的是，他的話語中似有無限的苦澀，「阿珺，我離開庭州東歸的這段時間裡，常常會有種感覺，好像過去發生的很多事情、許多記憶，都不是真的。我總覺得，那些人和事都是我自己在頭腦裡臆造出來的……比如我遠在庭州的妻子，很多次我都會恍惚，真有這麼一個人嗎？我真的遇到過她嗎？好在，還有這金簪，把它拿到手裡時，我就又能肯定了。」

說著，他將金簪遞給沈珺：「幫我戴上吧。」

「好。」沈珺仔細地替他插好髮簪，輕聲道，「袁先生，你是因為太想念你的妻子，才會有那種感覺的。」

袁從英看看她，思忖著道：「嗯，說得有理。那你呢？阿珺，你有沒有想過這種狀況？比如說，突然發現過去的一切，你的爹爹、你的家，還有你的這位『嵐哥哥』。全都不是真的，你會怎麼樣？」

沈珺愣了愣：「我……可是他們都是真的呀，我從小到大都相信的。要是這些都不是真的，我、我就不知道為什麼活了。」

「阿珺，你為什麼活？」他的問題緊隨而至，不帶一絲憐憫。

沈珺垂下眼瞼，二十五年生命的全部過往，流水般地自她眼前掠過，苦與樂都隨風散去，留下的只有始終不變的相信，她抬起頭，含淚微笑：「袁先生，我為我的嵐哥哥而活，這是我娘的遺願，也是我唯一的心願。」

黑沉沉的夜壓上曠野，荒原上的每根枯草都在寒風中戰慄。黃河岸邊，金城關外，秋風瑟瑟，人煙跡滅，只有桌上一支快燒盡的蠟燭，陪伴著他們這兩個僻宅孤魂。

沉默許久，袁從英低沉地問：「阿珺，你有沒有你的『金簪』？一樣能幫助你相信的東西？」

沈珺縹緲的嗓音彷彿自天外而來：「有我娘留給我的遺書，那上頭用血寫著，字付吾女，你與謝嵐，不離不棄，生死相隨。」

「哦……遺書在這兒嗎？」

「沒有了，被他撕了。」

那一年她才七歲，嵐哥哥已經十五歲了。這天，爹爹和嵐哥哥不知為什麼大吵了一場，好像是爹爹要逼著嵐哥哥去做什麼事，但是他卻死活不肯答應。脾氣乖戾的爹爹終於大發雷霆，衝著嵐哥哥又叫又罵了好幾個時辰。最後，嵐哥哥臉色鐵青地衝進阿珺棲身的廚房，當著她的面將娘的遺書撕得粉碎！小阿珺嚇壞了，她不明白，一直都被爹爹當作寶貝收著的遺書怎麼會到嵐哥哥的手裡，她更不明白，嵐哥哥為什麼會恨這遺書恨得咬牙切齒。她衝過去，抱住她的嵐哥哥嚎啕大哭，一向對她很好的嵐哥哥卻將她推倒在地，頭也不回地跑了出去。

他這一走就是一年多杳無音訊。爹爹心情不好，對阿珺更是打罵不絕，就在阿珺覺得自己快要被折磨死的時候，他又回來了。身穿著小兵的服色，他告訴他們，他已經從了軍。爹爹依然憤憾不平，阿珺卻只知道高興，不管怎樣，嵐哥哥好好的，還沒有忘記她，這就足夠了。

又是長久的沉默，長得彷彿能將時間凝固，能使人心枯萎。終於，袁從英有些艱難地道：「阿珺，沈庭放並非良善之輩，你從小到大的日子很難過吧？一定吃了很多苦？」

「袁先生！我，真的還好。」沈珺止不住地熱淚盈眶，這樣誠懇的情意，是她很少很少能體會到的，她的世界一直都那麼狹窄，容不下除了沈庭放和沈槐之外的任何人……

「好。」袁從英看了看快燒到盡頭的燭芯，「應該已是丑時中了。阿珺，你還是先睡吧，其他的明天再議也不遲。」他站起身來，沈珺忙道：「袁先生，這麼晚你別去我爹爹的墳墓了，也休息吧。」

袁從英點點頭：「是，我不去了，就在外屋坐著。阿珺，你看這樣好不好？」

「這……好是好，也就這間屋暖些，可你怎麼睡呢？」

「沒事，我坐著也能睡。」

燭火泯滅，周遭再無響動。沈珺將臉埋到「被子」裡，從那上面好像還能聞出塞外的風塵，是一種清冷苦澀的特別味道……漸漸地，淚流乾了，風聲也聽不見了。

「好像過去發生的很多事情、許多記憶，都不是真的。」不知為什麼，她筋疲力盡的頭腦中，反反覆覆就只有袁從英剛才的這幾句話，沈槐和沈庭放的面目在一片漆黑中忽遠忽近，似幻似真，慢慢地一切都模糊了，只有根植於她記憶最深處的那雙溫柔目光，陪伴著她沉入夢境。

第八章　凶嫌

天才矇矓亮，沈珺就醒了。睜開眼，看著窗紙上透進的朦朧晨光，短暫的片刻她不知身在何處，又似乎回到了好多年前。那時她還是個十多歲的少女，每天最快樂的時光就是這初醒的剎那，沒完沒了的家務和打罵都尚未開始，阿珺躲在這難得的須臾清靜中，悄悄地懷抱最天真的憧憬，幻想著就在某一個清晨，她心愛的嵐哥哥從軍中回來，猶如天神降臨般出現在自己面前。

阿珺這樣盼望了一年又一年，從七歲盼到二十五歲，歲月在等待中匆匆流過，偶爾，她也真的能等到那驚鴻一瞥，可到頭來，卻什麼都沒有給她留下……

後院的響動把沈珺從冥想中喚回，猶如驚弓之鳥一般，她從床上直跳起來：「袁先生，袁先生……」無人應答她怯怯的呼喊。沈珺移身下床，穿外衣時，手止不住地發抖，這所曾經是家的宅院再不能讓她感到安全，她情不自禁地抬高聲音：「袁先生，你在哪裡？」

「阿珺，到後院來，我在這裡！」袁從英的聲音隔著屋子傳來。

沈珺驚喜地喊：「哦，袁先生，我來了。」她幾乎跑著繞過堂屋，卻被眼前的情景怔住了。只見沈庭放臥室前的泥地上，橫七豎八攤了好幾堆書籍，袁從英正搬著一摞書從屋內出來，頭也不抬地招呼道：「阿珺，家裡還有舊的衣服布單嗎？取來裹書。」

沈珺向前緊走幾步：「袁先生，你在幹什麼呀？為什麼把地窖裡的書都搬出來？」

袁從英放下書，抬手抹了把滿額的汗水：「嗯，虧得你家的地窖很隱蔽，家裡來了那麼多撥賊，居然都沒發現。上回大家走得太倉促，這些典籍沒來得及取走，我想這次還是一塊都帶去洛陽吧。」

「哦……」沈珺還是不太明白他的意思，正想追問，袁從英一扭頭又鑽回地窨：「裡面還有最後一樣東西，等我取來。」

風再起，地上的書頁被吹得嘩啦啦翻動。沈珺不知所措地呆站著，直到袁從英又抱出一卷毯子，唰地在她面前的地上攤開，左右端詳著問：「這毯子倒滿漂亮的，看上去挺值錢。阿珺，這是你家的東西嗎？我依稀記得上次你說不是？」

沈珺蹲到毯子前，蹙起眉尖沒有吭聲。

袁從英瞥了她一眼：「阿珺，這毯子恐怕就是那些賭徒要找尋的財物之一吧？」

沈珺茫然點頭，又納悶地自言自語：「奇怪，這毯子真的和何大娘拿回來的一模一樣？這是怎麼回事呢？」

「嗯？你在嘟囔什麼？」袁從英忙著整理滿地的典籍，隨口吩咐：「阿珺，去找些舊布匹來，把書籍和這毯子都裹起來，既容易搬運也不至於太惹眼……」

沈珺依舊不動，袁從英這才注意到她的異樣，溫言道：「怎麼了，阿珺？」

「袁先生，」沈珺抬起瑩潤的雙眸，「你要把這些書運去哪裡？」

「當然是去洛陽。」

「洛陽？」

「嗯，還有你，阿珺，我要把你一起帶回洛陽的。」

「我？回洛陽？為什麼……」現在似乎已沒什麼能令沈珺震驚了，她只是木木地瞪著袁從英，一副逆來順受的模樣。

袁從英走到她面前，用盡量和緩的語氣解釋：「阿珺，西域不是人人都可以去的，你根本就沒有能力在那裡生存。因此，我才決定要阻止你去。」

「你決定？阻止我去？」沈珺喃喃重複，「可梅先生怎麼辦？他不會生氣嗎？生我哥的氣？」

「不會。」袁從英平靜地道，「梅迎春已經打消了迎娶你的念頭。我身上有封書信，就是他親筆寫給沈槐的，誠懇表示他思之再三，不願讓你受遠離家鄉之苦，決定放棄原來的結親之意。」

沈珺終於驚駭了，她猛然瞪大眼睛：「袁先生！我、我不明白，你的意思是說——梅先生他反悔了？他也不想要我了？」

袁從英皺了皺眉，狠下心道：「沒錯，他反悔了。並且，還是我促使他反悔的。」

「你？」

袁從英繼續道：「阿珺，西域之險惡絕非你所能想像，在我看來，你若是去了那裡……大概活不過一年。所以，我絕不會讓你去的。」

沈珺愣了半晌，終苦苦一笑：「阿珺就是樣東西，也不能讓你們這樣扔來丟去吧！」她轉身就走，袁從英忙喚：「阿珺，此中內情再容我慢慢給你解釋，你會明白的——」

「袁先生，你不用再解釋了。」沈珺打斷他，哀怨的神色完全被悲憤取代，「阿珺明白你是一片好心，自去年除夕在這裡相遇，你就一直在替阿珺打算，阿珺感激不盡。可是這一次，阿珺絕對不願再回洛陽，既然梅先生不要我，天下之大，從此便沒有阿珺的容身之處了。大不了，大不了，我就一死了之，再不勞大家替我操心了！」

「阿珺，恐怕這由不得你。」他的聲音中不帶一點感情，沈珺不可思議地望著那張嚴峻的面孔：「袁先生，你……我與你有什麼關係？咱們只不過是、是第二次見面，為什麼你要事事處處擺布我？」

袁從英冷笑一聲：「擺布你？阿珺，我一點兒都不想擺布你，但我更不想你死！」

沈珺閉起眼睛，不讓淚水奪眶而出，耳邊他的聲音似遠且近，是那樣不真實。

「阿珺，關於生死，我自認還有資格說上幾句。死，真的太容易了……」

袁從英的聲音顫抖起來，沈珺睜開眼睛，他卻避開她的目光，盯著地面說話：「死得不明不白是最沒意思的事……阿珺，請你信我這一次，斷斷不要輕言生死。」

淚珠滾下沈珺的面頰：「可是袁先生，昨夜我都告訴你了，嵐哥哥就是阿珺的命，沒有了他，我想不出還能怎麼活……」

袁從英搖搖頭：「這些都等回到洛陽以後再說，好不好？留在此地，我如何回答你的問題？」他環顧四周，略帶悵惘地道：「阿珺，你覺不覺得此時此景，與今年元旦你我在這裡的談話十分相似？我剛才一陣恍惚，真好像舊日再現，又彷彿我兜了個大大的圈子，重新回到原地……」後面的話他沒有說下去，但是沈珺已然會意：物是人非，九個月的時間裡，發生了太多太多的事情，他和她都大不一樣了。

「好吧，那就這麼定了。」袁從英果斷地下了結論，「事不宜遲，咱們趕緊把這些書籍和毯子包裹好，就用我騎來的馬匹馱著，你我步行穿過荒原，等上了官道再找馬車，這樣還是趕得及在今天傍晚前渡過黃河的。上回讓你去洛陽，我沒能親自相送，正好，這次補上。」

沈珺還在愣神，袁從英又招呼一遍：「阿珺，聽見了沒有？去找布啊。」

「哦！」沈珺如夢方醒，順從地微笑，「袁先生，我真是從來做不了自己的主……嗯，我這就去找，你稍等片刻。」不等袁從英的回答，她便低頭朝前院而去。

這下輪到袁從英發愣了，他對著沈珺的背影看了好一會兒，才低頭輕撫手中的典籍。發黃的書頁在他的手掌下發出輕微的脆響，欲語還休，彷彿要對他講述一段久遠的往事。當手指劃過空空的銅扣時，他的心控制不住地抽緊，雙手也開始顫抖，正在失神之際，身旁響起沈珺的驚呼：「呀，袁先生，你、你的手怎麼了？」

袁從英聞聲抬頭：「唔？阿珺，什麼怎麼了？」

沈珺搶步過來，一把握住他的手：「上回你在我家時，手上就有這大塊的青紫？怎麼這會兒還有？」

袁從英看看自己虎口的青印：「哦，沒事，我自己按的，是治病的土法子。」他衝沈珺淡然一笑，「正要告訴你，阿珺，我在塞外打仗時受了點傷，所以沈槐才會以為我死了。如今我雖然沒死，傷還沒大好，不巧藥又吃光了……所以，從現在到洛陽這幾天的路途上，說不好還得麻煩你多照應。」

「原來是這樣。」沈珺小心地撫了撫袁從英的手，臉上的愁雲第一次淡去，眼裡也閃出光彩，「嗯，我會的。」只要有機會給予關愛，其實阿珺是最不吝嗇的。

「好，不過……布呢？」袁從英皺起眉頭發問。

沈珺歎口氣：「家裡都給掏空了，什麼都沒剩下。」

「也是，昨天你的床上就連被褥都沒有。」袁從英東張西望了一番，笑道：「那就把我隨身的包袱取來，我那幾件舊衣服應該夠用了。」

「好。」沈珺答應著，又躊躇道：「袁先生，我爹爹的墳怎麼辦？」

袁從英的臉色陰沉下來：「我去搬兩塊大石頭壘在墳上，暫且如此吧。今後怎麼處置，必須要沈槐自己來決定，你我不能代庖。」

洛陽城西的京兆府衙門前，有兩棵參天的古楊。玄秋九月，古楊闊大的樹葉早已凋盡，光禿禿的枝條頂端，棲息著大群的烏鴉，時不時振翅淩空，在京兆府頂上盤旋聒噪。這京兆府也算是管理著整個洛陽城的官署，奈何位於天子腳下，皇城內外的那些中樞衙門，各個俯瞰大周四海，哪個不壓著京兆府好幾頭；皇親國戚、宰相大員滿街走，哪個又會把京兆府放在眼裡。因此京兆府的規模小而精悍，長官京兆尹的作風務實而低調，碰上什麼棘手的疑難雜案，首先想到的，自然是請教大理寺。

這天清晨，有一駕小小的烏篷馬車，毫不聲張地自大理寺的邊門而出，穿過洛陽城的大街小巷，來到京兆府的後門外。從車上下來兩人，前面那人五十開外，雖身著便服卻官氣十足，昂首闊步便朝門裡走；後面那人身罩披風，看不清面貌，木偶似的被前面之人牽著，亦步亦趨地跟了進去。

京兆尹早已候在門內，一見到前面之人立即躬身：「宋大人，下官在此恭候多時了。」

宋乾抬手示意，腳步不停地繼續朝內走，一邊問：「屍首在何處？」

「就在後院，您這就去嗎？」

「嗯，現在就去。」宋乾轉頭看了看跟在後面的人，「摘下風帽吧，此地沒有外人。」

楊霖顫巍巍摘下風帽，露出一張木訥徬徨的面孔，雙眼裡則是滿溢的恐慌。

宋乾正色道：「楊霖，本官今天帶你來，是特為讓你認屍的。不過我有言在先，那老婦人死了有些時日，雖說在水中泡著減緩了腐敗的速度，現在的模樣也是十分可怕的，你做好準備吧。」

「認屍……認屍？」楊霖似乎剛剛領會了宋乾的意思，突然全身顫抖，「我娘，我娘……不，不會的，不會的。」他一邊喃喃自語，一邊不辨方向地往前疾走。

宋乾歎了口氣：「唉，走這邊！」

穿過正堂前的院子時，楊霖神魂俱散、心亂如麻，並未發現宋乾向堂內拱了拱手。直到二人拐向後院，狄仁傑才緩步走到正堂門口，默默注視著那兩個背影。自八月一日會試之後，短短的一個多月，他的形容又蒼老了許多，尤其是那雙一直以來都清明透亮、不似古稀老者的眼睛，最近這些天來也變得霧靄沉沉，其中的滄桑和失落令人見之傷懷。

狄仁傑並未等待很久，片刻之後，從後院傳來一聲撕心裂肺的哀號。「娘！」凜然劃破京兆府內的肅靜。狄仁傑站在堂前輕捋長鬚，不禁喟然歎息，世事無常，這人間的悲歡離合看得太多太久，到底也感到有些厭倦了。

又過了一會兒，宋乾和楊霖再次出現。那楊霖涕淚交流，腳步蹣跚，被宋乾一路拉扯著才勉強走到正堂前。

宋乾對狄仁傑拱了拱手：「恩師，他已經認出，那屍體就是何氏無疑。」

「嗯。」狄仁傑點點頭，「去堂內說話吧。」

進入正堂，京兆尹親自關門退出。狄仁傑落座，抿了口茶，示意宋乾：「讓他也坐下吧。」

「是。」宋乾推著楊霖到椅子前按他坐下，楊霖依舊低頭嚎啕。宋乾正想喝止，狄仁傑好似看穿了他的心思，慢悠悠地道：「人之常情嘛，他想哭就讓他哭吧……宋乾啊，你先把發現屍體的經過對他說一說。」

何淑貞的屍體是在離洛陽城幾十里外的永安縣被發現的。當時，她的屍體在洛水之上載沉載浮，最後陷絆在河岸邊的蘆葦叢中，被打魚的漁夫發現，上報至永安縣衙。永安縣令好一番察查後，發現本縣並無人識得這老婦人，便推測屍體是經洛水由外縣漂至當地的。溯水向西，上游就是洛陽城。如此，永安縣便派了衙役，將屍體一路送回洛陽，隨後又經洛陽縣令、京兆府等數級上報。因宋乾早在京兆尹打過招呼，要尋找一名何姓老婦，京兆尹這才將此事親自報到了大理寺卿宋乾的案頭。

宋乾講完，狄仁傑聲音低沉地補充道：「從屍體漂流的距離看，投屍的時間至少在一個月之前。因時令入秋，天氣寒冷，屍身又浸泡在水中，所以過了這麼久還能依稀看出生前的模樣。否則，恐怕楊霖你今日所見母親的遺容，就更為不堪了。」頓了頓，他又感慨道：「經仵作查實，何氏乃被勒窒息而死。孝為天下先，你一個讀書人，竟讓含辛茹苦養大自己的老母親如此慘死，你於心何安哪！」

狄仁傑的話音不高，卻似利刃刺穿楊霖的心肺，他高聲悲號起來：「娘，娘！是兒子害了您啊！是我該死，我該死啊！」楊霖一邊痛哭，一邊還用拳頭「咚咚」地猛砸腦袋。

狄仁傑向宋乾瞥了一眼，宋乾會意，嚴厲地申斥道：「楊霖，自從你在會試上暈倒後醒來至今，我對你多番盤問事情始末，你始終推託，堅稱要找到母親方肯坦白。今天你的母親倒是找到了，只可惜你與她已天人永隔。事到如今，楊霖，難道你就沒有半點悔悟嗎？」

楊霖嘶聲喊道：「悔！我好悔啊！這一切都是因我而起，我母親、我母親就是被我所害的啊，我忤逆不孝！我十惡不赦啊！」

宋乾打斷他：「楊霖，你口口聲聲稱你母親為你所害，那麼現在，你就對狄大人和本官說一說，你母親到底是怎麼被你害死的？」

楊霖這才看見了狄仁傑，淚眼矇矓地問：「狄大人……您也在這裡？」

狄仁傑淡淡反問：「是啊。怎麼，你不想見到我？」

「哦，不、不是……」楊霖垂下腦袋。

宋乾拍案而起：「楊霖！你知不知道？你不僅害死了你的娘，你也差點害死了你自己！如果不是狄大人預先設計將你救下，恐怕今天你與你娘就不是在這京兆府，而是在黃泉地府會面了！」

「我？設計救下？」楊霖瞠目結舌，一時說不出話來。

宋乾氣鼓鼓地解釋道：「楊霖，正是狄大人命人在你的茶水中投藥，你才會在會試現場暈倒，類似死狀被送入大理寺。狄大人煞費苦心，只不過想讓你擺脫小人的掌控，以免你死於非命啊！可你呢？你自甦醒之後，仍然不思悔改，對本官的盤問置之不理，一味遷延時機，終至今日之局面！」

楊霖瞪大血紅的雙眼：「狄、狄大人，您早知道了？」

狄仁傑悠悠地歎息一聲：「楊霖，你說說，我再聽聽看，我是不是都知道了。」

楊霖低頭不語。堂中一片沉默，少頃，他站起身來，對狄仁傑躬身道：「狄大人，楊霖有罪，罪不容誅，但楊霖也有冤！過去整整一個月隱忍不言，只是擔心殃及母親，可是現在……現在……」他又痛哭得說不下去了。

狄仁傑待楊霖哭聲稍落，方道：「楊霖，從剛才所述發現屍體的經過看，你的母親何氏早在一個多月前就已經死了，也就是說會試後的兩三天內她就被害了。」

楊霖捶胸頓足，從牙縫裡擠出話來：「好狠毒，好狠毒啊！」他翻身跪倒，對狄仁傑磕頭及地，「狄大人，楊霖的母親已慘遭毒手，楊霖再無半點顧慮，此刻就將所知所犯的一切經過對大人和盤托出！還求狄大人能替我娘申冤！」

狄仁傑微微頷首，直覺告訴他，今天他將從楊霖的口中聽到許多驚人的真相，許多他期待已久想要了解的事情。但也就是此刻，他的心中卻湧起巨大的恐懼，幾乎不敢去聽楊霖的坦白……正當他陷入些微的迷茫和恍惚時，楊霖開始訴說了。

到了現在，楊霖再也無所保留，憋了太久的話語終於找到出口，於是他從頭講起。本是一介書生的他，與母親何氏相依為命，雖從小顛沛流離、生活困苦，但不論多麼艱難，母親總竭盡所能，送他去讀書求學。楊霖也沒有辜負娘的期望，刻苦攻讀，學業精進，在蘭州的書院中也算出類拔萃，如果不是因為自小體弱，誤了幾次趕考，也許楊霖早幾年就蟾宮折桂了。當然他尚不過三十出頭，求取功名只是早晚的問題，楊霖一直對自己很有信心。然而，這一切卻在聖曆二年發生了天翻地覆的變化。

這年年初，他稀裡糊塗地被人領到了蘭州對岸、金城關外的一個地下賭場，從此泥足深陷、萬劫不復。短短半年的時間，他不僅輸光了身上全部的錢財，更是把家裡所有值錢的東西都拿去變賣作了賭資。何淑貞發現異樣，他也只以讀書趕考需要錢財搪塞。為了翻本，楊霖又開始借莊家的高利貸。就這樣，到那年年末的時候，他已債台高築，陷入絕境，可還是執迷不悟，終於從家裡偷出唯一一件寶物，送去了賭場。據何氏告訴他，這是一件皇宮裡的寶貝，機緣巧合到了何氏的手中，打算作為傳家寶，世世代代延承下去。何氏一直把這件寶貝倍加小心地收藏著，從不敢露在外人面前，只因這是宮裡頭的東西，怕一旦為人所知就要招來殺身之禍。可這回楊霖輸紅了眼，什麼都顧不上了。

「那是件什麼樣的寶貝？」狄仁傑捻鬚發問。

楊霖期期艾艾地道：「是、是一幅織毯。」

「織毯？」狄仁傑雙眉一聳，「什麼樣的織毯？竟是皇宮中的貴重物品？」

「這個……」楊霖迷茫地回答，「我也不懂。那就是塊五尺長寬的織毯，色澤確實華貴絢爛，編製的花樣也十分精妙，不過其他我就看不出什麼特別之處了，只是我母親堅稱那是件世上罕有的寶貝。對了，這毯子的質地倒很輕盈，捲起來往肩上一扛，一點兒不覺沉重。」

狄仁傑和宋乾相互看了一眼，道：「嗯，你繼續往下說吧。」

毫無疑問，楊霖很快就把織毯抵押的錢又輸了個精光。此時已近年關，楊霖既怕母親發現織毯丟失，又怕莊家逼債，正惶惶不可終日，突然有人給他傳來信息，說賭場的幕後老板要見一見他。就這樣，在去年的除夕那個風雪交加的夜晚，他又去了金城關外的賭場，並在那裡頭一次見到了賭場的背後操控者，一個相貌醜陋變形的凶惡老頭。

在過去一年裡，楊霖也隱約聽到些傳聞，說這賭場是一個名叫沈庭放的異人所設，但此人很善於隱藏，幾乎無人能見到他的真面目。那麼沈庭放為何要打破慣例，突然在除夕夜，親自召見他這麼個落魄至極之人呢？原來，沈庭放要和楊霖談個條件。他要楊霖去為自己辦一件事，事成之後，不僅能免去全部賭債，還可將那織毯還給楊霖。楊霖走投無路，只好答應了沈庭放，但又實在心有不甘。也是情急生智，談話結束後，楊霖便偷偷跟在沈庭放的身後，在那個酷寒肅殺的夜晚，一直尾隨他回到了荒原上的沈宅。

沈庭放由正門而入，楊霖就從後牆偷偷翻越。他聽到沈庭放在前院與女兒說話，家中似乎來了好幾個壯年男子，楊霖不敢擅動，只得躲在後院的柴房簷後，眼看著沈庭放和他的女兒在前院後院來回走動。大半夜的風吹雪打，他被凍了個半死，好不容易等到前院的燭火熄滅，那幾個喝酒的男人酒酣入睡，他才躡足摸到了沈庭放的臥室前。

奇怪的是，已是新年元日的凌晨，沈庭放卻在伏案疾書。楊霖從門縫往裡望，只見他寫著寫著又突然停下，嘴裡還唸唸有詞。昏暗的燭影中，那張不知因何被毀的臉上布滿殺氣，簡直形如惡鬼。楊霖看得膽戰心驚，忍不住地牙齒相扣，沈庭放察覺動靜，悚然從椅子上跳起！楊霖見勢不妙，推開房門便直闖進去。

楊霖按約去賭場前就偷偷帶了把刀放在身邊，以備萬一。可他畢竟是個儒生，在賭場和沈庭放對峙了半天也沒敢把刀拔出。這時他孤注一擲，舉刀直逼沈庭放，嘴裡低喝：「沈老賊，我可找到你的老巢了！你快把我娘的寶物還我，要不然我殺了你！」

他原本想的就是嚇唬嚇唬老頭子，最好能嚇得他交出母親的寶毯就完了。可誰知那沈庭放卻像著了魔似的，從桌上抄起樣東西，齜牙咧嘴反撲過來。楊霖哪見過這陣勢，頓時腦子一片空白，本能地和沈庭放搏鬥起來。他自己手裡的刀掉落在地，又稀裡糊塗地搶過沈庭放手中捏著的東西，看也不看，便朝對方身上亂捅，等到他終於感覺對方沒有動靜，委頓於地的時候，沈庭放已經氣絕身亡了。

「竟然是這樣……」狄仁傑喃喃低語。

楊霖抹了把額頭上的冷汗，啞聲道：「是的，狄大人，晚生就是這樣成了一個殺人凶手。從那日以後，晚生的良心無時無刻不在受著煎熬，今日總算一吐為快……」

狄仁傑點了點頭，又沉吟著道：「只是本官聽你方才所述的經過，這事情似乎還頗有些蹊蹺。」

「哦？恩師，什麼蹊蹺呢？」

「我是覺得沈庭放的舉止十分反常。」

看到楊、宋二人困惑的目光，狄仁傑平靜地解釋道：「其實從頭至尾，這個沈庭放的舉動就很可疑，不過我們先談凶案發生現場的疑點。楊霖，據你所說，沈庭放是一看到你就立即反抗的，但是他沒有喊叫嗎？按說當時前院有幾名壯年男人，他完全應該大聲呼救。還有，他既然能夠把你原來手中的刀都打落，為什麼後來他自己的武器反被你奪去了呢，而且毫無還手之力？」

「這……」楊霖邊想邊道，「狄大人，案發當時我是徹底昏了頭，但後來定下心，我也反覆琢磨過。沈庭放沒有喊叫這點我到現在都沒想通，但是我記得他當時嘴裡嘟嘟囔囔的，似乎是在說什麼『今天我就要你死，要你死……』倒好像對我抱著極大的仇恨。」

「哦？這就更怪了，照理是他設局利用你，應該是你恨他才合理，他為什麼突然又要你死呢？」

楊霖困惑地搖頭，又道：「然後，正如大人您方才指出的，他剛開始反抗時力氣奇大，一下就把我手中的刀打落在地，但隨後好像突然變得軟弱，我從他手中搶下剪刀，又連捅他數下他都再沒有抵抗，被我很輕易地就殺死了。」

「剪刀？他所持的是一把剪刀？」

「對。」楊霖肯定道，「一把很稀罕的紫金剪刀，原來就擱在他的書桌上。」

狄仁傑沉思起來，片刻，他抬頭道：「楊霖啊，根據你的這些描述，本官推測：沈庭放很有可能在你進屋之前，就已疾病發作，所以才會驟然脫力，任你捅殺。甚至有一種可能，他在你捅他之前，就已經死了。人在驚恐之下昏厥，甚至被嚇死的，有不少例證，沈庭放也許就是這種情況。楊霖，你繼續往下說。」

「是。」楊霖定了定神，繼續說下去。看見沈庭放已死，他清醒過來，馬上就想到了逃跑。因為前院很安靜，貌似還無人發現後院的動靜，於是他大著膽子匆忙搜查了一遍沈庭放的屋子，企圖找出織毯，可惜一無所獲，連值錢的東西都未發現。楊霖心有不甘，胡亂抓取了書桌書架上的一些書籍和紙張，又把紫金剪刀和自己帶的刀一起揣上，才慌忙逃離沈宅。在院子裡他還撞上個人，楊霖嚇得半死，所幸那人似乎喝得迷糊，嘟囔著就晃走了。楊霖翻出院牆在雪地上一路狂奔，逃到半路時覺得帶的東西太累贅，就把書籍全扔掉了，只留下紫金剪刀和一封書信，至於他自己的那把刀，估計是與人相撞時碰落了吧。

狄仁傑盯住楊霖：「書信？什麼書信？」

楊霖咽著唾沫道：「書信就是沈庭放當夜在寫的，寫了一半被我打斷。我行凶後胡亂從桌上抓走，其後再看才發現裡面大有文章。那書信是、是沈庭放寫給沈……」說到這裡，他突然吞吞吐吐起來。

狄仁傑鎮定地接口道：「還有那把剪刀，這兩樣東西現在何處？」

「回狄大人，此二物我一直帶在身邊，直到會試那天才寄入了貢院的門房。」

宋乾皺眉：「是嗎？可我派人查過考生寄放的物品，沒發現有你的包裹啊？」

「哦，我寫上了同鄉貢生趙銘鈺的名字。」

宋乾一驚：「趙銘鈺？就是那個你甦醒後，求我去找他打聽何氏下落的貢生？」

「是。」楊霖點頭，「那兩件物品關乎我的生死，我也擔心自己萬一發生意外，這兩樣東西落入惡人之手，則真相永無大白之日，就借著會試的時機將它們送出。我想，這兩樣東西一定在趙兄手中。就算我遭到不測，這兩件重要的證據還是能保住的。」

「哎呀，你怎麼不早說！」宋乾忍不住埋怨，「否則上回我去趙生那裡，就將它們取來了。」

狄仁傑淡然道：「因這兩樣東西亦是他殺死沈庭放的物證，他當時還心存僥倖，自然不肯向你言明。楊霖，老夫說得對嗎？」

楊霖垂首不語。

宋乾道：「恩師，我現在就派人去趙生那裡將東西取來。」

狄仁傑點頭：「嗯，不過……五日前皇榜已張，那趙生未中進士，恐怕已經離開洛陽了吧？」

「啊？」宋乾急得從椅子上跳起來，「恩師，乾脆學生親自跑一趟吧，也好見機行事。」

「如此甚好。」

宋乾大步流星地走了。楊霖跪在地上發呆，許久，才聽到頭頂上傳來狄仁傑凝重的話音：「楊霖，現在讓我們來談一談那半封書信。」

楊霖抬起頭，卻見狄仁傑面沉似水：「假如我沒有猜錯，那封信是沈庭放寫給沈槐的吧？」

楊霖渾身一震，忙又垂下眼瞼，只有這樣他才有勇氣繼續往下說。實際上，在金城關外充當賭場的破廟內，沈庭放就交代楊霖，讓他到洛陽找一個叫沈槐的人，並給了他一張字條作為憑據。按沈庭放的說法，楊霖只要聯絡上沈槐，隨後的一切聽沈槐安排就行了。楊霖並不知道沈槐與沈庭放之間的關係，也完全不清楚自己在洛陽要完成什麼任務，只不過充當一件任人擺布的工具罷了。

但是楊霖闖入沈宅致沈庭放死亡，又拿走了紫金剪刀和半封書信，卻使他意外窺伺到了整件事情背後的部分秘密，書信的確是寫給沈槐的，因為抬頭便是：槐兒見字如晤。整封信字跡潦草，語意混亂，似乎是在極大的震驚和恐慌中寫出的。但楊霖還是能大約看出，沈庭放是想對沈槐說，因有重大變故發生，原本設想好的計劃必須全盤推翻。並且他提醒沈槐，他們二人的處境堪憂，都面臨著極大的風險，他要沈槐千萬多加小心，及時準備退路，提防遭到滅頂之災。沈庭放用異常驚懼的口氣寫道，今天他發現了一個最可怕的事實……信寫到這裡，便戛然而止了。

楊霖說完了，狄仁傑沉思片刻，問：「關於這封信，還有什麼特別之處嗎？」

楊霖擰眉思索，遲疑著道：「那信我看了不下幾十遍，幾乎能倒背如流，內容就是方才所說的。我很久以後才推想到，信中所說的計劃，是不是就是沈庭放指使我去沈槐處所做的事情？」

狄仁傑一聲冷哼：「很有可能。也就是說，沈庭放剛剛把你安排好，卻因為某樁突發的事情而改變了主意，打算寫信給沈槐，撤銷計劃。偏偏他意外死亡，連信件亦被你取走，於是沈槐在不知就裡的情況下，仍然將計劃執行了下去。哼，這也就是過去幾個月，你出現在老夫面前的始末吧？」

「狄大人，我……」楊霖面紅耳赤，無地自容。

狄仁傑喟然長歎：「你誤入歧途，又一心想找回母親的寶物，才受人脅迫，做下種種可恥的事端。追究起來，你不過是個傀儡，真正居心險惡的，還是那幕後之人啊。」

楊霖衝動地道：「狄大人，晚生在狄府的時候，深受您的關照，真真是羞愧難當，日夜受著良心的折磨。而那沈槐將軍就在您的身邊，晚生見您對他十分信任，擔心即便自己向您坦白，您多半也不會相信我。而一旦讓沈將軍知道了，別說我命休矣，我娘的寶物，乃至我娘的命，恐怕都有虞，所以我左思右想，卻始終不敢啟齒！可誰知就算如此，到頭來還是沒能保住我娘的性命，嗚嗚嗚……」

狄仁傑微微頷首，思忖著又問：「有一點我不明白，何氏如何來的洛陽？怎麼會到沈家幫傭？你又如何認定一旦招供，你娘必有性命之憂？」

「狄大人有所不知，我娘是來洛陽找我的，並且她一直在沈將軍的堂妹沈小姐家幫傭。那沈小姐便是沈庭放的女兒啊！」楊霖這才將那日在選院碰上母親的前後經過，對狄仁傑細述了一遍，最後道：「狄大人，您方才說我一直心存僥倖，真正是一針見血。我就是斷定沈槐將軍絕想不到去年除夕夜的真相，沈庭放的信件亦在我的手中，所以才敢與他周旋，企圖火中取栗，將母親的寶物弄回來。當我得知我娘在沈小姐那裡幫傭，沈小姐對她很好時，更確定了這一點。因此我想，只要能熬到會試結束，就算沈將軍不給我寶物，我如果進士得中，從此走上仕途，再脫身也不遲。不過我還是留了個心眼，讓我娘會試一過，就離開沈家去找趙銘鈺兄，在那裡等待我與她團聚。而我自己則打算在張榜前後，設法逃離狄府。」

「哼，楊霖啊楊霖，你打得好一副如意算盤啊！」

楊霖捶胸頓足：「狄大人，晚生此刻方知自己多麼荒唐，就這樣活生生害死了為我含辛茹苦一輩子的親娘啊！」話音未落，他再度涕淚縱橫。

狄仁傑騰地自案後站起，在楊霖面前來回踱了幾步，沉聲道：「楊霖，你口口聲聲說老母親被你所害，那麼說你知道自己母親是如何死的？」

楊霖抹一把眼淚，惡狠狠地道：「我娘在洛陽城無親無故，除了沈槐和沈珺，有誰會殘忍殺害她這麼個孤苦孱弱的老婦人！」

「哦，那麼你倒說說，沈氏兄妹為何要殺害你老娘？」

「這……」楊霖語塞，隨即斬釘截鐵地道：「必是那沈槐發現了我與沈庭放的死有關，想殺了我老娘報仇吧！」

狄仁傑連連搖頭：「楊霖，你真是糊塗到家了，偏偏還喜歡自作聰明！」

楊霖低頭落淚，再也說不出話來。狄仁傑銳利的目光投在年輕人的身上，只見他委頓於地、涕泗滂沱，悲痛欲絕的模樣既可鄙又可憐。狄仁傑不禁長歎一聲：「從踏進賭場的那一刻起，你便一錯再錯，終致今日之局面啊。不過，你總算還做了一件正確的事情。」

「啊？狄大人？」

狄仁傑仰首，慢慢吟出：

聚鐵蘭州完一錯，書罪須罄南山竹。
錯成難效飛鳶悔，罪就無尋百死贖。
古廟儼儼存社鼠，高牆峨峨有城狐。
此身已上黃泉路，待看奸邪不日逐。

楊霖大驚失色：「狄大人，您還記得這首詩？」

「當然。」狄仁傑那疲憊的話語在楊霖的耳邊激起陣陣回音，「你這首詩裡所要表達的，不就是自己一失足成千古恨的悔意……還有，便是想提醒老夫，身邊有小人嗎？」

「是。」

狄仁傑負手而立，彷彿在自言自語：「對你來狄府的過程和目的，老夫始終深有疑慮……」

楊霖迫不及待地表白：「狄大人，其實晚生也不知道這一切的目的究竟是什麼，只是一味遵從沈將軍的命令。」

「我知道你不明就裡，但這不重要。關鍵是你的那首詩提醒了老夫，讓老夫頭一次將目光轉移到了沈槐的身上。」

楊霖情不自禁地瑟縮：「啊？狄大人，您、您早就知道了？」

「是想到了，但老夫也無法確定沈槐的目的，就安排人暗中監視。會試前夜沈槐去找過你，並且授意你給老夫寫了封辭別的信件，是不是？」

楊霖叫起來：「是，狄大人，您連這也知道了！」

狄仁傑語帶苦澀：「這很容易辦到。你寫信時力透紙背，字跡大半印到了下面的紙上。狄忠趁你離開時，將紙取給了老夫，從中辨認出你所寫的內容其實並不難。就是這封辭別信，讓老夫擔心沈槐對你起了不良之心，所以才在會試現場搶先出手，將你救下。否則的話，後果不堪設想！」

楊霖連連叩頭：「狄大人，晚生欺騙了您那麼久，您卻伸手相救，晚生真是……」

狄仁傑無力地擺了擺手：「不過，我並不認為沈槐知道你與沈庭放的死有關，據我推想，應該是他改變了計劃，不想再利用你，甚而是想殺人滅口吧。」

「恩師，恩師！」正在此時，宋乾焦急的叫聲從院外一路傳來。

狄仁傑疾步迎向門口：「哦？宋乾，什麼事？」

宋乾滿臉懊惱：「恩師，咱們晚了一步！」

「趙銘鈺走了？」

「那倒不是。趙生因是蘭州同鄉會的會長，便多留了幾天，要到後日蘭州考生走完後才走。可是……楊霖的包袱已經不在他那裡了。」

「那在哪裡？」

宋乾瞥了一眼楊霖，又看看狄仁傑，有些尷尬地道：「趙生說，他會試結束後拿到包袱，覺得很奇怪，就上交當日負責考場秩序的沈將軍了！」

狄仁傑的身子晃了晃，宋乾搶上前扶住：「恩師，您……」

狄仁傑定定神，輕輕推開宋乾的手，沉聲道：「如此看來，楊霖懷疑沈槐是殺害何氏的凶手，倒有些道理了。」

「啊？恩師的意思是……」

狄仁傑一字一頓地道：「紫金剪刀既然是沈家原有的物件，沈槐肯定認得。再加那半封書信，我想沈槐必定得出結論，楊霖便是殺死沈庭放的凶手！他因此而殺害何氏報仇就可以說通了！」

「娘……」楊霖哭倒在地。

宋乾手足無措地望著狄仁傑，只短短的半天工夫，狄仁傑臉上的皺紋似乎又深又密了許多。許久，只聽老人仰天長歎：「天作孽，猶可恕；自作孽，不可活……」他轉向宋乾，異常艱難地道：「宋乾啊，既然有苦主訴稱本官侍衛長沈槐為殺人凶手，你便下令去抓捕凶嫌吧。」

洛陽城外，邙山西南方向的山坳中，有大片的紅葉林。每年秋季紅葉盛開之時，只見泣血遍野、焱如山火，隨著秋風蕩起火紅的波濤，這景色如詩如畫，整個九月都引來遊人如織，流連於山林之間。

紅葉林的西北角，地勢陡升的半山腰中，有座護林人登高瞭望的小角亭，後來不知何故又被廢棄。從遊人聚集的紅葉林往此處來，沒有平坦的山路，其間雜草紛陳、亂樹阻擋，需手攀腳蹬才能靠近小角亭，因此周遭人跡罕至，極其僻靜。

此刻是正午時分，小角亭的地上鋪了厚厚一層被秋風吹入的紅葉，陽光從破損的亭頂上瀉入，將紅葉映得金黃斑駁。寂靜無聲的亭中一人獨立，身姿挺拔、衣裾翩然，雖穿著武官常服，卻有文生的儒雅氣派。這人面貌端正，顧盼自如，只從一雙眼睛的最深處，隱隱露出不安。他，正是沈槐。

沈槐應約而來，已在小角亭中等候了一陣。他表面上不露焦慮，似乎還在優哉游哉地欣賞風景，一顆心卻早跟開了鍋似的。右手攥緊的拳頭裡是一枚小小的銀翅飛鏢，正是它昨日夜間穿過窗紙，給沈槐送來一封短信，邀約今日之會。沈槐當然認得這種內衛組織的專用飛鏢，並且知道，只有最高等級的人物才能使用銀翅飛鏢，在整個大周朝內擁有此物者，絕不會超過三人。沈槐無法預測，今天自己將面對何種險局，但被內衛盯上就意味著別無選擇，只能前來赴約。

正是會試之後，意外落入他手中的紫金剪刀和半封書信，才使沈槐真正認識到了自己的困境，否則，他大概至今還做著志得意滿的春秋大夢。利用楊霖來實施的「真假謝嵐」計劃，本來是沈庭放為沈槐精心安排的，準備等沈槐在狄仁傑身邊站穩腳跟後，便開始一步步實施。可沈庭放卻在去年除夕夜突然意識到，這計劃從一開始便是個巨大的錯誤！沈庭放寫信給沈槐，就是為了澄清這個錯誤，並企圖阻止沈槐。哪裡想到陰差陽錯，沈庭放暴死，楊霖倉促間把這封關乎性命的書信扣下，為了取回母親的寶物，還自己送上門來促使沈槐按原計劃行事，結果一發不可收拾。

如今沈槐回顧來到狄仁傑身邊的日日夜夜，品味自己的心路歷程，真有種啼笑皆非的感覺。最初得不到信任的徬徨和失落；隴右道上難能可貴的心靈貼近；再到盂蘭盆節之夜狄仁傑的推心置腹……原以為終於突破重重心障，取得了狄仁傑莫大的信任，即便這其中有投機取巧的因素，沈槐還是感到巨大的成功。至於狄仁傑究竟是把他當成沈槐還是謝嵐，甚而是又一個袁從英，沈槐都決定不去計較，因為畢竟自己在這個過程中也有過多次反覆，千迴百轉難以盡述，而真正重要的是，最終都是他本人將得到由此帶來的一系列好處。

可當沈槐展讀那封遲到了大半年的書信時，他才毛骨悚然地發現，自己是多麼的一廂情願、愚不可及。也就是從那一刻起，他決定再也不和狄仁傑周旋下去了。沈槐認為，狄仁傑早晚會獲知全部真相，而他必須在此之前離開狄仁傑，擺脫關於「謝嵐」的一切，並為自己找到一個比狄仁傑更有勢力的靠山。因為簡單地一走了之，從此亡命江湖絕非他所願，功名利祿、富貴榮華，他追求了這麼久，付出了那麼多，怎麼捨得輕易放棄？還好現在他手中有了一張新的王牌：周靖媛，以及她所擁有的那份具備神秘力量的「生死簿」。與周靖媛定親、趕走沈珺、和狄仁傑鬧翻……沈槐破釜沉舟，硬著頭皮往前衝，接下去，就是利用「生死簿」好好做文章了。周梁昆曾經向他透露過「生死簿」的內情，沈槐深知這樣東西的價值，利用它肯定能換來朝中最有權勢人物的支持，不論是李、武還是二張，任何一派都會對「生死簿」極為重視。當然，與虎謀皮是風險極大的，周梁昆的慘死就是前車之鑑，沈槐猶豫再三，還沒有想好行動的策略，卻未料別人已搶先動手了。

「沈槐將軍！」

一聲低沉的呼喊劃破腦海中的重重迷霧，令得沈槐全身一繃，他本能地應道：「何人喚我？」佩劍頃刻出鞘，劍尖猶在不停地輕顫。只不過電光石火間，沈槐已通體大汗，自己在沉思中竟絲毫不覺有人靠近，如果對方有心置自己於死地，他此刻已橫屍在遍地紅葉之中了。

角亭外的四個方向，東西南北的紅葉林中，同時站著一隊全身黑衣、面罩黑巾的武士，將角亭圍了個嚴嚴實實。沈槐強作鎮定，冷笑一聲道：「朗朗乾坤，打扮成這個模樣，你們就不怕太過顯眼嗎？」

面對他而立的那隊黑衣人，正中間的一人不緊不慢地開口了：「朗朗乾坤是沒錯，不過似乎與沈槐將軍沒什麼關係。要說起來，咱們本來就是一路人。」

「一路人，我和你們是一路人？」沈槐想要仰天大笑，可惜鼓不起那氣勢，也知對方暫時無意殺人，便恨恨地道：「少廢話，乾脆點說吧，把我約來此地究竟想幹什麼？」

皂巾遮掩的口鼻之上，黑衣人的眼睛倒是流露著笑意，彷彿面前是一隻任自己逗弄的小狗：「聽聞沈將軍素來極有涵養，今日一見，不過如此嘛。看來狄仁傑大人調教人的本領很一般……」

沈槐把劍一橫：「究竟有事沒事？否則沈槐就此別過了！」說話間，他舉足跨出角亭。沒有回答，只有紅葉和黃草窸窣舞動，好像漣漪微蕩，眨眼間四個方向的黑衣人便齊聚到了沈槐的面前，擋住去路。沈槐的額上青筋暴起，果然是來者不善，今天恐怕無法輕易脫身，他咬著牙又問一遍：「你們到底想幹什麼？」

「想問你要一樣東西！」那聲音陰森入骨，彷彿是來自地下的回響，「生死……生死……」涼氣直沖沈槐的腦門，他再往前看去，黑衣人彷彿已成倍增加，阻隔了滿山紅葉的絢麗景致，暗沉的死氣鋪天蓋地，頓使白日無光。

「宋大人，今日特為前來，是我爹爹的案子有什麼新進展嗎？」

宋乾才踏入周府，轉到照壁後面，迎面就碰上了全身縞素的周靖媛。她直挺挺地堵在去路上，一張嬌媚的鵝蛋臉消瘦不少，漆黑的杏眼周圍是濃濃的陰影，連雙唇也失去了薔薇初綻般的豔麗，卻抿出倔強與挑戰的形狀。

宋乾乾笑一聲，作揖道：「周小姐，周大人的死已有定論，本官今日前來，是要和周小姐談些別的。」

「別的？什麼事？」周靖媛動也不動，全然無意引宋乾入內宅。

宋乾還算了解這位大小姐的脾氣，便不卑不亢地道：「無他，只想來問問周小姐，沈槐將軍是否在府上？」

「沈槐？」周靖媛挑起眉梢，「狄大人的侍衛長，您該去狄府找啊，到我這周府來做什麼？」

宋乾面不改色：「聽聞周小姐近日已與沈將軍定了親，那沈將軍時常在周府走動，故而特來此地尋他。」

周靖媛覺出味道不對，狐疑地打量起宋乾來：「沈槐常來府中是實，但也都是在當職之外的時間。據我所知，他是非常盡責的官員，從不擅離職守的……宋大人您何故此時來我府中找他？再者說，若是狄大人有要事召喚他，也不該是您這位大理寺卿親自跑腿啊？」她眨了眨黑寶石般的眼睛，衝著宋乾嫣然一笑，「宋大人，您能告訴我為何如此著急找沈槐將軍嗎？」

「周小姐果然冰雪聰明啊。」宋乾嘖嘖讚歎，隨即拉下臉，一本正經地道：「周小姐，你所料不錯，如果沈將軍這位朝廷武官不是牽扯了人命大案，我這大理寺卿又何必親自出馬呢？」

「人命大案？」周靖媛倒吸一口涼氣。

宋乾觀察著她的表情，依舊不緊不慢地說著：「是的。有人控告，自己的老母親被沈槐將軍用極其殘忍的手段殺害了，被害老婦人的屍體目下就在京兆府中。因為沈將軍乃朝廷四品命官，又是狄國老的衛隊長，身分特殊，在案情未白之前為免鬧得滿城風雨，本官才先自行尋找沈將軍的下落。」

周靖媛的臉上一陣紅一陣白，勉強應道：「殺人？沈槐殺人？怎麼可能？為什麼……我不相信！」

「我也不相信啊。」宋乾頗有同感地搖頭，「周小姐，本官也認為，沈將軍絕不可能犯下此等罪行，然沈將軍光躲著不現身，一味逃避查案，反倒顯得做賊心虛，實在是不明智啊！因此本官還想請周小姐幫忙，讓沈將軍盡快到大理寺接受訊問，一證清白。」

周靖媛登時柳眉倒豎，氣喘吁吁地道：「宋大人，您這話是什麼意思？沈槐有沒有罪我不知道，他在哪裡我更不清楚，你憑什麼要我去跟沈槐說？這一切和我有什麼關係？」

「這個……」宋乾遭了頓搶白，滿臉尷尬地道：「本官四處尋找沈將軍無果，才想到周府來試試……」

「沒有！沈槐好久沒來過了！我不知道！」周靖媛幾乎在尖叫了。

宋乾皺起眉頭：「請周小姐少安毋躁。既然沈將軍不在此地，那本官就告辭了。」他朝周靖媛拱拱手，又加了一句：「周小姐，如果沈槐將軍前來周府，還望周小姐向他轉告本官方才的話。萬一他不遵從，就得麻煩周小姐及時派下人到大理寺來通報——」

周靖媛劈頭打斷宋乾的話：「宋大人！這事和我沒有任何關係，我不想管，也管不了！就算沈槐來周府，我也壓根不會讓他進門。您要找他，還是自己想辦法吧！」說完，她腰肢一扭，揚長而去。宋乾在原地愣了片刻，才搖頭歎息著離去。

已過了三更天，周府靈堂上的燭火仍在明滅不定地跳動著，靈堂內外懸掛的孝幛喪帷隨著夜風瑟瑟飄揚，在黑黢黢的庭院中，那翻舞的片片灰白特別扎眼，真有種說不出的詭異淒涼。明天就是周梁昆的五七了，靈堂裡已布置好道場，從明日一早開始，這裡就要被喧鬧的法事所佔據，然而此刻卻是那樣安靜，靜得可怕。

周靖媛獨自一人，漫步穿行在漆黑的院落中。她剛在靈堂守了大半夜，按說必是精疲力竭，該去閨房安寢了。可不知何故，這位侯門千金仍神采奕奕地四處遊蕩著，全然不顧深秋的夜露沾上繡花緞鞋，寒霜亦染濕了那一頭烏髮。她的雙眼閃著亢奮的光芒，在漆黑的夜色中堪與星辰媲美。就在她踏上通向後院的狹窄小徑時，身旁濃密的灌木叢中突然伸出兩隻手，周靖媛連哼都來不及哼一聲，就被拽到樹後。

月光慘白如雪，沈槐滿臉斑斑血跡，顯得格外狼狽。他惡狠狠地嘀咕一聲：「別叫，是我！」方才撤下捂牢周靖媛嘴巴的手。

周靖媛稍緩了口氣，也低聲道：「你幹什麼？深更半夜的鬧鬼啊！」

沈槐冷哼：「你不也深更半夜地到處亂躥？」

周靖媛愣了愣，轉動著漆黑的眼珠仔細端詳沈槐，突然「噗哧」一笑：「哎喲，沈槐將軍，你這是怎麼了？從哪裡搞得這副窘態來？這可不像朝廷的中郎將、狄國老的侍衛長，倒像一個……逃犯了！」

沈槐的臉色愈加難看，低聲喝問：「逃犯？你什麼意思？」

周靖媛故作驚訝：「哎呀，你把自己弄得這麼狼狽，還半夜偷闖民宅，不活脫脫就是個逃——」

「住口！」

沈槐猛地揪牢周靖媛的胳膊，她疼得一咧嘴：「放開我！」

沈槐反而手下加力，咬牙切齒地道：「你快說！到底什麼意思！」

周靖媛連連吸氣，仍不肯示弱，反唇相譏道：「今天下午，大理寺卿宋乾大人來府裡找你，說是有人命官司落到你頭上了！」

「宋乾？什麼人命官司？」

「還有什麼，不就是那個老太婆。」

沈槐甩開周靖媛，冷笑起來：「我以為是什麼事，原來是老太婆？那不是你負責拋的屍嗎？哼，難怪說婦人難成大事，我終究是高看你了！」

周靖媛一邊揉著胳膊，一邊針鋒相對：「我難成大事，好歹也拖了這麼長時間，可你呢？為什麼一下子就讓人懷疑到你頭上來了？你和這老太婆之間，究竟有什麼糾葛？嗯？你不告訴我沒關係，可人家宋大人，哦，還有狄大人心裡頭清楚得很呢，只怕你過不了他們的關！」

沈槐無心理她，只顧自言自語：「難怪我今天回尚賢坊後的小院，就發現有人監視，你的府外也有，原來是宋乾派的人，我還以為……」他又是一聲冷笑，「如果是這樣，倒還好些。」

「什麼倒還好些？」周靖媛死死盯著沈槐發問。

沈槐收攏心神，雙眼放出困獸般的凶光，他正對周靖媛，一字一頓地道：「周靖媛，我正要問你，為什麼有人向我逼要『生死簿』？你說！這消息是怎麼走漏出去的？」

「有人向你要『生死簿』？什麼人？」

「我怎麼知道是什麼人！」沈槐壓低聲音怒斥，「今天午後在邙山上，我拚死才逃脫他們的圍捕！你看我很狼狽是不是？可你知不知道我差一點就死了！」

周靖媛滿不在乎：「什麼人如此厲害，居然連你沈將軍也不是對手……」

「你這女人！竟然冷酷至此！」沈槐暴怒地揮起手掌，未及落下卻看見周靖媛那雙秀目光中充溢的輕蔑和恥笑，他火熱混亂的頭腦驟然冷靜，右手慢慢收勢，左手卻像鐵鉗般握牢周靖媛的纖纖玉臂，許久，才從鼻子裡哼道：「我果然低估你了，周靖媛，我猜就是你把『生死簿』的消息透露出去的吧？」

周靖媛揚起嬌小的頭顱，語氣中的挑釁猶如尖銳的芒刺：「沈將軍，你太聰明了！不過還遠未聰明到家！」

「哦？那沈某倒要向周小姐請教一番了。」沈槐此刻倒完全鎮定下來。

周靖媛把小嘴一撇：「沈將軍，我的沈郎！你怎麼不想想，你這些日子成天在周府出出進進，早就讓有心人看在眼裡。咱倆定親的事情就算你我不說，下人們也會把這喜訊傳遍街坊鄰里。因此嘛，根本無須我去向什麼人透露消息，那些一直陰窺『生死簿』的人，自然就會把眼光落到你的身上啦。」

沈槐咬牙切齒地笑起來：「不錯，不錯，我倒還真沒想到這一層，小美人兒，沈某甘拜下風了。只是沈某尚有一事不明，靖媛小姐何不一塊兒都賜教了？」

周靖媛甜蜜地朝沈槐胸前靠去：「嗯，沈郎，你說……還有什麼事啊？我都告訴你。」

沈槐將周靖媛輕攬入懷，一邊撫弄著她的髮絲，一邊在她的耳邊竊竊低語：「靖媛，你處心積慮接近我，引誘我，主動委身於我，弄來弄去的，不會就為了把我拖入『生死簿』這灘渾水吧？」

「嗯……」周靖媛微合雙目，迷迷茫茫的，彷彿在呻吟，「不拖你拖誰啊？我就是要拖住你、拖死你，你說的，咱們倆是納過投名狀的，不求同年同月生，但求同年同月死——」

「夠了！」沈槐再也壓制不住胸中的惡氣，「周靖媛，我今天才算明白你的險惡用心，原來你處心積慮地與我周旋，根本目的就是要拉我陪葬！多麼可怕的女人啊！周靖媛啊周靖媛，我沈槐與你遠日無怨、近日無仇，你為什麼就盯上我了，啊？你說！」

周靖媛並無怯意，反而向他綻開最靚麗的笑靨，神色裡還帶上輕浮的媚態：「沈郎，我怎麼捨得讓你陪葬呢？你想錯了，我是要與你共赴錦繡前程啊。你不也是這樣想的嗎？有了『生死簿』，咱們就有了呼風喚雨的本錢，不過要冒些危險罷了，可這就是代價，很公平的，你總不能只得好處吧？」

沈槐不可思議地連連搖頭：「你、你簡直是瘋了！你明明知道你爹就是因為『生死簿』被人逼死的，竟然還敢與虎謀皮……」

「是！我當然知道！」周靖媛雙目灼灼，不顧一切的瘋狂之火幾欲破眶而出，「我爹爹被逼死了，那些人就會接著來逼我，可我不想束手就縛，我更不想像我爹那樣，被活活逼死！我還想替我爹爹報仇呢！所以我才找到了你，沈槐，我的郎君，你是有雄心的人，也是有本領的人，你怕什麼？既然那些想得到『生死簿』的人已經現身，你只要將他們掃平，我們憑著『生死簿』就足夠天下無敵了！」

「你！」沈槐哭笑不得，「周靖媛，我真不知道你究竟是太聰明還是太傻！你想想看，你爹爹那樣的朝廷三品大員，有幾十年根基的朝中重臣，都會被活活逼死，對手有多厲害、多可怕，你以為靠我們兩人的區區之力就能與他們抗衡？」

周靖媛嗤之以鼻：「誰讓你光靠自己了？我的沈郎，你不會這麼愚蠢吧！你的背後是誰？不是狄仁傑大人嗎？他可比我爹爹厲害多了，你把『生死簿』的秘密拋給他，還怕他不鼎力相助！」

沈槐腦袋上的青筋根根暴出，臉上的肌肉都在顫抖：「我總算明白你的居心了！周靖媛，從一開始你看中的就不是我，而是狄仁傑這個老傢伙！」

周靖媛毫不猶豫地反駁道：「那又怎麼樣？反正不能讓『生死簿』落到害死我爹爹的壞人手中！咱們總歸要憑『生死簿』待價而沽，狄仁傑大人的背後是太子，今後的皇帝，有他們的支持還怕你不飛黃騰達？」

沈槐氣結：「你胡說些什麼！」

周靖媛仔細觀察沈槐青白相間的臉，似有所悟：「你怎麼了？咦……為何我總感覺你和狄大人之間有些怪怪的，莫非你和他有什麼過節？你殺死的何氏是不是與此有關？對呀，按理說你是他的衛隊長，你出了事他總該先私下盤問你，怎麼連解釋的機會都不給你，就立即讓大理寺出面到處抓你？」

沈槐將牙齒咬得咯咯直響，半晌，他才費勁地擠出話來：「周靖媛，你這自以為是的蠢女人！你知不知道，你已經活生生把我逼到懸崖邊了？當然，你自己也跑不了！」

「懸崖邊？」周靖媛總算有點兒意識到問題的嚴重性了，她情不自禁地倒退半步，「沈郎，你別急啊，要是狄仁傑大人那裡靠不住，咱們還可以找找梁王爺，或者宮裡那兩個半男不女的傢伙，他們都很有勢力……」

沈槐把血污點點的猙獰面目直湊到她眼前：「來不及了，今天我之所以能逃脫，說穿了還是對方手下留情。我想他們一旦知道我失去了狄仁傑的信任，必然會再無顧慮，肆無忌憚地來威逼你我交出『生死簿』。以他們的身手和勢力，要殺死我們，或者讓我們生不如死，根本就是易如反掌，你爹就是前車之鑑！只怕到時候，我們連靠山的門都還沒摸著！」

「那……那我們該怎麼辦？」這下周靖媛也嚇得花容失色，沒了主意。

如墨的夜色中，沈槐陰冷的笑容散發出死亡的氣息：「都怪我一時貪念，竟被你這女人所累。罷了，罷了！時也命也，沒想到我沈槐，也會落到今日這般走投無路的境地！」

早朝已畢，上陽宮觀風殿外的廊廡下，一眾官員正沐浴著秋日暖陽，悠哉地品嘗今天的廊下食。最近這段時間以來，從各地上報的奏摺都是國泰民安的好消息，關內道糧食大豐收，洛陽這個全國的大糧倉秋收順遂，據報存放糧食的倉庫都不夠用，聖上還要緊急撥款加建，這錢花得自然是暢快無比。隨著喜訊頻傳，官員們發現，最近半個月來的廊下食都比往日豐盛許多，大家也吃得格外舒心。

陽光閃閃爍爍，狄仁傑瞇縫起一雙老眼，正在琢磨面前食盤中的發糕，耳邊響起殷勤的問候：「狄大人，今天的飯食還合胃口嗎？」

狄仁傑緩緩舉目，作勢欲起：「哎呀，是段公公，本官老眼昏花的，一時沒瞧見。」

段滄海半躬著腰，忙不迭伸出雙手相攙：「狄大人，聖上讓老奴來看看狄大人吃得可好？」

「好啊，很好，本官能看出來，給我的這份飯食與旁人不同，正想請教段公公卻是為何呀？」

段滄海畢恭畢敬地回答：「是。這是聖上特意囑咐，國老年邁之人，牙豁齒衰，喜用綿軟的食物，因此給狄大人準備的是綠豆湯粥、棗泥發糕和煮爛的羊羔肉，自然與其他官員不一樣。」

狄仁傑朝上拱手：「聖上恩澤浩蕩，老臣感激涕零。」

段公公微笑：「狄大人吃得好，老奴就放心了，告退。」

他剛向後撤身，狄仁傑攔道：「段公公，本官正想四處走走，段公公若無急事，你我一起如何？」

「是，狄大人請。」

「請。」

兩人並肩走下殿前的台階，沿著西側的宮牆徐徐前行。

走了一小段，狄仁傑好像剛剛想起件事，停下腳步道：「段公公，本官有個逆子景暉，蒙聖上恩典，欽點他為供藥尚藥局的皇商，自奉差以來，屢受段公公的照應，本官在此謝過了。」說著，他就要深躬下去，卻被段滄海擋住：「狄大人太客氣了。景暉既精明又豁達，實乃性情中人，才辦差不久便備受尚藥局奉御總管的讚許，何須老奴照應啊。」

狄仁傑聞聽此言，與段滄海一起暢懷大笑起來。

笑畢繼續向前，兩人的腳步和神色都輕鬆了不少，狄仁傑頻頻撫捋長鬚，隨口寒暄：「若不是景暉所告，本官還不知道段公公有藏寶的愛好呢。」

段滄海卻搖頭輕歎，語氣中隱含悵惘之情：「咳，不怕狄大人笑話，您也清楚我們這樣的人，無家無後，侍奉聖上一輩子，少有積蓄，卻無處可用，找些嗜好了度殘生罷了。」

狄仁傑頗為感慨：「段公公此話令人唏噓啊。不過……段公公的這個嗜好單靠金銀可不夠，還需要有鑑寶品寶的學問吧。」

段滄海眼波一閃：「呵呵，老奴哪有什麼鑑寶品寶的學問，隨便玩玩，瞎貓逮死耗子罷了。」

「哦？」狄仁傑不經意地道，「段公公逮住的耗子，可都是鴻臚寺收藏的四夷瑰寶，在本官看來，您這隻貓不僅不瞎，反而是目光如炬啊。」

「哎呀，狄大人說笑了，說笑了！老奴愧不敢當。」段滄海口中客套著，細密皺紋包裹的雙眼中，滿是意味深長的笑意。

狄仁傑索性停下腳步，也笑咪咪地直視對方：「本官胡亂揣測，段公公必與鴻臚寺有過一番淵源，否則怎麼可能將鴻臚寺四方館最近幾年失落的貢品，一概搜羅進囊中，毫無遺漏呢？」

「狄大人果然英明神斷，舉世無雙。」段滄海照慣例送上恭維之辭，兩人隨即心領神會地相視一笑：圈子兜得差不多，是該切入正題了。

「唉，說來話長。回想老奴十歲淨身入宮，十五歲起隨侍先帝身旁，到今天一晃已近四十載了。狄大人要問老奴怎麼會與鴻臚寺結緣，那就得說到三十多年之前。當時老奴剛剛開始侍奉先帝，噢，當然了，還只配幹些打雜的活。有一次，吐火羅的使者來朝，據傳是個世不二出的品寶專家，先帝心血來潮請他鑑寶，結果此人對天朝所有的寶物都不屑一顧，唯獨指出一件，卻又不肯明說其中妙處。先帝為此深感懊惱，便下令鴻臚寺四方館一定要將這寶物的秘密破解出來。於是，老奴就被指派去四方館，監督此事的進展……」

段滄海說到這裡，賣關子似的停了下來。狄仁傑不動聲色地道：「如果本官沒有記錯，當時的那位四方館主簿就是後來的鴻臚寺卿，周梁昆大人吧？」

「是的。周大人就因為此事辦得好，深得先帝歡心，才仕途順暢，在鴻臚寺步步高升。」

狄仁傑冷笑一聲：「誠所謂『成也蕭何、敗也蕭何』，恐怕周大人最後還是毀在那件寶物上頭了吧？」

段滄海肅然：「狄大人果然明察秋毫，老奴欽佩之至。」

狄仁傑不理會他的感慨，卻淡然望向遠方宮牆，重重疊疊的黛瓦間，一隻無名翠鳥正在啾啾鳴唱，他將目光停駐在那身絢彩輝煌的羽翼之上，喟然歎道：「在最華貴的外表下，往往掩藏著最險惡的殺機。真難以想像，那幅舉世無雙的寶毯裡究竟隱藏著怎樣的秘密，竟活活奪去了周梁昆大人的一條性命。段公公……」他轉向段滄海，「可否賜教呢？」

段滄海再度躬身：「賜教實不敢當，不過狄大人，以老奴所知，八月一日那天在則天門樓下當眾燒毀的，絕對不是三十多年前吐火羅使者所指認的寶毯。」

「哦？何以見得？」

「因為真正的寶毯水火不懼，乃老奴親身所歷親眼所見，絕對不會有差錯。」

「段公公這麼肯定？」

「當然，若不是當年老奴失手將蠟燭打翻在寶毯上，這寶物的秘密也許到今天都還未被人勘破呢。」

「……竟有此事？」

原來，三十多年前的小太監段滄海，護送寶毯到了四方館，便天天在那裡盯著年輕的主簿周梁昆，要他在十天限期內找出寶毯的奇異之處。周梁昆一籌莫展，日日夜夜對著寶毯發愁，段滄海恪盡職守，也只好在一旁陪著。幾天下來，兩人都睏倦難當，一個瞌睡不小心，段滄海碰翻了手邊的燭台，燭火捲上寶毯，把周梁昆嚇了個魂飛魄散，隨手抄起茶杯潑水，兩人這才因禍得福，無意中發現了寶毯不畏水火的奧秘。

說到這裡，段滄海的神色中也有了些驀然回首的惆悵。狄仁傑微微點頭：「如此聽來，倒可算是一段佳話。那麼說段公公與周大人的友情，卻是由那幅寶毯所起。」

段滄海悠悠長歎：「唉，不僅如此，其實連老奴的這條命都是周大人救的呢。」

「救命？」

「是，狄大人有所不知，那幅寶毯是由一種舉世罕見的特殊彩線編成，所以才能火燒不壞、水浸不濕，質地還特別輕盈。但這毯子的四個角上偏偏摻有普通的織線。當時老奴失手打落蠟燭，恰落在一個角上，寶毯的其他地方雖安然無恙，唯有那角上的花紋被燒出個大洞來！狄大人試想，剛剛破解寶毯的奧秘，就把它燒壞，老奴豈不是犯下了掉腦袋的罪過？」

「嗯。」狄仁傑微瞑雙目，「確是大罪一件，卻不知……周大人是如何救了公公呢？」

段滄海的臉上堆起神秘的笑容：「周大人找來了那時京城的頭號繡娘，那女子聰慧無比，幾番琢磨後，果真將寶毯織補如舊，整體看去毫無瑕疵。」

狄仁傑也不覺一驚：「竟然還有這樣一段內情？」

段滄海又向前湊了湊：「那繡娘還探究出一個奧秘，原來這毯子中間有個夾層，毯子四角用普通織線就是為了拆開後，能夠縫進薄薄的紙張或者絹布，隨後再與寶毯編織成一體。由於寶毯不怕火燒、水淹，甚至刀剪，可以很好地保護藏入的物品，而要取出的話，則必須按照原來編織的方法拆開才行。」

狄仁傑越聽眉頭蹙得越緊，他低聲喃喃：「真毯、假毯、繡娘、藏物……這一切之間究竟有怎樣的玄機，又會不會與周大人的慘死有著某種關聯呢？」狄仁傑陷入了沉思。

少頃，他忽然醒轉，正碰上段滄海意味深長的目光，狄仁傑咳嗽一聲：「段公公方才所述令老夫頗有感觸，故而失神了，還望段公公見諒。」

「哦？莫非老奴的往事，也引起狄大人的什麼思緒嗎？」

狄仁傑微笑：「是啊，想起了一些舊時光、老朋友，如今回味起來，終究還是人一生中最寶貴的回憶。扯遠了，扯遠了……那麼說，段公公就是在那時候，從鴻臚寺學到了鑑別寶物的本領？」

段滄海搖頭：「哪是什麼本領，不過是仗著有機會，看多了總也領略些大概。不過老奴收藏了若干年，都沒尋到真正值錢的寶物。」

「是嗎？可前幾日段公公讓景暉帶給我看的單子上所列，可都是一等一的國寶啊！」

段滄海正色：「狄大人知道那些東西的來歷？」

「知道。」狄仁傑正視段滄海，一字一頓地道：「那些都是前鴻臚寺少卿劉奕飛監守自盜，偷出的鴻臚寺寶藏，本官正在困惑，它們如何都落入了段公公之手？」

段滄海沉下臉來：「看來狄大人對劉奕飛的案子已心知肚明，那老奴就直說了。劉奕飛盜取寶物後要銷贓，又由於寶物的價值和來源，他不敢找通常的買主，只暗中聯繫了洛陽城內幾個私下買賣珍玩的商人。也是蒼天有眼，老奴收藏多年，恰和這幾位商人都有來往。我接到消息後去一看，立即便認出是鴻臚寺的寶藏。老奴不敢耽擱，馬上告知了周大人。」

狄仁傑倒有些出乎意料：「這麼說……周大人很早就得知了劉奕飛的罪行？」

「也不能算很早，應該說是從聖曆二年年初開始，我們便察知了劉奕飛的所作所為。」

「可是周大人直到那年年底的臘月二十六日夜，才親自下手除去劉奕飛？這也太不可思議了……」

狄仁傑欲言又止，段滄海立即接口：「當時，周大人一再表示會妥善處理此事，老奴也覺得，事關鴻臚寺內務，應該讓周大人有些迴旋餘地，便沒有多追究，只是用了些手段先將那些寶物逐步收羅了起來。但奇怪的是，老奴等了大半年，周大人都未對劉奕飛做出絲毫處置，老奴便感覺事有蹊蹺。在老奴再三逼問下，周大人才承認，他被劉奕飛要挾了。」

「要挾？」狄仁傑難以置信地矚目段滄海，「段公公，看來今天你和老夫所講的，還真是個十分複雜的故事。」

段滄海擰起稀疏的眉毛，閹人特有的光滑面龐因嚴厲的表情而顯得有些滑稽，但當他艱難吐出「生死簿」這三個字時，狄仁傑還是悚然一驚。

第九章　回首

是夜，二更的梆聲漸行漸遠，狄仁傑的書房內火燭高照，狄府一如既往的肅穆安靜。但又似乎有種巨大的不安，正在一片靜謐中翻騰發酵，從每個垂手侍立的府中家人臉上、從來往穿梭頻頻傳遞消息的官府衙役身上，都能清晰地看到竭力克制的激動和緊張。

狄仁傑與宋乾端坐在書房中，已經有好幾個時辰了。每隔一段時間，就有匆匆而入的大理寺衙役，向他們通報抓捕沈槐的進展，可是情勢顯然不容樂觀，因為二位大人的神色正變得越來越凝重憂慮。此刻，又有一名官員疾步如飛來到書房門口，卻是不請自到的京兆尹，只見他神情焦躁，躬身稟報時嗓音都有些變調：「狄大人、宋大人，下官剛剛得報，周梁昆大人府上的管家到京兆府報官，說是他們家的小姐周靖媛自昨日半夜起突然失蹤，闔府上下遍尋不著，只得來京兆府報失，請官府幫忙尋找。」

「什麼？周靖媛也不見了！」宋乾驚詫莫名，連忙求助地望向狄仁傑。

老大人因無眠而衰老不堪的臉上，那雙熬得通紅的眼睛熠熠更甚以往，他鎮定地吩咐京兆尹：「韋大人，既然周家已報官，你速速帶上差役去周府盤查，蒐集相關人等的證言證詞。宋大人與我隨後便到。」

「是！」京兆尹一下子有了主心骨，大聲答應著跑了出去。

「恩師！」宋乾幾乎坐不住了，心急火燎地道：「我們派出去找沈槐的人還沒有頭緒，怎麼周靖媛小姐又失蹤了呢？這連串的事情究竟是——」

狄仁傑抬一抬手：「別急，別急，越是這種時候越不能慌亂。宋乾啊，你想一想，這一切與老夫方才與你講述的段滄海公公往事，有何聯繫呢？」

宋乾定了定神，努力思索著，突然眼睛一亮：「恩師，莫非周小姐的失蹤也與『生死簿』有關？」

狄仁傑沒有回答，腦海中又浮現出今日午後在觀風殿外，與段滄海關於「生死簿」的一番談話。

據段滄海說，自三十多年前與周梁昆因寶毯結緣，他二人遂成相互信任扶助的莫逆之交。他們一起經歷了從高宗到武皇的全部變遷，雖說都安然度過了腥風血雨的歲月，並各自升遷到了相當高位，但所見所聞也令兩人膽戰心驚，常常徹夜難眠。伴君如伴虎，何況他們現在伴的還是隻喜怒無常的母老虎，真不知何時被厄運突襲，所有的榮華富貴便在瞬間土崩瓦解了。正在百般躊躇、千番思慮而無果時，段滄海得到了一件具備巨大力量、能決定許多人生死的東西。

「那東西是不是叫『生死簿』？」聽到這裡，狄仁傑捻鬚微笑，彷彿漫不經心地問。

段滄海從容作答：「既然狄大人也覺得這個名字不錯，那麼就權且如此稱呼吧。畢竟……這只是一個名稱罷了。」

得到「生死簿」以後，段、周二人大喜過望，認為從此有了安身立命的保障，又因段滄海身居宮中多有不便，就決定由周梁昆負責保管它，只待萬一大難臨頭之際，可憑借此物求得一線生機。

他們小心翼翼地將「生死簿」收藏了多年，始終風平浪靜。但自聖曆二年起，段滄海漸漸發現狀況不對，周圍有些人開始竊竊議論「生死簿」，大家對它的內容不甚了解，卻又將它的威力傳得神乎其神，甚至有人開始策劃謀取「生死簿」的行動，包括本朝最有權勢的種種力量也在蠢蠢欲動。段滄海十分慌張，連忙去質問周梁昆，怎麼會走漏的消息。但周梁昆抵死不承認，只推說是段滄海過度擔憂、疑神疑鬼了，然而緊接著便發生了劉奕飛盜取鴻臚寺寶物的事件。段滄海眼看周梁昆捉襟見肘，再難自圓其說，終於逼迫他吐出了實情。

原來，實情就是，彼時周梁昆以鴻臚寺失寶之事盤問劉奕飛，劉奕飛卻反過來要挾他，聲稱自己已知道「生死簿」就掌握在周梁昆的手中，假如周梁昆執意要追究盜寶案，他便要將此事捅出去，讓那些覬覦「生死簿」的凶神惡煞全衝著周梁昆而來，到時候周梁昆必被窮追猛打，乃至死無葬身之地！

「竟然是這樣……」狄仁傑思忖著問，「這老夫便不懂了，那劉奕飛又是如何得知『生死簿』是由周大人藏匿著呢？」

段滄海道：「這點周梁昆死活不肯說，因此老奴也不得而知。」

狄仁傑點頭：「不過周大人最後還是決定鋌而走險，於聖曆二年臘月二十六日夜，親自手刃劉奕飛，除去了這個禍患。」

「是的。」段滄海承認，「在凶案現場做出與『生死簿』有關的假象，也是我們思之再三設下的障眼法，意圖引入幽冥之說，使已經鬧得沸沸揚揚的『生死簿』事件更加撲朔迷離，讓人捉摸不出背後的真相來。」

「可是劉奕飛既死，周梁昆大人不也還是未能擺脫被『生死簿』索命的厄運？」狄府書房中，宋乾聽到這裡時，忍不住向狄仁傑發問：「我記得恩師曾說過，周梁昆在則天門樓下暴卒，應該與『生死簿』有關係。」

狄仁傑微微頷首：「當時我也這樣問段滄海，但他就不肯直接回答了。不過……雖然他不願吐露再多，他惶恐的眼神卻肯定了我的推測。很顯然，段滄海心裡也明白，劉奕飛的死並沒有令他二人得到解脫，反而使他們陷入了更大的危機之中，『生死簿』最終還奪去了周梁昆的性命！」

沉默片刻，狄仁傑又道：「宋乾，你有沒有想過，段滄海為何把這些保守了多年的秘密，幾乎無所保留地突然披露給老夫？」

宋乾濃眉深鎖，遲疑著回答：「據學生想來，段公公應該是想請恩師幫忙查案吧？」

「嗯，周大人死得蹊蹺慘烈，鴻臚寺真毯去向不明，這些無頭案都需要時日查察，不過最令段滄海寢食難安的卻不是這些……」頓了頓，狄仁傑布滿血絲的雙眼中銳光乍現，「他還是為了『生死簿』！」

宋乾猛然醒悟，驚問：「難道……周梁昆在臨死前並未將『生死簿』交託給段滄海？」

「當然沒有！」狄仁傑一聲冷笑，斬釘截鐵地道：「『生死簿』不知去向，這點毋庸置疑，否則段滄海也犯不著千方百計與老夫聯絡上，並對我這個局外人坦承過往曲直。」

「唔，段公公還是希望借助恩師的神探之能，來幫他找到『生死簿』的下落？」

狄仁傑沉默了，片刻，他才用深沉而苦澀的口吻道：「段滄海一再強調，『生死簿』是件關乎眾多人生死利害的要物，如果被不懷好意的人得了去，大周的朝局必將陷入極大的混亂和危機，所以他才會赤膊上陣，親自與我交涉。他堅稱普朝之下，唯有老夫得到此物，他才不會有所顧慮，因為他深信以老夫的智慧公心，必能妥善處置此物。但是宋乾啊，其實他只說出了一方面的原因，另一方面的原因他沒有直說，卻使我心如火焚……」

宋乾無語沉噎，他終於恍然大悟，狄仁傑所說的另一方面原因只能是——沈槐！很顯然，周梁昆一死，關於「生死簿」的追索便落到了他唯一的親人周靖媛的頭上，而沈槐和周小姐定親、在周府常來常往的情況也使沈槐成為了眾矢之的。對段滄海來說，如果沈槐是在狄仁傑的授意之下行動，那麼雙方開誠布公，將狄仁傑爭取為同盟是最佳的選擇；如果沈槐是自行其是，那麼由狄仁傑出面來處置這位他的侍衛長，也應該是最有效最合適的方案。

「自從楊霖招供之後，你便派人在洛陽城到處搜捕沈槐，至今未果。而周靖媛的失蹤，多半也與沈槐脫不開干係。我想，沈槐此刻的處境怕是萬分危急！」狄仁傑剜心掏肺般的沉重歎息，赫然打破書房內令人窒息的寂靜，「周靖媛也一樣。假如段滄海所說俱為實情，不管『生死簿』是不是在沈槐的手中，他現在必已被幾方凶惡的勢力追殺。咱們必須要搶先找到他……」狄仁傑的喉嚨哽住了，他定一定神，方能說下去，「無論如何，我們不能眼睜睜看著沈槐落到與周梁昆一樣的悲慘下場，況且，他的身上還有太多未解之謎，牽動著我的心腸，宋乾，老夫全拜託你了！」

宋乾從椅子上一躍而起：「恩師，學生明白！學生現在就親自去周府查察，我想周小姐和沈槐將軍在一處的可能性非常大，我會動用大理寺上下所有的力量來找尋他們二人。恩師，您且放寬心，在此靜候佳音，千萬不要太焦慮、太傷神了。一定要注意身體啊！」

狄仁傑點一點頭，抬手向宋乾示意，卻說不出話來。

宋乾大步流星地離開書房。狄仁傑一人獨坐屋中，只覺得身心俱疲，頭暈目眩、幾欲不支。但與此同時，漫長一生中幫他凌駕於芸芸眾生之上的罕見智慧，也在這最緊要的關頭凸現出來，終使狄仁傑如在油鍋裡烹灼的心冷卻下來。他微瞑起雙目，從二十五年前自己趕往汴州，查察李惲謀反案的那一刻想起：李煒、敬芝、汝成、郁蓉，他們的面容輪番更迭，彷彿都要告訴他一個最深藏、最淒楚的宿命——謝嵐！他究竟是誰？

「大人爺爺！」韓斌清脆的喊聲突然將狄仁傑喚醒，他剛睜開眼睛，那孩子已滿頭大汗地直衝到面前，一把扯住他的衣襟，「大人爺爺！不、不好了！了塵、大法師……」

「好孩子，了塵怎麼了？」狄仁傑嘴裡這麼問著，心卻猛地一沉，不祥的預感猶如黑雲壓頂而來。

韓斌喘了口氣，大聲道：「大人爺爺，了塵法師病重，臨淄王爺和我今天在天覺寺待了一整天，天黑以後，了塵大師的氣息越來越微弱，剛才臨淄王爺讓我趕回來給您送信，他說大師大概過不了今夜了，讓您快去見上最後一面呢！」

狄仁傑騰地站起身，不料眼前金星亂舞，他的身子左右直晃，嚇得韓斌拚命扶住他的胳膊：「大人爺爺，大人爺爺！您怎麼啦？」

狄仁傑竭力舒緩胸口的悶脹，勉強笑道：「哦，沒事，站起來太急了。」

「大人爺爺……」韓斌眨了眨明亮的眼睛，一雙小手仍死死揪著狄仁傑的袍袖。

狄仁傑拍拍他的腦袋，一邊急急朝屋外走，一邊囑咐：「大人爺爺現在就去天覺寺。斌兒，你趕緊去後院喊來景暉，告訴他這裡的情形，讓他親自在此等候絕不可怠慢，務必要到我回府為止。」

韓斌乖巧地答應著，又問：「大人爺爺，我們要等什麼呀？」

狄仁傑已快步走到正堂前，一隻腳蹬上馬車，回頭道：「一是等宋乾大人找尋沈槐的消息；二是等狄忠將沈珺小姐帶回。總之，不論是沈槐還是沈珺，只要有他們的蹤跡，就立即送到天覺寺去找我！」

韓斌聽得懵頭懵腦，狄仁傑已在馬車內坐穩，仰天長歎：「但願了塵還能等得到他們！」話音甫落，馬車衝上尚賢坊外的街巷，在秋日淨朗的星空下飛奔而去。

「了塵，了塵，大師！是我啊，狄懷英在此。」一迭連聲的殷切呼喚，嘶啞、顫抖，大師灰敗的面容終於有了些許動靜，他長長地吁出口氣，勉力抬起的手已被狄仁傑緊緊握住，「大師，你怎麼樣？」

「是懷英兄啊……」了塵嚅動著嘴唇，慘白的臉上浮起一絲笑意，「我在等你。」

「是，我……來了。」狄仁傑難抑哽咽，背過身去拭淚，旁邊有人輕聲道：「國老，他看不見……」

狄仁傑回過頭來：「哦，臨淄王說得是。」

李隆基一把攙住他，湊到他耳邊：「國老，我在大師身邊守了一天，他始終昏昏沉沉，現在只怕是回光返照，國老有話請快說吧。」說著，他輕輕將了塵扶靠在禪床，方恭謹地道：「國老，請與大師交談，我在外面候著。」

李隆基悄聲走出禪房。狄仁傑收攏心神，再看了塵時，那雙空洞多日的眼睛竟煥發出奇異的光輝，只是這神采已不似來自人間。狄仁傑止不住熱淚長流，也不再去拭，只道：「大師，你、你再等些時候，也許那兩個孩子下一刻就會出現……」

了塵微笑：「是嗎？假如真的能等到，那就太好了、太好了。」

狄仁傑連連點頭：「真的，真的，大師你再等等，再等等。」

了塵悠悠地歎息：「好啦，懷英兄，我知道你的心意，可歎我在這無邊苦海中沉浮太久，終於還是要往彼岸去了。這些天我一直在想，我是等不到那兩個孩子了，只有請懷英兄替我等下去。」

一陣又一陣的悲愴猛烈衝擊心房，狄仁傑胸痛難耐，昏眩中他感覺了塵在盡力緊握自己的手，於是含淚允諾：「好，大師放心，我一定會等下去。」

了塵的神色漸漸舒緩：「是啊，只要他們兩個好好地活在這世上，我是不是能見到，其實並不重要……」

狄仁傑閉上眼睛，有些話再不說就真的沒有機會了，他沉吟再三，終於緩緩道出：「大師，你若往生，這世上便只有我狄懷英一人去認那兩個苦命的孩子。然而我與他們二人非親非故，沒有血脈牽連更從未謀面，人海之中我要如何識得他們？又怎麼保證不會錯失？大師，有些真情你今天必須要向我坦白，否則我……」

了塵摸索著從枕邊撿起佛珠，垂下眼瞼：「你問吧，我必知無不言。我想，只要是為了那兩個孩子，不論是汝成，還是敬芝、郁蓉都不會責怪的。」

「好。」狄仁傑咬一咬牙，單刀直入地問：「大師，當初汝成主動提出替你去領死，你後來曾多次對我談起，汝成這樣做並非完全出於名士之風，而是因為他已萬念俱灰、了無生趣。可我一直覺得奇怪，汝成有妻有子、有家有業，況且一向與世無爭、隨遇而安，他何至於突然絕望至此？」

「懷英兄。」了塵顫抖的聲音打斷了狄仁傑的話語，「你不要說了……我現在就告訴你全部的真相。」

他追求了一輩子真相，他從來都痛恨謊言。當然他並非不懂得，有些時候，謊言比真實更有力量，也更加美好。他深知：人，如果不夠堅定、不夠強大、不夠……冷酷，那麼，就絕不可能像他這樣，自始至終地信仰唯一的真相。可惜在他們之中，唯有他具備這種神祇一般的意志，其他人：李煒、敬芝、郁蓉、汝成——他這一生中最珍視的朋友們，卻與他恰恰相反，是最脆弱、優柔、感情用事、膽怯而又執著的人，普通人，因此他們寧願欺騙和被騙，也不肯直面殘酷的現實。

狄仁傑，一直對他們懷有最真切的同情，但也在內心的深處保留了一份蔑視。這麼多年來，他反反覆覆品味他們的命運，總會驚訝於人心的軟弱。可是今天，就在此時此刻，當他傾聽著垂危的了塵，斷斷續續地吐露那最悲慘的真相時，他才發現，自己其實也和他們一樣無力面對，無法承受，心被活生生撕碎的痛楚。

二十五年前，上元元年的歲末。以富庶和風雅聞名的汴州城已是一片迎新氣象，即便是城南低窪冷清的地區，相比平時也熱鬧不少。但其中一處白牆黑瓦、闊大幽深的莊院卻在近幾年裡漸漸蕭條，終於在這個冬季徹底破敗了。高大的院牆佇立如初，只是粉壁污濁、黑瓦缺殘，不過才短短幾年的光景，這莊院倒好似經歷了世紀變遷，唯落得滿身滄桑。幾許凋敝的樹枝從牆內伸出，不過為這院落多增幾分悲涼。若干年前的仲夏之夜，那曾令狄仁傑心馳神往的縹緲幽香也已沉淪在往昔歲月，只能於夢中尋覓了。

這院子太大了，一旦無人料理便處處荒蕪。空落落的亭台樓閣裡，纖柔的蛛網在寒風中抖索；水池中填滿淤泥殘葉，魚蹤早就難覓；雜草叢生的甬道旁花架傾覆、花盆破爛；花，則在幾季之前就凋謝殆盡，再也沒有開放過。所有的痕跡都在訴說被遺棄的淒涼與無奈，尤其是到了夜間，此地光景與其說引人哀傷，倒不如說是讓人恐懼了。

但在幢幢黑影中，偏有黯淡的光線從宅院的最深處悄然射出，還有竊竊私語打破無盡的寂寞，不過這院子實在太大，從外面是無論如何都發現不了這些微動靜的。今夜沒有月光，只有稀落的星辰在黑沉沉的夜空清冷閃耀。整個院落中到處是奇障怪影、樹石嶙峋，若有外人進入，只怕是舉步維艱吧，可就有那麼一個小小的身影，在整片陰森幽暗中毫無阻擋地穿行，向著那唯一的亮光飛奔而去。

「砰！」屋門撞開，他在門口剎住腳步，拚命喘息著。屋內幾人聞聲一驚，齊齊向門口望來。一個高挑婦人站在床邊，懷裡抱著的嬰兒受驚大哭起來，她瞥了眼呆立門前的男孩，蹙起秀眉，冷冰冰地斥道：「你野到哪裡去了，現在才回來！」

另一個婦人面帶病容，斜倚在床頭。她伸手接過嬰兒，一邊哄著，一邊輕聲勸道：「郁蓉，不是你讓嵐嵐去找他爹爹嗎？」她朝男孩微笑，柔聲問：「嵐嵐，找到你爹爹了嗎？」

男孩沒有回答，卻像釘子似的杵在門邊，上氣不接下氣的。床沿邊坐著的男人也向他招呼：「嵐嵐，進屋說話吧。」

男孩終於開口了，怯生生地：「娘……我、我沒找到爹爹。」

郁蓉連看都不看他：「那你還有臉回來？繼續去找，找不到他你也不用回家了！」

男孩本來就氣息不勻，這下小臉更憋得通紅：「娘，我、我……」他結結巴巴的，似要申辯，卻連成句的話都說不出來。

許敬芝懷裡的女嬰倒安穩下來，她仔細看了看男孩，突然驚呼：「呀，嵐嵐，你的臉上怎麼了？是不是又和人打架了？」她將女嬰放到身邊，朝男孩伸出手，「來，過來讓敬芝姨母瞧瞧。」

男孩仍不動彈，只是可憐巴巴地瞅著自己的娘。郁蓉這才回過身來，斜藐了他一眼，突然「噗哧」笑道：「哎喲，我的好兒子，又打架了？好啊，告訴娘你打贏了還是打輸了啊？」

男孩子低下頭，抹了把青一塊紫一塊的小臉，血水和泥污頓時糊得到處都是，一雙漆黑的眼睛卻亮得耀人。

「看樣子你又打輸了吧？是不是，啊？是不是！」男孩子聽到話音，全身哆嗦著抬起頭，兩雙幾乎一模一樣的眼睛赫然對視，只是母親的眸中盡是熾烈的火焰，絕望、瘋狂，像毒蛇般吐著仇恨的信子，捲向男孩瘦弱的身軀。他的眼淚就要奪眶而出了，只能握緊拳頭，用盡全力吸氣，艱難地吞咽著他小小生命中根本無法承受的痛苦。

郁蓉衝著男孩勃然發作了：「叫你去找你爹你找不到，和人打架又打不贏，要你有什麼用！你回來幹什麼？幹什麼？滾，你滾！我再也不想看見你！」

「郁蓉！你嚷什麼？還怕招不來人嗎？」坐在許敬芝身邊的男人嚇得臉色煞白，忙不迭地朝郁蓉擺手。他雖全身僕役的打扮，滿臉落魄張皇之色，仍掩蓋不住舉手投足間的貴胄氣度。

許敬芝輕輕攥住李煒的手，嗔道：「你別這樣緊張，都知道這宅子有多深，她那點聲音根本傳不到外面去。」

李煒「咳」的一聲歎，煩躁地站起身，在床前來回踱步：「敬芝，自從我爹案發，我逃到汴州已有半個多月，官兵去你家也搜過好幾遍了。雖說咱們躲在這個幾同廢墟的謝宅內，這段時間裡一直平安無事，但我的心裡是越來越不安，總覺得大難就要臨頭……」

許敬芝未及答話，門邊飄來一陣古怪的笑聲，斷斷續續的，又像是哭泣：「哼，他害怕了，他害怕了……哈哈，多麼膽小的男人，怯懦的男人，以為我看不出來，他想拋下你們娘倆獨自逃生，敬芝，他想逃跑了！這些男人，他們都只會逃！膽小鬼！哈哈哈！」

「你！」李煒被郁蓉叱得面紅耳赤，又不便反駁，只好對著她乾瞪眼。

許敬芝低聲勸道：「她有病，你別和她計較。」

李煒跺腳：「真沒想到，我堂堂汝南郡王也會落到今天這個地步，每天人不人鬼不鬼地躲在這破院子裡不說，還要受個瘋婆子的氣！」

他話音剛落，一直沉默地守在門口的男孩突然直衝過來，對李煒揮舞起小拳頭，惡狠狠地道：「你敢說我娘壞話，我打死你！」

李煒啼笑皆非，連連搖頭：「這……大的小的一家子都……」看了看面前男孩瞪圓的眼睛，他把後面的話咽了回去，一屁股坐到床沿上，不停地唉聲歎氣。

許敬芝一邊輕拍著身邊咿咿呀呀的女嬰，一邊道：「你呀，怎麼這麼說話？天底下也就是郁蓉和汝成，敢冒了殺頭的風險收留下咱們，否則你我現在一定在京城的大牢中，受那生不如死的折磨。我們這苦命的女兒也斷然胎死腹中，又怎麼可能降生到世間？郁蓉雖說時常瘋癲，可從我生產到照料孩子，還不是全靠了她？」

李煒低頭不語，許敬芝朝男孩伸出手：「嵐嵐，你找了一整天爹爹，吃東西了嗎？餓不餓？快過來，敬芝姨母這裡有餅。」

男孩耷拉著腦袋挪到床前，許敬芝微笑著把餅遞過去，他接過來大口大口地啃，許敬芝看得直心疼：「這孩子……又餓成這副樣子，慢點吃啊。」

她端起男孩烏七八糟的臉蛋仔細查看，猛地倒吸口涼氣：「天，怎麼打成這樣子！」再拉過男孩的手，果然兩手虎口上青得發紫，許敬芝咬了咬嘴唇，目光灼灼地道：「郁蓉！你來看看嵐嵐都成什麼樣了？成天趕他出去和人打鬥，他還那麼小，又瘦弱，你這不是要他活受罪嘛！郁蓉，謝嵐可是你的親生兒子啊，你居然也忍心！」

「姨母，都是我自己不好，是我自己要和別人打架，你別怪我娘……」

聽到這細弱又倔強的聲音，許敬芝的眼睛裡不覺噙上淚水，她握著絲絹輕輕擦拭謝嵐額頭和臉上的血污，喃喃道：「可憐的嵐嵐，也不知道你上輩子造了什麼孽，這一世苦命至此。」

謝嵐疼得死命皺起眉頭，還在恨恨地說：「那些壞蛋，他們老說我娘的壞話，我今天打不過他們，明天再接著打，總有一天我要把他們揍得再也不敢開口！」

「傻孩子，你才一個人，又小又弱，怎麼能打得過那麼多人……」

「我不管，就是死我也不許他們說那些話！」

許敬芝悠悠輕歎，她當然知道謝嵐所說的「那些話」是什麼，八年多前，為了保障狄仁傑的仕途所炮製出來的說法，直到今天仍在敗壞著郁蓉的名聲，侵蝕著這個風雨飄搖的家庭，傷害著無辜的幼小心靈。

「唉！」在一旁，李煒也忍不住慨歎，「想當初和汝成、郁蓉共賞曇花一現的情景還歷歷在目，怎麼竟成了今天這個樣子！本來人人都道他二人是郎才女貌，世間少有的一對璧人，可……」

許敬芝鬱鬱地擰起柳眉：「說到底還不是你和那個狄……」她突然住了口。

「這、這……」李煒又氣又急，「如何怪得我和懷英兄！」

「王爺！不要在孩子面前提那個人！」許敬芝厲聲制止。

李煒訕訕地看了一眼面前的男孩，還是忍不住嘟囔：「不管當初怎樣，他二人既已結成夫婦，就該好好在一起過日子。事情都過去那麼久了，郁蓉偏要執著至今，汝成也一樣，這兩個想不開的傻子啊！」

許敬芝拭了拭眼角的淚：「這兩個傻子鬧到死也是他們自找，就是苦了嵐嵐，親爹親娘都不管不顧的。」她抬起頭來望著李煒，殷切地道：「王爺，我一直有個心願，如果我們能逃過此劫，今後就把嵐嵐帶在我們身邊撫養吧，正好給咱們的女兒當哥哥，兩個孩子從小做伴長大，青梅竹馬的多好。待今後他們成年，再讓他們結親。這樣，嵐嵐就不會太孤苦了。你說好不好啊？」

李煒滿臉為難之色：「敬芝，現在談這些為時過早吧。何況你我還吉凶難測，且等過了眼前這一關再說吧。」

許敬芝把臉一板：「就要現在定，你不肯做主我做主！」

「敬芝……」李煒有些尷尬地道，「嵐嵐又不是孤兒，他父母雙全，你要收養他須得汝成、郁蓉點頭吧，此其一。這孩子從小乏人管教，就跟個野孩子相仿，到現在八歲大了都不曾讀書習字，每日只會在街頭與人鬥毆，成年以後的品格實在堪憂。你我成親幾年才得了一個女兒，況且身分還是郡主，配給謝嵐這樣的人未免太委屈了，此其二……」

許敬芝氣得嘴唇煞白，剛要反駁，郁蓉搖搖晃晃地來到床邊，指著李煒的臉道：「看見沒有，他瞧不起我們。他瞧不起我、瞧不起我的兒子，瞧不起我們全家！男人就是這樣，怯懦、無能、虛偽！卻偏要裝出副正人君子的模樣，讓我們承擔所有的罪孽，到頭來反怨我們連累了他。呸，你若是覺得我們一家玷辱了你，你現在就走！離開這裡，走啊！」

李煒無地自容，低聲嘟囔：「我……我何曾受過這種屈辱，罷了罷了，還不如出去投官！」

「你敢！」許敬芝怒喝一聲，李煒到底沒膽量離開，只好滿臉發青地呆坐。

郁蓉不再理睬李煒，俯下身去看自己的兒子。她輕輕撫摸著孩子額上的青紫，他有些受寵若驚，淚水在眼眶裡拚命打轉。

「嵐嵐，我的兒子……」郁蓉開口了，語調變得溫柔、充滿愛意，「你是個好孩子，娘不讓你讀書習字，就是不想你學他們的樣。他們這些仕人，滿口仁義道德，心裡其實只有自己，他們是天底下最自私、最無情的懦夫！他們的那些學問，全都用來向別人索取，為自己謀利了。嵐嵐，你明白嗎？你千萬不要成為他們那樣，不要……」郁蓉哽咽起來，大顆大顆的淚珠從那雙淒豔絕美的眼睛裡落下。

謝嵐猛地撲上去，緊緊摟住母親，氣喘吁吁地叫著：「娘、娘！你不要傷心，不要哭啊！全都是我不好，都是我不好，你要我做什麼都行！娘，你不要哭，我聽你的話，我會保護你的！」

「汝成呢？嵐嵐，你爹爹呢？他在哪裡？他為什麼不回家來？」郁蓉摟住兒子，恍恍惚惚地問。

「娘，我找了許多地方，都沒找到爹爹……」謝嵐支吾著，垂下眼瞼，再不敢看母親。

郁蓉抬起頭，愈加迷離的目光落在北窗下，青磚地上一整排的寒蘭，葉如翠玉般晶瑩，那就是這整座廢墟般的宅院中，最盎然的生機了。只聽她夢囈般地輕輕呢喃：「家裡的花都謝了，都謝了也沒關係。可是這寒蘭怎麼也不開了呢？嵐嵐，去找你爹爹回家來，我想看蘭花，只有他會侍弄這些花草，他和它們有情分，他不回來，它們就都凋謝了，和我一樣死了，心死了……」

謝嵐捏緊小拳頭，求助地望了望許敬之，隨即轉向母親：「娘，你別難過，蘭花會開的！我、我知道怎麼……」

「嵐嵐！」許敬芝大聲喝止，「你這小傻瓜，怎麼也跟著她胡鬧！」

「姨母！」就在謝嵐的淚水終於洶湧而出的時候，房門再度被撞開，燭光中一個高大的身影佝僂著，背後是無窮無盡的暗黑。

李煒從床邊跳起來：「汝成！你總算回來了！」

謝汝成揉了揉眼睛，蒼白的臉上浮起他特有的淒惶笑容：「一下子亮起來，都看不清了。」

「爹爹！」謝嵐朝他猛撲過去，謝汝成跨前一步，將孩子攬進懷裡，「嵐嵐，你還好嗎？」接著轉向妻子，「郁蓉，我回來了……」

劇烈的咳嗽打斷了了塵的敘述，好不容易喘息稍定，他捏牢狄仁傑的手，苦笑著道：「當時我躲進謝宅已有半個多月，汝成從第一天把我和敬芝接去，就再也沒回過家。其實我和敬芝早知道，他與郁蓉並不和睦，卻沒想到他們一家的生活糟糕至此。郁蓉執著於當初之事，始終不肯和丈夫貼心，並且行為怪異、日漸瘋癲；汝成起初還曲意討好，然竭盡全力也無法使郁蓉動心，長此以往，他終於心灰意冷。更兼街談巷議不停歇的污言穢語，咬定郁蓉是風流輕賤的女子，汝成實在不堪忍受，便拋下家中妻兒，成天在外飲酒放縱、自暴自棄，連最愛的花草也不聞不問，任其枯萎了。」

枯萎的何止是花草，還有最深奧、最溫柔、最純真的人心。就連那無辜的小小嫩芽，也不得不在孤獨和放任中艱難成長，從小便看盡世間的悲苦，嘗遍人生的失望。但是，假如沒有這一天謝汝成帶回家來的壞消息，謝嵐在一個不盡如人意的家中長大，到底還是父母雙全。可歎命運很快就把這最後的一點溫暖也奪走了。

謝汝成向郁蓉打招呼，她剛剛還唸叨著他，這時卻對他視而不見，只顧對著素心寒蘭喃喃自語。謝汝成並不意外，只是慘澹微笑，他太熟悉她了，這個讓他愛到心死的女人，只因她至今不能面對自己的丈夫，便又躲避到虛無縹緲的世界裡去了。她的厭棄使他的心徹底冰涼，謝汝成別過臉去，垂首訥訥：「王爺，我今天聽到個壞消息。」

「壞消息？」李煒頓時頭皮發麻，許敬芝也驚得瞪大眼睛。

「我……我有個好友常在官府走動，他今天冒著風險來通知我，說官府已開始懷疑王爺夫婦躲在我家，可能、可能很快就要上門來搜……」

「天哪！」謝汝成話音未落，李煒已嚇得直蹦起來，語無倫次地叫嚷，「完了，這下完了。我命休矣啊！」

許敬芝亦迸出急淚：「這、這可如何是好？如何是好？」

謝汝成含含糊糊地說：「那個……你們快、快逃吧。」

「逃？」李煒大叫起來，「逃？怎麼逃？往哪裡逃？普天之下莫非王土，我躲在此地都會被發現，我如何還能逃得脫？」

許敬芝抽泣道：「王爺，你還是走吧。我身子還不方便，只好留在這裡，是死是活且聽天由命。可是我們這剛落地的女兒，又該怎麼辦？怎麼辦？」一時間天塌地陷，兩人抱頭痛哭起來。

謝汝成急得連連擺手：「哎呀！你們不要亂！天無絕人之路，既然朋友已送來信息，你們無論如何也要想辦法求生啊。」他回過頭去，望向寒蘭前相互依偎、默默無語的郁蓉和謝嵐——他的妻和他的子，他最親的親人。

謝汝成的目光中充滿難以形容的溫情和眷戀，看一眼、再看一眼：「郁蓉……」那美麗的身影輕輕顫抖了一下，然而漆黑的眼眸依然低垂，並不與丈夫求索的眼神交匯。謝汝成發出一聲最深長的歎息，這一聲歎息便傾盡此生之愛。

他下定決心，回過頭去對絕望悲泣的李煒夫婦淡淡一笑：「我倒有個主意。」

了塵用最苦痛的口吻回憶道，從謝汝成的講述可以看出，他在回家之前已考慮再三，把一切都盤算清楚了。首先，他告訴大家，自己的那位好友，也就是冒險送信的人，是值得信賴的。他已和那朋友說好，將郁蓉和兩個孩子拜託給他照顧，先去城外找尋僻靜之所躲一躲，這樣至少可以保全孩子們。許敬芝生產後尚未恢復，行動不便就留在謝宅，換上僕婦的打扮，能混則混，就算混不過去，她畢竟是一介女流，官府應該不會過分為難。至於李煒，則必須立即離開謝宅，獨自一人逃生肯定比帶上妻兒方便。最後，也是這個計劃中最關鍵的一環，便是由謝汝成換上李煒的裝束，代替李煒前去迷惑官府。

那一夜的談話記憶猶新，那一時的謝汝成展現出從未有過的果斷和冷靜。他有條有理地解釋這個方案的好處，一來可以拖延時間，為李煒爭取逃命的機會；二來等官府發現他並非李煒，也不能拿他怎樣，最多吃些皮肉之苦。等事情過後，他和李煒都可以再去約定的地點找尋躲藏的郁蓉和孩子們，以謀後路。謝汝成的主意說完，屋裡陷入死寂，李煒和許敬芝被震驚得啞口無言，郁蓉倒像是什麼都沒聽見沒看見，只是罕見地愛撫著兒子瘦弱的身體。謝嵐傻乎乎地對母親笑著，他短短的生命中很少有這樣享受母愛的時刻，已經幸福得不知所以，對周遭的一切都不在乎了……

然而李煒是清醒的，他心裡再明白不過，其實謝汝成略去了一種可能，就是謝汝成真的被官府誤認為李煒本人！那麼，結果會是什麼呢？即使到了今天，了塵都能聽見當時自己牙齒相扣的聲音，能看見許敬芝投向自己的驚懼目光，他們都想到了：謝汝成這是打算替李煒去死啊！而且只有他以李煒的身分而死，才能徹底解脫李煒，也讓許敬芝和他們的女兒不再被官府騷擾和殘害。

「……汝成，他想得太周到了。因為郁蓉時而清醒時而糊塗，所以他才特意將郁蓉和兩個孩子支開，既是保護也是讓他們不能破壞這個計劃的進行。」淚水從了塵空洞乾澀的眼眶中溢出，緩緩流入嘴裡，「他是存心要死，把一切都考慮到了。」

狄仁傑閉上眼睛，謝汝成多年前的形象，在他這古稀老人的心中已很模糊，所能回憶起的，便是汝成稍顯木訥的言行和特有的淒惶笑容。當畢生至愛只能以瘋狂來迴避自己的時候，謝汝成，他肯定是對這份愛徹底失望了。如果在有限的將來，生命只能由一次接一次的背棄和折磨組成，何不就此割捨呢？他大概已經反覆思考了很多次，現在上天終於給了他一個機會，讓他死而能有所價值，讓他在拋棄這副皮囊的時候，可以更加理直氣壯、義無反顧，最最重要的是——不讓他深愛的女人背負良心的重負。因為，謝汝成是為了救友而死，為了成全名士氣節，就算今後他們的兒子回想起來，也不會被父親的怯懦壓得喘不過氣來。

於是，謝汝成毫不猶豫地赴死；於是，李煒膽戰心驚地貪生；於是，愛恨情仇就在那個夜晚，深深刻上命運的碑文，所有的人都被捲入漩渦，從此再也不能逃脫。

既然計劃無人反對，就算達成了。謝汝成從屋外請進那位「朋友」，原來他是謝家的一位遠房親戚，因家貧無業一年多前從外地來投奔謝汝成，正趕上謝汝成困擾家事、心緒煩亂，兩人常常在一起借酒澆愁、游樂談心，遂成至交。此人社交甚廣，不過一年多時間便在汴州城內混上一大幫三教九流的朋友，謝汝成也因此更加日日在外流連。當然，交遊廣泛在關鍵時候往往能派上意想不到的用場，官府很快要上門抓捕的消息便是他打聽到的。

心神俱亂的李煒根本沒看清那人的樣子，只記得他的名字叫作謝臻。謝汝成讓郁蓉帶上孩子們跟謝臻走，她好像沒什麼感知，不吵不鬧地很聽話。反而是謝嵐，明亮的雙眼射出與年齡不相稱的銳利之光，充滿敵意地逼視著那個陌生人。幾個大人都難以想像，這個才八歲的孩子到底領悟了多少實情，只見到他緊抿嘴唇靠在神思飄搖的郁蓉身旁，似乎已準備好了面對一切嚴酷的考驗，獨自保護他可憐的母親。

謝汝成認真端詳著兒子，許多日子沒有好好看過他了，這孩子不經意中又長高了一頭。他的父母都是高挑身材，想必他今後也會長成一個英挺偉岸的男子吧，可惜自己是無福看見了……謝汝成從袖中褪出一把折扇，喚過兒子：「嵐嵐，這是你娘最珍愛的東西，她時常糊塗，你就替她保管著吧。」

「哦。」謝嵐打開折扇，對著上面的詩句噘起嘴，郁蓉連讀書識字都不肯教他，更何談唸詩作詩。

謝汝成愛憐地拍一拍兒子的腦袋，神色又轉得淒厲，他躊躇四顧，從桌上放針線的竹籃裡撿起一柄剪刀：「嵐嵐，把這個也拿上。萬一有事……就用它來防身，護衛你娘和小妹妹。」

「嗯！」這一次謝嵐的回答很響亮、很堅決，小小的手剛剛能握住刀把，稀罕的紫金刀身在黯淡燭光下變得酡紅。

許敬芝抱起女兒，反反覆覆地親吻那幼嫩的臉蛋。淚水糊了嬰兒一頭一臉，她不耐煩地大聲哭鬧起來，許敬芝卻怎麼也捨不得放開手。李煒手足無措，還是身為局外人的謝臻冷靜，走上前來提醒：「幾位，時間不多，再不走恐怕就真的來不及了！」

李煒來到床前，含淚勸道：「敬芝，讓郁蓉把孩子抱走吧，由她照看你該放心的……」

許敬芝這才在女兒臉上印下最後一吻，將小襁褓抱給郁蓉：「郁蓉，我這女孩兒自出生以來，就是你一直幫忙照料，倒比我這親娘還要親。你就帶上她找條生路吧！」

郁蓉微笑著伸手接過，那嬰孩果然與她親近，立即就在她的懷中甜甜地笑起來。看看她倆，還有緊偎在旁的謝嵐，許敬芝憔悴的臉上綻露出奇異的容光，她從懷中取出一塊絹帕，喃喃自語：「這一別，今生不知能否再見……現在，我就要把平生最大的心願託付給我的女兒。」

她咬破中指，一字一頓，邊寫邊唸：「字付吾女，你與謝嵐，不離不棄，生死相隨。」殷紅的鮮血在絹帕上如杜鵑盛放，又似朱砂鐫刻，至死不渝的真情和著母親的血淚，托在掌心卻是這般輕柔，只要一陣微風便能吹得無影無蹤。許敬芝看了又看，才將絹帕遞給謝嵐：「嵐嵐，去放到你妹妹的身上。」

……了塵的聲音已經低不可聞，在瀕死的模糊意念中，他想必是與自己的妻女重逢了吧？狄仁傑默默地坐在一旁，看著那張死氣侵襲的臉上漾起沉醉的笑容，心裡明白，最後的時刻就要到了。了塵的嘴唇仍在微微翕動，斷斷續續的話語不甘心地繼續著：「字付吾女……你……與謝嵐……不離……不棄……」

「不離不棄……生死相隨……」清醇動人的女聲從忽近忽遠之處傳來，應和著了塵漸漸背離凡塵俗世的辭別之音，似真似假，輕悠綿長，但又裹挾著洞穿人心的巨大力量，像一枚千鈞重錘擊中狄仁傑的頭頂！剎那間他幾乎昏厥，剛鼓起全部的勇氣抬頭望去，旁邊已陷彌留的了塵竟然從經床上騰身坐起！

通向外屋的門前站著一個姑娘，素衣清顏，那天籟般的話音就出自於她。她的目光落在禪床上鬚髮皆白的老僧身上，困惑、驚恐、同情，種種迥異的表情交織呈現，終於匯成難以表述的悲傷。了塵瞪大無神的雙眼，好像能看見似的直朝她探出手去：「是我的女兒……是你來了嗎？女兒！」

「沈珺小姐！」狄仁傑喚了一聲，想要起身卻雙腿痠軟。

恰在此時，李隆基出現在沈珺身邊，大聲道：「國老，這位小姐方才來到外屋，說要找國老。我看您正在與大師交談，便請她在外屋稍候，哪想她聽著你們的談話，突然就闖進裡屋，我都未及阻攔。國老您看……」

「臨淄王，這位姑娘是大師的親人。」

「是嗎？」李隆基上下打量著沈珺，滿臉的難以置信。

狄仁傑勉強穩住心神，朝沈珺慈祥微笑：「阿珺姑娘，你來得正好。快上前來，這位、這位老人他是……」他猛然頓住了，生怕後面的話，會嚇跑眼前這個茫然失措的人兒，她能接受這突如其來的真相嗎？果然，沈珺癱軟地倚靠在門框上，語不成句：「他、他是誰？是誰？他為什麼、為什麼知道我娘的遺言……」

狄仁傑尚在遲疑，了塵卻不能再等，他拚盡全力發出一聲喑啞的吶喊：「女兒！我是你的爹爹啊，你的爹爹！」

沈珺不由自主地倒退半步，眼看就要轉身奔逃。

狄仁傑終於站了起來，他沉著地道：「阿珺姑娘，這位了塵大師他——是你的父親。」

沈珺淚光盈盈地搖起頭：「不、不，怎麼可能？我、我的爹爹他已經死了、死了……」

「懷英兒！」了塵大叫起來，拚命挪動身體，似乎想從禪床上下來。

狄仁傑趕緊按住他，扭過頭厲聲道：「阿珺姑娘！來不及多解釋了，請你一定要相信我這古稀老人的話！我沒必要騙你，他……更不會騙你。」他哽咽了，隨即又加重語氣，「阿珺姑娘，請你上前來，來看看他，你就會明白的！」

沈珺走過來了，一步一滯，但畢竟是走過來了！她來到了塵的跟前，那垂死的老人一把攥住姑娘的雙手，混濁的淚水緩緩淌下，臉上卻笑得別樣燦爛。沈珺沒有甩開了塵的緊握，她愣愣地盯著了塵，血脈親緣從父親的手流向女兒的手，難以割捨、無法取代、不可逃避！這些都是她從來沒有體驗過的，卻又這般真實、這般強烈，叫了沈庭放二十多年的爹爹，沈珺何曾有過如此鮮明的至親感受？她驚呆了！

了塵輕輕放開沈珺的手，從懷中摸索出一條絹帕，口齒突然變得異常清晰：「女兒，我的女兒……你看看這絹帕。你一定認得對不對？……你娘的遺願就是寫在這帕子上的……那夜，她把一條絹帕撕成兩半，一半留給自己，一半寫上血書……給了你……女兒，你看看啊。」

沈珺接過絹帕，全身都在顫抖。她認出來了，雖然那方血書很早就被沈槐撕毀，可已深深刻在小阿珺的心底，是的，是的……是真的。她抬起淚水橫溢的臉，只見了塵還在心滿意足地笑著：「阿珺，阿珺……多好聽的名字。你是在爹娘亡命的時候出生的，我們都來不及給你取個名字……卻沒想到，你有了個這麼動聽的名字。阿珺……好啊，我要去告訴、告訴你娘，我們的女兒叫阿珺，阿珺……」

最後的笑容凝結在了塵的唇邊，他半張的口好像還在喚著女兒的名字。狄仁傑背過身去，兩行老淚順著面頰淌下，沾濕了花白的鬚鬚。沈珺如夢初醒，她張了張嘴像要喊什麼，卻沒有發出半點聲音。那半條絹帕從了塵的手裡垂下，落在沈珺的掌中，她淒慘地哀號一聲，便撲倒在逝者的身上。

了塵的禪房陷入最深的寂靜，狄仁傑有些神思迷惘，彷彿自己的靈魂也出了竅，就要跟隨那新亡之魂飄向安寧、澄澈的彼岸。他們共同的朋友在那裡等待著，狄仁傑幾乎都能看清楚，他們一如當初的年輕容顏。死去的人就是佔便宜啊，在生者的心中永遠也不會老，尤其是她——郁蓉，那雙依舊清亮熾烈的目光，劃破生死之間的漫漫黑幕，直逼向他的心頭……

「國老，狄大人！狄大人！您醒醒啊，您怎麼了？」狄仁傑悚然驚醒，竭力撐開沉重似鉛的眼皮，才發現自己正靠在臨淄王的肩上，李隆基急得雙眼圓睜，一邊叫喚一邊搖晃著狄仁傑的身體。狄仁傑虛弱地笑了笑：「臨淄王啊，老夫沒事，稍稍有些恍惚而已。」

李隆基長出口氣：「國老啊，您方才的樣子可真夠嚇人的。了塵大師已然圓寂，您要是再出什麼事，我就更加不知所措了。」

「是老夫驚嚇臨淄王了，見諒、見諒。」狄仁傑勉強坐直身子，定睛瞧過去，禪床上，了塵安詳地躺著，臉上笑意猶存。他的身邊，沈珺垂首而坐，半側著臉看不清表情。李隆基在狄仁傑的耳邊低聲問：「國老，這位姑娘真的是大師的女兒嗎？」

狄仁傑默然頷首。

李隆基的眼睛一亮：「那麼說大師身後還能留存骨血於世，好事啊！」他好奇地打量著沈珺的背影，「算起輩分來，隆基該稱她為姑姑呢。」

狄仁傑含悲微笑：「沒錯，臨淄王啊，這位阿珺姑娘真是你的姑姑。」後面的話他沒有說出口：無常的命運，為何要對這善良淳樸的姑娘如此不公？李氏子嗣、皇親國戚，又有多少幸運、多少災禍，哪一樣是她能夠享有的？哪一樣又是她可以負擔的？說起來，還真不如生於尋常百姓人家……

狄仁傑掙扎欲起，怎奈全身一絲力氣也沒有，李隆基用力扶持，狄仁傑好不容易才站起來，費力地往沈珺身旁邁了兩步：「阿珺，阿珺。」

沈珺對他的呼喚毫無反應，連眼睫都一眨不眨，就如泥塑木雕一般。

「這樣也好……就讓他們父女在一起待一會兒吧。」狄仁傑搖了搖頭，在李隆基的攙扶下慢慢走到外屋。

「國老，三更已過，您還請先回府歇息吧。這裡有我在就行了。」

「哦？」狄仁傑看一眼李隆基誠懇的面容，年輕人的眼睛雖有些紅紅的，但精神尚好。

見狄仁傑略顯躊躇，李隆基又勸道：「國老，大師和阿珺姑娘既是李氏宗親，這裡的事便是李家的家事，我責無旁貸。您年事已高，切不可太過勞累和傷感。國老，請回吧！」說著，他對狄仁傑深深一揖。

狄仁傑不再堅持：「那就拜託臨淄王了。」

「請國老放心。」李隆基親自將狄仁傑攙到小院的後門首，看著狄仁傑登上狄府的馬車，馬蹄聲擊破了深夜廣寺的寧靜，拋下一連串急迫、空蕩的回音。

狄仁傑無力地靠在車內，能清楚地感覺到自己的身心正在迅速崩塌：「李煒兄，你的心願已了，可以放心地去了。可我，還有太多未竟之事啊！」他對著黑暗苦笑，「不知道時間還夠不夠，我要想一想，好好地想一想，謝嵐，謝嵐……」

其實那年，他只不過晚到了一天！

就在他心急如焚地趕到汴州城的前一天，假冒李煒的謝汝成被押解至法場斬首示眾。正午剛到，謝汝成人頭落地。就在這時，很多觀刑的百姓詫異地看到，一個瘋瘋癲癲的女人不知從什麼地方冒了出來。她似乎剛被人毆打過，衣衫凌亂、臉上身上都是血污，她赤著腳在大街上狂奔，不顧一切地衝向刑台，被衛兵打倒後她從地上爬起，便改換了方向，直接朝龍庭湖跑去。一路上她披頭散髮、邊笑邊哭，不停地喊著：「汝成！汝成！」那淒慘狂亂的模樣駭得無人敢上前阻攔，這女人就在眾目睽睽之下縱身躍入龍庭湖。

因此，第二天當狄仁傑趕到汴州時，所見到的一共是三具屍體。還頂著李煒之名的謝汝成身首異處，許敬芝被闖入謝宅的官兵毒打致死，亦是體無完膚。只有郁蓉，被人從龍庭湖裡打撈起來時，臉上原來的血跡污穢都被湖水沖刷掉了，蒼白如玉的面容潔淨到透明，並沒有半點瘋狂的印跡。那天夜裡，狄仁傑在這三具屍首前一直站到天明。他一遍又一遍地端詳郁蓉寧靜安睡的面龐，這才發現，自己其實一點兒都不熟悉她的容貌，沒有了那對如泣如訴的目光，他就幾乎不認識她了。

但是，謝汝成他還是辨認得出來的。看到謝汝成的首級，狄仁傑震驚之下，雖無法窺透整件事情的始末，多少已能猜度一二。當確定在燒毀的謝宅內未找到其他屍體後，狄仁傑立即親自帶領差役開始了全城的搜捕，鳴金開道、大擺陣仗，不惜冒著驚擾嫌犯的風險，只求能傳遞給逃亡中的李煒和謝嵐一個訊息：不要害怕，幫助你們的人來了！

然而狄仁傑最終還是失望了。連續多日的搜索毫無結果，李煒、謝嵐從此音訊杳然。他唯一得到的線索是：在汴州城外一座荒山的背陰處，一個不知名的小道觀裡發生了樁離奇命案。這道觀中平常只有一名道士常年煉丹，這位道士近日卻被人發現暴死在觀裡。窄小的道觀內一片狼藉，煉丹爐傾覆，丹水流得遍地都是，沾染了血跡的諸多足印雜沓。狄仁傑敏銳地注意到，亂七八糟的足跡中分明有一雙孩子的腳印，可惜除了觀內的足跡差可辨認外，觀外山道上的足跡屢遭踐踏，已經無法追蹤了。

由於與案件相關的人非死即逃，狄仁傑判斷形勢，知道短時間內難以取得突破，便轉而將精力投入到李惲謀反案中，希圖能夠透過揭露李惲案的真相，從而洗脫李煒一家與之的牽連，為枉死的謝汝成、許敬芝和郁蓉伸冤。同時他也抱著希望，既然在汴州未曾找到李煒和謝嵐，那麼他們應該已逃出生天，離開了汴州。狄仁傑殷切盼望著，這個案件的水落石出，能使在逃的李煒和謝嵐再無顧慮，只要他們還活在人間，就會早日自行現身。尤其是，他們的出現將為謝家慘案的告破帶來最關鍵的線索。

在狄仁傑不懈的努力下，李惲案很快塵埃落定。轉年的年末，逃亡了將近一年的李煒果然回京城投案。狄仁傑見到李煒後，才從他口中得到了謝汝成替代李煒的大概始末，但具體的原因李煒咬定曾向謝汝成發過誓，絕對不肯透露半分。其實李煒現身的一個最重要的目的，是要找尋謝嵐和自己的女兒，狄仁傑這才第一次聽說，李煒和許敬芝在謝家避禍時生下一名女嬰，也猛然驚悟到，那個發生詭異命案的小道觀就是當初他們幾人商議好，讓郁蓉和兩個孩子躲藏的地方。

狄仁傑當即和李煒共同趕往汴州。小道觀本就荒僻，唯一的道士死後無人料理，短短一年就只剩下斷壁殘垣。站在小道觀前，李煒捶胸頓足，痛不欲生。還是狄仁傑反覆勸慰，雖說郁蓉不明不白地自盡，但從種種跡象來看，兩個孩子很有可能仍活在世間，說不定就是被那個叫「謝臻」的朋友帶走了。既然謝臻成了唯一的線索，狄仁傑便開始圍繞著汴州城尋找謝臻，可惜事情畢竟已過去整整一年，那謝臻又是外來之人，在汴州城內雖交遊廣泛，卻無人了解他的底細。時間一點點過去，狄仁傑想盡了各種辦法，尋找的範圍從汴州擴大到了整個關內道，後來又推往河北、河東、江南各地區，卻始終未果，直到最近……

「沈庭放、沈槐、沈珺……」狄仁傑在一片漆黑的車內瞪大雙眼，「郁蓉的折扇，還有紫金剪刀！如此看來，沈庭放應是謝臻無疑，沈槐和沈珺就是被他帶走並撫養長大。但是郁蓉為什麼會與他們失散，獨自一人跑去龍庭湖自盡？假如沈槐就是謝嵐，他在與母親離散後怎麼還會跟著謝臻走？沈庭放怎麼會毀容？又如何會幹起誘賭騙財這樣卑鄙的勾當？最奇怪的是沈庭放之死，他為何會在除夕夜拿出紫金剪刀，並緊急萬分地給沈槐寫信，要取消讓楊霖冒充謝嵐試探我的計劃？究竟是什麼讓他突然產生了那樣巨大的恐懼，幾乎被活活嚇死？他到底發現了什麼？還有，沈珺只知道母親的遺言，卻一直以為沈庭放就是自己的父親，顯然沒有人告訴她父母的真相……沈庭放為什麼要這樣做？沈珺她……沈珺！」

狄仁傑突然朝車外喝問：「狄忠？是你把沈珺小姐帶來的嗎？」

沒有回答。

狄仁傑緊鎖雙眉，一把掀起車簾：「是誰在趕車？誰？」

「大人，您坐好。」一個沉穩沙啞的聲音低低地響起，卻如晴天霹靂般炸開在狄仁傑的腦際，打得他一陣陣天旋地轉。

馬車剛巧進入一片小樹林，那人把車穩穩地停靠在一棵大樹下，方回身站到車前，雙手抱拳道：「大人，不是狄忠，是我。」月光從樹枝的縫隙照下，他的臉上斑斑駁駁、若明若暗，狄仁傑不得不閉了閉眼睛，再睜開時更是一片模糊：「你、你還是回來了……」

袁從英目不轉睛地看著狄仁傑，只是一言不發。一股無名怒火猛地衝上頭頂，狄仁傑顫巍巍地點指：「崔興沒有傳我的話給你嗎？誰讓你回來的！」

袁從英伸出雙手，輕輕擎住老人不停哆嗦的臂膀，低聲勸道：「大人，這回都回來了，您就別動怒了。」

「胡說！當初是你自己要死要活去塞外戍邊，現在整個朝廷都相信你已死在庭州，你便留在那西域邊疆逍遙罷了，偏又回來作甚！」狄仁傑奮力甩脫袁從英的扶持，見袁從英仍一味垂首沉默，更是氣得咬牙切齒，「老夫現在算是明白了，你就是故意和我對著幹，啊？當然你已不是我的侍衛長了，盡可把老夫的話當耳邊風，哼……我狄仁傑老了，沒用了，現在誰都可以把老夫的話當耳邊風了！」

「大人，我……」袁從英嘟囔了一句。

「你，你什麼？」狄仁傑火冒三丈地吼道。可是，就隨著這句話出口，滿心憤恨奇蹟般地消失得無影無蹤，狄仁傑突覺頭腦清澈，滯重的身體也感到許久以來未有的輕鬆，似乎整個身心都平和、安定下來，再也沒有了無助、焦慮和孤獨。原來是這樣……他長長地吁出一口氣，慢吞吞地道：「說得也有些道理，回都回來了。」

袁從英聞聲抬起頭來，月光把他的臉照得十分清晰，狄仁傑情不自禁地細細端詳，許久，微笑著點了點頭：「唔，蓄鬚了啊，難怪看著有點兒變樣。精神還不錯，我就知道你死不了，絕對不會死……怎麼樣？連崔興也佩服老夫料事如神吧？」

這回是袁從英不得不閉了閉眼睛，他沒有直接回答狄仁傑的話，而是一字一句地問：「大人，自去年別後，您一切安好嗎？」

「好，好……」

再無言。

相處十載，分別數月，生死牽繫，萬里人歸，卻不想才幾句話就把一切都說盡了。驀然抬眸時，他們已經蕭索枯對、無話可說。罡風起，悄悄刮落枝頭最後一片黃葉，枯瘠的枝幹猶自挺立在寒風之中，顫而不亂、摧而不折。車篷內外，一坐一立的兩人沉靜相對，多少心潮澎湃終沒於闃寂無聲。

狄仁傑無奈而又欣喜地想，這沉默恐怕還是要自己來打破，否則對面的傢伙真會天長地久地站下去，死也不說一個字。那麼說什麼好呢？過去的十年裡，他們交談過很多話題：案情、朝局、同僚、敵人……也有難以計數的寂靜時光，填補在或嚴肅或輕鬆的間隙裡。如今回想起來，所有談過的話都不值一顧、無從追憶，唯有那些沉默，嵌刻在心靈的最深處，給人真實可靠的感覺，就像他坦白真切的目光，從未改變、難以替代。作為當世最犀利的審判者，狄仁傑早就知道，人們害怕自己的沉默遠遠甚於害怕自己的盤問，哪怕是好友至親都一樣。可偏偏就是這個傢伙，不僅不怕，似乎還很享受……狄仁傑用全新的目光打量著他，這一去一回，在自己的眼中他好像變了一個人，變得十分陌生，但那種無法言傳的親切和慰藉更甚以往。

還有什麼可多考慮的？就把自己最想說的心裡話全都說出來。他們之間並非沒有懷疑、阻隔和誤解，只是到了此刻，所有種種真的都可以拋開，因為他跨越生死、歷盡艱險回到自己面前，一無所求、一無所有，卻帶回無價的沉默，這就足夠了……

不、不對！莫非他還帶回了……

狄仁傑悚然驚覺：「阿珺！阿珺怎麼回來的？你怎麼會到天覺寺？難道不是狄忠？」

面對狄仁傑一迭連聲地問話，袁從英平靜作答：「大人，不是狄忠，是我把沈珺小姐帶回洛陽的。兩個時辰前我們剛剛到達狄府，正碰上景暉兄。是他告訴我您在天覺寺，也是他說您臨行前吩咐，一旦見到沈珺小姐回來，就立即送到天覺寺見您。」

「原來竟是這樣……」狄仁傑思忖著又問，「從英，你從庭州東歸，是在路上巧遇的沈小姐？」

「嗯，也可以這麼說。大人，我是在金城關外沈小姐的家中遇到她的。」

「金城關外？」狄仁傑又是一愣，「你怎麼會去那裡？哦，」他擺一擺手，「對啊，你與景暉、梅迎春，你們三人是在去年除夕之夜齊聚沈宅，也就是在那天夜裡，楊霖躲在後院，後來又誤殺了沈庭放……你還寫了一封書信給我描述全部經過……」狄仁傑突然抬起頭，直愣愣地盯著袁從英。

袁從英避開他的目光，小聲問道：「大人，阿珺怎麼會是天覺寺高僧的女兒？」

「嗯？」狄仁傑回過神來，忙道：「從英，你方才一直在禪房外面嗎？你……什麼都看見了？」

「裡屋沒有窗戶，我只能看見外屋，那位臨淄小王爺一直守在外屋，我不便進去。不過，阿珺進裡屋之前，和您出來時與臨淄王的談話我都看見了。大人，您過去從來沒有帶我來過這天覺寺，也從來沒有向我談起過這位了塵大師。」

是我的幻覺嗎？狄仁傑想，為什麼他的話語中有種隱隱的遺憾，甚至是某種埋怨？狄仁傑觀察著袁從英籠在暗影中的面孔，字斟句酌地解釋：「這位了塵大師的真實身分是汝南郡王李煒，二十多年前牽連在蔣王李惲謀反案中，由人替死才逃過一劫，其後隱姓埋名在天覺寺剃度修行。此乃本朝機密，不便向外人道，何況過去這些年，我忙於國事，幾乎從不與大師往來。」頓了頓，狄仁傑問：「從英，沈珺的身世竟是李姓宗嗣、大周郡主，你覺得意外嗎？」

「也不算太意外。」袁從英的聲音很沉著，「我早就覺得，沈庭放絕不會是阿珺的親生父親。我只感到慶幸，阻止了阿珺西嫁突騎施可汗，還算及時吧。」

狄仁傑微笑了：「是啊，這一點太重要了，否則一旦真相揭露，西域的局勢又將變得十分微妙，阿珺的處境必會更加艱難。」

袁從英低低地哼了一聲：「阿珺，她只是個淳樸善良的鄉下姑娘，皇親國戚的身分對她太不合適，也太沉重了。」

「可這是事實啊。」狄仁傑歎息道，「從英，這是她的命運，是無法改變的。畢竟今天，她見到了生身父親的最後一面，讓了塵終於能毫無遺憾而去。當然對阿珺來說這樣的變故太過巨大，恐怕一時難以接受。因此我讓她留在了塵身邊，一來是盡為人子女之責，二來也是讓她能靜下來慢慢面對。臨淄王年紀雖小，辦事卻很老到精明，論輩分還是阿珺的堂侄，有他在旁陪伴老夫差可放心。」

袁從英點了點頭：「我先送您回府，再去陪阿珺吧。我把您車上的車夫和侍衛也留在寺中了。」

狄仁傑這才醒悟，不禁笑問：「他們見到你沒嚇得魂飛魄散，居然還聽你安排？」

袁從英也淡淡笑了笑，隨即斂容道：「大人，沈槐為什麼不陪在你身邊？他在幹什麼？我離開的這些日子，他究竟怎麼樣？」

狄仁傑的喉頭一陣發哽，費力地道出四個字：「一言難盡……」

袁從英垂下眼瞼：「看來都是我的錯。」

「從英，這怎麼能怪你？本就與你無關。」

「當然與我有關！」

聽著這斷然的話語，狄仁傑一時有些理不清思緒，竟無言以對。少頃，還是袁從英撿起撩在車座旁的毛毯：「大人，您的臉色很不好，還是讓我先送您回府休息，別的事情我們慢慢再談。」他將毯子小心覆在狄仁傑的身上，「我去駕車了，大人，請您稍歇片刻。」

馬車再度啟動，走得異常平穩、輕捷。狄仁傑一閉起眼睛，那些面孔就輪番在腦海中迭現，當他們漸漸消退之後，唯有那雙令他神魂飄蕩的目光，久久縈繞長駐不去，好似在竭力向他訴說著什麼……

「大人！大人！」

「恩師！」

狄仁傑猛然驚醒，眼前一片燈火輝煌。袁從英肅立車前，左手高高掀起車簾，車前另有一人躬身作揖，滿臉俱是緊張、興奮、忙亂和困惑交織的神色，面朝著狄仁傑，眼角的餘光還不時瞟一瞟袁從英，此人正是宋乾。他的身後，還站著幾名大理寺的差役。

狄仁傑從車裡探出頭，原來馬車已到狄府正門前。狄仁傑深吸口氣：「從英，宋乾。」

「在！」

多麼熟悉的一切啊，好像從來就沒有改變過。狄仁傑跨步下車，不料雙腿發軟，身體便向旁一栽。

「大人！」

耳邊一聲輕呼，他已被穩穩地攙住。狄仁傑沒有回頭，只輕輕拍一拍扶持自己的雙手，厲聲問道：「宋乾，你可找到沈槐了？」

「恩師，學生無能，未能找到沈槐，卻在邙山深處找到了周靖媛小姐。不過她……」

「她怎麼樣？」

「她、她身負重傷，已然垂危了。」

「什麼？她在何處？」狄仁傑話音未落，兩名差人已抬上一個浴血的女子，將她輕輕放在狄仁傑面前的地上。

狄仁傑搶步上前，俯身看時，那周靖媛雙目緊閉，已是氣息奄奄。狄仁傑從懷中取出針包：「權且試一試吧。」

銀針扎入幾處大穴，周靖媛慘白的臉上漸漸泛起微紅。

「周小姐，周小姐！」伴著狄仁傑低低的呼喚，她終於睜開眼睛，少頃，輕聲吐出一句：「狄大人，我、我快……快死了。」

狄仁傑慈祥地微笑：「靖媛啊，你有什麼話要說的，此刻就都對老夫說了吧，老夫會替你做主的。」

如花的生命，正是青春盛開的時節，卻再等不到碩果豐盈了，究竟是誰之過？

周靖媛那紅櫻桃般的雙唇已然枯萎，她彷彿在喃喃自語：「有人，有好多人……追殺我們。我們逃、逃……他說讓我躲起來……他騙了我、騙了我……他自己走了，卻把我留給殺……」

晶瑩透亮的淚水一滴一滴地滲出，順著曾經飽滿圓潤、現在卻已塌陷的面頰淌下，落入染著血色的泥土：「他不愛我……他一點兒都不、不愛我……」渙散的雙眸緩緩聚攏起最後一線神采，周靖媛望定老人，艱難啟齒，「狄、大人……靖媛沒、沒有說真……話，您、您不會怪我吧？我、我是為了……為了我爹爹……可他還是死得、死得那麼慘……」

「靖媛啊，老夫當然不會怪你，這不是你的錯。」

狄仁傑的話讓周靖媛又滾下兩行清淚，她喘了口氣，終於說出深藏在心中的秘密：「狄大人，圓覺和尚是、是我……爹爹殺死的。」

聖曆二年臘月二十六日的夜間，當神志不清的周梁昆被衛士們送回周府時，周靖媛發現，父親除了滿身血污之外，鞋底沾滿泥濘，身上亦有股濃重的酒氣。這些對於出入均坐車駕，只在皇城內走動的周梁昆來說，是很不尋常的。她替父親更換衣服時，還從父親的懷中找到了兩本簿冊，其中一本記錄鴻臚寺公務的冊子，狄仁傑來訪後周靖媛便交了出去。而另一本則奇奇怪怪地記錄了一些人名和事件，周靖媛慌亂中未及細看，但那冊子上墨跡陳舊又酒氣熏人，使她覺得很不同尋常，便小心地收拾起來。稍後周梁昆甦醒，立即瘋狂地詢問簿冊蹤跡，周靖媛呈上後他才鬆了口氣，卻未向周靖媛解釋這冊子的內容。

很快，周靖媛便聽說了臘月二十六日夜間的三樁人命案，立即敏感地知道天覺寺的案件十分蹊蹺。正月初四那天，她特意借新年進香的機會，去天覺寺打聽圓覺案的經過，並設法登上了天音塔。就在狄仁傑、宋乾等人也來到天音塔下時，她剛剛從圓覺墜塔的拱窗邊緣石縫中，找到一縷撕破的衣服殘片，那個殘片的顏色和磚石十分相似，因此被查案的人員忽略了，只有周靖媛一眼便能認出，這就是周梁昆出事那天所穿的衣服，恰好她也注意到了，衣服的袖子被人撕去一角。

「生死簿……」狄仁傑喃喃地唸出這三個字。

周靖媛的聲音愈加微弱：「狄大人，您、您也知道生……我爹爹就是、就是為……」

狄仁傑頻頻點頭：「靖媛，這些我都知道了。只是你爹爹如何與那圓覺和尚熟識，你可知道？」

「我聽、聽繼母提過……爹爹婚後、婚後多年無子……曾遍尋……名醫，也找過……和尚、老道，圓覺——」

「我明白了。」狄仁傑止住周靖媛，她的氣息越來越短促，必須要抓緊時間了，「靖媛，你可知道沈槐現在何處？生死簿現在何處？」

她竭盡全力嚅動雙唇：「天、天音塔……我、我把生死……簿藏……」那雙黑寶石般的眼睛越瞪越大，映出頭頂一輪新月的清輝，「沈……槐！沈槐……」

璀璨星光瞬間黯淡，薔薇已從怒放轉為凋謝，迅疾得尚未吐盡芬芳。狄仁傑還來不及歎息一聲，耳邊響起焦急的低呼：「大人！阿珺還在天覺寺裡！」

「對，還有李隆基！」

狄仁傑猛抬頭，是袁從英異常蒼白的面孔：「大人，沈槐一旦趕去天覺寺，很有可能把追殺的人也引去！阿珺太危險，我現在就過去！」

「從英，我與你一起……」狄仁傑在宋乾的攙扶下勉力站起，卻連成句的話都說不出。

袁從英已翻身上馬：「大人！您別去，就在這府中等候！」話音未落，馬匹已躥出去好遠。

狄仁傑對著他背影高叫：「從英，切不可放走沈槐，必須要拿到生死簿，那是關乎國家前途的重要物件……」沒有回答，凝神細聽時，只有馬蹄飛踏的回音，迅速消弭在街巷的盡頭。狄仁傑呆呆地望向那無限的暗黑深處，一縷微光突現心頭……不，怎麼可能？他幾乎被自己的這一閃念嚇倒，逕自失了神。

「恩師，這究竟是怎麼回事？從英他、他怎麼會在這裡？」宋乾丈二和尚摸不著頭腦，又急又亂，總算找到機會發問。

狄仁傑厲聲道：「來不及多解釋了。宋乾，你立即召集手下，與老夫一起趕去天覺寺支援從英。」

「是！」宋乾知道不容多問，趕緊傳令，想想又道：「恩師，您還是留在府中等候消息吧？」

「廢話！」狄仁傑剛一呵斥，狄府府門向外大敞，狄景暉帶著韓斌跑了出來：「爹！我剛剛得報您回來了！」

「大人爺爺！」韓斌衣帶散亂，腳上趿拉著一雙小靴子，顯然才從床上爬起來，他跌跌撞撞地直衝過來，揪住狄仁傑邊跳邊嚷，「哥哥呢？我哥哥在哪裡？」

狄仁傑沉聲吩咐：「景暉，你守在府中等候消息。斌兒，跟大人爺爺走！」

第十章　寒蘭

四更已過，深秋的夜空中月華疏散、星輝黯淡，正是黎明前最黑暗的時候。天覺寺層層疊疊的重廊，掩映在百年高齡的蒼松翠柏之中，益發顯得靜謐而神秘。晨課還要等一個時辰才會開始，此刻整座寺廟都在沉睡，萬籟俱寂中，唯有天音塔上通體懸掛的銅鈴，在秋夜的寒風拂動下，奏出離塵脫世的梵音。

天覺寺後門外的小院中，了塵大師的禪房內燭火搖搖曳曳、且續且滅，沈珺依然保持著最初的姿勢，垂頭坐在了塵的身旁，沒有半點兒動靜。李隆基在外屋的桌邊坐了半晌，睏意漸濃，天音塔的鈴聲像催眠的樂曲，令他哈欠連連。望望窗外，夜色昏沉，李隆基想，還是明早再給皇帝祖母和爹爹送信吧，到時候少不得一番盤問，人仰馬翻的，恐怕連大師的亡魂都不得安息，此刻還是讓那個從天而降的姑姑，安安靜靜地在大師身旁多陪一會兒吧。

想到這裡，李隆基站起身，悄悄來到裡屋門邊。沈珺獨坐的身影是那樣嫻靜、安詳，宛如貞潔的處子。李隆基好奇地打量著她，端秀素潔的容顏遠不如他所熟悉的皇族貴婦那般嬌豔雍容，卻別有一種璞玉般的質樸和美好，只是眉宇間的沉痛徬徨，叫人觀之不忍。這位連本名都沒有的姑姑，她有著怎樣特別而曲折的命運？她對認祖歸宗有多少情願呢？她能從容面對成為大周朝郡主的突變嗎？李隆基暗暗下了決心，一定要找機會先問問姑姑自己的意思，如果她不願意捲入李氏宗嗣的漩渦，也許他李隆基可以幫她保守這個秘密……

又一陣梵鈴聲脆，李隆基坐回到桌前，到天亮至少還有一個時辰，他的眼皮直打架，終於抵擋不住倦意侵襲，伏在桌上酣然入睡。好像才剛合了個眼，突然他感覺有人在搖晃自己，李隆基猛地睜開眼睛，從椅子上騰身躍起，正對一張陌生男人嚴峻的臉。

「沈珺在哪裡？」那人低聲逼問，凌厲的目光直刺李隆基的面門。

李隆基愣了愣：「你……是誰？」

「我問你，阿珺呢？」

「你……」李隆基頗為不忿，怎麼說自己也是個王爺，對方不報名姓，還像審問犯人似的叱喝，算什麼意思？還有，自己的那幾個隨身侍衛是怎麼回事？竟然放陌生人隨意闖入……李隆基狠狠地瞪著對方，張開嘴剛要喊人，那人好像能看透他的心思：「不用叫了，院子裡的三個侍衛是你帶來的吧，都叫人放倒了。」

「什麼？」李隆基大驚。

那人繼續追問：「你什麼動靜都沒聽到？」

「沒有……」李隆基十分懊惱，看來自己真是睡死了。

「那就應該是沈槐，阿珺一定是自己跟他走的。」那人自言自語了一句，拋下李隆基扭頭就朝外奔去。

「哎！等等我，我跟你一起去找人！」李隆基一邊喊一邊緊跟而出。外面依舊是一片漆黑，那人轉眼就消失在如墨的暗夜中，李隆基急得正跺腳，耳邊順風刮來急促的鈴音，他擰眉細聽，忽然眼睛一亮，拔腿就跑。

袁從英循著鈴聲飛奔至天音塔下時，天地間突起一陣狂風。天音塔上梵鈴隨風亂舞，捲起陣陣鈴音，迫切催人如驟雨傾瀉；猛烈的疾風吹散遮星蔽月的漫天烏雲，微光自天頂破開黑沉沉的夜幕，天音塔的陰森暗影，如厲鬼般凸現在他的眼前！

抬起頭，袁從英仰望高聳的塔身，那一個個比周遭更加黑暗的洞口便是圓形的拱窗。他聚精會神地逐層掃視這些黑洞，果然，若隱若現的紅光從最高的拱窗中瀉出。袁從英深吸口氣，握緊雙拳衝進塔底敞開的木門。

塔內伸手不見五指，袁從英凝神傾聽，從頭頂上傳來細瑣的聲響。他屏息躡足，循級而上，一層、兩層……聲音越來越近，眼前也漸露微亮。終於，袁從英在最高的幾級台階下止住腳步，因為他聽到了一個女聲，怯怯的，但醇淨柔美，如同夜鶯鳴囀。只聽她在問：「哥，你找的什麼——」她的問話立即被沈槐粗暴地打斷：「少囉唆！你在旁等著便是！」

沈珺不再吭聲，只愣愣地望著四處翻尋的沈槐。他帽歪甲斜、滿身滿臉的血污和汗水，看得沈珺心痛不已，但她不敢多問，也不敢替他料理，唯一能做的，就是癡癡地跟在他的身邊，而這已是阿珺此刻所希冀的全部了。其實在金城關外，沈珺之所以答應跟隨袁從英回洛陽，私心裡不過是抱了一份渺茫的希望，希望能再見到她的「嵐哥哥」，並且已暗暗下了決心，這一次如果他再次將她拋棄，她必不苟活世間。

誰知才剛到狄府，她就又被袁從英送至天覺寺，並且做夢都沒有想到，還在這裡見到了所謂親生父親的最後一面。並非沒有震撼，也並非沒有觸動，然而到了此時此刻，沈珺已完全心力交瘁，她根本無力思考，更無心感受。守在了塵的遺體前時，她整個人都是木的、冷的、空的，當所有的過往都轟然倒塌時，沈珺覺得自己神魂俱喪，只剩下一副輕飄飄的軀殼。

但是，就在她萬念俱灰之際，沈槐出現了！不管有多麼狼狽、多麼鬼祟，在阿珺的眼裡他仍猶如天神降臨，將她從噩夢中喚醒，帶回生的激情和愛的力量。沈珺什麼都不在乎了，什麼都不管不顧，既然波詭雲譎的命運本就難以承受，不如就把自己這一文不值的性命，盡數交託給他——她此生唯一的信仰：嵐哥哥，阿珺一無所有，阿珺只有你了！

他們手攜著手，悄悄從沉睡的小王爺身旁走過，又一起跑上叮咚奏鳴的天音塔。沈珺覺得似乎又回到了好多年前，她難得能逃開沈庭放的打罵，跟著嵐哥哥在荒野上奔跑玩耍。他們在黑暗的天音塔中拾級而上，沈珺一邊沉浸在騰雲駕霧的幸福中，一邊隱約感到自己正在奔向絕境。不過沒有關係，真的沒有關係，只要能和他在一起，即便死也是最甜蜜的。

沈槐又扒下一塊牆磚，終於從後面掏出個黃紙裹起的小包。「把蠟燭移近點！」他低吼道，沈珺趕緊把手中的蠟燭挪到他的耳側，幾點火星悠悠飄落，沈槐又是一聲怒吼，「小心點！別把絲絹燒著了！」沈珺嚇得後退半步，手中擎著蠟燭左也不是右也不是……

沈槐卻心無旁騖，兩隻充血的眼睛瞪得溜圓，細細掃過絲絹上的蠅頭小楷，他長長吁了口氣：「哼，周靖媛倒是沒騙人，總算讓我得到這東西了。」

他抬起頭，望一眼發呆的沈珺：「阿珺，你可知道這東西已要了好幾條人命？」不等沈珺回答，他又自言自語，「老天保佑我沈槐命不該絕，今天得此『生死簿』，只要趕緊找地方躲藏起來，等風頭過了再另行謀劃，不日定能東山再起！嗯，怎麼樣？阿珺，你說好不好？」

沈珺冷不丁被他一問，囁嚅著說不出話來。

沈槐站起身來，衝她陰慘慘地一笑：「阿珺，你可決心跟著我走了？」這一次沈珺毫不遲疑：「哥，你是知道我的！」黑暗中她的雙眸閃亮，質樸的面容綻露從未有過的光彩。

沈槐似有所動，喃喃低語：「阿珺，我也捨不得你啊，尤其不願用你去做交換，讓你西嫁梅迎春，更是情勢所迫，萬不得已……所幸你還是回來了，回來了。阿珺，從此後你我再不分離？」

沈珺的眼中已蓄滿淚水，向他重重地點了點頭。

沈槐毅然斷喝：「我們走！」

「沈槐將軍、沈賢弟，請先留步。」黑暗中有人在說話，沈槐和沈珺同時渾身一顫，這平靜、低沉的嗓音他們都很熟悉。

「噗哧」，火摺子引燃，幽暗的紅光中映出一個身影，袁從英鎮定的目光依次掃過沈槐和沈珺的面孔，不知為什麼，他的神色中沒有半點征討和敵視，只是掩飾不住的悲傷。

「是你！」沈槐臉上的肌肉抖個不停。

袁從英朝他淡淡一笑：「是我，怎麼？你不會也把我當成鬼吧？阿珺應該對你說過我的情況了。」說到這裡，他瞥了眼沈珺，「看來還是我的錯，不該把你獨自留在天覺寺中。」

「袁先生，我……」沈珺頓時面紅耳赤地垂下頭，倒好像犯了什麼大錯。

沈槐總算稍稍恢復了點膽氣，從齒縫裡擠出半聲冷笑：「果然是從英兄啊，阿珺跟我說你還活著，我以為她是在癡人說夢，沒想到是真的。從英兄，袁從英！我實在想不通，你怎麼就死不了呢？」

袁從英挑了挑眉梢：「坦白說，對此我自己也感到很奇怪。」

「哼！」沈槐鼻子裡出氣，惡狠狠地道：「話雖如此，在下還是要恭喜從英兄死裡逃生啊！」

「不必了。」

沈槐點點頭：「既然從英兄大難不死，且已返回神都，狄大人侍衛長這個職位我也不便再佔著了，何況狄大人他老人家對我百般看不順眼，終歸還是物歸原主的好。從英兄，煩請稍讓一讓，我與阿珺就此別過了！」

袁從英站在原地一動不動：「沈賢弟要去哪裡？」

「這你管不著！」

「我倒也不想管。」袁從英冷冰冰地道，「不過，要走你自己走，把阿珺留下，還有你方才找到的那件東西，也必須留下！」

沈槐愣了愣，隨即扭頭盯住沈珺：「阿珺，他不讓你和我一起走，他要你留下。你意下如何？」

沈珺垂首低語：「我……我當然跟你。」

「那就告訴他！」沈槐狂暴的吼聲在塔中盪起陣陣回響，「阿珺，你告訴他，你告訴袁從英！你要跟我走，天涯海角、生生死死你都只跟著我！」

沈珺窘迫難當地抬起頭，對面暗影中一雙目光直直地落在她的臉上，沉痛到絕望，令得她全身冰涼。怎麼會這樣？怎麼會這樣……

沈槐在她身旁喘著粗氣，又喊了一聲：「阿珺！」

沈珺這才一個激靈匯攏神魄，她喉頭哽咽著勉強道出：「袁、袁先生，你就放過我吧……讓我走，和我哥一起走……」這些話她本以為會說得發自內心、理直氣壯，但此刻說來，沈珺只覺莫名的悲愴，忍不住就潸然淚下，彷彿她不是在申明自己的意願，倒是在與「他」生離死別……

沈槐詫異地打量著她，臉上浮起晦澀難辨的神情，他轉向袁從英，拖長了聲音道：「從英兄，說來我還應該感謝你，把阿珺從西行的路上給截回來。還是你，把她送來天覺寺，且留下狄府的車夫和侍衛，否則我又如何能探得她又回到洛陽，並且就在這座寺院中？咳……」他裝模作樣地歎了口氣，「當初我迫不得已送走阿珺時，只當這輩子都無緣再見了，哪裡想到從英兄伸手相助，才使我們有情人終得團聚。從英兄，既然阿珺都說了要跟著我，你就好人做到底，不要硬將我和她拆散吧！」

袁從英不理會沈槐，卻轉向沈珺，用嘶啞的聲音道：「阿珺，沈槐正被人追殺，你跟他走會很危險。」

他的神色讓沈珺又一陣傷心欲絕，她費盡全力卻只說出低不可聞的話語：「我……我告訴過你我娘的遺言，我與他……我們就算是死，也要死在一處的——」

「你告訴他了？你都告訴他了？」沈槐突然打斷她，興奮地兩眼放光，「好啊，這樣才好，這樣便用不著拐彎抹角了。」他朝袁從英跨前一步，咬牙切齒地道：「話既然都說明了，你且讓開！讓我們走！我沒時間和你在這裡乾耗！」

袁從英緩緩地搖了搖頭：「不可能。」

「你！」沈槐「噌」的一聲拔出佩劍。

袁從英冷笑：「想動武？希望你還是三思啊，沈賢弟！你不會已經把我們在并州九重樓比劍的事給忘了吧？」他淡淡地掃了眼沈槐的劍，「那時你用我的若耶劍，都佔不到絲毫便宜，今天我依舊赤手空拳，你信不信照樣難進半步！」

沈槐握劍的手哆嗦個不停，他當然知道袁從英所言非虛，自己根本不是他的對手。

袁從英稍等了等，又道：「沈賢弟，雖然我不知道追殺你的是些什麼人，不過我想他們馬上就會跟蹤而至。另外……大人和宋乾應該也快到了。我勸你還是留下阿珺和『生死簿』，你一個人走，我不會攔你！」

「算了吧，何必學得和狄仁傑一樣，玩這套假惺惺！」沈槐仰天大笑，笑得口沫飛濺，「我走？沒有了阿珺和『生死簿』，沒有了職位身分，我沈槐還剩下什麼！我就真的成了一無所有的喪家犬！到時候還不是任憑別人宰割！」

袁從英的聲音愈加喑啞：「沈槐，不是你的東西終歸不是你的，這道理你應該懂。」

「是！我懂！我當然懂！」沈槐目眥俱裂地嚷起來，「你以為我很想要嗎？我爹替我謀劃了十多年，我卻遲遲不肯行動，為什麼？因為那些根本就不是我想要的！可惜人算不如天算，老天爺還是安排你我相見……」他舉劍直指袁從英，「袁從英，是你把我帶到狄仁傑的身邊，也是你親手安排我成為狄仁傑的侍衛長，是你造成了今日的結果！你利用了我，今天又來說什麼予取予奪，實非君子所為！你是小人！卑鄙無恥的小人！」

「你住口！」袁從英迎著沈槐的劍鋒怒喝，「我對你是如何肝膽相照，如何信賴託付，你心裡最清楚！」他咬緊牙關，每個字都說得異常艱難，「沈槐，你本來已得到我的一切，此乃命運安排，我無話可說！可恨你貪心過甚，反落到今天這個地步，你要怪，只能怪自己！」

沈槐狂吼：「不！怪你，都怪你！是你先騙我上鉤，繼而逼死我爹，現在又回來奪我的阿珺，這是你的陰謀，一切都是你的陰謀！」

「沈槐，你瘋了。」袁從英不可思議地連連搖頭，「我真的沒有想到，你會變得如此瘋狂。」

「哥，袁先生，你們、你們在說什麼？我不明白……」沈珺全身顫抖，探手去抓沈槐的胳膊，他剛作勢欲甩，又獰笑著將沈珺的手握牢，「阿珺，你不明白嗎？奇怪，袁從英陪你一路返京，竟然沒有對你說些什麼？」

沈珺牙齒相扣，語不成句：「說、說……什麼？」

「當然是真相！」

「真相？什麼……真相？」

「關於你，關於我，關於那個死在金城關外的老頭子……最最重要的是……關於你的嵐——」

「不！」一聲淒厲的呼號讓袁從英和沈槐同時震驚，卻見沈珺涕泗橫溢，發狂般地緊摟住沈槐，拚命嚷著：「不，我什麼都不要聽！我不要真相，不要……我只要你，嵐哥哥，我只要你，只有你……」她將頭埋在沈槐的胸前，失聲慟哭起來。

沈槐也不禁落下淚來，他一手摟住沈珺，一手挺劍，悲憤難抑地道：「袁從英，這就是你處心積慮想得到的結果，對嗎？現在這樣你滿意了嗎？你終於報仇雪恨了是不是？啊？」

袁從英什麼都沒有回答，雙目裡卻是烈焰滾滾，他一步一步向沈槐緊逼而來。

「你、你想幹什麼？你別過來！」沈槐慌亂中一把扼住沈珺的喉嚨，一邊暴喝，一邊將她像盾牌似的擋在自己的身前。

袁從英果然立即止步，只死死地盯住退向窗邊的二人。沈槐接連倒退，冷不丁後腰已抵上拱窗的邊緣。猛烈的寒風呼嘯而起，激起銅鈴狂鳴，天音塔下沉寂的院落中，突然間人喊馬嘶，墨黑的夜幕中，燈球火把大放光明！

「沈槐！不要再負隅頑抗了，你朝下看看，天音塔已被重重包圍，你縱是插翅也難逃！沈槐，爾還不速速受縛，本官會給你一個公道的！」一個蒼老的聲音如雷霆奏響，天音塔中轟轟的回聲亦帶上千鈞的分量，砸得沈槐肝膽俱裂。在他混亂的視線裡，狄仁傑的身影出現在空曠如塵的黑幕前方。

袁從英沒有回頭，他的目光仍死鎖在沈珺的身上，只冷冷地道了句：「大人，我說過讓您不要來！」

「從英，我是來幫你的。」

狄仁傑的回答異常苦澀，卻激起沈槐一陣狂笑：「哈哈哈哈！果然是蓄謀已久，果然是狼狽為奸，終於都露出真面目了。好啊，來得好啊！讓我沈槐死也能做個明白鬼，好啊！」

狄仁傑望向沈槐，眼裡滿是無奈和痛惜，他緩緩地搖頭道：「沈槐，如果說這裡有人蓄謀已久，你最清楚那是誰！此刻我來，並不單單是為了幫助從英……沈槐，我還希望能幫到你啊！你難道真的不明白嗎？覬覦『生死簿』的人絕不會放過你，你只要跨出這天覺寺，就會立即被殺人滅口！沈槐，交出『生死簿』，放開阿珺，或許老夫可以給你指一條生路……」

「呵呵，到現在還想充好人，還想騙我……」沈槐笑得淚花飛濺，氣喘吁吁地道，「你會想來幫我？狄仁傑，你的確曾對我不錯，但那是因為你把我當成袁從英，後來又以為我是謝嵐，你所看重的從來就不是我！你現在也不過是想得到『生死簿』和阿珺，我沈槐對你從來就是一錢不值！」

「你錯了！」狄仁傑厲聲喝道，「沈槐啊，在我的眼裡，你就是個良知未泯、誤入歧途的年輕人，只要你肯懸崖勒馬，老夫絕不為難你，一定會幫助你的！」

「晚了，太晚了，覆水難收了，今日方知什麼叫作一失足成千古恨，呵呵……」沈槐似哭似笑，痛苦萬狀的樣子讓狄仁傑都不忍卒睹，他還在喃喃自語：「為什麼要做回自己竟是這麼難！沈槐什麼都不是，沈槐只是個影子！爹爹啊，你知不知道你的計劃誤我終身吶！所幸……你還把她給了我！」他突然收回狂亂的目光，轉而凝視緊偎在身邊的沈珺，「阿珺，只有你，只有你永遠都屬於我，對不對？不論我怎麼樣，你都不會唾棄我？拋下我？」

許久都不發一言的沈珺，此刻的神情反而是所有人中最平靜的。她倚靠在沈槐的胸前，用最溫柔的目光愛撫著沈槐絕望的面龐，輕輕地吐出深情的話語：「不離不棄、生死相隨。阿珺生是你的人，死是你的鬼……」

沈槐抬手撫弄她的面頰：「阿珺，假若我不是你的嵐——」

「不！不要說。」沈珺掩住他的口，「你就是，是我唯一的……愛人，我的命。阿珺永遠都是你的，只是你的。」

淚無聲地落下，淌進他和她的心裡，她的臉上卻不見一絲淚痕，只有至純至美的笑容。沈槐喟然長歎：「爹爹，你聽見了嗎？你贏了，我們贏了！我畢竟還是得到了，得到了最珍貴的！我沈槐此生足矣！」他突然雙臂一振攬起沈珺，抬步便跨上拱窗的窗沿。磚石砌成的窗台光滑如玉，寒風激蕩衣裾狂擺，萬丈虛空之前，兩人相依的身影搖搖欲墜，全靠沈槐單手扶持，袁從英此時不過距他們一步之遙，卻也不敢再動彈半分。

「阿珺！我把你帶回洛陽，不是為了讓你……死！」

袁從英嘶啞的話音幾乎被梵鈴的亂鳴擊碎，但沈珺能聽得清清楚楚，她回眸微笑：「我知道的，袁先生……對不起。」

「不！」袁從英瞠目大喊，發瘋似的向前衝去，就在千鈞一髮之際，一支羽箭帶著風聲從下而上，直直插入沈槐的後心。沈槐悶哼著向後仰倒。

「哥哥！」伴著沈珺撕心裂肺的尖叫，他已朝漆黑的夜空墜去。在昏迷前的一剎那，沈珺分明感到沈槐將她的手向外奮力一推，力道之強使她猝然倒向窗戶內側，恰好跌入衝到窗前的袁從英的懷中。

「砰」的一聲鈍響，沈槐重重地砸在地上。李隆基收起手中的小弓，將它遞回給身邊的韓斌，拉起他便朝沈槐跑去。在離開天音塔底一丈開外的泥地上，沈槐微側腦袋仰面躺著，腦後鮮血噗噗流出，很快就染紅了整片地面。他的眼睛依舊瞪得大大的，臉上還掛著抹淡淡的笑容，看上去竟有種心滿意足的安詳。

李隆基仰起頭，晨光微露的半空之中，一條絲絹隨風輕盈舞動，徐徐飄落在他的手上。

狄仁傑剛剛跨下御書房的台階，段滄海公公便笑容可掬地迎了上來：「狄大人，請留步，留步。」

狄仁傑聞聲止步，淡淡地看著對方：「是段公公，有事找本官嗎？」

「老奴聽說，狄大人身邊的人出了點事？」

狄仁傑不動聲色：「是啊，本官就是為此來面見聖上的。」

「據說是……沈槐將軍出事了？」段滄海又湊前一步，他弓著腰，皺紋密布的小眼睛就在狄仁傑的鼻尖前閃閃發亮。

狄仁傑調開目光，舉目眺望巍峨綿延的宮牆，林立的殿宇在牆頭上探出壯麗穹頂。他深吸口氣，語帶惆悵：「本官的侍衛長沈槐，及前鴻臚寺卿周梁昆大人之女靖媛，無端遭歹人所害，已雙雙命喪黃泉了。」

「這真是太……太可悲可歎了。」段滄海連連歎息，那雙小眼睛仍然一眨不眨地盯住狄仁傑。

狄仁傑鄙夷一笑：「段公公，本官知道，你所關心的並非是兩個年輕人的性命，而是那樣東西。」

段滄海不置可否，繼續直勾勾地瞪著狄仁傑。狄仁傑與他坦然對視，良久才搖頭道：「段公公，恐怕本官要令你失望了。」

「哦？狄大人的意思是……」

「段公公，不論是周靖媛還是沈槐，在他們的身上都沒有發現所謂『生死簿』的半點蹤跡！」

「狄大人！」段滄海面色驟變，遂又忙穩住語氣，「這……不太可能吧？」

「怎麼？段公公不信任老夫？」

「哪裡、哪裡。」段滄海一迭連聲地辯解，「老奴上回就已明言，那東西假如落到狄大人手中，老奴是最放心不過的。只是……」

狄仁傑目光炯炯：「既然如此，老夫勸公公就不必再擔憂了。在老夫看來，世上本無『生死簿』，庸人何必自擾之！」

段滄海聞言大驚，小眼睛盯在狄仁傑的臉上骨碌碌直轉，狄仁傑絲毫不為所動，只在玉階前負手而來，任憑秋風捲起袍服的下襬，打在依舊挺直的雙腿上。不知過了多久，段滄海臉上的陰雲才漸漸消退，他用如釋重負又感慨萬千的語氣道：「唉，還是狄大人的志慮忠純、境界高遠，非我等俗輩能匹啊。」

狄仁傑收回目光，微笑反問：「段公公可是真的放心了？」

「放心，當然放心。老奴早就說過，只要是狄大人處理此事，老奴再無顧慮。」

狄仁傑這才點點頭，緩步邁下玉階，那段滄海又緊趕上來，賠笑道：「不知道聖上對此事有何旨意啊？」

狄仁傑回頭道：「聖上？哦，她倒是要本官自己物色個新的衛士長。」

「狄大人可有中意的人選？」

狄仁傑輕輕歎息一聲：「本官已是風中殘燭，今日不知明日，這衛士長一職其實可有可無，還是壓後再議吧。」

段滄海忙道：「狄大人這話說的……您是大周朝的擎天玉柱，可萬萬不能出此等傷感之言啊。」

狄仁傑又是一聲輕歎：「段公公，那麼多正當盛年的人都先我們而去，我等這般老朽尚苟延殘喘於世，時常也覺無趣得很哪。」

段滄海黯然：「正因為如此，老奴才特別盼望著能終老天年，像我這樣的殘缺之人，其他也圖不得什麼了……」

沉默如逝水東去，帶走無盡淒惶。

「段公公，多多保重吧。」

「是，狄大人也保重啊。」

狄仁傑一回到府中，便徑直往書房而去。家人迎出院外老遠：「老爺，宋大人已等候您多時了。」

狄仁傑頭也不抬：「狄忠啊，宋大人可把楊霖帶來了？」

「嗯，老爺……大管家不在府裡啊。」

狄仁傑一愣：「哦，對了。你們趕緊派人送信出去，讓大管家速速返回吧。」

「是！」

「楊霖呢？」

「來了，和宋大人一起都在書房中候著呢。」

「好。」

狄仁傑朝內便走，就聽一聲「恩師」，只見宋乾已迫不及待地趕到跟前，一邊躬身作揖一邊問：「恩師，聖上可有追問『生死簿』的事情？學生這一早上可都坐立不安啊！」

狄仁傑安撫地笑了笑：「急什麼，就算聖上要責罰，她也不能拿我這把老骨頭怎樣！」

「恩師……」

狄仁傑停下腳步，輕聲道：「聖上隻字未提『生死簿』，這倒也並不出乎我的意料。」

宋乾詫異：「聖上的意思是？」

狄仁傑平靜地道：「老夫看她沒什麼特別的意思，只不過她對『生死簿』一無所知而已。」

「啊？鬧得如此沸沸揚揚的，聖上她竟然……竟然不知道？」

「這有什麼可奇怪的，『生死簿』事件蹊蹺詭異，自事發後一直借託幽冥傳說，讓人真假莫辨。而窺伺各方也始終沒有弄清楚『生死簿』的真正含義，大多以訛傳訛，更兼各懷鬼胎，所以都未敢向聖上提起過。」

「竟然是這樣！」宋乾情不自禁地感歎，想了想又問：「但那臨淄小王爺可是親眼目睹了的啊，難道他也什麼都沒說？」

狄仁傑沉吟著道：「臨淄王小小年紀卻心計深遠，又不失真性情，老夫看他今後必然前途無量，不容小覷啊。」

宋乾連連點頭。

又聽狄仁傑道：「宋乾，『生死簿』的真容你也見到了，其實它就是段滄海借幾十年隨侍帝王身旁的機會，多方搜集打探到的官員秘事。尤其是在前朝後期，皇后專政時有不少官員為搏上位，多少都曾有過告密、誣陷、結黨、謀權等等劣跡，甚至還被臨時徵為內衛成員，做下種種令人不齒的惡行，這樁樁件件的隱秘往事就構成了『生死簿』的全部內容。

「當初段滄海和周梁昆一起收集編寫了這本『生死簿』，所圖不過是自保。正如段滄海所言，他身為宦官無後無家，恰好周梁昆也沒有子嗣，只有一個女兒，故而二人都沒有天下大業之類的野心。問題在於，『生死簿』中所記載的內容，其具備的巨大威力，卻不由他們個人的意志所決定。特別是在最近幾年，聖上春秋漸老，立嗣的過程又波折不斷，她在李、武兩族間搖擺不定，現更寵信二張這樣的佞人，引起朝中各種勢力角鬥異常激烈，差不多已到了生死存亡的最後關頭。在這個時候，誰擁有了『生死簿』，誰就掌控了大周朝廷許多重臣最怕公諸於眾的隱私，以此作為要挾，脅迫他們為自己這派服務；或者將他們的罪行拋出去，借機消滅異己，『生死簿』都是一件最犀利的武器！偏偏在這樣的情勢之下，保守了幾十年的『生死簿』秘密，居然一朝被揭，還鬧到滿城風雨！」

「說得是啊！」宋乾慨歎著問，「恩師啊，學生至今還想不明白，既然『生死簿』性命攸關，周梁昆又是怎麼把這秘密給洩露出去的呢？」

「是的。」

一瞬間狄仁傑幾乎難以自持，二十五年了，當他終於找出那個殘害朋友們的元兇時，他的心頭沒有半點喜悅，只有最深重的悲哀：「沈庭放，就是這封告密信的匿名作者，同時也是那天帶走郁蓉和兩個孩子的謝氏遠親謝臻，更是——沈槐的親生父親。」

宋乾帶著楊霖悄悄退出，狄仁傑寂然枯坐，如入空靈之境。他感到整個身心都已疲憊至極，似乎下一刻便會潰不成形，但又分明有種最堅忍最孤絕的力量，從遙遠的過去而來，幫助他支撐下去，去等待那最後審判的到來。只是這一次，他不會再像大半生都習慣的那樣，坐在主審官的座位上。他從心底裡發現：原來這樣才好，這樣才輕鬆⋯⋯

暮色蒼茫，轉眼間大地已覆上濃重的秋寒，書房中唯有一盞燭火，陪伴著這滄桑老者。夜漸漸深了，狄仁傑從書架上取下那柄折扇，再一次展開在自己的面前。玳瑁扇骨溫潤的光華，在他昏花的老眼中顧盼宛轉，好像也在期待著什麼。既然等待如此漫長，不如就讓她也一起等吧，她，會願意的。

「大人。」

「啊，是從英回來了？」

書房的門是敞開著的，因此他不用敲門就能直接進入，十年來每次他在夜間出去探察線索，狄仁傑只要在書房等候，就會給他留著門。最初這是特意表示的關切和信任，後來就成了習慣，看著那肅立的熟悉身影，狄仁傑在內心感慨著：也不知道從什麼時候起，他整個人都已成了自己的習慣。實際上人生再長再久，而今方知，最後所剩下的不過就是些習慣罷了。

包括這句招呼，同樣也是習慣了的：「從英啊，回來了就好，來，快坐下。」

「是。」他坐下了。

狄仁傑細細打量著他，仍然是十年來看慣的軍人坐姿，沉靜、嚴肅，只是面容憔悴得太不像話。燭火晃動，越發映出他的臉色蒼白至極，若不是唇上新添的髭鬚，今夜的他幾乎和十年前初見時一模一樣：一樣的走投無路，孤傲、頹唐，一樣的絕處求生，剛強、堅毅……只是這一次，他還能夠救得了他嗎？

十年！狄仁傑突然莫名驚悚，不知不覺時光飛逝，原來「他」在自己身邊已經整整十年了。剛剛在等待中積聚下的決心和勇氣，似乎堅不可摧，卻轉眼間就要煙消雲散。追索了二十五年的真相，此生最後的心願和十年來的生死與共、無悔信賴，究竟孰輕孰重？十年前曾經問過的那句「你是誰」，今日還能再問得出口嗎？

不能問，也不該問。但是狄仁傑堅信，該說的話必須要說，否則就不會有理解，更不會有原諒。因為比黃金更珍貴的信任，不能建立在謊言的流沙之上。這一次，將不會有誰來拯救誰，這一次他們要相互扶助，其實在過去的十年裡，他們一直都是這樣在做的。偶爾，狄仁傑也會困惑於他們彼此絕無僅有的默契，現在他終於了然，原來這都是冥冥中的緣分、命運的安排。因此他有足夠的理由相信，這一次他們還是能夠合作好。雖然未來肯定會很痛苦、會很艱難，但他們都已跋涉過千難萬險、經歷過生離死別，沒有什麼是不能承受的。當然，今夜恐怕還得由他這位當世神探做一次主導者，因為他是長者，因為他更有經驗，也因為，這必定是他人生中的最後一次老夫失望地發現，他和謝嵐沒有任何關係，只是被人利用來蒙蔽老夫的。而那個利用楊霖的幕後之人，竟然是沈槐！那麼，沈槐為什麼要這樣做呢？他和謝嵐之間有什麼聯繫呢？

「根據種種跡象，老夫做出一個初步的推斷：沈槐利用楊霖來迷惑老夫，目的是為了試探老夫對謝嵐的態度。也就是說他想知道，老夫對謝嵐究竟有多麼重視，以及老夫對謝嵐到底有多少了解，是否能夠準確地判斷出謝嵐的真實身分。但令老夫百思不得其解的是，沈槐為什麼要試探這些？了解到這些對他有什麼好處呢？更耐人尋味的是，他是如何得知謝嵐的存在，從哪裡得到應該屬於謝嵐的物品，並且還對老夫與謝嵐父母之間的往事十分熟悉呢？

「既然楊霖不過是個可悲的替代品，那麼老夫想到的一個最大的可能就是：沈槐便是謝嵐本人。而恰恰是老夫在三十多年前與他父母間的一段糾葛，才致使他這麼多年來始終耿耿於懷，對老夫多有怨恨。也因此他雖由於你的離開而意外來到老夫身邊，卻不肯現身相認，反而多番試探，對老夫的態度更是時遠時近，似乎一直在情仇愛恨中掙扎，他的這種種表現讓老夫既困惑又擔憂，既緊張又心痛，於是越發認定沈槐就是謝嵐！

「此外，二十五年前與謝嵐一起失蹤的，還有汝南郡王李煒，哦，也就是天覺寺了塵大師的女兒，他二人當時跟隨謝家的一名遠親避難，從此下落不明。正好，沈槐的堂妹沈珺的年紀也與李煒之女相仿，這個情況更加佐證了我的判斷。然而，就在我認定了沈槐的身分，希圖以最真誠的態度來化解他的仇恨，彌補對他和他一家的虧欠之時，情勢急轉直下，沈槐先是策劃對楊霖殺人滅口不成，隨即與周靖媛定親，攪入『生死簿』的渾水，還極其冷酷地殺害了楊霖的母親何氏，甚而逼走了沈珺！他的所作所為用瘋狂來形容都不為過，也讓我大為震驚，因為他突然做出這許多令人膽寒的行動，其目的無非就是要擺脫謝嵐這個身分！當老夫領悟到這些的時候，真正是心痛到了無以復加的地步。難道『謝嵐』他就這麼恨我嗎？只為了不與我相認，為了報復我，他就寧願犯下累累罪行，及至走上絕路？」

狄仁傑的聲音終於還是顫抖起來，翻滾心潮勢如洩洪，竭力維持的平靜不復存在，他情不自禁地望向對面之人，好似要對方給自己一個答案。袁從英卻只顧低垂著頭，一隻手還下意識地緊捏著那銀藥盒，因為用盡全力每個關節都凸出發白了。

「如今沈槐已經墜塔身亡，他的死既是咎由自取，又屬命運捉弄，甚而連老夫也應當承擔一部分責任。然沈槐臨死前的言談和行為，倒是揭示了一個至關重要的真相：沈槐根本就不是謝嵐，他是沈庭放的親生兒子！根據老夫的查察結果，沈庭放乃是謝臻的化名，也就是當初帶走謝嵐和阿珺的那名謝家遠親。他們父子策劃出這一系列的事端，其目的無非是讓沈槐冒謝嵐之名，取得老夫的信任，達到他們不可告人的目的。所以沈槐在整個過程中的反覆遲疑，哪裡是謝嵐對老夫仇恨的表現，根本只是他在計劃進行過程中屢遭波折、幾番動搖所致！」

夜已很深，長篇大論地說到此刻，狄仁傑反而精神抖擻起來。他長吁口氣，談了那麼多沈槐，其實都只是鋪敘，沈槐的悲哀是真切的，他一直都只是別人的影子，至少對於狄仁傑來說，確實如此……孩子，現在我要說到最重要的部分了，望你注意傾聽。

「當老夫終於推斷出沈槐和沈庭放的陰謀時，不禁對自己在整樁案子裡的猶疑和失措感到萬分懊惱。事實上沈庭放的死和楊霖的表現，已令沈槐三番五次露出馬腳，但這一切不僅沒有使我警惕，反使我更加確信他就是謝嵐，這不啻是我一生中所犯下的最大的失誤！我不禁要捫心自問，問題究竟出在哪裡？直到今天晚上，當更多的往事被一一揭曉時，我終於找到了答案。

「答案就是，我一直錯誤地將沈槐的種種反常表現，誤解成了謝嵐對我的恨！哦，三十多年前我與謝嵐的母親之間曾經發生過一些糾葛，我……對不起她。這麼多年來，我始終在為此承受著良心的譴責，並無一刻真正的安寧。二十五年前謝家遭遇慘禍，我搭救不及，謝嵐父母雙亡，謝嵐本人生死未卜，我的心中從此對他更添十分歉疚。我總覺得，都是我的過失，才導致了謝嵐悲慘的命運。後來李煒生還，雖然他不肯陳明謝汝成執意代死的內情，但我直覺到這其中亦有我的原因，於是當我在二十多年的時間裡遍尋謝嵐無果的情況下，便漸漸在心中形成了一個顛撲不破的觀點，那就是：謝嵐恨我。

「然而從昨夜至今，我終於聽到了塵對我盡述二十多年前的往事，我揭開沈槐的真實面目，還發現了沈庭放就是謝臻的秘密，我明白……我錯了！我錯就錯在，不該任憑自己的負罪感作祟，而把仇恨強加在了謝嵐的身上。就在剛才，坐在這個書房裡，我才恍然大悟：謝嵐不可能恨我，他甚至根本不知道我與他父母間的糾葛。哦，也許他聽到過一些流言蜚語，並且也聽說了我的名字——狄仁傑。但一個不過八歲的孩子，以那樣純真幼稚的心，他又能懂得多少大人之間的是非恩怨，除非有人故意向他灌輸仇恨，但實際上他的母親禁止旁人對他談起我，因此對於謝嵐來說，這名字也許只代表著他父母親的一個朋友。他會好奇、會猜度，甚至會想要了解我、探查我，但卻不會恨。還有，我與了塵一直以為謝嵐被謝臻撫養長大後，大概會從謝臻那裡得知我的情況，或者在謝臻的刻意培養下，對我萌生恨意。但這兩天來的線索也排除了這種可能，因為謝臻撫養長大的並不是謝嵐，而是他自己的兒子——沈槐。至於那個真正的謝嵐……雖然我依舊不知道他的下落，但我還是要感謝上蒼，讓我能夠在有生之年釋然於心，讓我明白，郁蓉的兒子從未恨過我。」

說完了，這是他一生中最艱難的一段話，卻也是最值得說的一段話。夜太靜了，襯得他的話語繞梁不止，餘音裊裊。折磨了他三十多年的良心，此刻突然平息下來，反而讓狄仁傑無所適從。就這樣解脫了嗎？他覺得有些意外，突然又莫名惶恐，怎麼沒有絲毫動靜？他猛地調頭望去，身邊的人還是保持著原來的姿勢，面龐隱在暗處。

狄仁傑輕聲道：「從英啊，夜越發深了。你去把書房的門關上。」

袁從英站起身，徑直走到門前。門合上了，他卻沒有回轉身，只是背對狄仁傑，固執地沉默而立。狄仁傑目不轉睛地望著那個瘦削的背影。活得長還是有些好處的，他想，可以親眼看見孩子長大，長成這樣英武挺拔的男子，可以信賴、值得託付，使人從心底裡感到安慰……

彷彿是聽到了他的心聲，就在狄仁傑的注視中，袁從英終於轉過身來。立刻，狄仁傑便看到那雙熟悉的純淨目光，正自最深處煥發出華彩，一掃之前的迷茫、絕望，這目光像他還是像她？抑或是都像也都不像？狄仁傑情不自禁地捻鬚頷首，眼前又是一陣模糊，卻糅合著發乎內心的欣喜，乃至豪邁之情：我狄仁傑畢竟還是狄仁傑！

袁從英走回榻邊，再度與他對面而坐。

不約而同，他們都回憶起初見的那一幕，今夜何其相似……只不過今夜之後，不是緣起，而是永別。

狄仁傑抬起衣袖拭了拭眼角，勉強笑道：「十年了，老夫也不知拖你熬過多少漫漫長夜，不知今夜，從英可否再陪老夫聊個通宵？」

「當然。」

確實已不可能說清，曾經有過多少次這樣的徹夜長談。不過此刻他們都明白，這是最後一次了。

「大人，您想談什麼？」

是啊，談什麼呢？太多的過去想要了解，可惜都已沒有時間細談，那麼就談一談將來吧，你的將來，大周——大唐的將來。

「從英啊，關於今後，你是怎麼打算的？」

袁從英沉著作答：「輔佐烏質勒是隴右一戰之前，我為了爭取他的同盟而作的許諾，有道是『君子一言，駟馬難追』，從英從此為突騎施效力，還望大人不要見怪。」

「嗯，老夫怎會怪罪於你，從英多慮了。不過老夫倒想知道，從英打算如何輔佐烏質勒？」

面對狄仁傑狡黠而又慈愛的目光，袁從英微笑了：「大人，您想要從英怎麼做？」

「我想與從英訂一個十五年之約。」

「十五年之約？」

「是的。」沉穩的話語緩緩響起，充滿著深思熟慮的智慧，「從英啊，庭州一戰，你我都親身體驗了大周西北邊疆的局勢。我們都看到，大周的疆域越廣袤遼闊、欣欣向榮，邊塞的局面就越錯綜複雜、危機四伏。久居於朝堂之上的大臣們是體會不到這些的，今天的皇帝和將來的繼位者，同樣也沒有開疆拓土的經驗和能力。當今聖上年邁，幾年內肯定要把江山交給後繼者，然這皇權更迭的過程，我們都再清楚不過，那必將會是一番血雨腥風的慘烈爭奪。朝堂之內的鬥爭既然已不可避免，大周邊疆的穩固就更為重要。前些年東突厥強盛，屢屢犯境，所幸大周尚有精兵強將、民心所向，才能保得一方國土平安。可是近年來朝局不穩、朝中派系林立，那些覬覦大寶之徒，甚而常有挾一己私欲而罔顧國家安危的舉動。此次隴右之戰，裡通外寇的、公報私仇的、坐等漁利的，種種惡形惡狀、跳梁小丑，觀之令人心驚膽寒。試想，如果外敵懷伺、人心叵測，即使當今太子能夠順利繼位，這李唐江山又如何穩固，這廣闊疆域又如何堅守？因此從英啊，我希望你能身在西域，卻為武周……嗯，更為李唐守好這面向西方的門戶。」

「大人，您的意思從英明白，其實這也正是我所打算的。」

「哦？這麼說你我又一次不謀而合了？」

袁從英淡淡一笑，恢復了平常的冷峻：「隴右一戰後，東突厥受到重創，烏質勒的突騎施部卻借此機會異軍突起。我早已計劃好，待我到了烏質勒麾下，必將全力輔佐他在最短的時間內發展勢力，盡可能攻城略地，奪取西突厥的領袖地位。一旦突騎施將西突厥其他部落的大部分力量都充實進來，我便要協助烏質勒向東北進襲，蕩平東突厥！我想……」說到這裡，他的雙眼熠熠生輝，「這些事情也夠烏質勒忙一陣子了。大人，從英可以保證，只要有我在突騎施一天，東、西突厥就無暇旁顧，絕不可能進犯大周！」

「好！」狄仁傑輕聲應和，又含笑捻鬚，「可這樣一來，烏質勒得了我最能幹的大將軍，如虎添翼，必將成為真正的西域一霸，到時候恐怕就不好扼制了。」

袁從英道：「大人，這我也考慮過了。我在想，您是否可以奏請聖上建立北庭都護府？就像

管起來，直到它失效為止。」

袁從英這才恍然大悟。

狄仁傑的目光停駐在他身上，意味深長地問：「從英，你是不是覺得十五年有些長？」

袁從英垂首不語。

狄仁傑舉目望向窗外，不知不覺中，東方已有淡淡的曙光初現：「別的老夫不想再多說。總之，今後的十五年內你要履行約定，待到四十八歲之後嘛，老夫就管不著了。」

生命既已背負了許諾，就不能再隨意揮霍。他畢生運籌帷幄，唯有最後這一次的謀略，讓他真正地感到值得。

「原來這天光都已微亮，夜快要盡了嘛。」狄仁傑感慨道，「從英，你打算何時返回西域？」

袁從英略作遲疑：「大人，我承諾烏質勒明年元日前回到碎葉。」

「哦？這麼急？」狄仁傑不禁有些吃驚，「難怪你說時間不多。如此算來你必須要盡快啟程了，真是來去匆匆……」一語未了，無限的惆悵盡上眉梢。雖然早知永別就在眼前，畢竟還是來得太快了些。

「也不用那麼著急吧。」袁從英小聲嘟囔，「您這一下子就把我的十五年判給烏質勒了，我就算晚到幾日，又如何？」

「那不行！」狄仁傑斬釘截鐵地道，「越是如此，最初的表現才至為關鍵，任何一次小小的疏忽都會影響大局，甚至危及你的生命。從英，嚴冬馬上就要到了，你還是快快動身吧，況且你在神都再三遷延，很可能引起某些人的注意，因此不要再耽擱。」

「可是大人——」

狄仁傑拍了拍袁從英的胳膊：「我剛才已經說了，阿珺需要的是時間，現在誰都幫不了她，只有靠她自己打開心結。你就算留在這裡，也於事無補的。」

袁從英苦澀地道：「於事無補倒是真的，她根本不願見我。我想她一定非常恨我。」

狄仁傑連連搖頭：「千萬不要犯和我一樣的錯誤。從英，不要因為自責就把仇恨強加到別人身上。你沒有錯，她也絕對不會恨你，她只是還無法面對你。」頓了頓，他又一次慈祥地微笑，「放心地去吧。阿珺，我會關照她的。」

袁從英沒有說話。

「怎麼，信不過我這老頭子？」

還是無言，狄仁傑從身邊拿起一樣東西，輕輕擱在案上：「從英啊，這一次你走時，必須要把若耶劍帶上。」

猛然間，熱誠的目光如劍芒閃爍：「大人？」

狄仁傑抬起手：「幾個月前去庭州時，我就一路帶著它，誰想還是沒能交給你。這回你既然來了，無論如何要把它帶去，我可不想以後再千里迢迢給你送兵刃了。」

「嗯。」袁從英點了點頭，「只是今後在西域都是馬上作戰，這劍終歸不如刀槍來得實用。」

狄仁傑皺起眉頭：「怎麼，還嫌棄老夫的東西了？」

「我是實話實說……」

「哼！大將軍的兵刃是用來揚威，不是用來砍人的，你今後要多領軍打仗，而非親身殺敵，明白嗎？」

「是，我明白了。」

「知道就好！」少頃，狄仁傑低低地再添一句：「其實……老夫是要用這柄劍與你換另一樣東西。」

又一樣東西被輕輕擱在寶劍的旁邊，玳瑁扇骨的柔光慵懶、瑩潤，倒與那沉穩、剛毅的劍鞘相得益彰。袁從英凝神矚目折扇，良久，伸手一把擎住若耶劍：「大人，你我之間何須交換。」執劍抱拳，「多謝大人賜劍！」

狄仁傑含笑搖頭：「從英，你我之間何須言謝。」他也探出手去，緊緊握住最終歸屬自己的至寶，輾轉三十四年的歲月，他終於收下了她的饋贈。雖然仇恨並不存在，他還是企盼諒解，現在，夫復何求？

最後一顆晨星還來不及凋零，袁從英獨自來到距「撒馬爾罕」珠寶店一箭之遙的客棧。蒙丹來洛陽之後就安頓在此處，從天音塔上抱下昏迷不醒的沈珺，袁從英便將她送到這裡，請蒙丹相陪照料。此時袁從英匆匆走過深深幾許的庭院，在沈珺暫居的房前停下腳步。

從窗戶望進去，屋中依舊一片漆黑。袁從英躊躇幾許，下不了決心上前叩門。正在小院中發呆，突然他感覺有人在扯自己的衣襟。他伸出手去，輕輕撫摸那個倚靠上來的小腦袋：「斌兒，這麼早就起來了？」自從天音塔下重逢，這小孩就形影不離地跟隨在袁從英的身邊，一直跟到這客棧裡。昨夜若不是趁他熟睡，恐怕還要跟回狄府。

見袁從英低頭看他，韓斌閃動晶亮的眼睛：「哥哥，阿珺和紅豔姐姐都不在屋裡。」

袁從英頓時有些緊張：「她們在哪裡？」

韓斌拖著他的衣袖就走：「她們在後院看山呢。」

原來這客棧居於一處坡地之上，自後院假山聳起的最高處，有小小的一座石亭，在其中憑欄遠顧，可以眺望到邙山掩映在重重霧靄後的模糊身影。今天冬霧厚重，將日出的光輝盡掩，昏暗的山巒之上，長空剛泛出淡淡的灰白。

遠遠地，便能看見亭中一個纖弱的背影，淺淺的輪廓就訴出無盡的淒楚和悲涼。已是全身中原女子打扮的蒙丹站在亭外，見袁從英走近，朝他點了點頭：「她一大早就起來站在那裡，我不忍心打攪，只好在近旁守著她。」

「多謝紅豔。」

蒙丹轉身讓開，袁從英沿著碎石鋪就的小徑走到亭外，不再向前半步。

旭日冉冉升高，邙山的山影逐漸清晰，他不知道站了多久，那個從第一次見就讓他感到親近的身影，始終紋絲不動。也許她沒有發現身後有人吧？他想和她打個招呼，卻終於沒有能夠張開口。袁從英決定離開了，他低下頭，剛剛轉身邁出一步，耳邊突然響起那天籟般的嗓音：「袁先生……」

袁從英轉回身來，映入眼簾的是一張黯淡無光的臉，凌亂的髮絲覆上額頭，讓她看上去更像個迷失的小女孩。

「原來你知道我在……」他輕聲說道。

沈珺低垂著眼瞼，不回答，也不看他。

「阿珺，我是來和你道別的，我要走了。」

她終於抬起眼睛，似乎想問什麼，但他等了片刻，等到的只有秋風瑟瑟。

袁從英道：「那麼……我走了，你要多多珍重。」朝她點一點頭，他就欲離開，冷不防被她一把握住了雙手。他還在愣神之際，沈珺已把他的雙手舉到了眼前，反覆查看。過了一會兒，才聽她輕輕吁了口氣：「還好，青紫倒都褪了……」

將袁從英的手放開，沈珺重又垂下眼瞼，再也不發一言。

「阿珺，我走了，你要多多珍重，一定要——活著！」話音落下，他便頭也不回地逐級而下。直到他的身影消失在山石後面，才有兩滴晶瑩的水珠順著那蒼白的面頰，無聲無息地落下。血淚凝結的心花固然嬌豔，卻長在命運錯誤的根鬚上，若要將那錯誤連根拔起，花也就枯萎了。

此生已錯，縱有萬般不捨，只道無緣。

袁從英和蒙丹又囑咐了幾句，便走進通往前院的迴廊。韓斌坐在廊簷下，心事重重地晃蕩著兩條腿，一見到他，忙跳下地跑過來叫：「哥哥！」

「嗯，斌兒，我們在這裡坐一會兒。」袁從英在迴廊裡坐下。韓斌噘起嘴站在他面前，欲言又止，虎著一張小臉。

「怎麼了？斌兒，不高興嗎？」袁從英拍了拍韓斌的肩膀，這才發現比起幾個月前在庭州，這孩子長得更結實了，原本黑黑的臉蛋也白了些。韓斌低著頭，鞋底在地上來回蹭。

袁從英笑了笑：「斌兒，我要回西域去了……」

「哥哥，你什麼時候走？我這就去牽『炎風』，你等等我！」韓斌突然慌慌張張地開了口，小臉急得有些發白。

「不，斌兒，這次我不會帶你去的，你要留在洛陽。」

「我不！我就要跟你走！」韓斌跺著腳喊起來。

袁從英把臉一沉：「斌兒，你要是再這樣衝我嚷，今後我們就不必再見了。」

韓斌嚇得立刻沒了聲音，眼圈卻是通紅。

袁從英略微緩和了神色，問：「斌兒，聽說你學會打馬球了，還打得很不錯？」

韓斌委委屈屈地點點頭。

「聽說，你還和臨淄王爺交上了朋友？」

韓斌朝袁從英看了一眼，再點點頭。

袁從英又問：「你喜歡打馬球嗎？你喜歡和臨淄王一塊兒玩嗎？」

這回韓斌耷拉下腦袋，什麼表示都沒有了。

「嗯，這樣我就放心了。」袁從英道，「斌兒，臨淄小王爺已經向大人提出，要你去相王府做他的貼身侍衛。其實你這麼小，當侍衛只是個名義，實際上是做他的伙伴。既然你也願意和他玩，那這事就定下了。」

「唉，沈小姐自己去看吧。」

狄仁傑半倚半躺在榻上，原本花白的鬚髮這時看來已如霜雪，聽到動靜，他微微睜開雙眼，頓時露出由衷的笑容：「阿珺啊，是你來了。」

「是。」沈珺才應了一聲，淚水就止不住地淌下，「狄大人，我不知道您……」

「來了就好啊。」狄仁傑端詳著沈珺萎靡枯槁的模樣，不覺黯然神傷，「阿珺啊，是我們這些做長輩的對不起你，讓你受了許多苦。」

沈珺連連搖頭，她想要對這垂危的老人說幾句寬慰的話，可淚如泉湧，竟連半個字都說不出了。

狄仁傑又道：「阿珺啊，我聽景暉和蒙丹說，你決心要出家。你真的想清楚了嗎？」

沈珺低頭垂淚。

狄仁傑長歎一聲：「你是想步你爹的後塵啊。不過據老夫所知，了塵出家二十餘載，雖成一代佛學大師，他的心中到最後念念不忘的，依舊是他的女兒，也就是你啊。因此阿珺，遁入空門並不會給你解脫，今天我要你來，就是想告訴你一些往事。等你了解了一切，再做決定，好嗎？」

這是關於「謝嵐」的往事，關於他，還有他，是如何陰差陽錯地主宰了她的整個生命。

謝臻本是謝氏旁族，家境原就式微，再加他吃喝嫖賭、五毒俱全，很快便把家底給敗光了。他拋下髮妻和七歲大的兒子在家中不管，自己去投奔汴州的遠房表親謝汝成。謝汝成心地良善，從不對人提防，不僅供給謝臻吃喝，還把自己家中歷代收藏的典籍、器物一一展示給謝臻，見他喜歡，還慷慨相贈了不少藏書，卻不料就此種下禍端。謝臻此人貪婪惡毒，自從見了謝汝成的家藏之後，便垂涎三尺，一門心思想要佔為己有。他表面不露聲色，一味與謝汝成交好，取得他的信任，謝汝成果然將他引為知己，甚而把與郁蓉之間夫妻不睦的內情都如實相告，以致謝臻對謝家的一切均了如指掌。

李煒避難謝家，謝汝成也未對謝臻隱瞞。謝臻立即感到，自己所等待的機會終於來到了。於是他定出一條陰險的連環計，首先寫了封匿名的告密信給官府，並提出以謝家全部財物作為獻出李煒的交換條件；隨後，他又搶在官府搜查謝家之前向謝汝成通報了消息。

按照謝臻的如意算盤，謝汝成得到消息後必會和李煒一起逃跑，到時候他再將官兵引來，不僅能抓住李煒，還能趁亂將謝汝成置於死地，謝家的一切他就唾手可得了。然而令他大感意外的是，謝汝成居然要代替李煒，還將郁蓉和兩個年幼的孩子一併交託給了他，因為謝汝成被當作李煒砍頭的可能性非常大，這也就等於將謝家的全部拱手送給謝臻了。於是謝臻喜出望外地帶著郁蓉和兩個孩子逃走，這一回他倒不急於向官府報告真李煒的去向了，因為謝汝成被殺才是他最想要的結果。

謝汝成真的被殺了，但是謝臻卻沒有像預料的那樣得到謝家的全部財產。是哪裡出了問題呢？一定是在那個城外荒僻的道觀中。由於唯一還活著的人保持著沉默，那麼只能靠推測，去揣摩在那血腥恐怖的日與夜，郁蓉、謝嵐還有襁褓中的阿珺，究竟遭遇了什麼。最大的可能是，謝臻對美麗而頭腦混亂的郁蓉產生了不軌之心，本來郁蓉已是他的囊中之物，他卻連多等幾天的耐心都沒有了。然而他沒有料到的是，那個才八歲大的瘦弱男孩拚死保護自己的母親，他一定用了父親給他的紫金剪刀作為武器，雖然他不是成年男人的對手，可這場搏鬥肯定喚醒了郁蓉作為母親的部分理智。道觀內發生了混戰，煉丹爐被打翻在地，滾燙的丹水潑了謝臻一臉一身，謝臻痛不可當，無力繼續追趕，郁蓉和謝嵐才得以逃脫魔爪。

但是謝嵐最終沒能追上自己那瘋狂的母親，也許因為他在搏鬥中受了傷，多半還因為他的懷裡抱著個未滿月的女嬰，也就是今天的沈珺。而郁蓉卻似乎突然明白了所發生的事情，她一路狂奔著衝向刑場，又在目睹丈夫人頭落地之後，呼喚著謝汝成的名字自沉於龍庭湖中。

這個故事說得又長又艱難，從午後一直說到掌燈，狄仁傑病入膏肓的臉上，交替著暢快淋漓和痛心疾首，今天他無論如何也要把這個故事講完：「沒有人知道謝嵐是否看到了母親的死，也沒有人知道他就此去了哪裡，又如何失落了他的小妹妹。不過有一點是可以肯定的，謝臻雖然保全了性命，卻留下滿身滿臉罪惡的印記。因為第二天老夫就趕去了汴州查案，謝臻畏懼之下，殺害了唯一的證人——那道觀中的道士，又找到了女嬰，便潛回家鄉去了。

「在家鄉不敢久待，謝臻很快又改名換姓，背井離鄉而去。其後的幾年中，他輾轉病榻、痛苦不堪地活著，內心充斥著對謝嵐一家的怨恨和毒計失敗的懊悔。後來，他打聽到老夫為汝南郡王全家翻了案，並將汝成和郁蓉夫妻二人安葬在汴州謝宅旁，他自知再無篡奪謝家之財的可能，真正是怨懟難當、鬱鬱難平。於是漸漸的，又一個卑鄙無恥的計劃在心中形成了，他想到了讓自己那個和謝嵐同歲的兒子去冒充謝嵐，領取那一份他朝思暮想、早就成囊中之物卻又意外落空的財產。

「當初謝臻帶回那倖存下來的女嬰，哦，也就是你——阿珺，本來就不懷好意。他深知，阿珺乃是李唐的郡主，你是他手中握有的一個無價之寶，而你身上所帶的那份血書，既是你認祖歸宗的最有力證據，又能進而佐證假謝嵐的身分。由於李煒生還回京、後又出家，事屬機密，全天下並無幾人了解，因此謝臻對你父親和謝嵐的生死均不得而知。這次他記取了教訓，並不擅動，而是將自己的兒子和你共同撫養，慢慢培植你們之間的感情，還不斷地用你母的遺囑來教誨你，讓你從小就把沈槐當成此生所屬，矢志不渝。

「可是起初，沈槐並不願意做這種冒名頂替的事情，他甚至撕碎血書，差點兒徹底毀了謝臻的如意算盤，令其父大為惱怒，也只好暫時放下了這個計劃。但不管怎樣，你們兄妹二人青梅竹馬，漸漸都長大成人。沈槐離家從軍當官，沈庭放利用自己的老能耐設地下賭局，斂了許多不義之財。儘管如此，他依舊對謝家的寶貴收藏念念不忘，也始終盼望著能夠利用你和『謝嵐』來一朝翻身，尤其是幫助沈槐獲得大周朝最尊貴的地位。不過沈庭放還有顧慮，一則你母親的遺書已經不復存在，世人均以為李煒已死，沈庭放發現他找不到方法來證明你的真實身分，貿然將你送進皇宮，難保不會落個欺君之罪；二則要讓沈槐冒謝嵐之名，必須要過老夫這一關，對此沈庭放心中確實沒有底。早在汴州，謝臻便從謝汝成那裡聽到過老夫與他們的淵源，後來老夫徹查謝家慘案，作為元凶的謝臻更是膽戰心驚。真正的謝嵐這麼多年沒有出現，沈庭放基本認定這孩子已經死了，可他還是沒有多少把握，能讓沈槐騙過老夫的這雙眼睛！特別令沈庭放擔心的是，萬一不慎露出馬腳，老夫很有可能進而探查出他就是害了謝家滅門的凶手，這才是偷雞不成反蝕米！

「這樣瞻前顧後、猶豫不決地又拖了些時日，直到聖曆二年沈槐在并州遇到從英，進而取代從英成為老夫的貼身侍衛，才使沈庭放覺得這是天賜良機，下定決心要行動了。此時沈槐經過一番官場歷練，也改變了原先的看法，乃和其父沆瀣一氣。為了萬無一失，他們又特意挑選了楊霖來投石問路，想靠他來試探出老夫對謝嵐真正的態度。不得不說，他們的計劃真的很周密，然而蒼天有眼，他們費盡心機設下的連環奸計，從去年除夕阿珺你收留下從英、景暉他們一行人時，就注定了失敗。老夫現在相信，沈庭放根本就是嚇死的，當他在自己的家中見到他懼怕了二十多年的人時，他就肝膽俱裂、魂飛魄散了！阿珺啊，其實後面發生的事情，你都很清楚了，並不需要老夫一一複述。唯有一點我要告訴你，自始至終，我和從英都沒有刻意安排過什麼。罪行敗露、凶手償命，這一切的一切，都是天意使然。」

這是大周神探在斷他的人生最後一案啊。從午後到掌燈，狄仁傑不停歇地說著，精神矍鑠、頭腦清晰，哪裡像一個臥病垂危之人？他窮盡畢生最後的精力，只想讓面前這如癡似傻的可憐姑娘懂得，儘管她的人生曾經充滿欺騙和錯失，畢竟還有值得珍惜、值得期待的東西留存了下來，因此無論多麼艱難，她都應該鼓起勇氣，好好地活下去。

那天過後，狄仁傑的病情急轉直下，第二天起便張口難言了。來狄府探望的高官顯貴如走馬燈一般，連女皇也派了內給事段公公日日問候，其實大家心裡都清楚，這是來看狄國老的最後一面了。斯夜深沉，狄府內燈燭粲然、人頭攢動，人們在一片肅靜中沉痛地等待著，皇帝特意遣來診病的御醫早就宣告，只怕就在今夜了。

兒孫親人們圍繞在病榻周圍，還有最親近信任的門生、官員，包括宋乾、張柬之、桓彥範、敬暉、崔玄暐、袁恕己等人。二更敲過，狄仁傑的氣息愈加微弱，眼看已近彌留，眾人正在悲痛難抑之際，卻看見狄仁傑緊閉許久的雙目緩緩睜開，慢慢轉動著環顧四周，似乎在找尋什麼人，又似乎要說什麼話。

「爹！」榻前三個兒子含著淚齊聲呼喚，「兒子們在此，您有什麼話要交代嗎？」

狄仁傑幾不可辨地搖了搖頭，繼續執拗地搜尋著，眼光觸及張柬之等人的面孔時，微弱的神采自眼底閃現，張柬之等人會意，紛紛點頭拭淚，那張柬之還哽咽著道：「請狄公放心，我等將您的囑託銘記於心，今後必會自保自愛，戮力同心，以圖大事。」聽到這話，狄仁傑才滿意地舒緩了面色。

隨後，他的目光越過眾人的頭頂，悠悠落在北窗之下，幾株青翠的綠葉中，寒蘭絕美的姿容終於在這個冬天綻放開來，幽雅的香氣在室內縈繞不絕，猶如來自天界般神秘、純郁。眾人看到，狄仁傑的臉上微微露出笑意，他必是了無遺憾了，才能如此安詳地走入永眠。

長生殿內，則天女皇坐立不安地閱覽著奏章，已過了就寢的時候，她卻毫無睡意，把五郎六郎這兩個寶貝也都打發在外，實在無心玩笑。三更還未到，段滄海就來了，武則天一見他那一臉的哀容，心中頓時激痛難當，手哆嗦得握不牢朱筆，奏章的緘封上已成一團絳紅。

「朝堂空矣！」這年近八旬的老婦在金碧輝煌的大殿上聲淚俱下，「天奪吾國老何太早矣！」她的悲痛是這樣真切，以至於殿外暗自竊喜的某些人，暫時也只好把得意的面孔隱匿於陰影之中。淒慟許久，武則天方能宣詔，贈狄仁傑為文昌右相，並廢朝三日，以示哀悼。

京城中的消息要多久才能傳到邊塞？已是嚴冬酷寒，三百里的飛驛頂著風冒著雪，行進的速度只怕也比往日慢下不少。因此在又一個飛雪漫天的日子，當玉門關前的莽莽雪野中，一匹駿馬踟躕而來時，那馬上的騎士肯定還沒得到狄仁傑薨逝的悲訊。風雪實在太猛烈了，馬已經邁不開步子，騎士只好下地牽馬，一步一步在深及膝蓋的雪地上艱難前行。他呼出的每一口氣都在眼前凝成飛旋的霜花，打回到臉上，將眉毛鬍子全部染成銀白。

在這樣的冬季，玉門關隘內外蔓延幾百里都山鳥飛絕、人蹤寂滅，這騎士單人獨騎已走了好多天，雖然舉步維艱，卻走得堅決而又泰然。他早已習慣了獨行，怎樣困苦的環境都不會放在心上，他只有一個目標：必須在明年的元日前趕到碎葉城。不知不覺中，他又走了整整一天，前方，血紅的夕陽餘暉灑在茫茫無際的雪野上，他不由自主地停下腳步，往回望去，玉門關銀裝素裹的蒼勁身影已沉入晦暗的東方。完全沒有任何徵兆的，他的心猛然絞痛起來，一時竟痛得呼吸窒結，他緊咬牙關靠在馬身上，才沒有跌倒在雪野之中。

二十多年前，曾經有一個八歲大的男孩，被一隊突厥商人從汴州的鄉野擄來，就在這裡他生平第一次經過玉門關——這座中原與塞外之間的屏障。當時這男孩與壞蛋拚死搏鬥，救下他的母親，她卻瘋瘋癲癲地只顧亂跑。男孩懷抱著小妹妹追得很吃力，當他終於趕上娘時，恰好看見她像一隻美麗的蝴蝶飛入龍庭湖。男孩眼前一黑，失去了知覺，後來他在昏昏沉沉中度過好多天，清醒過來後不停地哭喊，要回家，要去找爹娘和妹妹。但是那些帶著他走的突厥人根本不理會他，於是他又試著逃跑，可每次都被抓回來一頓毒打。就這樣過了一個多月，當商隊來到玉門關前時，塞外的狂風以男孩從未見過的聲勢呼嘯，塵土、黃沙在稀疏的林木上翻捲，目光所及之處沒有一星半點的人煙，只有無窮無盡的天和地，在男孩的心中展開壯闊的畫卷。商隊從玉門關下徐徐而過，男孩舉目望去，在他幼小的眼中，那座關隘就像山巒一般威嚴、雄壯。就在這一刻，小男孩決定不再逃跑，他終於明白，自己已沒有了爹娘和親人，家不復存在，故鄉亦遙不可及。就在雄渾倨傲的玉門關下，他頭一次為自己做出了人生的選擇。

過去荏苒，每一次回顧都好似在心頭刀劈斧鑿，也罷，此時此地總該是最後一次了。不知過了多長時間，那騎士終於再次昂起了頭，他的臉上不期又添了幾道冰痕，從眼瞼下延伸到嘴唇上，令這張本已十分嚴峻的臉越發顯得崢嶸。他還記得：玉門關外，是有座望鄉台的吧？騎士微瞇起眼睛，卻只見赤野千里，俱覆上厚厚的白雪，除了高高矗立的玉門關，便什麼都分辨不出來了。手凍得失去了知覺，他鬆一鬆時刻緊握的劍柄，隨即又牢牢擎住。這若耶劍中凝結著他的使命，也攜帶著他的整個家園。

從今往後，他將再不復返，因此就在這裡駐足片刻，再望一眼吧！故鄉，還有親人們，逝去的和活著的，他們所有的音容笑貌都深鑄在他的心底，也鐫刻在去鄉的征途之上。曠野上空一聲馬嘶響徹雲霄，風捲過，只餘足印在雪地上蜿蜒，義無反顧地伸向遠方。

作　　者　唐隱
總 編 輯　莊宜勳
主　　編　孟繁珍
出 版 者　春天出版國際文化有限公司
地　　址　台北市信義路四段458號3樓
電　　話　02-7718-0898
傳　　真　02-7718-2388
E－mail　frank.spring@msa.hinet.net
網　　址　http://www.bookspring.com.tw
部 落 格　http://blog.pixnet.net/bookspring
郵政帳號　19705538
戶　　名　春天出版國際文化有限公司
法律顧問　蕭顯忠律師事務所
出版日期　二〇一八年十一月初版
定　　價　380元

本書中文繁體版由四川一覽文化傳播廣告有限公司代理，
經上海紫焰文化傳媒有限公司授權出版

總 經 銷　楨德圖書事業有限公司
地　　址　新北市新店區寶興路45巷6弄6號5樓
電　　話　02-8919-3186
傳　　真　02-8914-5524
香港總代理　一代匯集
地　　址　九龍旺角塘尾道64號 龍駒企業大廈10 B&D室
電　　話　852-2783-8102
傳　　真　852-2396-0050

版權所有・翻印必究
本書如有缺頁破損，敬請寄回更換，謝謝。
ISBN 978-957-741-173-0　Printed in Taiwan

國家圖書館出版品預行編目(CIP)資料

洛陽險局 / 唐隱著. -- 初版. -- 臺北市 : 春天出版國際, 2018.11
面；　公分. -- (唐隱作品 ; 9)
ISBN 978-957-741-173-0(平裝)
857.81　　107019734